西安曲江文化产业资助项目

市政协文史资料委员会

曲江新区管理委员会 编

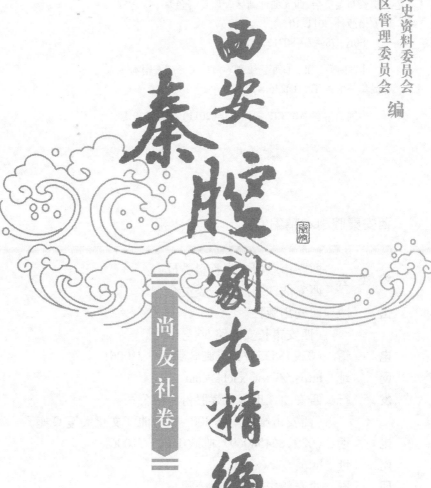

西安秦腔剧本精编

尚友社卷

58

西安出版社

图书在版编目（CIP）数据

　　西安秦腔剧本精编. 尚友社卷：全 4 册/西安市政协
文史资料委员会, 西安曲江新区管理委员会编. —西安：
西安出版社, 2011. 10
　　ISBN 978 - 7 - 80712 - 839 - 7

　　Ⅰ. ①西… Ⅱ. ①西… ②西… Ⅲ. ①秦腔—剧本—
作品集—中国 Ⅳ. ①I236.41

　　中国版本图书馆 CIP 数据核字（2011）第 217420 号

西安秦腔剧本精编 58　　尚友社卷

编委会	西安市政协文史资料委员会
	西安曲江新区管理委员会
出　版	西安出版社
	（西安市长安北路 56 号）
电　话	（029）85253740　邮政编码　710061
网　址	http://www.xacbs.com
发　行	西安曲江出版传媒股份有限公司
	（西安市雁塔南路 300 - 9 号曲江文化大厦 C 座）
电　话	（029）85458069　邮政编码　710061
网　址	http://www.xaqjpm.com
印　刷	西安新华印务有限公司
开　本	710mm×1092mm　　1/16
印　张	326
字　数	4210 千
版　次	2011 年 12 月第 1 版
	2011 年 12 月第 1 次印刷
书　号	ISBN 978 - 7 - 80712 - 839 - 7
全套定价	1740.00 元（共 12 册）

读者购书、书店添货或发现印刷装订问题，请与本公司营销部联系。
电话：（029）85458066　85458068（传真）

序

西安市政协主席　程群力

　　戏剧是人类精神文化形态之一,在世界戏剧史上,中国戏剧具有辉煌的地位。周、秦、汉、唐以来,历经千百年的发展积淀,中国戏剧形成了属于华夏文明自有的、独特的艺术体系。这个体系如同一个庞大的家族,遍布全国各地。在这个大家族中,秦腔以其丰厚的文化滋养、突出的历史贡献、沉雄质朴的艺术魅力而备受尊崇。

　　关于秦腔的起源和形成问题,历来争论甚多,有秦汉说、唐代说、明代说,甚至还有更早的西周说、春秋战国说等。但相对多数的看法,趋向于秦腔形成于明代中后期,即明代说。明代说认为,社会发展的基本规律表明,一切文化意识形态的发展变化,都由当时的生产力发展状况和水平来决定。明代中期正是我国资本主义萌芽期,商品经济的产生、发展,为当时文化的发展、变革、传播、繁荣提供了较丰实的经济基础。明代说也提供了必要的实物例证和文献记载。现在能见到的最早的陕西凤翔流传下来的明代正德九年的两幅《回荆州》戏曲木板画;现存文字记载中最早能见到"秦腔"字样的明代万历年间《钵中莲》传奇抄本中标出的[西秦腔二犯]曲调名,就是明代说有力的支撑。明代说的另一个支撑是比较能经得起专家、学者和秦腔爱好者以"体系"的视角作"系统论"式的考查和诘问。作为地方戏,秦腔和其他兄弟剧种一样,既有中国戏曲的共性,又有其独具的个性。共性的一面,都是以表演艺术为中心,融文学、音乐、表演、美术等各种艺术形式于一体的高度综合艺术,具有成熟的、完备的写意性、虚拟性、程式性和以"唱、做、念、打,手、眼、身、法、步""四功五法"为基本技艺手段,以生、旦、净、丑的行当角色作舞台人物,以歌舞扮演故事等这些经典的中国戏曲美学特征。个性的一面,秦腔与许多地方剧种相比,在"出身"上有着更多的原创性特征,体现在其声腔、音乐、文学、表演等基本要素与我国源远流长的原创性大文化之间,存在着直接的一脉相承的亲缘关系。这是因为,我国古代许多原创性文化,特别是诞生于周秦汉唐时期的《诗经》、秦汉乐舞、汉乐府、俳优和百戏、唐梨园法曲、歌舞戏、唐参军戏等等,都直接发生在以古长安(今西安)、咸阳为中心的关中地区,从而使这一地区成为当时全国文化最发达、成就最高的地区。根之茂者其实遂,膏之沃者其光晔。由于有这些原创性文化的滋养,更由于板腔体音乐在民间音乐和说唱文学的基础上日益成熟而引发的变革,最终造就了秦腔这个大的地方剧种,在西至陇东与银南、东至豫西与晋南、南至川北与鄂北、北至陕北与蒙南这片广袤的古秦地生根、发芽、成长,并影响到之后其他众多地方戏和京剧的产生与发展。

秦腔一经形成,就显现出卓尔不凡的气质和强大的生命力。一是秦腔长期从民间音乐和说唱艺术中吸取营养,活跃于人民群众之中,有广泛的群众基础;二是秦腔首创了板腔体音乐结构,奠定了中国梆子戏的发展基础。从而在声腔艺术的创造方面,在剧本创作、表演艺术等多方面,凸显出不可取代的许多特点,有力地推动了戏曲艺术特别是梆子腔艺术的大发展,具有划时代的意义。

由于秦腔是诞生最早、历史最悠久的梆子腔戏曲,更由于它当时作为新的艺术形式,内容上贴近生活、通俗易懂,表现形式上好听好看、生动感人、极易流传,所到之处,除了在陕西境内形成中路、东路、西路、南路、北路五路秦腔外,还渐次流传到晋、豫、川、鲁、冀、鄂、苏、皖、浙、滇、黔、桂、粤、赣、湘、闽、蒙、新、藏等全国许多地方,并与当地民间曲调融合,对当地新生剧种的催生、成长、成熟、完善做出了重大贡献。因之它也赢得了"梆子腔鼻祖"的地位和称誉。

近百年来,秦腔表演艺术,其行当角色之全、演出剧目之多、表现手段之丰富、唱腔艺术之精湛、四功五法之规范、演出综合性与整体性之完善,都备受文艺界和城乡观众的推崇。在陕西乃至西北广大地区,秦腔与老百姓的精神生活息息相关。人们津津乐道秦腔的魅力,对心目中的秦腔演员如数家珍,特别是一提起西安城里有易俗社、三意社、尚友社以及五一剧团,更带有几分神往。相当多的人,不仅会谈到演员,还会谈起许多脍炙人口的剧目《三滴血》《柜中缘》《看女》《三回头》《软玉屏》《翰墨缘》《夺锦楼》《庚娘传》《新华梦》《伉俪会师》《双锦衣》《盗虎符》《貂蝉》《还我河山》《西安事变》等等,更会谈论

在这些琳琅满目的剧目后面，站着的一群让人们肃然起敬的剧作家：康海、王九思、李十三、李桐轩、孙仁玉、范紫东、高培支、李仪祉、吕南仲、李约祉、王伯明、封至模、马健翎、李逸僧、李干丞、淡栖山、王淡如、冯杰三、樊仰山、姜炳泰、谢迈千、袁多寿、袁允中、鱼闻诗、杨克忍等等，还有由于种种原因没有留下名姓的剧作家，以及后来四个社团中加入编剧队伍的一批新知识分子，他们用心血熬成了一个个可供世代传唱的剧本。正是有了他们幕后的辛勤劳作，才有了台前精彩的表演。西安市的四大秦腔社团易俗社、三意社、尚友社、五一剧团，前三个都跨越了两个时代、两种社会制度，其中长者年已百岁。百年以来，四个社团总计演出的剧目逾千部之多。这些剧目，有些来自明清以来的秦腔老传统、老经典；有些来自各社团根据本单位的演员和资源条件，根据时势和观众的审美需求而开展的新创作、改编或移植、整理。这些众多的秦腔剧本满足着一代又一代观众的精神需求，也在很大程度上支撑着古城西安的文化舞台。西安秦腔事业的发展，为西安、为秦腔积累了一大笔可贵的精神财富。保护、传承、弘扬这笔财富，增强古城西安的文化软实力，扩大其国内国际影响力，实在是我们应尽的历史责任、文化责任和社会责任。

从 2008 年下半年起，西安市政协与西安曲江新区管委会合作，着手策划、组织、实施《西安秦腔剧本精编》工作。这是一项大型的剧本编辑工程，收录了西安市易俗社、三意社、尚友社、五一剧团四大著名秦腔社团上自清末、下至二十一世纪初百年来曾经上演于舞台的保存剧本，共计 679 本，2600 余万字；另有 22 个内部资料本，约 65 万字。参与编辑本书的专家、学者、工作人员，面对四个社团档案室中尘封了百年的千余本三千万字的剧本稿样，其中不少含混不清、章节凌乱、缺张少页、错误多出及其他众多问题，本着抢救、保护、弘扬国家非物质文化遗产的责任感，按照"精审精编"的工作要求，专心致志地投入工作。通过收集筛选、初审初校、集中审校、勘疏补正、规划编辑、三审三校等几个工作程序，对上述文本问题和学术问题，逐一研讨、逐一明晰、逐一完善。历经三年，终于编辑了这套纵跨百年、横揽西安四大秦腔社团舞台演出本的《西安秦腔剧本精编》，了却了广大剧作家、表演艺术家和人民群众的一大心愿，对西安的秦腔文化是一个重要的回眸与总结，对未来秦腔的振兴与发展做了一件坚实的基础性工作，对此我们感到欣慰。

编辑这套剧本集，工程浩繁，工作难度大，加之时间紧，错漏不足在所难免，诚望各方面人士，特别是专家、学者、业内人士提出批评指导意见，以便修订完善。

目录

QINQIANGJUBENJINGBIAN

演出单位

西安尚友社

血溅洛宫

根据秦腔传统戏《娄昭君》整理

王君秋　整理

剧情简介

　　《血溅洛宫》是根据传统剧《娄昭君》加工整理的,该剧突出讲述了了元魏末期胡太后与魏明帝母子之间宫廷斗争的故事。

　　胡太后与郑俨私通被魏明帝发现,徐纥借此挑拨,让胡太后封锁宫门,意欲图变。魏明帝知悉后托孤皇贵妃,帮助皇妃、太子逃出宫院,同时派尔朱世隆前往搬兵救驾。不料,消息走露,皇妃、太子被害,胡太后又威逼魏明帝喝下毒酒而亡。后尔朱荣带兵进宫,一举除掉胡太后和徐纥、郑俨二奸臣。

场　目

秦腔

血溅洛宫

XUEJIANLUOGONG

人 物 表

胡太后

魏明帝

徐　纥

郑　俨

皇贵妃

太　子

尔朱世隆

尔朱荣

高　欢

鸟里黑

工　头

御　医

公　公

内　侍

众工人

众大臣

众彩女

御林军

众　兵

第一场　　垂帘听政

〔元魏末期。

〔洛阳御苑西侧养德亭。管弦悠扬歌唱升平。

〔众彩女簇拥胡太后上场。

太　后　（诗）　垂帘听政坐朝庭，

绣衾不暖怨春风。

只因梦游蓬莱境，

一心人间建仙宫。

本后元魏太后胡氏。只因前日偶作一梦，神游蓬莱仙境，但见上有九栖棲凤台，下有百鸟朝凤阙，雕梁画栋，金碧辉煌。本后已命徐纥郑俨各执其事，怎还不见到来？

〔郑俨上。

郑　俨　（念）　只要博得太后宠，

官位一定能亨通。

在世落得酒常醉，

哪管死后骂祖宗。

臣郑俨参见太后千岁，千千岁。

太　后　爱卿免礼。

郑　俨　谢太后。

〔徐纥捧图上。

徐　纥　（念）　蓬莱仙阁图绘成，

定教人工夺天工。

臣徐纥参拜太后千岁！仙阁图样绘就，请太后过目！

太　后　展开了！（彩女展图）

（唱）　观图样不由人喜溢眉梢，

005

恰似那梦游境不差分毫。

徐爱卿速传旨工部建造，

快让那神仙府屹立今朝。

〔内侍上。

内　侍　禀太后，万岁登殿，恭请太后听政。

太　后　爱卿，随本后上殿议事。

徐　纥　太后啊！

（唱）　关中蝗虫飞满天，

　　　　皇上已将诏书颁。

　　　　命臣拨银三千万，

　　　　赈济百姓救饥寒。

　　　　府库空虚缺银款，

　　　　要造仙阁有困难。

太　后　唉！灾荒乃生民有罪，上天垂象，拨银赈济无济
　　　　于事。

徐　纥　哎呀太后啊！近人言啧啧，说太后，骄奢淫逸，不惜
　　　　民命，六镇生变，海内鼎沸，都是太后听政所致。追
　　　　回银两建造仙阁，皇上一定要阻拦的。

太　后　他敢！

（唱）　如今我还说了算，

　　　　儿违母命如欺天。

　　　　速传旨意追银款，

　　　　我看他谁敢来阻拦。

〔二幕合。

徐　纥　遵旨！下边听着！（内答："啊"）太后有旨追回银
　　　　款，建造仙阁！

〔徐纥捧旨下。

第二场　　官逼民反

〔洛阳皇宫南端,蓬莱仙阁工地一侧。

〔骨瘦如柴的百姓,在监工高欢的带领下拖木而上。

工　头　（领号子）

黄河水啊!

众　工　（唱）　向东流哟!

工　头　（唱）　穷人苦难哟!

众　工　（唱）　无尽头哟!

工　头　（唱）　棍子打哟!

众　工　（唱）　鞭子抽哟!

工　头　（唱）　石头底下哟!

众　工　（唱）　压尸首哟!

工　头　（唱）　官家酒肉臭哟!

众　工　（唱）　穷人喝稀粥哟!

工　头　（唱）　黄河有尽头哟!

众　工　（唱）　穷苦日子何时休哟!

〔一人昏倒,众工抢救。乌里黑鞭打抢救的工奴。

高　欢　唉! 住手! 就是牛马也离不了草料吧! 我等每天连
一顿饱饭都吃不上,你还是皮鞭镣铐地对付我们,难
道这就是我们应该受的吗?

乌里黑　高欢,你好大胆!

兵　　　（跑上）禀监工,兵部大人到!

〔众惊,话落徐纥带兵上。

徐　纥　慢! 高欢,太后御旨你知道否?

高　欢　若有怠工,斩首示众!

徐　纥　带头偷懒,我问你颈上长了几颗人头?

高　欢	唉呀大人哪！
	（唱）　是牛马也该喂草料，
众　工	（唱）　吃不上我们累断腰。
高　欢	（唱）　可怜白骨堆满道，
众　工	（唱）　大人何不仔细瞧。
高　欢	（唱）　仙阁是为太后造，
众　工	（唱）　误了工期罪难逃。
徐　纥	啊！怠工犯罪，反而胡言乱语，难道还要造反不成？来！
众　兵	在！
徐　纥	将聚众闹事的高欢推下砍了！

〔众兵缚高欢欲下，众工各操棍棒，意欲夺欢。

徐　纥	啊！你们这些该死的罪徒，竟敢恃众犯上，哪里容得！来！
众　兵	在！
徐　纥	将这些罪徒与我杀！

〔众工与众兵开打，高欢率众工败下。

徐　纥	来！
一　兵	在！
徐　纥	速命大将鸟里黑领兵追杀！

第三场　　游园惊变

〔御苑西侧养德亭内，管弦齐奏，歌喉宛转，队队歌女翩翩起舞。太后郑俨含笑对饮。

众彩女	（唱）　金炉香烬漏声残，
	剪剪轻风阵阵寒。
	良宵美酒人不倦，
	月移花影上栏杆。（舞毕）

郑　俨	（唱）	君恩似海同一醉，
太　后	（唱）	葡萄美酒夜光杯。

〔太后摆手，众彩女退场。太后郑俨携手同进。

	（唱）	深宫夜静百花香，
		御花园里情意长。
郑　俨	（唱）	但愿朝夕相依傍，
太　后 郑　俨	（唱）	不羡神仙羡鸳鸯。（舞蹈下）

〔内明帝唱："月色冷漠星斗残"。内侍带路上。

明　帝	（唱）	声声夜漏难入眠。
		山河暗淡风声紧，
		满怀积愤问苍天。

　　寡人魏明帝在位，先皇驾崩，寡人登基，母后垂帘听政，近日关西遭灾，寡人拨银赈济，母后竟然挪用赈银。大兴土木，苦害生灵。天哪，天哪。你叫寡人怎处啊！

内　侍	万岁，近日龙体欠佳，况夜深风寒，请回安歇吧！
明　帝	寡人如何寝得下。内侍，你我养德亭走走了！
内　侍	是！

明　帝	（唱）	六镇生变天下乱，
		关西蝗灾羽书传。
		赤地千里苗罕见，
		饿殍载道断炊烟。
		寡人拨款解民难，
		太后传旨追银还。
		叹寡人登基来年龄浅，
		母后临朝专政权。
		宠信那郑俨徐纥朝纲乱，
		欺天子压百官暴横凶残。
		思想起祖宗创业历艰险，
		好容易才建成锦绣江山。

我高祖孝文帝见识卓远，

革旧俗习汉话变易衣冠。

为江山费心血他秉烛达旦，

为江山迁都洛阳排万难。

为江山劝农桑百姓欢忭，

为江山整朝纲扶正除奸。

为江山先皇祖把心操烂，

才有这洛阳宫殿巍巍帝阙镇中原。

有谁知我母后梦寐之中生邪念，

一心要把蓬莱仙阁建人间。

大兴土木民遭难，

忠良臣噤口若寒蝉。

整日里为社稷我愁眉难展，

御花园内解愁烦。

〔太后挽郑俨手上与明帝相遇尴尬，郑跪。

郑　俨　（唱）　我正与太后两情缱绻，

见万岁吓得我心惊胆寒。

臣！郑俨接驾万岁！

明　帝　外臣深夜入宫，你该当何罪？

郑　俨　这……哎呀万岁呀！臣罪该万死，恳求万岁饶恕。

（叩头如捣蒜）

太　后　皇儿，郑俨进宫问安，何罪之有？

明　帝　哎呀，母后，外臣深夜入宫，有违祖宗礼法，儿身为万
乘之尊，实难容忍，内侍！

内　侍　奴婢在。

明　帝　传孤御旨，将郑俨推下砍了！

〔太后恼羞成怒，阻拦。

太　后　慢着，千罪万罪我一人承担，要斩就拿为娘开刀吧。

明　帝　啊？

太　后　你就传旨吧！

明　帝　这个……好不气，气……气煞人了！

〔内侍扶下。

太　后　爱卿,郑爱卿!

〔郑颤抖站不起,太后扶起。

郑　俨　哎呀太后啊!你我的形迹,已经败露,我……不得活了,不得活了!

太　后　哼,哼,哼! 常言事在人为,爱卿不必担心。

郑　俨　我好糊涂的太后啊! 自古道:君叫臣死臣不敢不死,如今我已是虎口的羊羔,釜底的游鱼,不等五更天白,我的头就没有了! (哭诉,试探地)为臣一死何惜,只是离不开太后你呀! (哭)

太　后　郑爱卿不必悲伤,我自有主张,速速回宫。(扶郑起,转圆场)宫人!

宫　人　奴婢在!

太　后　速传兵部徐卿进见! (宫人下)爱卿啊爱卿! 你只知道君叫臣死之道,难道就不知道母叫子亡之理吗! (凶狠地)

〔徐纥上。

徐　纥　(念)　太后宣召急,
　　　　　　　　必然起事非。

　　　　　参见太后!

郑　俨　哎呀徐兄啊! 小弟闯下滔天大祸。还望徐兄搭救啊!

徐　纥　此话从何说起呀?

郑　俨　徐兄。(耳语,徐大惊)

徐　纥　啊! 此事败露,大祸临头,你丢脑袋事小,恐怕太后因此也得被囚冷宫,就连我也要株连进去,这……

太　后　徐爱卿足智多谋,难道今日竟一筹莫展了吗?

郑　俨　徐兄,难道你能忍心让咱们都完蛋吗?

徐　纥　非是我一筹莫展,此事安危,全仗太后!

太　后
郑　俨　这?

徐　纥　太后,事已至此,要郑卿,(指郑俨)还是要你的皇帝儿子？

太　后　这？

徐　纥　拿定了主意，臣方敢启奏。

郑　俨　是呀。事到如今，太后你就拿出个主意吧！

太　后　事已到今，我岂能甘受寂寞，退居冷宫。

（唱）　既然是小奴才将我凌辱，
　　　　御花园奚落我满面含羞。
　　　　似这等儿辱母世间少有，
　　　　说什么亲骨肉难舍难丢。
　　　　徐爱卿有计谋大胆陈奏，
　　　　我岂能束双手甘居楚囚。

徐　纥　以臣愚见，如今先将宫门严密封锁，上至万岁下至宫婢，任何人都不准出入。然后，传旨出去就说万岁身体欠佳，慢慢再用药酒将他……

太　后
郑　俨　他？

徐　纥　将他用药酒毒死！

郑　俨　将他毒死？此计固然不错，只是满朝文武问时如何答对？

太　后　嘿，嘿，嘿，就说他暴病身亡！

郑　徐　暴病身亡，哈哈。妙啊，妙！

太　后　只是仓促之间，药酒从何而来？

徐　纥　太后勿急，我家备有此物。点滴入口，即赴黄泉。

郑　俨　啊，徐兄，你家备此毒药作甚？

徐　纥　嘿嘿嘿，不给别人用，就是自己喝嘛。岂不知有备方无患。

郑　俨　有理，有理，徐兄远见！

太　后　内侍，传直阁将军尔朱世隆进见。

内　侍　遵旨，尔朱世隆进见。

〔尔朱世隆上。

世　隆　（诗）　宝剑长在手，
　　　　　　　　戎装护宫阙。

臣尔朱世隆参见太后千岁。(跪)

太　后　将军听旨,传令御林军,封锁宫门,上至万岁,下至宫婢,没有本后御旨,谁也不许出入。违令者斩!

世　隆　这……臣遵旨。

太　后　郑卿不必胆怯,徐卿速速备酒。

郑　徐　遵旨。

太　后　休怪我狠毒。

郑　徐　无毒不丈夫。(分下场)

第四场　　修诏调兵

〔尔朱世隆上。

尔朱世隆　(唱)　太后传旨封宫院,
　　　　　　　　　囚禁万岁为哪般?
　　　　　　　　　我大魏受天命为时不短,
　　　　　　　　　恨郑俨和徐纥妄生事端。
　　　　　　　　　叹太后她不听忠言相劝,
　　　　　　　　　怕只怕亡国祸朝夕之间。

太后传旨。命我封锁宫墙,囚禁万岁,这明明是和郑俨、徐纥二贼定计谋害皇上,我身为直阁将军,不能杀二贼为国除奸,反而助纣为虐,这便如何是好?(思介)有了,我不免暗暗进得宫去,将此事报与万岁得知,再设良方。可恨太后狠心肠,不该定计害君王,大胆去把深宫闯,报与万岁作主张。有请万岁。

〔明帝上。

明　帝　进宫为何事?

世　隆　启禀万岁大事不好!

明　帝　何事惊慌?

世　隆　哎呀万岁,太后与郑徐二贼定计,封锁宫门,要将万岁囚禁宫中,诚恐凶多吉少。

明　帝　(惊介)这个,哎呀爱卿,是我昨晚以在御花园中,偶遇太后郑俨,携手同游,谁料寡人还未动手,他……他们倒先下手了。

世　隆　哎呀万岁,事已至此,只有速速调兵遣将进京勤王,方为万全。

明　帝　我卿言之有理,我想这六镇之中,唯有你兄尔朱荣兵多将勇,寡人心想修诏调他进京,只是这诏书怎样出得宫去。

世　隆　万岁,万岁,请速修诏,臣愿冒死搬兵。

明　帝　我卿有此忠心?(握尔朱手,激动颤抖)

世　隆　赴汤蹈火,万死不辞。(跪)

明　帝　难得我卿忠心,如此待孤修诏了。

　　　　(唱)　悲切切忙修下调兵密诏,

　　　　　　　拜上了尔朱荣大将英豪。

　　　　　　　叹孤王登基来年纪幼小,

　　　　　　　众文武齐拥戴母后临朝。

　　　　　　　望我卿速发兵万勿辞劳,

　　　　　　　盖御印执诏书急忙跪倒。

　　　　卿啊!(明帝捧诏跪倒)

　　　　　　　搭救孤你勿辞千里迢迢。

　　　〔世隆亦跪接诏,三拜。

世　隆　万岁保重了!

　　　〔明帝和世隆握手告别后,明帝心潮微微平静。贵妃和太子上。

贵　妃　万岁呀!太后封锁宫门,恐怕有变?

明　帝　朕已知道了。

太　子　父王,难道我祖母真要杀你篡位不成?

明　帝　篡位有可能,这杀朕未必,常言虎狼虽恶尚不伤子,何况朕乃太后亲生。

太　子　　煮豆燃豆箕,豆在釜中泣。豆本是箕生,相煎何
　　　　　　太急?

明　帝　　儿呀!这是曹植的《七步诗》,第三句是本是同根
　　　　　　生,不是豆本是箕生。你吟错了两个字。

太　子　　父王。

　　　（唱）昔日里魏文帝欲害胞弟,
　　　　　　逼子建七步内作成此诗。
　　　　　　曹子建隐寓豆箕比,
　　　　　　欲感胞兄免祸非。
　　　　　　今日祖母囚父深宫里,
　　　　　　何尝不似豆和箕。
　　　　　　儿将豆箕比母子,
　　　　　　母子相害何太急。

贵　妃　　唉,太后要朝政,万岁就落个顺水推舟。你我重归
　　　　　　代北平城为列祖列宗护陵守墓也就是了。

明　帝　　唉,太后如若贤明,朕愿抛弃这有名无实的皇位。
　　　　　　你看看,六镇生变,四海不安,太后不但不施恩与
　　　　　　民,反而大兴土木,置民于水火,这元魏江山,岂不
　　　　　　断送她手?我问你这列祖列宗的陵寝能守得
　　　　　　住吗?

贵　妃　　这个?

　　　（唱）祸福吉凶难预料,
　　　　　　妾妃怕你把祸招。
　　　　　　叫万岁你休要烦恼,
　　　　　　万事莫要心内操。
　　　　　　卸去冲天冠,
　　　　　　脱掉黄龙袍,
　　　　　　抛开这如监似狱的九龙巢。
　　　　　　天高任鸟飞,
　　　　　　大鹏上九霄。
　　　　　　随妾妃隐名埋姓把富贵抛,

作一个庶民百姓乐逍遥。

明　帝　贵妃啊贵妃！我非昏庸之辈无道之君，要让我抛弃祖宗基业，苟延残喘……唉，这岂是朕之所愿！

　　　　（唱）　人生在世死难免，
　　　　　　　　为国死难心坦然。
　　　　　　　　万一寡人遭暗算，
　　　　　　　　尚有太子一脉传。
　　　　　　　　他虽幼小年龄浅，
　　　　　　　　凛凛祖风眉宇间。

　　　　贵妃呀！朕托你千方百计护他早脱险，
　　　　　　　　多加诱导读圣贤。
　　　　　　　　待等他日风云变，
　　　　　　　　杀奸贼报仇冤，
　　　　　　　　重整元魏的好河山。

　　　　〔内喊："太后口谕！"内侍持拂尘，气势汹汹地上。

内　侍　皇后太子接旨！由今日起，各回本宫不得随意走动！快快回宫去吧。

贵　妃　遵谕！万岁，妾妃从今日起再不能在你身边走动了。

　　　　〔明帝握贵妃手，又抚摸太子，双方含泪告别。

贵　妃　万岁保重了！

太　子　父王保重了！（双方分下）

第五场　阻截搬兵

　　　　〔世隆内唱："怀密旨搬大兵心急似箭"，一阵马蹄声后，世隆策马上。

世　隆　（唱）　披晓星戴残月历尽山川。
　　　　　　　　眼看着社稷倾民遭涂炭，
　　　　　　　　想到此不由我怒发冲冠。

　　　　　　望晋阳路遥遥长途漫漫,

　　　　　〔乌里黑带兵过场。

世　隆　（唱）　忽听得不远处马嘶人喧。

　　　　　〔乌里黑带兵围住世隆。

乌里黑　胆大的尔朱世隆,尔竟敢背叛太后,哪里容得,休走
　　　　看刀!

　　　　　〔世隆寡不敌众,被乌里黑捕擒欲下。

　　　　　〔高欢领工奴追上开打。乌里黑败下,世隆被救。高
　　　　　欢工奴欲走。

世　隆　壮士留步!

高　欢　有何话说?

世　隆　多蒙壮士相救,在下深致感谢。

高　欢　好说,告辞了!（欲走）

世　隆　且慢! 壮士高名贵姓?

高　欢　在下名叫高欢!

世　隆　啊! 可是率众出走,名振京师的高欢高壮士吗?

高　欢　正是!

世　隆　唉呀,壮士啊! 壮士率众出走,迫使仙阁停工深得民
　　　　心,就连皇上亦在宫中暗暗赞许啊!

高　欢　人言皇上龙体欠佳,可曾属实?

世　隆　非也!

　　　　　（唱）　我元魏近几载连遭灾难,
　　　　　　　　　蝗虫起六镇叛遍地烽烟。
　　　　　　　　　胡太后窃国柄朝纲大乱,
　　　　　　　　　信奸邪囚万岁国势颠连。
　　　　　　　　　去晋阳搬大兵为国除患,
　　　　　　　　　蒙壮士搭救我大义凛然。

高　欢　（抓世隆手臂激动地）请问将军姓甚名谁?

世　隆　在下尔朱世隆!

高　欢　啊! 素闻将军一门忠勇,我等失敬了!（作揖）

世　隆　好说,告辞!（欲走）

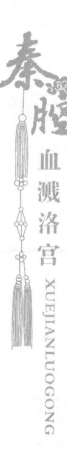

秦腔
血溅洛宫
XUEJIANLUOGONG

高 欢	且慢,晋阳搬兵,好比远水解不了近渴,莫若随我等杀回勤王救驾。
世 隆	高壮士,京城防卫森严,又加城墙高坚,你等人数少,兵械缺,好比以卵击石。壮士若有如此肝胆,就在此地集草屯粮,招兵买马,单等晋阳兵到,那时杀回洛阳,勤王救驾。你看如何?
高 欢	好。多蒙将军指教,你我后会有期,请了!

（分下）

第六场　　逼宫杀子

〔郑俨、徐纥紧上。

郑 俨	（念） 世隆晋阳去搬兵,
徐 纥	（念） 叫人胆颤心又惊。

有请太后。

〔二幕开,太后上。

太 后	二卿有何本奏?
郑 俨	哎呀太后啊!直阁将尔朱世隆密藏皇上诏旨,他晋阳搬兵去了!
太 后	啊!赶紧派兵追捕!
郑 俨	鸟里黑前去追捕,未曾追上!
太 后	如何是好!
徐 纥	太后啊!
	（唱） 六镇中尔朱荣兵多将广,
	奉旨后他必然起兵勤王。
	洛阳城兵卒少又缺良将,
	请太后莫迟疑速作主张。
太 后	这!
	（唱） 闻惊讯气得我咬牙痛恨,

　　　　　　小世隆竟背我暗助昏君。

　　　　　　他兄长尔朱荣秉性凶狠，

　　　　　　领雄师守晋阳唯我独尊。

　　　　　　他早有不臣心野性难驯，

　　　　　　怕只怕到洛阳倒转乾坤。

　　　　　　如不然行权宜暂缓宫禁，

　　　　　　勒逼那小昏王降诏退军。

　　　　徐爱卿！

徐　纥　臣在。

太　后　解除宫禁，暂让那昏君坐朝理事，即日下诏，命尔朱荣回军晋阳，不得妄动！

郑　俨　（大惊、跪倒、哭白）哎呀太后啊！那尔朱荣已是箭在弦上，他岂能听从君旨，返军晋阳。也罢！事到如今，你我君臣命丧他人之手，还不如为臣死在太后刀下。

太　后　依徐卿之见！

徐　纥　事到如今，对皇上只有下毒手，快下毒手，以解朝中之难。

太　后　他纵然桀傲不驯，他总归还是我的儿子，我若对他下毒手，岂不被后世唾骂。

徐　纥　唉呀太后，如今不是你要杀他，而是他要对你下毒手啊。

太　后　此话怎讲？

徐　纥　太后，皇上若不杀你，他怎能调尔朱世隆还朝。

太　后　爱卿，可有药酒？

徐　纥　为臣随身所带！（掏出药酒）点滴下喉，一命呜呼！

内　　　禀太后，皇后太子不见了。

徐　纥　唉呀太后，皇后太子潜逃，定是放虎归山，日后可是要吃人的呀。（下场）

太　后　徐爱卿听旨。

徐　纥　臣……

太　后　传旨,御林军捉拿奸妃太子,生要见人,死要验尸。

　　　　〔御林军上。

御林军　在。

徐　纥　点起灯笼火把,捉拿奸妃太子,生要见人,死要验尸!

御林军　啊!

第七场　逃　宫

　　　　〔深夜。

　　　　〔皇妃携太子惶惶逃上。

皇　妃　(唱)夜茫茫扶太子逾越宫境,

　　　　　　　风瑟瑟炸雷响令人惊心。

　　　　　　　月朦朦天昏沉瞻前顾后,

　　　　　　　树森森只觉得跟踪有人。

　　　　　　　路曲曲移莲步疾风驰紧,

　　　　　　　一阵阵气得人咬破朱唇。

　　　　　　　气愤愤眼巴巴望断秋水,

　　　　　　　急惶惶逃虎口难见至尊。

　　　　　　　宫巍巍似监牢万岁被困,

　　　　　　　泪点点洒尘埃化作怨痕。

　　　　　　　汗淋淋来至在御园后门,

　　　　　　　战惊惊叫一声守门的宫人。

　　　　　　老公公开门来!

　　　　　〔公公上。

公　公　夜深人静,有人敲门。(开门,见皇妃惊),奴才不知
　　　　娘娘千岁驾到,罪该万死。

皇　妃　哎呀老公公,本妃与太子自身有急事,快快打开
　　　　宫门。

公　公　奴才遵旨。

〔内徐纥："将宫门团团围住了！"引御林军上。

御林军　拿住皇妃太子！

徐　纥　架回宫去！

〔御林军架皇妃、太子下。

第八场　逼　宫

〔紧接前场。

〔明帝内"啊！"上场。

明　帝　（唱）　自那晚修密诏心潮激荡，

　　　　　　　可怜我无近臣仔细商量。

　　　　　　　孤年幼父晏驾社稷难掌，

　　　　　　　恨母后握大权独霸朝堂。

　　　　　　　宠郑俨和徐纥两个奸党，

　　　　　　　终日里贪淫乱败坏纲常。

　　　　　　　那夜晚御花园孤去游赏，

　　　　　　　谁料想龙国母她带领郑俨月下取乐。

　　　　　　　偏偏地被孤撞祸起萧墙，

　　　　　　　也怪孤年纪幼性情鲁莽。

　　　　　　　一时间破口骂要把他伤，

　　　　　　　我母后恼羞成怒一心要害寡人一命丧。

　　　　　　　与奸贼定巧计封锁了宫墙，

　　　　　　　欺寡人我孤掌难鸣无法想。

　　　　　　　欺寡人淫国母并欺先皇，

　　　　　　　欺寡人好似那风筝断线随风来飘荡。

　　　　　　　欺寡人好似那一叶小舟被风吹浪打飘飘

　　　　　　　荡荡，

　　　　　　　身不自由在长江。

　　　　　　　欺寡人，好似那孤雁失群飞天上，

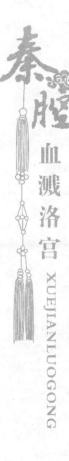

秦腔
血溅洛宫
XUEJIANLUOGONG

欺寡人,我好似虎豹群里一只羊。
欺寡人,我无权又无依傍,
为君王倒不如士农工商。
事到此我只得忍气吞声暂忍让,
含羞忍辱避豺狼。
他无法无天无皇上,
腥风血雨满朝堂。
倒行逆施太狂妄,
眼看着元魏江山不、不、不久长。

〔内太后喊:"御林军!"答:"在!"太后:"快快进宫!"
答:"啊!"太后带御林军紧上逼明帝,亮相。

太　后　好不气、气、气煞人了!

明　帝　噢,母后,你深夜入宫,有得何事?

太　后　万岁处理朝政,日夜操劳,我问安来了。

明　帝　儿臣不敢,儿臣不敢!

太　后　这是我近日新得美酒一瓶,它能益寿延年,特来与万
岁一饮。

明　帝　(吃惊)这个,龙母啊龙母,孩儿近来因病戒酒,这酒
么,我实在不能饮。

太　后　什么,你不饮!

明　帝　噢,我不能饮。

太　后　你要我亲自动手么?

明　帝　望龙母恕罪!

太　后　大胆,你敢违抗母命。

(唱)　你竟敢不饮酒违抗我命,
哪有个娘的话儿子不听。
照你这不肖子要你何用,
倒不如你一死另立贤明。

明　帝　(唱)　见药酒不由我大吃一惊,
刹时间眼看着难保性命。
为社稷我还得哀哀告禀,龙母啊,

望母后且听儿诉说衷情。

我叫一声母后啊母后，亲娘啊。

在儿临死之前，儿有忠言相告。

恳求母后为了大魏江山，

先杀除徐纥，

停建蓬莱仙宫，赈济灾民。

母后若还不听良言相劝，

这大魏江山将随儿死毁于一旦了。

〔太后无动于衷。

〔内太子喊："太祖母——"上。

太　子　太祖母，你就饶了我父王吧！（跪）

郑·徐　太后，捉虎容易放虎难啊。

太　后　郑爱卿，将药酒与他灌下。

〔御林军夹住帝臂，郑俨将酒灌入帝口，帝惨叫"儿啊"死。

太　子　罢了太祖母，龙国太。孙儿年才七岁。还望祖母饶了孙儿。将我全当个小猫、小狗，吃不了的剩饭，给孙儿一口。有朝一日，祖母千秋之后，孙儿披麻戴孝，将祖母恭送皇陵。太祖母啊！

徐　纥　太后！（耳语）今日之事他看在眼里，记在心上。他长大了，可饶不了你我（指郑俨）还有他，放虎归山，后患无穷！

太　后　（险恶地）将他拉下去，你想怎样就怎样！

徐　纥　（示意御林军）拉下去！

〔徐纥和御林军将太子拉下，只听得一声惨叫，徐纥持剑复上。

太　后　来！将那个奸妃带上来，在她死前我要问几句话！

郑　俨　御林军！

众　军　在！

郑　俨　将奸妃拉上来！

〔贵妃内唱："实指望护太子——"贵妃被押上。

贵　妃　（唱）　偷越宫禁，

　　　　　　　　遭伏劫又将我囚禁宫门。

　　　　　　　　太子他被捕后不知音信，

　　　　　　　　不由我一阵阵血泪沾襟。

　　　　（见明帝尸昏倒大哭）

　　　　（唱）　见万岁遭毒手我痛绝难忍，

　　　　　　　　万岁呀万岁我的万岁啊！

　　　　　　　　倒毙尘埃血淋淋。

　　　　　　　　有谁知胡太后凶恶毒狠，

　　　　　　　　宠郑俨和徐纥两个奸臣。

　　　　　　　　修仙宫招民怨库银用尽，

　　　　　　　　她反来下毒手杀害至尊。

　　　　　　　　人常说虎狼虽恶不伤子，

　　　　　　　　胡太后竟比虎狼恶十分。

　　　　　　　　观史册臣弑君叙说不尽，

　　　　　　　　母杀子篡皇位却也是灭绝人伦。

太　后　我问你，为什么要护太子逃跑？讲！

众　军　讲！

贵　妃　皇宫内院虎狼当道，蛇蝎遍地，太子时时有危险，护太子避险，这有何罪啊！

太　后　哼、哼、哼！我问你，虎狼哪里，蛇蝎何在？

贵　妃　既无虎狼，万岁因何被害？没有蛇蝎，太子怎落魔掌？

太　后　哼、哼、哼，你竟敢指桑骂槐，可知我有杀你之剑！

贵　妃　杀我之剑！哈哈哈，太后尚不惜杀子，何况我这个异姓之人！

太　后　啊！（气极，用剑逼视贵妃）

贵　妃　（逼近太后）虎狼不伤人何称为虎狼呢！

太　后　我让你不得好死！

贵　妃　哈哈哈，元魏江山已毁你手，我这个贱躯即是毁了有什稀罕哪！

太　后　来！（狠恶地）用白绫将她勒死！

〔御林军用白绫勒毙贵妃。一内侍紧上。

内　侍　禀太后，尔朱荣带兵还朝，要见万岁！

〔太后从椅子上站起，郑俨、徐纥从椅子上溜下，大惊失色。

〔尔朱荣率军士上。

太　后　大将军还朝来了？

尔朱荣　为臣有事要面见皇上。

太　后　皇上偶染重病，医治无效，昨晚驾崩。

众　臣　啊！（大惊）

太　后　本后今日临朝，暂掌国柄，众卿有本奏上无本散朝，本后还要与皇上发丧哩。

尔朱荣　太后。

（唱）　皇上何时把病染？

　　　　为何昨晚骤宾天？

　　　　还望太后明镜鉴，

　　　　把详情对臣说一番。

太　后　皇上有病，御医诊断，难道还有假不成！

尔朱荣　御医朝前站！

御　医　是！

尔朱荣　朝前站！

御　医　（胆颤心惊地）是是是！

尔朱荣　下站御医？

御　医　是小官！

尔朱荣　本公问话，要你实话实讲，若半点虚谎说是你来看！（抽剑示意）

御　医　君侯看什么？

尔朱荣　本公匣中宝剑专斩说白道谎之徒！

御　医　我讲！我讲！（扑灯蛾）皇上他浑身发紫青，发紫青！口吐鲜血七窍红、七窍红！他无病又无症，巨毒之腹丧了生！

尔朱荣　御医退后,胡太后向前站!（拉太后向前）

太　后　徐纥何不救驾!

　　　　〔徐纥、郑俨、鸟里黑,挥伏兵上,双方开打,鸟里黑、
　　　　徐纥先后被杀,郑俨乘乱逃走,胡太后被捉。

尔朱荣　奸后。

　　　　（唱）　见奸后不由我怒火填膺,

　　　　　　　　恨奸后灭伦常血溅洛宫。

　　　　　　　　弑少帝杀嫡孙丧尽人性,

　　　　　　　　害黎民造仙阁荼毒生灵。

　　　　　　　　魏江山几被你断送,

　　　　　　　　天地间岂容你再立其中。

　　　　校卫们,来呀! 将奸后投入黄河。

　　　　（唱）　让元魏锦江山重见升平。

　　　　〔众兵举起胡太后作投势。

——剧　终

演出单位

西安尚友社

西安易俗社

西安市五一剧团

十八罗汉斗悟空

西安尚友社保存本

剧情简介

　　秦腔《十八罗汉斗悟空》是根据我国古典名著《西游记》部分章节改编。

　　悟空被捉回天宫,用尽极刑未能伤及。老君启奏,将悟空放在八卦炉以文武火烧。玉帝准奏火化妖猴。悟空在八卦炉七七四十九日吃尽了苦头,却炼了一双火眼金睛。待老君开炉取丹之时,悟空跳出怒打老君,老君仓皇逃命。适逢西天佛祖如来,在灵山宝刹"雷音寺"开坛讲经。十八罗汉应邀前往参加听经盛会。老君前往灵山告苦,悟空追至,大闹雷音。如来十分恼怒,差遣十八罗汉殄灭妖猴。灵山一场鏖战,孙大圣奋棒格斗十八罗汉。众罗汉一一败北。佛祖施展法力,巨手如天,镇压悟空。悟空腾空而去……

场 目

秦腔

十八罗汉斗悟空

SHIBALUOHANDOUWUKONG

人 物 表

悟空

十八罗汉

降龙罗汉、伏虎罗汉

沉醉罗汉、慷睡罗汉

金光罗汉、银光罗汉

珠光罗汉、清净罗汉

开心罗汉、公德罗汉

真庄罗汉、脱老罗汉

枯瘦罗汉、丰胖罗汉

长臂罗汉、长眉罗汉

身高罗汉、矬矮罗汉

玉帝

老君

二郎

李靖

七仙姬

风雨雷电

六丁六甲

四朝官

风火童

如来佛

观音菩萨

四大金刚

韦陀

第一场　灵霄殿

〔幕启。

〔玉帝坐殿，两班文武。

〔灵霄宫阙，仙姬歌舞。合唱：

　　　　花雨飘飘灵霄殿，

　　　　神女应诏奏管弦。

　　　　了却天帝心中事，

　　　　仙姬起舞带笑颜。

〔随着仙姬歌舞，一天神送上奏折，玉帝阅罢十分恼怒。

玉　帝　（唱）　朕为天帝千万年，

　　　　　　　灵霄宫阙久泰安。

　　　　　　　自从妖猴闹天宫，

　　　　　　　天庭搅得麻一团。

〔二郎上。

二　郎　启禀玉帝，已将妖猴捉拿。

玉　帝　布下天罗地网，押妖猴上殿。

二　郎　下边听着，押妖猴上殿。

〔六丁六甲押悟空上，哮天犬咬上。

玉　帝　大胆妖猴，朕曾封你"齐天大圣"，你不感朕天恩，屡犯天规，作恶多端，可知罪吗？

悟　空　（念）　玉皇大帝骗老孙，

　　　　　　　老孙岂是喂马人。

　　　　　　　封俺齐天假大圣，

　　　　　　　叫俺看管桃园是何心？

玉　帝　住口，你骗大仙，偷仙桃，吞金丹，天理难容，实不可忍。

悟　空　我乃猴王，你乃天帝，说话该留分寸。

玉　帝　大胆妖猴，竟敢如此放肆！

悟　空　叫俺——老孙。

玉　帝　哇！天兵天将把你剿获，如此大胆！

悟　空　什么天兵天将，难抵老孙的金箍棒，不是那恶犬咬住俺，要捉老孙你休想。

玉　帝　贼猴恶性难改，风雨雷电听旨：将猴头押上斩妖台。

　　　　〔六丁六甲、风雨雷电押悟空下。

　　　　〔切光。

　　　　〔斩妖台，火星四溅。

玉　帝　（画外音）千刀万剐！

众天神　（画外音）妖猴不死。

玉　帝　（画外音）雷霄钉打。

风雨雷电　（画外音）妖猴不死。

　　　　〔效果后灯复明。

玉　帝　这将如何处治？

内　　　老君来也——

老　君　（唱）　手执拂尘驾红云，

　　　　　　　　兜率仙宫我老君。

　　　　　　　　满腔怒来满腔恨，

　　　　　　　　恨不得挖了猴头心。

　　　　启禀玉帝，那猴头偷吃了蟠桃，饮了御酒，吞了俺的金丹。浑做金钢之躯——

玉　帝　这……

老　君　真乃是万器难伤，不妨交于老君，放在"八卦炉"里以文武火烧，烧它七七四十九日定能化为灰烬。

玉　帝　如此甚好，解下妖猴，交太上老君殄灭。

老　君　遵旨。

玉　帝　降旨老君灭猴妖，

老　君　要拿猴头炼金丹。

第二场　兜率宫

〔官殿影绰，烟云缥渺。

〔丹房一侧，八卦宝鼎。

风火童　（上念）妖猴闹天空，

　　　　　　　　捉回兜率宫。

　　　　　　　　推进八卦炉，

　　　　　　　　烈火化猴精。

　　　　　　风火童是也！有请师傅。

老　君　（唱）奉玉旨解猴头俺遵圣命，

　　　　　　　　我老君为天帝施道法破杀戒惩治顽凶。

　　　　　　　　那猴头下阴曹消灭死名，

　　　　　　　　欺龙王索兵器大闹龙宫。

　　　　　　　　曾封他弼马温他不受用，

　　　　　　　　管桃园欺仙女罪过非轻。

　　　　　　　　为收妖玉帝他差遣李靖，

　　　　　　　　请来了二郎神东西辰星。

　　　　　　　　布下了十八架天罗地网，

　　　　　　　　排下了四天尊十万天兵。

　　　　　　　　若不是钢琢圈将他打中，

　　　　　　　　也休想拿猴头绑回天庭。

　　　　　　　　斩妖剑难斩猴头命，

　　　　　　　　酷刑用尽全落空。

　　　　　　　　怒恼老君请圣命，

　　　　　　　　押猴头转回兜率宫。

　　　　　　　　这宝鼎千年修万年炼，

　　　　　　　　炼就了日月星辰三川五岳电闪雷鸣，

033

化妖猴我燃起烈火熊熊。

悟　空　（在炉里）好热呀好热!

老　君　猴头呀猴头,这比你偷吃我金丹的滋味如何?

悟　空　快活呀快活!

老　君　说什么快活,分明是难过呀难过。纵然玉帝奈何不
　　　　得,量你也经不住俺运起的三昧真火! 童儿,再加大
　　　　火。猴头,猴头。无声无息,定是化为灰烬无疑。屈
　　　　指算来正好七七四十九日。童儿打开炉盖,待为师
　　　　收取金丹。

　　　　〔风火童打开炉盖。悟空:老孙出来了。悟空跳出,
　　　　站在八卦炉上。

悟　空　（念）　你这老儿真短见,
　　　　　　　　把俺当做金丹炼。
　　　　　　　　炼出俺火眼与金睛,
　　　　　　　　俺笑你八卦不灵验。

老　君　（念）　乾不连来坤已断,
　　　　　　　　八卦变成七卦半。

悟　空　（念）　俺能善,也能恶,
　　　　　　　　能善能恶任俺做。
　　　　　　　　善时成佛与成仙,
　　　　　　　　恶处披毛并带角。
　　　　　　　　无穷变化闹天宫,
　　　　　　　　哪个能把老孙捉?
　　　　　　　　玉帝奈何俺不得,
　　　　　　　　你这老儿算什么。

　　　　招打——
　　　　〔众逃下,悟空捉住老君,拔老君的胡子。

悟　空　老孙去也——（下）

老　君　告状去西天。

第三场　罗汉山

〔怪石林立，白云朵朵，十八罗汉，神态各异，集体造型。

十八罗汉　（唱）　佛门弟子，美哉韶华，

福无涯——"阿弥陀佛"彩云飞驾。

今乃佛祖讲经说法，十八罗汉听讲去也。

降　龙　降龙罗汉是也！

伏　虎　伏虎罗汉是也。

长　眉　长眉罗汉是也。

长　臂　长臂罗汉是也。

丰　胖　丰胖罗汉是也。

枯　瘦　枯瘦罗汉是也。

珠　光　珠光罗汉是也。

清　净　清净罗汉是也。

真　庄　真庄罗汉是也。

公　德　公德罗汉是也。

金　光　金光罗汉是也。

银　光　银光罗汉是也。

脱　老　脱老罗汉是也。

开　心　开心罗汉是也。

身　高　身高罗汉是也。

矬　矮　矬矮罗汉是也。

慷　睡　慷睡罗汉是……也……啊……

沉　醉　沉醉罗汉是也。

伏　虎　众位师尊请了。

众　　　请了。

伏　虎　　今乃佛祖讲经说法之日，你我大家前去听讲。

众　　　　我等一同前往。

伏　虎　　请。

众　　　　请。

〔集体舞蹈。

众　　　　（唱）　只见那山影起伏，

蔚蓝天闪闪云霞。

观雷音瑞气千条，

山岩内五彩光华。

忆当年杀生害命罪孽大，

回头是岸弃红尘披上袈裟。

俺如今万念全消，

无忧无虑无牵挂其乐无涯。

（同念）跑不坏麻法芒鞋，

穿不破——夏不热，冬不冷

（唱）　千层破衲。

（众罗汉边舞边唱）

望雷音祥光缭绕上下正翻，

五彩云笼罩灵山蔽地遮天。

又听得鹤啼鹿鸣，如歌婉转，

耳听得风声呐喊，

耳听得风声呐喊。

犹如那龙吟虎喧，

犹如那龙吟虎喧。

（众舞蹈复唱）

使法力驾祥云到雷音，

去听经又只见祥云滚滚。

祥云滚滚山川隐，

众仙家忙忙奔雷音。

听我佛讲经——

阿弥陀佛。

〔十八罗汉驾云飞去。

第四场　雷音寺

〔钟声,经声,声声不断。

〔西天如来,高坐品莲。

〔四大金刚,下首分站,韦陀、观音极美、显眼。

如　来　（唱）　天龙围绕花缤纷,

万道虹霓起雷音。

敷演大法成正果,

西天极乐为至尊。

〔十八罗汉上,在音乐声中朝拜如来。

十八罗汉　阿弥陀佛。

如　来　（念诗）吾曾讲经在天竺,

布经禅寺留佛音。

佛门弟子齐称颂,

天地万物爱佛心。

西天极乐,释迦牟尼,如来是也!

〔十八罗汉造型。

如　来　吾观四大部洲,众生善恶,各方不一。

东胜仙者,敬天礼地。

北巨洲者,性拙清疏。

西牛贺洲,不贪不杀。

但那南赡洲,贪淫乐祸,多杀多争,口舌凶场,是非恶

海,故造真经一卷劝善,谁肯去那东土?

观　音　（行近莲台,礼佛）弟子不才。

如　来　观音尊者。

观　音　佛祖啊——

（唱）　听佛祖讲真经弟子心动,

效微劳去东土普渡众生。

尊金旨寻找那取经之人，

有什教望佛祖细说分明。

我曾闻那东土杀生害命，

多战祸众黎民不得太平。

多亏那东土人颇有灵性，

爱佛祖心虔诚必能振兴。

如　来　（唱）　愿弟子净瓶甘露年年盛，

佛祝你斜插垂柳岁岁青。

解人难度众生大慈大悲，

救困苦应万声千圣千灵。

〔玉帝、老君仓皇逃上，悟空追打。

如　来　大胆的猴头，竟敢追打玉帝、老君！

悟　空　说话者何人也？

如　来　释迦牟尼。

悟　空　你就是如来？

如　来　这还了得。

悟　空　玉帝轮流做，也该到我家。让那玉帝搬出灵霄便罢，
不搬——招打。

〔观音轻扬拂尘，碰击悟空金箍棒，顿起火花，众罗汉
斗悟空。

〔悟空打出雷音。

第五场　十八罗汉斗悟空

〔风起云涌，金鼓齐鸣。捉拿妖猴，喊杀声声。

悟　空　（唱）　老孙在此摆战场，

金箍棒下斗罗汉。

越打越闹越有胆，

闹罢东天闹西天。

〔十八罗汉杀上，与悟空格斗。如来与观音站在云岭观阵。十八罗汉一一败北。

〔悟空翻高扑向如来。如来趁势推悟空下云岭。又用巨手将悟空捉住提起。暗转中——众罗汉狂笑：哈哈哈。

尾 声 压 法

〔如来抛下悟空。天幕上现出巨大的五指，随之化为五行山，压在悟空身上。

〔静场。幕后歌声起：

五指化为五行山，

镇压大圣五百年。

西天取经谁当使，

五百年后自了然。

——剧 终

演出单位

西安尚友社

庵堂认母

西安尚友社保存本

剧情简介

　　尼姑王志贞与秀才申贵升相爱,后申贵升生病身亡,王志贞生下一子,弃子道旁,被他人所得,取名徐元宰。十六年后,元宰释解血诗,知生母王志贞身份,遂前往庵堂认母。母始而不敢相认,在元宰多番恳求劝解下,难舍骨肉之情,最终认了儿子,母子团圆。

人 物 表

王志贞　　　正　旦
徐元宰　　　小　生　　　志贞子

〔一座环境幽静的庵堂,上有"法华庵"字样的匾额。幕启,王志贞拿着申贵升的遗容画像,在音乐声中慢步出场,她神色郁结,愁绪万端,不禁对遗容伤感低吟。

王志贞　花开花落,岁月催人。才过郎君忌日,又是你我孩儿诞生之日。想我儿襁褓离母,虽附血书为记,怎奈一十六载音讯全无,生死难料,怎不叫人伤心落泪啊!

（唱哭音慢板）

　　　　昼长夜长愁更长,

　　　　忆起了往事欲断肠。

　　　　可怜你年纪轻轻归阴去,

（转唱哭音二六板）

　　　　抛下我影单只身好凄凉。

　　　　想当初花阴深处盟誓愿,

　　　　云房夜静情意长。

　　　　只说是恩爱如山天样久,

　　　　谁料想倒做黄粱梦一场。

　　　　欲待要高挂悬梁随你去,

　　　　苦只苦痴心难把姣儿忘。

　　　　恨只恨庵堂难把儿扶养,

　　　　惨只惨血书裹儿弃道旁。

　　　　我想儿茶不思来饭不想,

　　　　念我儿每日泪汪汪。

　　　　申郎啊! 你若知姣儿在何处?

　　　　我求你半夜与我托梦一场。

申郎啊,申郎呀! 我三番两次两次三番呼唤你,你……你为何头不点来口不张!

〔徐元宰带着寻娘的迫切心情上。

徐元宰 （唱哭音二六板）

天地无边路绵长,

茫茫人海难寻娘。

恨只恨同窗学友乱谈讲,

说我是荒郊拾来的野儿郎。

怪只怪养母不对我明讲,

害得我十六年来梦一场。

幸亏我找到血书心明亮,

才知我错把养母当亲娘。

日夜把血书字谜细参想,

却原来父姓母名暗中藏。

我的父"未末酉初"为鸿儒,

我的母"士心十贝"莲池旁。

莫非是父亲姓申为秀才?

莫非是母名志贞在庵堂?

姓申之人遍天下,

庵堂禅院遍四方。

哪个秀才是我父?

哪个尼姑是我娘?

水中捞月尚见影,

我访母要比捞月更渺茫!

（悲哀拭泪,见到庵堂）

过了禅院庵堂闯,

庵堂禅院皆无娘。

法华庵前心惆怅,

有娘无娘访一场。

法华庵到了。只见松柏交加,殿宇重重。开门来,开门来!

王志贞　耳听叩门声,想是佛婆回。

（开门见元宰貌似贵升,陡吃一惊,连忙把门关上,定神之下,才知误认）

（唱哭音紧二六板）

忽见申郎立门外,

貌似当年红两腮。

莫非我错把香客当郎待,

死别怎能重会来?

徐元宰　开门来,开门来!

王志贞　门外何人?

徐元宰　小生徐元宰在此,请快开门。

王志贞　待我开门,观公子这身穿戴,莫非是位解元公?

徐元宰　正是。请问师太法号?

王志贞　贫尼名唤志贞。

徐元宰　原来你就是……师太啊!

王志贞　正是,请问解元公尊姓大名。

徐元宰　小生姓徐名元宰。

王志贞　请到客堂用茶。

徐元宰　请!

（唱欢音二六板）

迎面正逢欲访人,

她腮边依稀有泪痕。

为何她神态多拘谨?

为何她愁烦锁双眉?

为何她开门又紧闭?

其中必定有原因!

听到她名唤志贞我心欢喜,

怕只怕天下尽多同名人。

王志贞 （接唱哭音二六板）

只见他相面好似我郎君，

不由我见鞍思马暗伤心。

若是我儿尚在世，

想来或许像此人。

只见他若有心事千斤重，

只见他若有言语难出唇。

不知他到此有何事？

不由我东猜西疑乱思忖。

客堂已到，解元公请进。

徐元宰 你我同进。

王志贞 请坐！

徐元宰 同坐。

王志贞 待贫尼与你打茶去。

徐元宰 有劳了！谁说天下同名之人甚多，总比那名字不同者相近，这满腹疑团，叫我从何说起？我不免见机行事，用言语试探于她。

王志贞 解元公请来用茶，

徐元宰 多谢！请问师太，宝庵众位师兄因何不见？

王志贞 到施主人家念经去了。

徐元宰 师太因何未去？

王志贞 因偶感风寒，故而未去。

徐元宰 倒也凑巧！倒也凑巧！

王志贞 凑巧什么？

徐元宰 噢，我是说这宝庵的殿宇不少，景致甚好。请问师太是中年出家，还是幼年进庵？

王志贞 贫尼七岁进庵，也算得是幼年出家。

徐元宰 师太七岁进庵，定然饱受幼儿离母之苦了。

王志贞　贫尼生性愚昧,倒也不以为苦。

徐元宰　师太,俗话说:儿在母怀千般好,儿离母怀苦水浇,睡眠不知颠与倒,饮食不知饥与饱。依我看师太并非愚昧,只不过心中明白装不晓。

王志贞　(唱哭音二六板)

　　　　　说什么儿离母怀苦水浇,

　　　　　须知道母离姣儿泪如潮!

徐元宰　(接唱欢音二六板)

　　　　　既然是母离姣儿泪如潮,

　　　　　为什么你娘忍心将你抛?

王志贞　(接唱哭音二六板)

　　　　　只怪我母女二人命不好,

　　　　　不怪我娘把我抛。

　　　　　解元公,请坐!

徐元宰　请问师太出家几年了?

王志贞　寒来暑往已有廿五载。

徐元宰　(计算)师太今年卅二岁了?

王志贞　正是。

徐元宰　不知师太俗家还有何人?

王志贞　出家人不谈俗家事,问它作甚。请问解元公今到草庵,有得何事?

徐元宰　特来上香拜佛。

王志贞　不知为了何事?

徐元宰　求佛保佑我母子早日团聚。

王志贞　老夫人现在哪里?

徐元宰　现在舍下。

王志贞　那岂非朝朝相逢,日日团聚?

徐元宰　养身父母朝朝会,生身娘亲两离分。

王志贞　不知他与生身母亲是自幼失散,还是失散不久? 待

　　　　　　　　　　我问来,解元公,你是……

徐元宰　怎么样?

王志贞　你是……烧香拜佛来的?

徐元宰　正是。

王志贞　说是你随我来!

　　　　（唱哭音二六板）

　　　　　　　　他思母遇见了思子人,

　　　　　　　　同病相怜皆伤心。

　　　　　　　　但愿他寻母能巧会,

　　　　　　　　但愿我早见姣儿身。

徐元宰　（接唱欢音二六板）

　　　　　　　　她脸上愁云套愁云,

　　　　　　　　出言吐语意味深。

　　　　　　　　纵然不是我的母,

　　　　　　　　伤心人遇见了伤心人。（留板）

　　　　师太,这是什么?

王志贞　这是松树所结的松子。

徐元宰　（唱欢音二六板）

　　　　　　　　它是哪树长来哪树生?

王志贞　（唱哭音二六板）

　　　　　　　　树多子众难分清。

徐元宰　（唱欢音二六板）

　　　　　　　　松子落地孤零零,

　　　　　　　　为何松树不关心。

王志贞　（唱哭音二六板）

　　　　　　　　只因它树高招风身不稳,

　　　　　　　　并非松树不关心。

　　　　　　　　力薄难遮风和雨,

　　　　　　　　看子落地泪淋淋。

徐元宰　依生看来,这粒松子是这棵(指贞)——这
　　　　棵松树所生,师太你看如何?

王志贞　虽然相似,不敢妄言。

徐元宰　师太你看!

　　　　(唱欢音二六板)

　　　　　　　放生池里池水深,

　　　　　　　水上浮萍无有根。

　　　　　　　顺水漂来又漂去,

　　　　　　　无父无母靠何人?

王志贞　(唱哭音二六板)

　　　　　　　并非浮萍无有根,

　　　　　　　根藏水里看不真。

　　　　　　　有朝干了池塘水,

　　　　　　　翻转浮萍看见根。(留板)

徐元宰　师太何不行个方便,将这浮萍翻转,看它根藏何处?

王志贞　虽然想看,只是池陡水深,贫尼有些胆怯。请到佛殿
　　　　去吧!

　　　　(唱哭音快二六板)

　　　　　　　他问东问西若有心,

　　　　　　　他将物比人定有因。

徐元宰　(接唱)只见她触景生情感慨深,

　　　　　　　依我看不是我娘也像三分。

徐元宰
王志贞　(唱)　我有心直言把她问,
　　　　　　　　　　　　　他

　　　　　　　怕只怕身为解元错认娘亲笑煞人。(留板)
　　　　　　　　　　　　贫尼　　姣儿

王志贞　行至大殿,解元公请进。

徐元宰　(唱欢音二六板)

　　　　　　　香烟飘渺似云间,

　　　　　　　画栋雕梁彩色鲜。

哎！我到庵堂来认母，

不是闲游把景观。（留板）

师太，这一尊是什么菩萨？

王志贞　这是大慈大悲救苦救难南海观世音菩萨。

解元心中若有疑难之事，可求菩萨指引，有求必应。

徐元宰　待我拜她一拜。（向贞拜）

王志贞　菩萨在那壁厢，待我与你点香。

徐元宰　（唱欢音二六板）

观音大士请听真，

下跪元宰寻母人。

（转哭音二六板）

只因为幼年离母怀，

王志贞　他也是幼年离母的……

徐元宰　（接唱）一十六载无讯音。

王志贞　他母子失散也是一十六载！

徐元宰　（接唱）对天立下寻母志，

我东奔西走找娘亲。

你若能保佑我母子重相聚，

我与你重修庙宇塑金身。

王志贞　（接唱）他也是幼年离娘亲，

他母子分离也是十六春。

细观他与我申郎多相似，

为什么三桩巧事在一身？（齐板）

不知他几岁离母？母子因何失散？但愿他也是襁褓离母，失散原因不明那就好了。请问解元公，你是几岁离母，母子因何失散？

徐元宰　学生是襁褓离母，失散原因不明？

王志贞　解元公你是襁褓离母，失散原因不明。

徐元宰　正要请教师太，还要请教师太。

《西安秦腔剧本精编》QINQIANGJUBENJINGBIAN

王志贞　我怎么会知道,我怎么会知道呢!

徐元宰　她若不是我娘,神态怎会如此? 待我再来试探于她。

　　　　(唱欢音二六板)

　　　　　　　抬头望见一盏灯,

　　　　　　　高高挂起亮晶晶。

　　　　　　　不知此灯有何用?

　　　　　　　要请师太说分明。

王志贞　(转唱哭音二六板)

　　　　　　　此灯名叫琉璃灯,

　　　　　　　悬挂佛前日夜明。

　　　　　　　前世点过琉璃灯,

　　　　　　　今世生对好眼睛。

　　　　　　　前世未点琉璃灯,

　　　　　　　眼睛模糊看不清。

徐元宰　(接唱)恨只恨我前世未点琉璃灯,

　　　　　　　只落得今世不生好眼睛!

王志贞　(接唱)你眼睛黑白分明无疾病,

　　　　　　　为何说前世未点过琉璃灯?

徐元宰　(接唱)我若点过琉璃灯,

　　　　　　　为什么自己亲娘也认不清。

王志贞　(接唱)你今已把解元中,

　　　　　　　怕只怕令堂见你认不清。

　　　　　　　不知她是哪里人,

　　　　　　　她是富来还是穷?

徐元宰　(接唱)不知她是哪里人,

　　　　　　　只知她不富不贫她也是一个出家人。(留板)

王志贞　取笑了,取笑了! 请到罗汉堂去吧!

　　　　(哭音二六板)

　　　　　　　他说他母乃是出家人,

　　　　　　　但不知是假却是真。

　　　　　　　我有心上前把他问……

徐元宰　师太！

王志贞　噢！罗汉堂就要到了！

　　　　（接唱）只因为我也是个出家人！

徐元宰　（接唱）若说她不是我娘亲，

　　　　　　　为什么处处令人起疑心？

　　　　　　　若说她是我娘亲，

　　　　　　　为什么吞吞吐吐急死人来闷死人！（留板）

王志贞　罗汉堂已到，解元公请进！

徐元宰　师太，这两边就是罗汉菩萨吗？

王志贞　正是。

徐元宰　这罗汉菩萨有什么用处？

王志贞　数罗汉可以问流年吉凶祸福。

徐元宰　怎么数法？请师太与我数一数。

王志贞　解元公今年十六岁了？

徐元宰　你倒没有忘记！

王志贞　你方才也曾说过，请问你是哪只脚先进的？

徐元宰　我是……左脚先进的。

王志贞　待我数来，一五，一十，十五，十六………

　　　　（唱哭音快二六板）

　　　　　　　数到这长眉大仙我心头惊，

　　　　　　　突然间想起郎君申贵升。

　　　　　　　他二人先后数罗汉，

　　　　　　　数的罗汉同一尊。

　　　　　　　到如今郎君永埋黄泉下，

　　　　　　　姣儿成了梦中人！（留板）

徐元宰　师太为何啼哭？

王志贞　不曾啼哭，我在念经。

徐元宰　念什么经?

王志贞　念罗汉经。

徐元宰　原来数罗汉还要念罗汉经。

王志贞　要念经。

徐元宰　为何不数下去?

王志贞　就是这尊长眉大仙。

徐元宰　长眉大仙为何发笑?

王志贞　他在笑你。

徐元宰　笑我什么?

王志贞　(唱哭音二六板)

　　　　　　　他笑你一榜解元中得早,

　　　　　　　聪明伶俐天分高。

　　　　　　　若是上京去应考,

　　　　　　　定然是三鼎甲上独占鳌。(留板)

徐元宰　依生看来,他是在嘲笑我的。

王志贞　笑你什么?

徐元宰　(唱哭音二六板)

　　　　　　　他笑我自己身世不知晓,

　　　　　　　生身娘亲把我抛。

　　　　　　　竟然大恩不能报,

　　　　　　　枉在金榜把名标。(留板)

王志贞　他笑你是个好的,你是个好的!

徐元宰　我看他在笑你。

王志贞　啊!笑我什么?

徐元宰　(唱哭音二六板)

　　　　　　　他笑你六根清静修行早,

　　　　　　　古井不波七情消。

　　　　　　　满腹天机不泄露,

　　　　　　　看破红尘道行高。

秦腔 庵堂认母 ANTANGRENMU

053

铁树开花你心不动，

天崩地裂志不摇。

你千好万好处处好，

只有记性不大牢，

你把那"未末酉初"全忘掉！

还有那"士心十贝"你也一旦抛。

王志贞　（唱哭音带板）

他把那血书字谜说出唇，

果然是姣儿到庵门。

我有心上前把儿认，

（转唱哭音二六板）

忽想起我是佛门修行人。

（转哭音慢板）

苦只苦出家人不准恋红尘，

（转哭音二六板）

恨只恨尼姑不准有儿孙。

今日我若把儿认，

大祸立刻要来临。

大街小巷都谈论，

施主们乱棒赶我出庵门，

那时我手拿讨饭棒一根，

东藏西躲难容身。

后跟儿童一大群，

他指着笑着说这尼姑有情人。

我若不把姣儿认，

怎奈姣儿太伤心。

儿到眼前怎不认！

十六年想儿到如今。

今日我若把儿认，

儿在世上难容身。

私生的儿子被人笑，

尼姑的儿子丑十分。

亲戚朋友不理睬，

徐家不让他进门。

考场不准他去进，

枉在寒窗读诗文。

我儿才高前程大，

认儿反倒害儿身。

罢，罢，罢，咬紧牙关狠狠心，

满腔热泪痛在心。

非是为娘不认你，

儿啊！为的是我儿在世好做人。（留板）

解元之言，贫尼不解，时候不早，请回去吧！

徐元宰 （唱哭音紧拦头）

她直到如今不肯认，

（转哭音二六板）

我断定她是我娘亲。

常言道柿树本是黑枣根，

母子相依骨连筋。

天下慈母都爱子，

为何我娘铁石心？

母不慈我为了要孝顺，

她不认我要认娘亲。

不管她心多硬来口多紧，

我要把铁杆磨成绣花针。

她一日不认我来两回，

她两日不认我四回寻。

只见她强忍悲痛泪淋淋，

難道她回心转意认儿身。(留板)

王志贞　时候不早,你快回去吧!贫尼要做功课去了。

徐元宰　唉,师太,这……这是什么神?

王志贞　这是送子娘娘。

徐元宰　送子娘娘有什么用?

王志贞　若是谁家缺男少女,只须到这送子娘娘神前烧香许愿,便可求男得男,求女得女。

徐元宰　原来人间生男育女都是这位送子娘娘送的。

王志贞　正是。

徐元宰　(唱欢音快二六板)

　　　　　　骂一声送子娘娘无情理,

　　　　(转哭音二六板)

　　　　　　你不该乱送孩儿害死人。

　　　　　　送官送民全在你,

　　　　　　最不该把儿送进庵堂门。

　　　　　　你害他少父无母苦万分,

　　　　　　都是你送子娘娘丧良心。

王志贞　(接唱)你为何注定我做出家人,

　　　　　　害得我母子两离分。

　　　　解元公!

　　　　(接唱)你本是读书知礼人,

　　　　　　不该随便责怪神。(留板)

　　　　天色已晚,贫尼要做功课去了。

徐元宰　这一尊是什么菩萨?

王志贞　童子拜观音。

徐元宰　依生看来,这不是童子拜观音,是儿子求娘亲。

王志贞　是善才童子拜观音。

徐元宰　是亲生儿子求娘亲!

　　　　(唱哭音带板)

　　　　　这观音泥塑无有心，

（接唱哭音双锤带板）

　　　　　生下儿子送出门。

　　　　　被人拾去十六载，

　　　　　错认他人做双亲。

　　　　　那街坊邻居同窗学友都谈论，

　　　　　说他本是外姓人。

　　　　　自从我找到血书解破谜，

　　　　　到处奔波寻娘亲。

　　　　　为了寻娘鸡鸣起，

　　　　　严冬寻娘到三春。

　　　　　庵堂禅院都访尽，

　　　　　受尽辛苦不回心。

　　　　　今日见到娘的面，

　　　　　千言万语劝娘心。

　　　　　谁知我娘心太狠，

　　　　　把儿当就陌路人。

王志贞　（接唱哭音带扳）

　　　　　元宰儿句句言语像钢针，

　　　　　刺得我五内俱裂痛万分。

　　　　　左难右难难煞我，

　　　　　唉呀……（留板，关门）

徐元宰　师太,师太!

王志贞　（来到悬挂申贵升遗像之处,唱滚白）我叫叫一声申郎啊,申郎啊! 你看元宰儿今日来到庵堂中,口口声声要认娘亲,好不难煞人了!

　　　　　（接唱哭音紧拦头）

　　　　　可怜我想儿十六载，

　　　　　（接唱哭音二六板）

　　　　　　我本想紧抱姣儿哭一场。

　　　　　　恨只恨出家难行俗家事，

　　　　　　尼姑有子丑名扬。

　　　　　　元宰儿好比鲜花才吐蕊，

　　　　　　受不住日晒雨打风又狂。

　　　　　　他若认了尼姑母，

　　　　　　怕只怕锦绣前程付汪洋。

　　　　　　左难右难无计寻，

　　　　申郎啊！啊……

徐元宰　　（唱哭音尖板）

　　　　　　听娘言我心悲伤，

王志贞　　申郎啊……

徐元宰　　娘啊！受苦的娘啊！

　　　　（唱哭音双锤带板）

　　　　　　才知母爱似海深。

　　　　　　是羞是丑我不讲，

　　　　　　我与母有福同享祸同当。（齐板）

　　　　开门来，开门来！

王志贞　　门外何人！

徐元宰　　娘……师太，方才生我冒犯师太，特来请罪！

王志贞　　贫尼怎敢罪怪解元公，只是这佛门清静之地，出言不
　　　　慎，易生是非，还是谨慎为是。你还是回去吧！

徐元宰　　生要当面请罪，师太请快开门！

王志贞　　贫尼旧疾复发，不能开门，请你快回去吧！

徐元宰　　如此小生……告辞了。

　　　　〔志贞以为元宰走了，内心矛盾重起，再想看看元宰，
　　　　在开门的一刹那，元宰闯入。

王志贞　　啊！解元公，解元公！……啊……

徐元宰　　母亲！你可怜可怜，孩儿为了寻母，东奔西找，求神

问卜,栉风沐雨,受尽辛苦,母亲若念骨肉情分,就请
相认了吧!

王志贞　你……你是谁的孩子! 谁是你的母亲? 我是尼姑,
　　　　这是庵堂,你不要胡言乱语,扰乱清规……

　　　　〔元宰在无可奈何时,发现墙上的画像。

徐元宰　师太,这幅画像他是何人?

王志贞　他……他是神。

徐元宰　是哪一尊神?

王志贞　是……是无名神。

徐元宰　依我看他不是神,他是我父申……

王志贞　他不是申贵升,他不是申贵升!

徐元宰　啊!

　　　　(唱哭音带板)

　　　　　　　世上多少姓申人,

　　　　　　　为何偏说申贵升。

　　　　　　　无意道破真名姓,

　　　　　　　贵升定是我父名。

　　　　母亲!

　　　　(接唱)儿手拿血书为凭证,

　　　　(唱哭音尖板)

　　　　　　　哀求母亲认亲生。

　　　　　　　劝母亲不必忧虑重,

　　　　　　　冷言冷语儿担承。

　　　　　　　怕什么出家难行俗家事,

　　　　　　　怕什么出身不正误前程。

　　　　母亲呀!

　　　　　　　孩儿离娘孩儿苦,

　　　　　　　娘离孩儿谁照应。

　　　　　　　我不想良田千万顷,

　　　　　　我不求金榜上题名。
　　　　　　荣华富贵儿不要，
　　　　　　儿情愿母子同……同……同受贫。
王志贞　（唱哭音带板）
　　　　　　听儿言如同春雷动，
　　　　　　震得我沉沉大梦猛然醒。
　　　　　　方才我被这佛尘念珠念珠佛尘迷心窍，
　　　　（接唱哭音尖板）
　　　　　　迷得我不敢认亲生。
　　　　　　我宁愿做人活半日，
　　　　　　也不愿做鬼过一生。
　　　　我把这佛尘念珠念珠佛尘齐…齐…抛掉！
　　　　元宰……
徐元宰　母亲……
王志贞　儿啊……
徐元宰　娘……
　　　　〔二人相抱。

——完

演出单位

西安尚友社

西安三意社

辕门斩子

西安尚友社保存本

剧情简介

　　宋将杨延景为破辽邦之天门阵,欲夺穆柯寨之"降龙木",败之,命子杨宗保前往夺取被擒。穆桂英爱慕宗保才貌,愿献"降龙木"并结为夫妇共破辽兵,宗保无奈,私允其婚。回营后,杨延景以违军纪问斩。佘太君、八贤王求情无效,桂英赶到献出"降龙木",愿大破天门阵,延景始赦宗保。

人 物 表

杨延景	须　生
杨宗保	小　生
佘太君	老　旦
赵德芳	正　生
焦　赞	净
孟　良	净
穆桂英	武　旦
穆　瓜	武　丑
四龙套	

［众将士、焦孟、杨延景上。

杨延景　（念）　蠢子不孝,定斩不饶。
（坐念诗）
战鼓咚咚催人魂,
怒气不息坐辕门。
严饰律条肃法纪,
定斩宗保振军心。
可恨宗保奴才私去穆柯寨招亲,国法难容,二贤弟
听令。

焦　赞
孟　良　在!

杨延景　小本官回营早禀。

焦　赞
孟　良　是!

杨宗保　催马!（上场）

焦　赞
孟　良　小本官下马来。

杨宗保　下马来了。二位叔父请来见礼了。

焦　赞
孟　良　还礼了,小本官离了穆柯寨了?

杨宗保　离了穆柯寨了,我父可曾升帐?

焦　赞
孟　良　升帐多时。

杨宗保　喜怒如何?

焦　赞
孟　良　怒而不息!

杨宗保　这……

焦　赞　小本官大丈夫只可前进,哪有后退之理,孟二哥快与
小本官报门。

孟　良　小本官告进!

杨宗保　宗保参见父帅!

杨延景　下跪是儿宗保?

杨宗保	是儿。
杨延景	这几日不见,向哪里去了?
杨宗保	随同我二位叔父去穆柯寨索取降龙木,曾在穆柯寨招亲,皆因那穆桂英……
杨延景	住口!山寨招亲是圣上有旨?
杨宗保	无旨!
杨延景	为父有令?
杨宗保	无令!
杨延景	圣上无旨,为父无令,奴才竟敢私自招亲,只说父将儿呀……绑了!(焦孟绑杨宗保下场,复上)
焦　赞	孟二哥,小本官犯罪,乃你我二人之过,快快进帐讲情。
焦　赞 孟　良	末将与元帅叩头。(跪下)
杨延景	二贤弟这是何意?
焦　赞 孟　良	小本官犯罪由我二人所起,念在鞍前马后,只可饶恕,莫可问斩。
杨延景	(冷笑)哼!哼!哼……
焦　赞	孟二哥,元帅允情了。
杨延景	走!宗保不是你二人勾引,岂能罪犯杀身?辕门先斩杨宗保,然后再斩你二人。
孟　良	焦贤弟,元帅斩得眼红了,斩到你我二人的头上来了。
焦　赞	孟二哥,好好看守小本官,待我去请太娘。(下)
佘太君	(内唱尖板转七锤) 　　　　焦赞对我一声禀, 　　　　不由得老身吃大惊。 　　　　速快传向内禀, 　　　　你就说太娘到帐中。
焦　赞	太娘请坐。禀元帅太娘到。
杨延景	(唱二倒板) 　　　　焦赞传孟良禀太娘来到。 二贤弟,怎么说太娘到了?
焦　赞 孟　良	太娘到了。

杨延景	快快有请,太娘在哪里,太娘在……太娘到了。
佘太君	到了。
杨延景	请到帐中。
佘太君	要到帐中。(杨扶太君入帐)
杨延景	二贤弟快与太君看座。
佘太君	为娘这里有座(坐后)哎!(杨延景看宗保发怒) (唱慢板) 手捶胸足踏地恨气怎消?!(佘太君怒)
杨延景	(勉强,唱) 儿问娘进帐来为何烦恼?
佘太君	坐去。
杨延景	孩儿告坐。
佘太君	(唱) 杨延景娘不说儿自知道。
杨延景	(唱) 莫不是娘为的你孙儿宗保?
佘太君	(唱) 我孙儿犯何罪绑在法标?
杨延景	(唱) 提起来把奴才该杀该绞, 恨不得将蠢子油锅去熬。 儿有令命奴才巡营瞭哨,

	(唱二六板) 小奴才大着胆去把亲招。 中军官进帐来禀儿知晓, 你的儿跨战马驰往征剿。 实想说把穆柯一马平扫, 穆桂英下了山动起枪刀。 将你儿挑下马三军喊笑, 提起了这件事羞愧难消。 因此上坐辕门将儿头找, 儿斩子为国家整一整律条。
佘太君	(唱原板) 儿呀!自古道草不除苗儿不盛, 兵不斩怕众将越律胡行, 我孙儿犯了罪本当丧命, 应念起为娘我来到帐中。
杨延景	(唱大带板)我的太娘呀!

娘不记举家在山后，
我爷爷手内把宋投。
我的父令公金刀手，
封娘爵禄比太后。
奴才的舅父八千岁，
他本是皇王的御外甥。
奴才的生身柴郡主，
还有个保官寇莱公。
儿在山关为总领，
三约压定众兵卒。
今日不把奴才斩，
三关口儿怎样把将令行？

佘太君　（唱摇板）儿呀！
北辽无端犯边疆，
宋营都司着了忙。
娘带宗保边关往，
知晓阵图摆战场。
大敌当前需勇将，
你不念为娘念宋王。

杨延景　（唱）　太娘讲话太不明，（绕场）
我的太娘！
（唱）　听儿把话说心中。
昨日辕门斩八将，
不见太娘讲人情。
今日要斩杨宗保，
老娘立地要人情。
照这样有亲有故都来救，叫旁人该死儿该生？

佘太君　走！（唱七锤）
延景讲话太情薄，
你的道理总是多。
娘生你弟兄人七个，
同样看待都不薄。
娘若存心寻差错，
十个延景九难活。

莫斩宗保先斩我，

娘愿替孙儿有何说？

佘太君上气在辕门坐，

斩宗保娘和儿见死活。

杨延景 （唱七锤）

杨延景心内惊，

老太娘立逼要人情。

心生一计虎位坐，

开言再叫太娘听。

论起家法娘太大，

论起国法儿元戎。

闯辕门我本当留……（举手，焦孟示意止介）

我不敢对娘把将令行。

（看宝剑白）二贤弟！

三尺宝剑辕门挂，

哪家讲情一律行。

焦　赞　宝剑下来了。
孟　良

佘太君 （唱） 不好！

可恨延景性情烈。

定斩宗保恩义绝，

我这里无奈出帐外。

焦　赞　太娘呀，你向哪里去？
孟　良

佘太君 哎，救不下你家小本官，即刻出帐。

焦　赞　哎呀我的太娘，你老人家二次进帐，双膝跪下，口呼
孟　良　杨总爷，他必然饶恕我家小本官。

佘太君 嗯！为娘我为大，他个奴才在小，如何跪得？

焦　赞　哎呀我的太娘呀，为救我家小本官，太娘，你跪得。
孟　良

佘太君 跪不得。

焦　赞　跪得。

佘太君 跪不得。

孟　良　跪得。

佘太君 怎么说跪得？

焦　赞	跪得。
佘太君	叫得？
孟　良	叫得。
佘太君	如此闪开，待为娘我叫。

（唱）　二位都司对我说，
　　　　我不叫延景叫总爷。
　　　　我的杨总爷，杨爷爷，
　　　　娘愿和宗保与世决。

焦　赞 孟　良	太娘跪倒了！
杨延景	哎呀不好！

（唱尖板）
　　　　见太娘跪倒地魂飞天外。
　　　　太娘快快请起吓煞儿了，吓煞儿了！

佘太君	我且问你，将我那孙儿可曾赦过？
杨延景	儿赦过多时了，太娘快快请起。
佘太君	我先谢过杨爷爷。
杨延景	实实折煞儿了，二贤弟，快将太娘扶起。
焦　赞 孟　良	太娘快快请起。
杨延景	快与太娘看坐，我的太娘啊！

（唱慢板）
　　　　吓得我杨延景忙跪倒尘埃，
　　　　你的儿怎敢当老娘下拜？
　　　　娘开了天地恩儿才敢起来，
太娘开恩！

佘太君	我且问你，将我孙儿可曾赦过？
杨延景	儿我赦过多时了，太娘开恩哪。
佘太君	如此站起来去！
杨延景	（唱慢板转二六板）

　　　　非是娘讲人情儿不瞅睬，
　　　　儿怕得宋王爷降下罪来。
　　　　娘不记双梁城敌兵犯界，
　　　　直杀得宋营里雪消冰开。
　　　　宋王爷心惊慌挂娘为帅，

　　　　　　我的父先行官前把路开。
　　　　　　兵行在黑桃园安下营寨，
　　　　　　与胡儿打一仗败回营来。
　　　　　　娘啊你听一言把肝胆气坏，
　　　　　　将我父推下斩众将惊骇。
　　　　　　你的儿杨延景三魂不在，
　　　　　　带八姐和九妹忙跪尘埃。
　　　　　　清早间直跪到日落西海，
　　　　　　娘啊你坐宝帐闭眼不开。
　　　　　　虽然说允了情军法尚在，
　　　　　　将我父打四十赶出营来。
　　　　　　那时节娘也知军法难改，
　　　　　　儿和他哪敢顾父子情来。
　　　　　　宝帐里施一礼，娘啊，你请，
　　　　　　你请出帐外，要儿活除非是日月并来、并来。
　　　　　　（下场）

佘太君　（唱七锤）

　　　　　　佘太君泪盈盈，
　　　　　　延景作事太绝情。
　　　　　　眼巴巴救不下孙儿命，（喝场）
　　杨宗保小孙儿，不由我辕门放哭声。

八贤爷　（内唱尖板）

　　　　　　焦赞与王一声禀，
　　　　　　倒叫本御吃一惊。
　　　　　　行来辕门用目看，

佘太君　贤爷到了。
八贤爷　到了。
佘太君　八贤弟到了，我那孙儿就不得死了。
八贤爷　太君夫人但放宽心，有本御在此，料然无妨。

　　　　（唱）　待本御进帐讲人情。
　　　　　　　叫焦赞孟良听，
　　　　　　　本御把话说心中。
　　　　　　　速快传，向内禀，
　　　　　　　你就说本御到帐中。

孟　良	禀元帅,贤爷到了。
杨延景	来来来了。

（唱大带板）

> 孟伯苍进帐来禀明此话,
> 辕门外来了个王位人家。
> 他为君我为臣理应迎驾,
> 杨延景走上前忙拿躬搭。

贤爷到了。

八贤爷	到了。
杨延景	请到帐中。请啊。

（唱原板）

> 搬一把朱红椅贤爷坐下,
> 听臣把来路情细问根芽。
> 莫不是肖银宗发来人马?
> 臣差去二都司前去剿杀!
> 如不然有为臣提枪上马,

八贤爷	兵不胜。
杨延景	（唱）　虽不胜决不能失与潘家。
八贤爷	不是。
杨延景	这不是,那不是,贤爷讲话,因何事驾临在臣的帐下?
八贤爷	（接唱)正在后帐议军情,

> 焦赞与王一禀声。
> 我甥儿身犯何律令?
> 你将他绳捆索绑问斩刑?

杨延景	来吗?

（接唱)八贤爷进帐来先问此话,

> 君问臣我焉敢不应不答。
> 因此国肖银宗将臣欺压,
> 摆下了天门阵一百单八,
> 我朝里缺谋士兵微将寡,
> 才搬请五禅师下山剿杀。
> 我五哥只为那降龙斧把,
> 差焦赞穆柯寨去把木伐,
> 小奴才无将令胆比天大,

穆柯寨私招亲做事有差。
有为臣听一言提枪上马，
穆柯寨大战那穆氏金花。
战三合将为臣擒落马下，
反惹得众将官取笑与咱。
因此上绑辕门将儿杀刮，
臣斩子与国家整一整律法。

八贤爷　（接唱）元帅斩子为秉公。

杨延景　为臣遵命。

八贤爷　坐去！

　　　　（唱）　你念起宗保儿年英。

杨延景　贤爷！

　　　　（唱七锤）

贤爷休提儿年英，
有辈古人贤爷听。
三国有个周公谨，
七岁学法九岁能。
十一、十二把兵领，
官拜江南大元戎。
有智不在年高迈，
无智百岁有无能。

八贤爷　（唱二倒板转拦头）

你休说那三国周郎年少，
杨元帅讲此话见识不高。
曾不记肖银宗打来战表，
潘仁美挂了帅领兵征剿。
你杨家为先行本御作保，
潘仁美害七郎命丧法标。
我为你下邽县寇准提到，
我为你南清宫假设阴曹。
赵八王待杨将哪件不好，
今讲情竟然是不睬不招。

杨延景　（唱原板）

贤爷休把劳来表，

难道说杨将无有功劳。
我杨家投宋来不要人保，
跨下马手提枪苦挣功劳。
我大哥替宋王把忠尽了，
我二哥短剑归阴曹。
我三哥被马踏尸骨难找，
四、八郎失番邦永不回朝。
我五哥五台山修行学道，
我七弟被仁美射死法标。
我的父李陵碑一丧命了，
单丢下孤身延景保宋朝。
东西杀南北剿，
凭功劳才挣下蟒龙袍。
动不动你把杨将保，
保杨将哪一个有了下梢。

八贤爷　（唱七锤）

元帅不记千秋庙，
七郎延思把祸招。
我叔王听信仁美告，
把你满门绑法标。
不是本御到得早，
有十个延景九难逃。

杨延景　贤爷！
（接唱）贤爷不记董家岭，
昔日反了肖银宗。
韩元广韩元寿，
他本是双双二弟兄。
胡儿马上一声喊，
吓得你抱不住马鞍笼。
声声叫的杨家将，
御妹夫不住口内称。
我跨马提枪救过你的命，
这一点功顶得住你那一点情。

八贤爷　（唱浪头）

食王爵禄受王封,(垛板)
为国家怎能不尽忠。

杨延景　　斩不斩我儿杨宗保,我不心疼你心疼?
八贤爷　　虽是你儿杨宗保,
　　　　　他是本御亲外甥。
杨延景　　早间斩了杨宗保,
八贤爷　　午间与你不太平。
杨延景　　要斩要斩定要斩,
八贤爷　　不能不能实不能。
　　　　　赵八王上气在辕门坐,
　　　　　哪一家敢斩御外甥。
杨延景　　(唱尖板转七锤代板)
　　　　　昔日高皇坐咸阳,
　　　　　韩信为帅坐教场。
　　　　　有一先行殷盖将,
　　　　　三卯不到绑法场。
　　　　　高皇爷曾把辕门闯,
　　　　　剑砍马蹄欺君王。
　　　　　把你亲王看得大,
　　　　　挂帅人那在你心上。
　　　　　怒冲冲坐在白虎帐上。
　　　　　八贤爷!
八贤爷　　杨元帅!
杨延景　　八王子,赵德芳!
八贤爷　　杨延景,杨六郎!
杨延景　　你可知在朝天子三宣坤外将军一令乎?
八贤爷　　本御身为亲王,何事不知,何事不晓。
杨延景　　好说好道,你既然知晓,本帅今日行令斩人,谁是你
　　　　　在我的辕门以上,摆来摆去,我本当该杀该斩。
八贤爷　　哈哈哈……杨延景,胆大的杨六郎,漫说你这白虎节
　　　　　堂,就是我叔王的皇府金厥,本御闲暇无事,怀抱我
　　　　　的瓦苗金铜,就是这样摆来摆去,无人敢说杀,无人
　　　　　敢说斩! 好大的辕门,好大的一座白虎节堂。
杨延景　　(唱拦头板)

秦腔
辕门斩子
YUANMENZHANZI

073

八贤爷和我作了对，
是猛虎焉敢斗蛟龙。
戴乌纱好比愁人帽，
身穿蟒袍坐狱牢。
足蹬朝靴绊人锁，
腰系玉带捆人绳。
不作官不受封，
作一日官来担一日惊。
二贤弟看过了元戎印，
辕门交于八主公。
走上前来忙跪倒，
贤爷请来将印收下。

八贤爷 元帅这是何意？

杨延景 贤爷，为臣学疏才浅，不知哪家官儿犯罪该杀，哪家官儿犯罪该斩，贤爷请来将印收下，为臣我辞官不坐了。

八贤爷 莫非为了本御讲情之事？

杨延景 并非此事，贤爷请来将印收下。

八贤爷 本御不讲情了，立刻出帐，你看如何？

杨延景 怎么你不讲情了？

八贤爷 不讲情了。

杨延景 立刻出帐？

八贤王 立刻出帐。

杨延景 好，好好，焦贤弟，接印着。

（唱浪头）

不讲情请出外，贤爷你恕臣不恭。

八贤爷 （唱） 军命更比王命大，
王在疆场不如他。
一字亲王把儿救不下，
（唱场）杨宗保，御外甥。

〔桂英、穆瓜、喽兵上。

穆桂英 （唱浪代板）

穆柯寨转来穆桂英，行来辕门用目奉。

穆 瓜 姑娘，那不是我家姑夫，他怎么在辕门上绑着呢？

穆桂英	（唱倒板转慢双锤）
	一见将军受法刑，
	你不言妻就晓。
八贤爷	辕门以外哪来女将声音。
焦　赞 孟　良	待我二人看过，杀人的妖精到了。太娘，穆桂 英来了。
佘太君	穆桂英来了，救命的活菩萨到了，我那孙儿就不得 死了。
八贤爷	太君夫人但放宽心，有本御在此料然无妨。
焦　赞 孟　良	贤爷，太娘，请到帐后。
穆桂英	（唱）　你不说来妻自明，
	辕门上暂受一时绑。
	待为妻进帐讲人情，
	转面我把穆瓜唤。
	姑娘把话说心中，
	你姑爷犯下元帅令。
	待姑娘进帐讲人情，
	宋营里比不得穆柯岭，
	稍有妄动罪非轻。
穆　瓜	（念）　穆瓜开言道，姑娘你细听。
	进帐先进宝，然后讲人情。
	允情还罢了，不允发怒容。
	回上穆柯岭，搬来众喽兵，
	先杀宋天子，后斩杨总兵，
	焦赞孟良交给我，然后收拾零碎兵。
	四面狼烟齐扫净，天下到处都太平。
	穆瓜坐在山寨上，你看威风不威风。
穆桂英	（唱浪头）
	先看过无价宝且莫妄动。（穆瓜递降龙木）
	东南角下扎大营，（穆瓜拉马下）
	低头进帐忙跪定，
	他问我一言我答一声。
焦　赞 孟　良	禀元帅，女将跪倒了。

杨延景　（唱慢板拦头）
　　　　　　　适才间争吵太无兴，
　　　　　　　为宗保失却君臣情。
　　　　　　　杨延景猛睁睛，
　　　　　　　宝帐里跪倒一女兵。
　　　　　　　头戴土星盔一顶，
　　　　　　　桃铠照得满帐红。
　　　　　　　莫不是八姐和九妹，
　　　　　　　烧火的丫头杨排风。

焦　赞
孟　良　　　不是。

杨延景　（唱）　莫不是中山老皇嫂，
　　　　　　　她为宗保来讲情。

焦　孟　　　不是。

杨延景　　　这不是，那不是，下跪的女将报上名。

焦　赞
孟　良　　　女将报上名来。

穆桂英　　　请听！
　　　　（唱七锤代板）
　　　　　　　公父把儿忘记了，
　　　　　　　儿本是山东穆桂英。

焦　赞
孟　良　　　山东穆桂英到了。

杨延景　　　什么穆桂英到了，当真是她呀！
　　　　（唱原板）
　　　　　　　听说来了穆桂英，
　　　　　　　虎位里坐不住杨总兵。
　　　　　　　穆柯寨与她交过锋，
　　　　　　　女子的武艺盖世能。
　　　　　　　倘若桂英来投宋，
　　　　　　　破天门何愁不成功。
　　　　　　　命她挂帅把兵领，
　　　　　　　宗保儿马前作先锋。
　　　　　　　一对夫妻相用命，
　　　　　　　帷幄决策有公公。

我将巧计安排定，
掩众耳试探穆桂英。
我这里转身虎位里坐，
开言再叫桂英听。
小姐不在穆柯岭，
你来在宋营因甚情？

穆桂英（唱浪头）

降龙木出在穆柯岭，
宋营无它难交兵。
三番二次战不胜，
儿今进宝投宋营。

焦　赞
孟　良　禀元帅，女将进宝来了。

杨延景　进宝来了，哈，哈哈！
（唱代板）

杨延景，笑颜开，
二贤弟将宝捧上来。
降龙木本是一根柴，
出在深山长在崖。
我为你丢丑受过害，
如今不求自己来。
将宝放在后帐内，
交予五哥把马排。（焦孟接木）
小姐无事请出外，
改日领赏帐中来。

焦　赞
孟　良　元帅命你出帐去吧！

穆桂英　慢着，我还有话呢。

焦　赞
孟　良　有什么话呢？

穆桂英　将军身犯何罪，为何绑桩问斩？

焦　赞
孟　良　元帅，女将问呢，她问我家小本官身犯何罪，为何绑

桩问斩。

杨延景　她问不得。

焦　赞 孟　良	问得。
杨延景	问得,问得叫她问。
	（唱）　宗保犯罪你知晓,
	我不言来你自明。
穆桂英	桂英叩忙恳请,
	莫把将军问斩刑。
杨延景	走!
	（唱）　好一大胆穆桂英,
	竟敢宋营讲人情。
	不念你进宝功劳重,
	我将你……
	（杨延景举起醒木,焦孟忙止介,杨延景接唱）
	我不怪你请出营。
焦　赞 孟　良	姑娘,我家元帅不允你的人情,说是你,（抽剑示）你出营吧。
穆桂英	听着!
	（唱七锤）
	公父饶恕将军命,
	桂英还有儿媳情。
	公父不饶将军命,
	宋营里杀个满堂红。
焦　赞 孟　良	穆桂英杀起来了。（抽剑）
杨延景	挡住,挡住!（双手执笔,唱尖板转拦头）
	我一个斩字未出声,
	险些儿怒恼了穆桂英。
	倘若这女将把手动,
	宋营里无有个对兵头。
焦　赞 孟　良	有二将呢。
杨延景	焦赞。
焦　赞	有。
杨延景	孟良。
孟　良	有。

杨延景	（唱双锤）
	一对大木头不中用，
	开言再叫桂英听，
	杨宗保违犯军营令，
	国法条律难宽容。
穆桂英	（唱）北辽大兵压边境，
	大摆天门欺宋营。
	国家危急需人用，
	贻误大事了不成。
	若能饶恕将军命，
	也可带罪立大功。
	儿媳情愿效忠勇，
	同心破阵破辽兵。
	律条破阵哪样重，
	公父何不想分明。
杨延景	（唱）天门一百单八阵，
	哪一阵里你立功。
穆桂英	休说一百单八阵，
	千阵万阵儿愿应。
杨延景	我的智勇双全的儿媳呀！
	（唱七锤）
	破天门阵离不了穆桂英，
	早知儿在穆柯岭，
	用一顶软轿抬进营，
	你为破阵有大用，
	本帅饶恕小娇生，
	儿呀叩头谢恩情，
	你速快请出营。
穆桂英	（唱）叩一头来谢恩情，
	才救下将军活性命。
杨延景	二贤弟，命贤爷、太娘各执保状上来。
焦　赞孟　良	各执保状上来。
杨延景	贤爷愿保哪个？
八贤爷	愿保宗保见君无罪。

杨延景	太娘愿保哪个？
佘太君	愿保穆桂英大破天门。
杨延景	军中无戏言。
赵德芳 佘太君	画押立对单。
杨延景	招呀,招呀,与贤爷、太娘看座来。

（唱二六）

杨延景接保状将心放下,
哪怕他王强贼冷本参咱,
将保状你执在辕门高挂,
晓谕了众将官且莫犯法。
走上前与贤爷双膝跪下,
臣为你饶过了不孝冤家。

八贤爷　（唱）　元帅不必巧计生,
本御把话说心中,
明明你为的穆桂英,
叫本御落了个空人情。

杨延景　贤爷请到后帐。
　　　　（唱）　八贤爷真乃是腹宽量大,
辕门外解下来不孝冤家。
延景将儿抱怀中,
非是为父不心疼。
将门之子律条懂,
难道不知父统兵。
气上心一脚踢死你,

穆桂英　　　儿媳帐中讲人情。

杨延景　二贤弟听令,歇兵三日,大破天门。

——完

演出单位

西安尚友社

西安三意社

西安易俗社

西安市五一剧团

打銮驾

西安尚友社保存本

剧情简介

　　宋朝宰相包拯，奉旨陈州放粮，惩腐除暴，铡了西宫娘娘马金定的兄长。马借来正宫娘娘全副銮驾，有意在大街拦阻羞辱包拯。包拯识破其用心，命王朝马汉打碎銮驾，当街揭破西宫娘娘的丑恶用心，致使其狼狈回宫。

人 物 表

包　拯	净角
王　朝	副净
马　汉	副净
马金定	花旦
内　侍	杂角
宫　娥	杂角

校尉等杂角若干人

〔包拯带王朝、马汉、校尉等上。

包　拯　（唱尖板）

　　　　　头戴上黑幞头乌云透亮，

　　　（转唱慢板）

　　　　　身穿着过肩蟒耀日增光。

　　　　　有王朝和马汉众家虎将，

　　　　　一个个怀忠义除暴安良。

　　　　　实可恼马国舅良心尽丧！

　　　（转唱二六）

　　　　　掺三沙和七米克扣皇粮。

　　　　　万岁爷当殿上曾把旨降，

　　　　　命包拯到陈州查问端详。

　　　　　马广义做的事实在狂妄，

　　　　　因此上铡了他除去祸殃。

　　　　　二一次奉圣旨金殿以上，

　　　　　要到那陈州地救民饥荒。

　　　　　叫王朝和马汉听爷言讲，

　　　（转快）

　　　　　此一去到陈州不比往常。

　　　　　众百姓一个个将咱盼望，

　　　　　盼的是救黎民开仓放粮。

　　　　　千万间莫学那马贼榜样，

　　　　　害黎民一个个尽都遭殃。

　　　　　一路上要公买莫要骚攘，

　　　　　哪一个不遵法仰面还乡！（同下）

　　〔西宫娘娘马金定带内侍、宫娥上。

马金定　（唱花音带板）

秦腔
打銮驾
DALUANJIA

恨包拯铡我兄陈州丧命，
这仇恨我时刻记在心中。
听说是他二次奉了王命，
到陈州去放粮就要出京。
杀兄仇真令人十分伤痛，
借銮驾辱骂他去走一程。
行来在大街上且把他等，
我看他包黑子怎样前行？

〔包拯带王朝、马汉、校尉等上。

包　拯　（唱花音带板）
　　　　带人役出京去忙把路上，
　　　　救灾荒如救火不比寻常。
　　　　正行走见人役不肯前往，
　　　　因何事一个个闹闹嚷嚷？

王　朝
马　汉　撞了！撞了！

内　侍　撞了！撞了！

王　朝
马　汉　你是何人的銮驾？

内　侍　瞎了眼的狗才！王宫主母的銮驾，难道你就不认得
　　　　吗！我且问你这是何人的八抬？

王　朝
马　汉　包相爷的八抬。

内　侍　各报其主，你传去。

王　朝
马　汉　你传去。

内　侍　你传去。哼！赏你个脸不要脸，什么王八蛋东西。

王　朝
马　汉　真是皇宫里来的，就这样厉害。禀相爷！

包　拯　讲！

王　朝　和正宫娘娘的銮驾相撞一处。

包　拯　我们的八抬躲避御街。

（唱花音带板）
　　　听说是娘娘到不敢前往，
　　　我只得将八抬躲避一旁。
（带王朝等下）

内　侍　禀娘娘。

马金定　讲来。

内　侍　包拯的轿子躲奔御街。

马金定　赶奔御街了！
（唱花音带板）
　　　将銮驾赶奔到御街以上，
　　　一心要替兄长报这屈枉。（绕场）
　　　来至在御街上銮驾停放，
　　　我看他包黑子哪里躲藏？
〔包拯带人役上。

包　拯　（唱花音带板）
　　　有包拯坐八抬心中暗想，
　　　休怪我生世来秉性太刚。
　　　害民贼岂能容留在世上，
　　　除了他也免得百姓遭殃。

王　朝　撞了！撞了！

内　侍　撞了！撞了！

王　朝　你是何人的銮驾？

内　侍　正宫主母的銮驾，你是何人的八抬？

王　朝　包相爷的八抬，你也没长眼吗？

内　侍　传去。

王　朝　禀相爷。

包　拯　讲。

王　朝　和正宫主母的銮驾又相撞在一起了。

包　拯　我们的八抬躲奔背街！
（唱花音带板）
　　　这銮驾为什么屡次相撞？

哪一个为臣的不尊娘娘。（带人役下）

内　　侍　禀娘娘！包拯的轿子躲奔背街。

马金定　赶向背街了！

（唱花音带板）

借銮驾出宫来寻事闹仗，

为的是兄妹情同父共娘。

内侍臣听娘娘对你言讲：

等包拯他到来辱骂一场。

〔包拯带王朝、马汉、校尉等急上。

王　　朝　禀相爷！又和正宫娘娘的銮驾相撞在一处了！

包　　拯　站起去！呵！好一个正宫主母这就不是！为臣来在大街赶到大街，躲到御街赶到御街，避奔背街又赶奔背街！莫非拿住俺包拯什么弊端不成？哎呔！本相作官清正，不爱民财，人人皆怕，我怕她是怎的！王朝马汉与爷平落八抬。

（唱尖板）

将八抬平落在背街以上，

（转唱塌板）

有包拯下轿来细看端详。

凤龙辇绣五彩金光明亮，

銮驾队分左右甚是辉煌。

头队里开道锣叮㕙响亮，

二队里鬼头刀不离肩膀。

三队里刽子手喝道前往，

四队里盘龙棍有短有长。

五队里仙人掌十指朝上，

六队里朝天镫金裹银镶。

七队里杏黄旗霞光万丈，

八队里珍珠伞耀日增光。

九队里芭蕉扇秋叶模样，

十队里金字牌正院昭阳。

坐一顶珠红轿金顶银杠,

莫非是奉王旨谒庙降香?

（转唱带板）

有包拯提袍跪街上,

宫 娥　咦!

包 拯　（接唱带板）

宫娥彩女笑嚷嚷。

倒退一步自猜想,

猛然想起事一桩。

（转唱双锤带板）

曾记得当年登金榜,

高中魁首把名扬。

披红插花金殿上,

去游三宫见娘娘。

包拯不是俊雅相,

爹娘生就黑面庞。

三宫六院笑声畅,

笑我包拯貌不扬。

那时节有言忙奉上,

尊声国母听其详。

为臣面黑心明亮,

要为国家作忠良。

说得主母心欢畅,

赐我红绫遮容光。

今日凑巧刚用上,

免得宫娥笑一场。

叫王朝将红绫戴爷头上,

（戴红绫介,接唱带板）

有包拯跪街上参见娘娘。

王　朝　威!
马　汉

包　拯　（接唱紧带板）

　　　　　王朝马汉莫喊威，

　　　　　听本相把话说明白：

　　　　　见国母如同是见万岁，

　　　　　惊动了凤驾了不得！

　　　　　叫王朝马汉董威薛霸你们一个一个往下退，

（王朝、马汉等退下，包接唱）

　　　　　望娘娘赦臣礼有亏！

马金定　（唱花音摇板）

　　　　　马金定车辇用目睁，

　　　　　我面前跪的是包拯。

　　　　　明知故问主意定，

　　　　　知情假装不知情。

　　　　　本后车辇问一声，

　　　　　下跪的官儿报上名。

包　拯　（接唱）臣包拯到陈州去把粮放，

　　　　　望娘娘多康宁福寿无疆。

马金定　（接唱）你既然奉圣旨去把粮放，

　　　　　见本后不让道所为哪桩！

包　拯　（接唱）非是臣见娘娘不把道让，

（转唱塌板）

　　　　　为只为陈州地三载年荒。

　　　　　树无皮草无根百苗不长，

　　　　　老啼饥少哭饿实实可伤！

　　　　　州县官有本章奏明皇上，

　　　　　万岁爷龙位里细看端详。

　　　　　发皇粮命国舅前去施放，

　　　　　马国舅丧良心克扣皇粮。

　　　　　有张龙和赵虎告下御状，

　　　　　宋王爷听一言怒满胸膛！

　　　　　命为臣到陈州前去查访，

才铡了马国舅与民除殃。

万岁爷二次里又把旨降，

命为臣去陈州救民饥荒。

十保官催为臣急速前往，

因此上出京去开仓放粮。

马　汉　（唱花音摇板）

你把那放粮事一概莫讲，

且把那十保官奏与娘娘。

包　拯　（唱花音双锤带板）

一保官王恩师延龄丞相，

二保官南清宫八主贤王。

三保官扫殿侯呼延上将，

四保官杨元帅盖国忠良。

五保官曹永昌皇亲国丈，

六保官寇天宫国家栋梁。

七保官狄将军名夫上将，

八保官吕蒙正智压朝纲。

九保官吕夷简左班丞相，

十保官文彦博协理阴阳。

赐为臣珍珠伞站殿八将，

又赐臣尚方剑镇压朝廊。

哪一个不遵法克扣粮饷，

先斩首再奏本后见君王。

望娘娘开了恩放臣前往，

叫为臣到陈州救民饥荒。

马金定　（唱花音带板）

开言来骂一声包拯奸相，

拿你的十保官欺压娘娘！

此一番上殿去拿本奏上，

管叫你包黑贼仰面还乡。

包　拯　（怒唱带板）

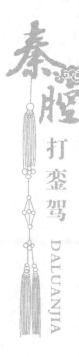

秦腔打銮驾 DALUANJIA

　　　　　我这里拿好言一一奏上，
　　　　　她那里恶森森辱骂忠良。
　　　　　有包拯难住在背街以上，
　　　　　耳听得手下人闹闹嚷嚷！

内　侍　孩子们！

众　　　宫公大人讲说什么？

内　侍　你看西宫马娘娘借了昭阳正宫娘娘的全副銮驾，来在这大街市上，把个包黑子吓得头也不敢抬，眼也不敢睁，我们大家把他笑了！哟！哈哈哈！

众　　　哈哈哈！

　　　〔王朝马汉等暗上。

王　朝
马　汉　原是这样，该死的狗头！禀相爷，銮驾有假。

包　拯　怎见得銮驾有假？

王　朝　他们手下人方才一处讲话被小人听见了，原是西宫娘娘借了正宫娘娘的全副銮驾，来在大街吓唬相爷来了。

包　拯　你们可听得清楚？

王　朝　听得清楚。

包　拯　看得仔细？

王　朝　看得仔细。

包　拯　如此站起去！（起）王朝马汉禀道銮驾有假，莫非马娘娘与马国舅报仇？大叫马娘娘！胆大的马金定！谁使你借了正宫娘娘的全副銮驾？来在大街辱骂忠良！这銮驾不打，令人可恼也！

（唱带板）

　　　　　听一言不由人恶火朝上，
　　　　　骂一声狗奸妃太得猖狂！
　　　　　你兄长扣皇粮该把命丧，
　　　　　谁使你借銮驾辱骂忠良！
　　　　　叫王朝和马汉听爷细讲：

打銮驾莫损坏花容粉妆。

先打她杏黄旗霞光万丈，

再打她珍珠伞耀日增光。

王朝马汉尽管打，

相爷不怕犯王法。

九龙口里见圣驾，

哪怕万岁把头杀！

王朝马汉你将这銮驾一齐打！

〔王朝等乱打介，马金定引内侍退下，王朝等追下。

〔马金定上。

马金定　好打！哎呀好打！实想借来正宫銮驾辱骂包拯，不料被他看出破绽，将銮驾打成这般光景！国母降下罪来如何是好？哎！有了！不免扯乱凤衣，损毁花容，上殿奏贼一本了！

（唱尖板）

头上翡翠齐打乱，

身上扯破龙凤衫。

内侍带路上金殿，

〔王朝、马汉等追打、马同宫娥等跑下。包拯上。

包　　拯　王朝马汉你们可打得热闹？

王　　朝
马　　汉　打得热闹！

包　　拯　打得痛快？

王　　朝
马　　汉　打得痛快！

包　　拯　去看奸妃到哪里去了？

王　　朝
马　　汉　上殿去了。

包　　拯　哎呀不好！

（唱带板）

听说奸妃上龙廷，

倒叫包拯吃一惊！

　　　　把棺木抬在午门等,
　　　　等爷上殿把本升!
　　王朝马汉将此事告知恩师与十保官,就说本相闯下
　　大祸,上殿面君去了。

王　朝
马　汉　遵命!(下)

包　拯　正是:休怪本相把祸闯,有理不怕见君王!(下)

　　　　　　　　　　　　　　　　　　　　——完

演出单位

西安尚友社

西安三意社

伯牙奉琴

西安尚友社保存本

剧情简介

　　战国时,郑国上大夫俞伯牙奉旨朝聘楚国归来。沿江乘船见景兴起,弹奏古琴,巧遇曾在郑国奉君而因弹琴贪杯,失落印玺,不敢入朝,埋名孤峰山下,砍樵渡日的钟子期。时值郑砍樵归来,听见江边船上琴音,不由自主品评奏者。俞伯牙请其登船,恳谈品琴而成知音。并定于每年中秋江边聚会。

人 物 表

俞伯牙　　须生

琴　童　　杂角

艄　公　　杂角

钟子期　　小生

〔伯牙带琴童上。

俞伯牙　（引）　三尺梧桐七弦琴,
　　　　　　　　走尽天下访知音。
　　　　（坐诗）当年黄卷伴青灯,
　　　　　　　　朝朝鸡鸣起五更;
　　　　　　　　修身一日吾三省,
　　　　　　　　只恐为国谋不忠。
　　　　下官姓俞名瑞字伯牙,楚国郢都人氏,身在郑国奉
　　　　君,官居上大夫之职,奉旨朝聘楚国,楚王赐我白璧
　　　　良马,今我还朝交旨,沿路山光水色,令人陶醉。琴
　　　　童,舟船可曾齐备?

琴　童　倒也齐备。

俞伯牙　一同登舟。（下）
　　　　〔船户上,撑船;伯牙和琴童上,上舟。

艄　翁　舟船齐备,鸣锣开舟。（吹"船歌子"）来到孤峰山
　　　　下,请老爷观景。

俞伯牙　湾船下碇。哎呀,伯牙出得舱来,观见青者是山,绿
　　　　者是水,一片好风光,令人喜之不尽,不免赋诗一首:
　　　　长空鸟飞过,满眼草木多。江水流不断,琴音落
　　　　山坡。
　　　　（唱花音慢板）
　　　　　　　　　伯牙打坐在号船,
　　　　　　　　　远山近水乐陶然。
　　　　　　　　　暂拨冗烦心自闲,
　　　　　　　　　我把孔门表一番:
　　　　　　　　　孔子门徒有三千,
　　　　　　　　　内有七十二大贤。

德行颜渊闵子骞，
宰我子贡口能言。
冉有子路来执鞭，
文学子游子夏传。
孔门六艺样样全，
鼓琴妙手数成连。
朝罢楚国回朝班，
日来偷闲按丝弦。

〔子期持扁担等物上。

钟子期 （唱慢板）

子期清早出家院，
抬起头来四下观。
只见朝霞红欲燃，
一望长江水连天。
梅鹿相逐下山涧，
白猿玩耍在崖前。
石上清泉鱼游现，
林中岚气淡如烟。
商贾时来时又断，
农夫牵牛在山边。
子期每日担柴担，
勤劳四体奉椿萱。

小可钟子期，清早起来，奉了父母之命，奔上深山打柴，来此已是河湾，天色尚早，不免在此青石板上暂歇片时。（坐）

俞伯牙 （唱摇板）

舱窗外望红云显，
一双白鹭飞上天。
江上清风拂我面，
且来奉琴乐清闲。（齐）

待我奉琴一道。（奉琴，子期惊起，听）

钟子期　哎呀,好哇!

　　　　（唱摇板）

　　　　　　耳内里忽听得琴音婉转,

　　　　　　何人清晨弄丝弦?

　　　　　　将身且上高山看,

　　　　　　水上停泊一只船。

　　　　　　见一官员把琴按,

　　　　　　目送远云心自闲。（齐）

　　　是我上得山来,观见水上有一大花彩船,上坐一位官
　　　员奉琴,奉得入耳响亮中听,因此触动我的心情,我
　　　不免暂缓深山打柴,站在高山以上,倾耳细听,乐哉
　　　乐哉哟,哈哈哈……

俞伯牙　（唱摇板）

　　　　　　同是孔子门下士,

　　　　　　子路颜回命不齐。

　　　　　　漫说人生各有志,

　　　　　　休道奉琴占便宜。

　　　待我奉琴二道。（奉琴）

钟子期　哎呀,只听那位官员奉的是:

　　　　　　可惜颜回命早亡,

　　　　　　空余世人鬓如霜。

　　　　　　箪食瓢饮在陋巷,

　　　　　　留得贤名万古扬。

　　　越把奉的好了,入耳响亮中听,触动我的心情,我不
　　　免暂缓深山打柴,站在高山顶上,再来倾耳细听,乐
　　　哉乐哉哟,哈哈哈……

俞伯牙　（唱摇板）

　　　　　　天上日月作主宰,

　　　　　　地下丹桂花又开。

　　　　　　方位变易山河改,

　　　　　　严冬逝去阳春来。

秦腔
伯牙奉琴
BOYAFENGQIN

待我奉琴三道。（奉琴，琴断弦）方才奉琴，琴音清雅，一霎时琴音不正，断了丝弦，江边必有异人听琴。琴童，出舱去看。

琴　童　是。（出舱）

钟子期　哎呀，那一官员，方才奉琴，琴音清雅，一霎时琴音不正，断了丝弦，还怪他投师不高，学艺不精，反让我子期一场冷笑哟，哈哈哈……

琴　童　好大的口气！（入舱）禀老爷！

俞伯牙　讲！

琴　童　有一樵夫，笑老爷奉琴不周。

俞伯牙　是他！

琴　童　正是。

俞伯牙　站起去。呵！我想笑我奉琴不周，必是知音之人。琴童，唤那一樵夫入舱见我。

琴　童　是。（出舱）

钟子期　你叫怎样说起，我这里正听得入耳出神，偏不偏他又不奉了。不奉了也罢，莫要耽搁我深山打柴之功，天气不早，深山打柴，走是走了！

琴　童　樵夫留步着！

钟子期　呵，小哥，唤我为何？

琴　童　我家老爷唤你。

钟子期　怎么说你家老爷唤我？

琴　童　正是。

钟子期　前行后到。（琴童入舱）你教怎样说起，一个人正想会他，他那里偏偏也就差人来唤，哎，好，我就会他一会便了哇！

　　　　（接唱）孤峰山下把身隐，

　　　　　　　　雅好丝桐辨五音。

　　　　　　　　功名前程我不问，

　　　　　　　　单凭打柴度光阴。

　　　　　　　　偷闲在此听琴韵，

差人唤我为何因？
下山上船把舱进，
有礼先拜奉琴人。

大人在上，樵夫有礼。

俞伯牙 樵夫无礼！

钟子期 怎见得？

俞伯牙 你乃打柴樵夫，见了我这官宦人家，无有一头来叩，实为无礼！

钟子期 大人言者最是。我乃打柴樵夫，见了你那官宦人家，没有一头来叩，实为抗礼，你说是也不是？

俞伯牙 然也。

钟子期 昔日有一牧童，骑牛背而奉琴，那牛听见琴音，摇头摆尾，举蹄不定。大人今天奉的此琴吗——

俞伯牙 奉琴如何？

钟子期 休怪贫樵来说，哎呀呀，实难入雅人之耳也！

俞伯牙 樵夫来此为何？

钟子期 奔上深山打柴。

俞伯牙 打柴何意？

钟子期 因为家贫，度用不足。

俞伯牙 既然家贫，你就不该听琴。

钟子期 我想偷闲乐道哇。

俞伯牙 道在哪里？

钟子期 道在三教之中。敢问大人尊字。贵表？哪里人氏？

俞伯牙 下官姓俞、名瑞、字伯牙，楚国郢都人氏。

钟子期 出仕哪国？

俞伯牙 身在郑国奉君。

钟子期 官居何品？

俞伯牙 下大夫之职。

钟子期 今欲何往？

俞伯牙 奉君旨意，朝楚回国。

钟子期 大人在此湾船者？

俞伯牙	嗯,这个!
钟子期	这个什么!既怪樵夫家贫,不该在此偷闲听琴,大人有君命在身,为何在此偷闲弹琴?
俞伯牙	我爱这青山绿水。
钟子期	难道贫樵就不可以爱听琴音?
俞伯牙	各投所好就是。
钟子期	大人既爱这青山绿水,又在这里揉丝弄弦,想来大人莫非也好奉琴么?
俞伯牙	然也。
钟子期	(背躬)来么来么,他也好奉琴,他也好奉琴。 (转向牙)大人既好奉琴,每日却读何书?
俞伯牙	下官只知奉琴,不知琴还有书。你可知琴书所讲者何事?
钟子期	所讲者是三才天、地、人。
俞伯牙	诚哉是言也。
钟子期	说甚么诚哉是言也!大人既不知琴还有书,今天竟来奉琴,只好哄我这山野贫樵,怎能瞒得过有知的高人乎?
俞伯牙	我乃下大夫之职,难道说就不如你这打柴的樵夫!
钟子期	大人言者最是。你乃下大夫之职,难道就不如我这打柴的樵夫!休笑我这打柴樵夫,樵夫我打柴一担,量米三升,四体勤劳,全家温饱,怎比大人你坐官食禄,就须鞠躬致命,尽心竭力而为之,假若不能上致君下泽民,那便是尸位素餐,难免十手所指了! (唱摇板) 　　　居官在朝身荣显, 　　　致君泽民理当然。 　　　深山打柴不为贱, 　　　大舜当初也耕田。
俞伯牙	只道你是打柴樵夫,谁知你还广通大理。
钟子期	岂不知十室之邑,必有忠信,山林田野,岂无隐逸。

昔日文王台池鸟兽,与民同乐。大人今天奉琴,休怪贫樵来说,你岂能独乐乎哉!

俞伯牙　嗯,文王乃是古圣贤君,你我岂能比得。

钟子期　大人言者最是。文王乃是古圣贤君,你我岂能比得。大人岂不知出乎其类,拔乎其萃;彼丈夫也,我丈夫也,吾何畏彼哉!

(唱摇板)

说什么聪明人天生为上,

虽匹夫也有志兴国安邦。

舜何人予何人原无二样,

有为者亦若是比又何妨!

俞伯牙　好,你既爱听琴,不知琴为何人所造,我就请你船舱听琴讲道。

钟子期　大人不嫌絮烦聒耳,请听:昔日尧王好贤,舜王好善。尧有二女,一名娥皇,一名女英,同许舜王为妻。二女子言道:凤凰乃是鸟中之王,非盛世而不出,非梧桐而不落,非清泉而不饮,非竹实而不食,今既来朝,必主国家祥瑞。因此,慌忙下台,奏与尧王,尧王即传圣旨,将那梧桐伐倒,截为三段,上去树梢,下断其根,中存一节。

俞伯牙　上去树梢者?

钟子期　上去树梢者,因其声太清而过轻。

俞伯牙　下断其根者?

钟子期　下断其根者,因其声太浊而过重。

俞伯牙　中存一节者?

钟子期　中存一节者,因其声清浊两济,轻重相兼。把这中间一段,丢在长流水中,七十二日之后,取出阴干,选择吉日,宣来能工巧匠,才造下这付桐琴留在世上呀!

(接唱)御花园修建下台高数丈,

二国母八月中去玩月光。

见凤凰栖落在梧桐树上,

秦腔 伯牙奉琴 BOYAFENGQIN

急忙忙下台去奏与尧王。

尧王爷传圣旨宣来巧匠，

把梧桐去根梢解成八方。

正五声协六律音韵嘹亮，

从此后留下了桐琴一张。

大人你若不信，此琴前宽八寸。

俞伯牙　我倒不信。

钟子期　你且按来。

俞伯牙　待我按来。（按琴）不错，倒是八寸。

钟子期　你可知这八寸者？

俞伯牙　下官不知。

钟子期　前宽八寸者，乃按冬至、夏至、春分、秋分、立春、立夏、立秋、立冬八节之数。大人你若不信，此琴后阔只有四寸。

俞伯牙　我也不信。

钟子期　你且按来。

俞伯牙　待我按来。（按琴介）不错，倒是四寸。

钟子期　你可知道这四寸者？

俞伯牙　你且讲来。

钟子期　后阔四寸者，乃按春、夏、秋、冬四时之数。大人你若不信，此琴厚者只有二寸。

俞伯牙　我还不信。

钟子期　你且按来。

俞伯牙　待我按来。（按琴介）不错，倒是二寸。

钟子期　你可知这二寸者？

俞伯牙　你就讲来。

钟子期　这琴厚二寸者，乃按天、地两仪之数。大人若不信，此琴长者三尺六寸一分。

俞伯牙　待我按来。（按琴介）不错，倒是三尺六寸一分。

钟子期　你再讲来。

俞伯牙　你可知这三尺六寸一分者？

钟子期	琴长三尺六寸一分者,乃按周天三百六十一度之数。大人必然知道,此琴还有六忌,七不弹,八绝。
俞伯牙	何谓六忌?
钟子期	一忌大寒,二忌大暑,三忌大风,四忌大雨,五忌大雪,六忌大雷。
俞伯牙	何谓七不弹?
钟子期	闻丧不弹,心乱不弹,事冗不弹,不净手脸不弹,不焚香不弹,衣冠不正不弹,不遇知音不弹,这就是七不弹。
俞伯牙	还有八绝?

钟子期	八绝就是:清、奇、幽、雅、悲、壮、悠、长。大人,此琴奉到尽善尽美之处,猛虎闻而不吼,哀猿闻而不痛,此乃祖先所遗,为世间雅乐之最良者,大人请听哇!
	(接唱)此琴原来是梧桐,
	   阴阳六律正五声。
	   五根丝弦齐拨动,
	   龙飞凤舞象太平。

俞伯牙	分明是七弦,你为何说是五弦?
钟子期	大人言者最是。分明是七弦,我为何说是五弦。
俞伯牙	是呀! 你为何说是五弦?

钟子期	此琴原来只是五弦,外按五行金、木、水、火、土,内按五音宫、商、角、徵、羽。昔日舜挥五弦,歌南风,天下大治。文王因于羑里,长子伯邑考添弦一根,清幽哀怨,谓之文弦;武王伐纣前歌后舞,弦添一根,激烈发扬,谓之武弦,因此,才成七弦。有弦无手,弹出无音;有手无琴,更难成韵。大人你那里有琴,我这里有手,拨动了子弦(奉琴"夜深沉"),海宴河清,气贯长虹,哎大人呀!
	(接唱)百鸟之王数飞凤,
	   树中良材有梧桐。
	   手挥丝弦把琴奉,

宫商角徵四声清；
云淡风轻月如镜，
万民沾雨沐春风。
大人下问我从命，
源源本本说分明。

俞伯牙　你既知乐理，我这里奉琴，心有所思，你若知之，那就是真传实道。

钟子期　哎呀，大人！小人虽不敢说闻琴音，知琴心，但大人请奉，小人我愿细心猜度，若有失误吗——

俞伯牙　怎么样？

钟子期　莫要见怪。

俞伯牙　你且听来。

钟子期　你请奉来。（牙奉琴，期听）美哉美哉，巍巍乎志在高山。大人，你心往高山上去了。

俞伯牙　嗯，这个！

钟子期　这个什么？

俞伯牙　你且听来。

钟子期　你请奉来。（牙奉琴，期听）美哉美哉，洋洋乎意在流水。大人，你心又往水面上去了。

俞伯牙　嗯，这个！

钟子期　这个什么？你请奉来！

俞伯牙　你且听来！（奉琴）

钟子期　莫要奉了，莫要奉了。

俞伯牙　为何不要奉了？

钟子期　大人，你为何戏弄我？

俞伯牙　怎见我是戏弄于你？

钟子期　你奉我是一个打柴樵夫，巍巍乎站在山林，大人你说是也不是？

俞伯牙　先生真神人也！

钟子期　岂敢，岂敢！我不过是一个平凡的樵夫，每天打柴度日，以神比我，实在愧不敢当。

俞伯牙	下官我观看先生举止,闻听先生言谈,定非自幼打柴为生者,敢请先生明以教我。
钟子期	实不相瞒,小人曾在郑国为官奉君,只因弹琴好杯,失落印玺,不敢入朝。因而埋名孤峰山下。
俞伯牙	原是在郑国为官的钟兄到了,你说是也不是?
钟子期	既被识破,不敢隐瞒,即我便是。
俞伯牙	下官有礼。
钟子期	有礼便还。
俞伯牙	请坐。
钟子期	有坐。
俞伯牙	我想先生久居山林,混迹渔樵,与草木同腐,终非长计。以下官微才,且食君禄,似先生这等抱负,何不与我同去,求取功名,立身廊庙?
钟子期	呵,大人不知,小人上有父母,下无兄弟,每日打柴,奉养双亲,虽位为三公之尊,也不忍易我一日之养。
俞伯牙	如此大孝,令人钦佩。不知先生青春多少?
钟子期	虚度二十有七。
俞伯牙	下官年长一旬。你我雅好琴音,今日不期而遇,也算千载难逢,何如就此拜为琴兄琴弟,不知尊意如何?
钟子期	大人乃上国名卿,我乃穷樵,贵贱不同怎敢高攀!
俞伯牙	下官今逢高贤,得遇知音,实乃万幸,何计富贵贫贱。
钟子期	赶这样说起,我就拜你为兄。仁兄转上,待弟拜过。
俞伯牙	为兄也有一拜。(相拜)请坐。
钟子期	有坐。
俞伯牙	琴童,看银两来。
钟子期	仁兄,你要银两何用?
俞伯牙	送与贤弟,拿回家去,将家安下,你我弟兄就在一处讲琴论道。
钟子期	呵,仁兄,你我弟兄论琴只论琴,论道只论道,此银万万不能领受。
俞伯牙	贤弟家中还有何人?

钟子期	父母妻子。
俞伯牙	搬在为兄任中，一同享荣。
钟子期	呵，仁兄，你乃在朝，弟乃在野，连累仁兄，弟心何安！而况父母年迈，弟亦不忍其远适异乡，多受风霜之苦。
俞伯牙	贤弟至孝，固堪嘉许！只是，对父母要孝，对君国也要忠。贤弟何不以孝敬父母之心，出而致君泽民，报效邦国，以宏孝道？只这样独善其身，菽水承欢，上不顾国，下不顾民，如此行径，为兄不敢苟同。
钟子期	哎，仁兄责以大义，弟非木石，岂能无动于怀；只是前因失落印玺，才来隐居打柴，今又出仕，国君何能见谅！
俞伯牙	君候贤明，以国为重，必不能念小过而失大材。此层贤弟不必过虑，为兄自有安排。
钟子期	如此说来，仁兄君命在身，你先前行，待弟回家禀明父母，若得允许，随后便去。
俞伯牙	如此也好，贤弟若果不来，为兄明年此时再来奉请。琴童，看金来。
钟子期	慢着！仁兄，你常常要金银者何用？
俞伯牙	贤弟拿回家去，也好安家。
钟子期	呵，仁兄，你我在朝在野，各有不同，素富贵行乎富贵，素贫贱行乎贫贱。今既与兄结为兄弟，已属狂妄之极，又何敢再受金银，更添罪过！
俞伯牙	哎，贤弟固然廉让可风，未免过于拘谨。
钟子期	怎见得为弟过于拘谨？
俞伯牙	你我弟兄，何分你我。你的父母，也就是我的父母。你将金银拿回家去，一来不缺堂前甘旨之养，二来也可免你深山打柴之苦。
钟子期	呵，仁兄，为弟每日打柴一担，粮米三升，父母妻子，安然度日。你将那金银赠与为弟，为弟拿回家去，外人瞧见，未必不陷为弟于灾害呀！

（接唱）匹夫与人原无怨，
　　　　怀财难免惹祸端。
　　　　养亲之道首一件：
　　　　不贻亲忧亲喜欢。

俞伯牙　贤弟可留少许，以作将来路途之用。

钟子期　尚未禀明父母，去否未知，不便留用。

俞伯牙　作为愚兄薄礼，权当二位尊大人堂上甘旨之奉。

钟子期　如此十金已足，为弟领情了。（看天色）

俞伯牙　贤弟你看甚么？

钟子期　为弟观看红日西坠，弟要回家，高堂奉亲。

俞伯牙　为兄君命在身，不便登堂一拜，奉亲之事，不敢屈留；
　　　　只是今日作别，倘若贤弟不去，明年为兄来看贤弟，
　　　　你我弟兄何处相遇？

钟子期　就在此地相遇。

俞伯牙　我且问你这上？

钟子期　孤峰山。

俞伯牙　这下？

钟子期　鄱阳湖。

俞伯牙　这中？

钟子期　马鞍山，集贤村。

俞伯牙　几时开山？

钟子期　八月中秋开山。

俞伯牙　好，若到来年八月中秋，你我弟兄就在此地相会。

钟子期　赶这样说起，为弟我便告辞。

俞伯牙　为兄奉送。

钟子期　请在了！哈哈哈！

　　　　（接唱）今日邂逅逢知己，
　　　　　　　　弹琴论道日坠西。
　　　　　　　　弟兄船舱曾结义，
　　　　　　　　秋水长天相映碧。
　　　　　　　　为官为民各有志，

一旦相逢又分离。

暂别仁兄下船去,(下船)

到来年八月中秋再会齐。

呵,仁兄,你今还朝交旨,恕为弟我不远送。

请了,请了!哈哈哈……

俞伯牙 请了,请了!(子期下)

(唱带板)

漫说山林无逸隐,

贤弟果算有智人。

弹琴对谁才成韵?

到来年八月中秋会知音。

艄公,鸣锣开舟。(同下)

——完

演出单位

西安尚友社

西安三意社

大郑宫

西安尚友社保存本

剧情简介

　　秦始皇的母后私通了嫪毐,在大郑宫中生了两个孩子,嫪毐还想灭掉始皇,扶持他的私生子作皇帝。事为始皇闻知,带兵去大郑宫杀了嫪毐和二子,把太后囚到槭阳宫中。

人 物 表

太　后	正　旦
秦始皇	大　净
白　起	副　净
嫪　毐	净　角
四衙侍	杂　角
大太监	杂　角
四太监	杂　角
二　子	

太　后　（内唱二倒板）

　　　　　大郑宫①中摆酒宴，

〔起空场，四太监、大太监排对上。太后上又下拖秦
始皇上，太后入座。

秦始皇　酒来！（监倒酒）龙母在上，孩儿跪钦三杯。（跪而
　　　　未起）

太　后　我儿站起来。

秦始皇　龙母恩宽。（起立就坐）

秦始皇　皇儿！

秦始皇　龙母！

太　后
始　皇　请呀！（同饮酒）

太　后　（唱塌板）

　　　　　庆贺我儿在宴前。

　　　　　母子们离别十二年，

　　　　　幸喜得今日才团圆。（留）

秦始皇　龙母请！

　　　　（唱尖板）

　　　　　大郑宫中摆酒宴，（转塌板）

　　　　　庆贺龙母福寿全。

　　　　　韩赵二国刀马乱，

　　　　　你儿领兵前去安。

　　　　　杀了七日并七晚，

　　　　　血水成河骨堆山。

　　　　　我父王一死龙驾晏，

　　　　　你儿咸阳掌兵权。

————————

①　大郑宫，在凤翔县南七里，秦德公时建。

大郑宫中把娘探，

好一似拨云望青天。

俺推杯不饮两廊看，（看介）

静静悄悄无人言。

嫽毒接孤老龙殿，

眉来眼去为哪般？

心中难解这事件，

叫孤难解又难参。

将此事只在心头按，（气介）

回咸阳定要查一番。

白　起　（内唱尖板一句截）

　　　　朝有大事不好了！

〔拥锤子上。

白起来在宫门，待我击动金钟。（击钟介）

〔秦始皇惊介，目示监去看。

大太监　（出门）何人击钟？

白　起　白起击钟，有本奏上。

大太监　少站！（进门跪介）禀大王！

秦始皇　（急问）讲！

大太监　白起击钟，有本奏上。

秦始皇　将话往外相传，孤和国太以在大郑宫中饮宴。有何
　　　　本章，回上咸阳再奏！

大太监　是！（出门）白大夫过来！大王和国太以在大郑宫
　　　　中饮宴，有何本章，回上咸阳再奏。

白　起　怎么说？天哪！哎呀苍天！大王不能设朝，只说这却
　　　　怎处？……有了！待我二次击动金钟。（击钟介）

〔秦始皇目示监去看。

大太监　（出门）何人击钟？

白　起　白起二次击钟，请大王设朝，有得紧急军情奏上。

大太监　站了！（进门）禀大王！

秦始皇　（惊急）讲！

大太监	白起二次击动金钟,请大王设朝,有紧急军情奏上。
秦始皇	(怒)咹……尽管对你讲说,孤和国太以在大郑宫中饮酒。有何本章,回上咸阳再奏。三番两次,真道地琐繁!
大太监	(出门)白大夫过来!大王和国太以在大郑宫中饮酒。有何本章,回上咸阳再奏。三番五次,真道地琐繁。(进门)
白起	嗳嘿……天哪,哎呀苍天!大王不能设朝,眼看龙驾有失,只说这却怎处?……有了!我不免卸下宝剑,大胆闯进宫去。(卸剑放一旁,闯入宫中)
秦始皇	(踢介)咘……你为我朝保驾官,何事不知、何事不晓,欺压孤家,无有法律!
白起	请大王设朝,有紧急军情奏上。
秦始皇	老龙殿伺候!
白起	谢大王!(出宫挂剑下)
秦始皇	儿启禀龙母,酒宴撤奔后宫,儿要设朝。
太后	撤奔后宫。(下)
秦始皇	常随!与孤攒车上殿。 正是:国王家法令何存, 　　　文武学了反叛臣。 (上车顺下复上)呠嘿!如今朝纲大乱,还论什么君君臣臣。(入坐)白起上殿。
大太监	白大夫上殿! 〔白起惊慌上。
白起	参见大王!
秦始皇	胆大的白起,有什么本章,你就与孤奏来!
白起	赐臣无罪,臣才敢讲。
秦始皇	赐你无罪,站起来讲!
白起	谢大王!(站起)我和嫪毐以在大郑宫中饮酒,嫪毐酒后失德,口露真言,他和国太有些暗……
大太监	咦!

秦始皇　（看两旁低声问）暗什么呢？

白　起　耳目甚众。

秦始皇　（看两旁）宫人退下。（大太监退后）这是白起，你看宫人尽都走去，有什么本章，慢慢与孤奏来。

白　起　大王！他二人有些暧昧之事。

秦始皇　（羞介）嗯！

白　起　（紧接）所生两个殿下，长的这样高高大大，不久扶持他的儿子登基，灭却大王，他就是一朝老苍龙。

秦始皇　咞嘿！（急立介）扎！扎扎！

　　　　〔大太监惊上。

　　　　皇龙母，儿的娘！大郑宫一十二载，做下此事，列国诸侯若知，儿这脸面置于何地呀！（气介）白起听旨！你吩咐王剪、章邯把守前后宫门。宫人退下，羽林军上殿！（大太监下）

白　起　羽林军上殿！

　　　　〔四卫侍带刀双上。

四卫侍　（同白）参见大王！

秦始皇　羽林军！

四衙侍　有！

秦始皇　你们外套服袍、内藏利刃，随孤进宫杀驾了！

　　　　（唱尖板）

　　　　　　白起上殿拿本奏，（出坐带剑介）

　　　　（唱浪头带板）

　　　　　　阵阵恶火满胸头。

　　　　　　恨龙母做事真丢丑，

　　　　　　全不怕列国臭名留。

　　　　羽林军趱车后宫走。（上车同下）

　　　　〔太后上。

太　后　（唱带板）

　　　　　　嫪毐一去不回转，

　　　　　　倒叫本后把心担。

　　　　　　　将身只在后宫站,

　　　　　　　等嫪毐前来问一番。

嫪　　毐　（内唱尖板）

　　　　　　　嫪毐大叫不好了!

　　　〔嫪毐上。

　　　　（唱）　冷汗淋淋似水浇,

　　　　　　　低下头儿往内跑。（进宫）

　　　　国太不好了!

太　　后　怎么样了?

嫪　　毐　我和白起以在大郑宫中饮酒,是我酒后失德,口露真言,一十二载之事,尽被白起娃娃听去。

太　　后　怎么说? 天哪! 哎呀苍天! 嫪毐酒后失德,口露走言,一十二载之事,尽被白起听去。皇儿若知,我母子脸面置于何地。看在其间,好不气、好不气,气杀人也。

嫪　　毐　国太莫忧! 将玉玺大印赐于奴婢,奔上外间搬来诸侯,灭却始皇,扶持你我的儿子登基。国太你看如何?

太　　后　胡说! 老王赐我玉玺大印,我岂能与你。

嫪　　毐　国太不念一十二载之事,奴婢与你跪倒了。

太　　后　噢……哎哎啊! 事到如今,我也说他不起了。

　　　　（唱带板）

　　　　　　　嫪毐与我讲一遍,

　　　　　　　背过身儿心自参。

　　　　　　　后宫内取来玉玺印,

　　　　　　　再叫嫪毐听心间。

　　　　　　　你在此间莫久站,

　　　　　　　奔上外边把兵搬。

嫪　　毐　（唱浪头）

　　　　　　　国太不必细叮咛,

　　　　　　　奴婢心中明似灯。

始皇好比一明月,

奴婢好比井内蛇。

身施一礼忙作别,(出门)

搬大兵要把始皇灭。

太　后　(唱带板)

见得嫪毐出深宫,

倒叫本后心不宁。

后宫我先把太子领,

我母子花园逃性命。(引二太子下)

嫪　毐　(内唱尖板)

大郑宫里往外跑,

〔嫪毐急上。

咇!四门全是始皇人马,我是鹰是鹞,飞出宫去不成?只说这……有了!我不免以在宫下大声喝叫,就说宫中有了杀王刺客,他那里捉拿刺客,我岂不混出宫去。唔呀哒!宫中有了刺客,赶快捉拿。(藏介)

〔四衙侍、白起、始皇乘车同上。

秦始皇　(住车)咇!适才宫下大声喝叫,宫中有了杀王刺客,孤家后边赶来,刺客以在哪里?

嫪　毐　看刀!(秦始皇惊退)

〔四衙侍、白起同上,捉住嫪毐。

四衙侍
白　起　拿住刺客。

秦始皇　押上老龙殿!

(唱浪头带板)

我当是哪国烟尘反,

大郑宫中起波澜。

羽林军趱车后园。(同下)

〔太后拉二子上。

太　后　(唱带板)

正行走来莫久停,

好似身旁带贼风。

行来花园用目看，

　　等皇儿过去好起程。

　　〔秦始皇、白起、四衙侍同上。

秦始皇　�！我龙母以在前边行走，孤在后边追赶，一时不见，莫非她上天、入地？咍！讲话中间，观见花枝乱动，莫非以在花下躲藏。白起莫要近身，侍孤掌剑索花！（背身拔剑，削花介，拉出国太）

太　后　皇儿！

秦始皇　嗳嘿……白起听旨！你将我龙母请上老龙殿。

白　起　请国太去到老龙殿！

太　后　哎！咦！（下）

秦始皇　咍！白起言道，还有两个小孺子，莫非也在花下躲藏。校衙莫要近身，待孤二次掌剑索花。（拔剑削花介，拉出二子）

二　子　皇兄饶命……皇兄饶命！

秦始皇　嗳嘿！校衙们，你将这两个孺子挟上老龙殿，与孤趱车上殿。（圆场住车入座）校卫们！你将嫪毐带上殿来。

　　〔卫侍拉嫪毐上。

嫪　毐　……

秦始皇　嫪毐！老贼！见了孤家，为何立而不跪？

嫪　毐　始皇！小孺子！论起国法莫要说起，论起家法我是你父，你是我儿，岂肯与你个小孺子下跪。

秦始皇　老匹夫！死在目前，还是这样硬嘴铁舌，校卫们！推下砍了！

四卫侍　啊！

嫪　毐　（大笑）哈哈哈，咦……啥……

　　〔四卫侍押嫪毐下。

秦始皇　回来！回来！（卫等复回）

嫪　毐　推下为何不杀？

秦始皇	老匹夫！将你推下问斩,喝场大笑,莫非你老贼贪生怕死?
嫪 毐	始皇！父的儿！将父推下问斩,不教父笑,教父与儿哭着不成?
秦始皇	哇！口角含刺,身旁必有夹带。校衙们！身旁搜检。
卫 侍	(卫侍搜嫪介)现有大印。
秦始皇	趁来趁来！(看印)嫪毐！老匹夫！我父王晏驾,赐与我龙母的玉玺大印,如何得到你个老贼之手?
嫪 毐	始皇！小孺子！事到如今,大事败露,父与儿实说了。
秦始皇	哼！
嫪 毐	我以在大郑宫中侍奉你母,一十二载,我二人有些暗昧之交,所生两个殿下。长得这样高高大大。你母将玉玺大印赐于为父,奔上外间,搬来诸侯,灭却你个孺子！扶持我的儿子登基,我就是一朝老苍龙。
秦始皇	(气介)龙母,儿的娘！大郑宫一十二载,做下此事,列国诸侯若知,儿在朝怎样为君呀！校卫们！你将嫪毐老匹夫,拉在十字街前,用锯扯了老贼。
	〔二卫侍拉嫪下。卫侍复上。
四卫侍	嫪毐已死。
秦始皇	校卫们！将那两个小孺子挟上殿来。
	〔四卫侍拉二子上。
二 子	(跪)皇兄饶命……
秦始皇	嗳嘿……哎来吗！这两个小孺子上得殿来,将孤家口称皇兄。列国诸侯若知,脸面置于何地。校卫们！看过两个毛连口袋,将两个孺子装在内边,用七寸长的钢钉,钉杀了两个小孺子。
四衙侍	(拉二子下复上)二子已死。
秦始皇	站起去！白起听旨！你将我龙母请上老龙殿。
白 起	有请国太,请上老龙殿。
	〔太后上。

太　后　皇儿!

秦始皇　嗳嘿……这是龙母,我且问你一十二载之事?

太　后　什么事?

秦始皇　扎……这是龙母,别言儿也不问,我且问你,我父王
　　　　晏驾,赐你的玉玺大印,趁来待儿承样承样!

太　后　哎! 这个……龙母我给遗掉了。

秦始皇　(冷笑)……你遗掉得好,遗掉得妙。龙母你来看,
　　　　偏偏遗掉在嫪毐的手内。

太　后　……

秦始皇　大郑宫一十二载,做下此事,儿也敢……(拔剑)
　　　　〔白起急揖。

秦始皇　(看介)且慢! 我想尘世以上,哪有儿杀母亲之理。
　　　　白起听旨! 将国太送往棫阳宫①中,每日赐她半升
　　　　粗糠米,自折自磨一死。她死莫见孤,孤死不见她。
　　　　你将我龙母请奔棫阳宫。

白　起　有请国太! 奔上棫阳宫。

太　后　……(羞愧下)

秦始皇　啊……我想今天此事,尽怪何人? 尽怪吕不韦老贼!
　　　　回上咸阳,先杀吕不韦老贼。校衙们! 与孤趱车。
　　　　(同下)

————完

────────

①　棫阳宫,在扶凤县东北三十里,秦昭王建。

演出单位

西安尚友社

西安三意社

十 道 本

西安尚友社保存本

剧情简介

唐,李世民被指有罪,唐王命武士将世民推下问斩,朝臣武伇、秦琼、程咬金上殿动本力保世民,唐王不准。魏征心中有数,劝众位班房稳坐,料有能臣来救。果然,褚遂良假装疯魔上殿连动十本,细说前朝历代昏君听信奸妃之言,苦害太子的罪恶。唐王终于醒悟,赦免世民无罪。

人物表

（以上场前后为序）

四内官	杂
王 子	老生
李世民	小生
四校尉	杂
武 伇	须生
秦 琼	须生
程咬金	老丑
魏 征	老生
褚遂良	须生

〔四内官同王子上。

王　子　（唱）　可恼世民好大胆，
　　　　　　　　做的事儿理不端。
　　　　　　　　将身打坐金銮殿，
　　　　　　　　班房里宣来了不孝儿男。

内　侍　世民上殿。

李世民　（内唱）金牌调罢银牌宣，
　　　　〔李世民上。
　　　　（唱）　宣我世民上金銮。
　　　　　　　　莫非昨晚之事发作了，
　　　　　　　　上殿容易下殿难。
　　　　　　　　李世民怕死不上殿，

内　侍　世民上殿。

李世民　（唱）　常随小官你多谗言。
　　　　　　　　放下大胆上金殿，
　　　　　　　　九龙口里把父参。

王　子　大胆！
　　　　（唱）　骂声世民好大胆，
　　　　　　　　做的事儿如欺天。
　　　　　　　　儿呀你何不睁睛看，
　　　　　　　　你姨娘是儿什么人。
　　　　　　　　喝喊两廊刀斧手，

内　侍　武士上殿。
　　　　〔四校尉上。

校　尉　伺候。

王　子　（唱）　将世民推下吃刀弦。

李世民　（唱）　一言不答推下斩，

123

想逃活命难上难。

刀斧手押爷下金殿，

常随小官你进前。

一骑马跑奔开山府，

晓于秦琼、咬金拿本参。

早来一步还相见，

迟来一步不团圆。

刀斧手押爷杀场上，

我世民一死好屈冤。

〔四校尉押李世民下，武伋急上。

武　伋　（唱）　刀斧手莫要杀来莫要斩，

武伋上殿拿本参。

举步撩衣上金殿，

九龙口里把主参。

二王爷身犯何等罪，

为何绑桩吃刀弦？

王　子　（唱）　因为他混乱宫廷院，

因而绑桩吃刀弦。

武　伋　（唱）　万岁要斩二主君，

诚恐冷淡文武心。

敬德回上马尾县，

秦琼告老回梨城。

马段阴刘齐满散，

难道说万岁自为君？

王　子　大胆！

　　　　（唱）　可恼武伋好大胆，

寡人面前敢多言。

刀斧手官儿一声唤，（校尉上）

将武伋推下吃刀弦。

武　伋　（唱）　早知你是无道君，

不该扶你坐西秦。

刀斧手押爷杀场上，

和二主做鬼同路行。

〔校尉押武伋下，秦琼、程咬金急上。

秦　琼　（唱）　刀斧手莫要杀来莫要斩，

程咬金　（唱）　咬金上殿拿本参。

秦　琼
程咬金　举步撩衣上金殿。

魏　征　（内）慢着！

〔魏征急上。

魏　征　（唱）　班房里转来了老魏征。

众家弟兄慌慌张张为何？

秦　琼
程咬金　不知二主秦王身犯何罪绑桩问斩，我弟兄上殿保本。

魏　征　你我保不得本。

秦　琼
程咬金　怎样保不得本？

魏　征　你我同是二主秦王收来之将，此一上殿好比火上泼油，雪上加霜者一般。

秦　琼　你们保不得本，俺秦琼保得本。

魏　征　你怎样保得本？

秦　琼　临潼山救过他满门家眷，因而保得本。

魏　征　你我同样保不得本。

秦　琼
程咬金　何人保得本？

魏　征　你们不必多言，一霎时就有人上殿保本。

程咬金　哎呀我的哥哥，你给我说他是谁，我将他背上殿来，多多保得几本。

魏　征　此时不必明言。同请班房。请！

秦　琼　大哥此事要按稳。

程咬金　千万莫错午时辰。

魏　征　我把此事按得稳，班房里转来了保本的人。

〔秦琼、程咬金、魏征同下。

褚遂良　（内）内变了！唉！内变了！

〔褚遂良上。

褚遂良　（唱）　听说要斩二主君，
　　　　　　　　忙了文武两班臣。
　　　　　　　　保本的官儿推下斩，
　　　　　　　　武伇当殿问斩刑。
　　　　　　　　这都是奸妃动的本，
　　　　　　　　老王爷将假认成真。
　　　　　　　　我歪戴幞头斜搭带，
　　　　　　　　假装疯魔去见君。
　　　　　　　　礼仪不周笑上殿，

　　　　　（笑）哈……

王　子　褚遂良，你疯了？

褚遂良　臣没疯，诚恐万岁你昏、昏了，哈……

王　子　怎见寡人我昏了？

褚遂良　万岁，君莫问臣，臣先问君，我家二主秦王身犯何罪，为何绑桩问斩？

王　子　因为他混乱宫廷，因而绑桩问斩。

褚遂良　万岁莫可！君把谗言莫可听，听见火焰生。堂堂七尺躯，提防三寸舌。舌尖如龙泉，刺人不沾血。君听臣该死，父听子遭灭，弟兄失手足，夫妻听离别，朋友失来往，五伦绝患孽。我家二主秦王，乃是仁德之君，焉能混乱宫廷。主家听信谗言，将我家二主秦王推下问斩，你们君心何忍？我们臣心怎安了？

　　　　　（唱）　二王爷本是有道君，
　　　　　　　　　三辞晋阳自为君。
　　　　　　　　　二王爷大战王世充，
　　　　　　　　　临阵收来众宾朋。
　　　　　　　　　米粮川里收敬德，
　　　　　　　　　千秋岭上收罗成。
　　　　　　　　　挣下江山老王坐，
　　　　　　　　　忘恩负义吾主公。

王 子	哇！褚遂良上得殿来，欺君傲上，哪里容得，武士临殿。

〔四校尉上。

校 尉	伺候！
王 子	将褚遂良推下砍了！
褚遂良	退下！退下！万岁，讲话中间传了口旨一道，哗啦啦闪上二个彪壮大汉，手提明朗朗的杀人钢刀。请问万岁，要斩我朝哪家列臣？
王 子	定除你这骄傲之臣。
褚遂良	慢慢慢着，万岁！为臣上得殿来，我有十道本章，容臣奏完，慢说推下问斩，就是万剐凌迟以死者何惜？
王 子	趁你的本章来。
褚遂良	为臣修本不及，我尽是口诉。
王 子	奏你的一道本章。
褚遂良	万岁请听，臣的一道本章，奏的不是别君，就是那夏禹王。禹王登基以来，享了四百八十五载洪福。后出一君名曰桀王。桀王听信梅熙的谗言，有道罚无道。万岁请听！

　　（唱）　桀王本是无道君，
　　　　　　宠爱梅熙乱乾坤。
　　　　　　到后大祸无救应，
　　　　　　他把江山失外人。

王 子	将褚遂良推下砍了。
褚遂良	慢慢慢着，万岁！方才言道，容臣将十道本章奏完，臣奏了一道，却怎么又要将臣推下问斩？
王 子	寡人有容人之量，武士下殿。（校尉下）奏你的二道本章。
褚遂良	万岁请听！臣的二道本章奏的不是别君，就是那殷纣王。纣王登基以来宠爱一妃，名曰妲己，妲己坐宫以来，建修楼台，启盖摘星，大兴土木，枉费民钱，落百姓的愤怨，姜娘娘挖目烙手一死，梅伯身抱炮烙而

亡。比干挖心一死，二殿下绑桩问斩。万岁，这个昏君登基以来，宠妃杀子，可算得一家昏？哎！昏君！

王　子　（唱）　纣王本是无道君，

　　　　　　　　宠爱妲己乱乾坤。

　　　　　　　　到后大祸无救应，

　　　　　　　　他把江山失外人。

　　　　　　奏你的三道本章。

褚遂良　万岁请听，臣的三道本章奏的不是别君，就是那周幽王。幽王登基以来，宠爱一妃名曰褒姒。褒姒坐宫以来，她的面不带笑容，坑得幽王无计可施，以在后花园中修下丈二高的临台，他君妃二人每日以在临台上边饮酒作乐，饮酒中间褒姒问道"万岁，台下乱咕咚咚，那是什么东西？"幽王答曰"那是烟雾墩，名曰调将台。太平年间莫要说起，若是荒乱年间，吩咐常随将那个烟墩点着，众将官一个一个来在台下伺候。"褒姒言道"何不叫妻妃我广见、广见"。万岁呀！幽王那是无道之君，讲话中间吩咐常随将那个烟墩点着，众将官以在府下打坐，忽然观见烟墩皆起，当是哪国烟尘造反，披甲换铠，提枪在手，翻身上马，人踏人死，马踩马亡，就是这样哗哗啦啦拥进皇城。往上一看，哎！哎！原是他君妃二人饮酒者作乐。众将官有兴而来，无兴而回，卷旗息鼓，哑哑的各回各府。万岁！那时节幽王才见了褒姒女的一点笑容。后有犬戎领兵来伐，幽王无计可施，二次吩咐常随将那个烟墩点着，众将官以在府下打坐，观见二次狼烟皆起，又当他君妃二个饮酒作乐。众将官打坐府下，闲事不知，颟事不管。万岁呀！幽王十万里江山竟失于褒姒女的这一笑呀！哎笑也！

　　　　（唱）　幽王本是无道君，

　　　　　　　　宠爱褒姒点烟墩。

　　　　　　　　到后大祸无救应，

他把江山失外人。

王　子　奏你的四道本章。

褚遂良　万岁请听！臣的四道本章奏的不是别君，就是那灵王。楚灵王登基以来，他不爱体胖之人，专爱那腰细之人。不论龙子龙孙、宫娥彩女、九郡八妃，哪家若还体胖，他要用钢剑剐去肉身，坑得文武无其奈间，三六九日上殿朝贺，先用索带将腰捆定。万岁！这个昏君登基以来，难煞文武嫔妃，可算得一家昏？哎！昏君！

王　子　（唱）　灵王本是无道君，

　　　　　　　　难煞文武乱乾坤。

　　　　　　　　到后大祸无救应，

　　　　　　　　孤穷岂能比他人。

　　　　　奏你的五道本章。

褚遂良　万岁请听！臣的五道本章奏的不是别君，就是那晋献公。献公登基以来，宠爱一妃名曰骊姬。骊姬坐宫以来，她和大殿下重耳言气不和，以在老王面前反背寸舌。老王那是仁德之君，执意不听。她一计不成，反用着二计当陷，她用的蜂蜜梳头，以在后花园中采花，让众蜂以在她的头上采蜜，骊姬言道"重耳呀！何不搭救姨娘我个活命"。重耳不解其意，手执白纸扇子就是这样哗哗啦啦打去众蜂。骊姬上前就这样将重耳一抱，嗯，一抱着抱定。大殿下重耳着慌，就是这样一甩，甩倒骊姬在地。老王以在太湖石上打坐，观看重耳果有迎戏姨娘之心，第二天一登大殿，将重耳绑桩问斩。万岁呀！这个昏君登基以来，他也是宠妃杀子，可算得一家昏？哎！昏君！

　　　　（唱）　献公本是无道君，

　　　　　　　　宠爱骊姬乱乾坤。

　　　　　　　　申生已无皆害死，

　　　　　　　　重耳外国把身存。

王　子　奏你的六道本章。

褚遂良　万岁请听，臣的六道本章奏的不是别君，就是那楚平王。因临潼会斗宝以后，秦穆公迎来五香女，平王父纳子妻一十三载，大事败露，伍奢大夫金瓜触顶一死，伍尚油锅而亡。万岁！这个昏君登基以来父纳子妻，可算是一家昏？哎！昏君！

王　子　（唱）　平王本是无道君，
　　　　　　　　父纳子妻乱乾坤。
　　　　　　　　临潼会上斗宝后，
　　　　　　　　他把江山失外人。
　　　　奏你的七道本章。

褚遂良　万岁请听，七道本章齐闵王。闵王登基以来，宠爱一妃名曰邹妃。邹妃坐宫以来，她和东宫世子田发章言气不和，火化了贡学，走脱亚父孙伯灵，那人投见燕昭王，后有乐毅来伐，相子林叶剑剐邹妃以亡，百尺高杆而见闵王已死。万岁！这个昏君登基以来，他也是宠妃杀子，可算得一家昏君？哎！昏君！

　　　（唱）　闵王本是无道君，
　　　　　　　宠爱邹妃乱乾坤。
　　　　　　　到后大祸无救应，
　　　　　　　他把江山失外人。

王　子　奏你的八道本章。

褚遂良　八道本章大吴王。大吴王登基以来，日吃千杯不醉，夜宿十妃不足，挑选民间的美女，以在后花园中露体采莲，到后来越王勾践领兵来伐。万岁呀！这昏君登基以来，欺压民女，可算得一家昏？哎！昏君！

王　子　（唱）　吴王本是无道君，
　　　　　　　　宠爱西后乱乾坤。
　　　　　　　　到后大祸无救应，
　　　　　　　　他把江山失外人。
　　　　奏你的九道本章。

褚遂良　万岁请听,臣的九道本章奏的不是别君,就是那文帝老王。文帝老王所生一子名曰十王杨广太子,奔上潼关押马一回,回得朝来,欺嫂奸妹,后花园中迎戏他同胞亲妹,养老宫气死他的娘亲,到后来琼花会上拿住,乱棍处死。万岁,这昏君登基以来,欺嫂奸妹,可算得一家昏? 哎! 昏君!

（唱）　杨广本是无道君,
　　　　欺嫂奸妹乱乾坤。
　　　　琼花会上捉拿住,
　　　　乱棍处死那昏君。

王　子　唉! 九道本章奏的文帝老王,十道本章莫非奏在孤穷头上?

褚遂良　为臣不敢。

王　子　大料你也不敢。

褚遂良　嗯! 我奏的是我主。

王　子　寡人有容人之量,你且奏来。

褚遂良　万岁请听! 我家二主秦王乃是仁德之君焉能混乱宫廷? 主家听信谗言,把我家二主秦王推下问斩。我家二主秦王今天犯罪,和那先朝古人般般一样,样样相似。为臣十道本章奏完,万岁请杀! 请斩!

王　子　武士上殿!

　　　　〔四校尉上。

校　尉　伺候。

王　子　将褚遂良推下砍了!

褚遂良　好不气、气、气、气、气煞人了,冤枉! 冤枉!

王　子　押回来。

褚遂良　推下为何不杀?

王　子　孤家把你推下问斩,你口呼冤枉,有什么冤枉?

褚遂良　万岁! 为臣上得殿来有一事未曾查清问明,倘若查清问明,慢说将臣推下问斩,就是万剐凌迟,一死者何惜!

王　子　哪一事,你且查来。

褚遂良　万岁!我家二主秦王夜晚几更进宫探疾?

王　子　初更进宫探疾。

褚遂良　几更别驾出宫?

王　子　三更别驾出宫。

褚遂良　几更闹院?

王　子　二更闹院。

褚遂良　什么?二更闹院?二更闹院?嗯!初更进宫探疾,三更别驾出宫,二更闹院?哎呀万岁,二更我那二主秦王未离吾主身边,他在哪里闹院呢?

王　子　现有御带为证。

褚遂良　趁来!趁来!趁来!(看介)冤枉!冤枉!越吧的冤枉。

王　子　又有什么冤枉?

褚遂良　万岁!我家娘娘奏道我家二主秦王闹院,她少不下一个往内拉,一个往外扯,二人要扭袍夺带,御带上边这个宝石可是攒下的,非是长下的,御带上边这个宝石未曾损坏,你看冤枉不冤枉?

王　子　趁来!趁来!(看介)寡人我才给明白了。

褚遂良　才给明白了!才给明白了!才给明白了!

王　子　(唱)　好一个不怕死的褚遂良,
　　　　　　　十道本救下唐二王。

　　　　　听旨!

褚遂良　臣。

王　子　寡人当殿把旨降,杀场上解下来秦二王,孤的忠良。

褚遂良　(唱)　吾的主本是有道君,
　　　　　　　他比尧舜强十分。
　　　　　　　笑嘻嘻捧旨班房过。

　　　　　〔内声:"众位大人请了"。"请了"。"褚遂良不怕死,上得殿去连动十道本章,救下唐二王性命,你我将他笑了哈……"

褚遂良　（唱）　文武两班笑呵呵，

　　　　　　　　这一旁笑的秦叔宝，

　　　　　　　　那一边笑坏老魏征。

　　　　　　　　他笑我不怕死的褚遂良，

　　　　　　　　十道本救下唐二王。

　　　　哎，求赦条——赦条？哎嗯！

　　（唱）　险些儿耽误了大事情，

　　　　　　　　我在此间莫久停，

　　　　　　　　杀场上望一望受屈的主公。

　　　　哎！这般时候，待我奔上杀场，速走。

——完

秦腔 十道本 SHIDAOBEN

备　考

　　该剧是西安尚友社解放前至建国后六十年代在西北地区享有声望的、被广大观众肯定了的保留剧目之一,但因原本失传,团退休老艺人康正绪同志为了发展戏曲事业,在花甲之年口述、追记了该剧,送本团档案室永久保存,以备发展、繁荣秦腔之用。

　　康喜琴属康老之女,原本团一九六〇年学生,行当系正旦。

注明人: 冯素清

1987 年

演出单位

西安尚友社

西安三意社

西安易俗社

三上轿

西安尚友社保存本

剧情简介

　　《三上轿》是秦腔历史剧《假金牌》的一折。恶霸张炳仁欲夺李通之妻崔秀英为妾,用药酒将李毒死,李父县衙告状,但张已买通官府,李被轰下公堂。崔说服双亲,暗藏短刀一把,身入张府替夫申冤,上轿时想双亲年迈,幼子无靠,难舍难分,但决心复仇,毅然上轿而去。

人 物 表

李　容　　　老　生　　　李通之父
李　妻　　　老　旦　　　李通之母
崔秀英　　　正　旦　　　李通之妻
张　增　　　二　净　　　张炳仁之管家
媒　婆　　　媒　旦
黄知府　　　幕后人物
家丁二人
衙役四人
轿夫一人

〔李容拿状子去公堂告状。

李　容　（唱）　恨张三太狠心做事霸道，
　　　　　　　　因何故害我儿命归阴曹。
　　　　　　　　今日里拼这条老命不要，
　　　　　　　　公堂上我与他要见低高。
　　　　　　　　来至在大堂口一声高叫，
　　　　　　（大声喊）冤枉！冤枉！
　　　　　　（唱）　转过身我再把堂鼓来敲！（击鼓介）

众衙役　（内）啊！

黄知府　（内）李老儿击鼓为何？

李　容　状告张炳仁害死我的儿子，大老爷与民申冤哪！（冲
　　　　进幕内）

黄知府　（内）呔！好一胆大的李老儿，竟敢击动堂鼓，来呀！
　　　　哄下堂去，掩了堂门！

众衙役　（内）啊！

〔容被从内推出。

李　容　天哪！哎呀苍天！黄知府那个狗官不但不接我的状
　　　　子，反而将我哄下堂来，掩了堂门。此时我上天无
　　　　路，呼地无门，难道说我这杀子之仇，就白白罢了不
　　　　成！有了！我不免站在大堂口前将这狗官大骂一
　　　　场，方泄我心头之恨了！
　　　　（唱）　你为官不来爱民命，
　　　　　　　　你官官相卫徇私情。
　　　　　　　　你只顾一人一家来高兴，
　　　　　　　　全不管万民百姓痛哭声！
　　　　　　　　你枉食国家俸禄无人性，
　　　　　　　　你把这公衙变成枉死城。

你纵然依势行凶多骄横，

你这朵乌云终难遮日红。

奸邪一时虽得逞，

日久公道自然明。

百般叫骂无人应，

满怀悲愤回家中！

好狗官！（下场）

〔二幕启，设置着李通的灵堂，婆抱娇儿，和崔等候容告状之事。

李　妻　（唱）　儿的父去告状不见回转，

崔秀英　（唱）　痛杀杀真叫人疼烂心肝。

〔李容上。

李　妻
崔秀英　（关心地问）员外你回来了？
　　　　　　　　　爹爹

李　容　（生气地）我回、回来了！

李　妻　状子可曾准下？

崔秀英　哎呀爹爹！告状之事怎么样了？

李　容　哎呀儿媳呀！黄知府那狗官，不但不接我的状子，反而将我轰出堂来。

李　妻
崔秀英　（吃惊）啊！

李　容　这时候，我该再向何处申、申冤哪！

李　妻　屈死的儿呀！

崔秀英　夫啊！

李　容　（唱）　冤沉海底冤难消，

李　妻　（接唱）我儿含冤把祸遭。

崔秀英　（接唱）血海冤仇如何报！李郎夫呀！

李　容　（接唱）李、李通儿呀！

张　增　张府管家到！

李　容　（吃惊）啊！（指崔、婆）你们回避！（恨气地拿着蜡台）

　　　　（接唱）这冤仇越结越坚牢！

〔增和媒拿着礼品,人役抬着花轿上。

张　增　媒婆! 二次进门提亲。

媒　婆　(害怕地)我不敢去,我怕李老打我。

张　增　这回有我在此,你还怕了个什么!

媒　婆　对! 这回有管家大爷在此还怕什么? (入门)哟!
　　　　李爷! 哼……

李　容　媒婆! 又做什么来了?

媒　婆　当媒婆的,跑在腿上,吃到嘴上,今日又说亲来了,迎
　　　　亲来了,与李爷恭喜来了!

李　容　哇! 好一胆大的媒婆,你竟敢两次三番来到我家说
　　　　亲,难道你真地欺压我李门无人么? 我今天要打死
　　　　你个贱人。(准备打媒)

媒　婆　(吓地大喊)管家大爷! 管家大爷!

张　增　(听言进门)李老儿你好无来由!

媒　婆　(仗势地说)李爷! 这回怕你打我不成了!

张　增　青天红日头,你竟敢私刑打人!

李　容　啊! 你还打我不成!

张　增　说打! 便打! (欲打,被媒阻挡)

媒　婆　(劝解地)管家大爷! 咱们是抬亲来的,结了亲就是
　　　　一家了,你都不怕三爷怪你吗? 还是办正经事要紧。
　　　　(又向容劝说)唉! 李爷! 事到如今,你这不是寻着
　　　　惹事呢吗?

张　增　李老,我们是抬亲来的。三爷说来,叫抬也要抬,不
　　　　叫抬也要抬,叫你媳妇乖乖上轿就有好处! 假若怒
　　　　恼三爷,哼! 叫你全家大小难逃活命!

李　容　你倒放屁! 我! 我就与你拼了! (以头撞增,被增踢
　　　　倒在地。崔、婆急上扶容)

张　增　哼! 我看你真的李容不想活了! 媒婆,拉新人上轿!
　　　　〔媒欲拉住崔,被崔仇视的神气吓退。

崔秀英　管家大爷不必生气,你和媒婆先在门外等候,我和公
　　　　婆再作商议。

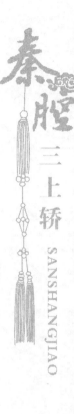

张　增	好！你们速作商议，从也要从，不从也要从，打开窗子说亮话，这就叫做强占硬娶。（向媒婆说）媒婆！
媒　婆	哎！
张　增	把花红彩礼，凤冠霞帔与他们留下！（示意媒婆同下）
崔秀英	二老爹娘不必伤心生气，你看张家势大，既来抬亲，媳妇我愿意前去。
李　容李　妻	（吃惊地）啊！怎么你愿意前去！
崔秀英	正是得！儿媳我愿意前去。
李　容	李通，小奴才！你！你死得太迟了！
李　妻	冤孽孙孙，你错投了人家了！
崔秀英	（滚白）我叫、叫一声二爹娘！二爹娘！我的二老爹娘呀！非是儿媳愿意前去，你看张家势大，做事无法无天，既用药酒毒死你儿，又要逼娶儿媳作妾，老爹爹前去官府告状，那赃官又不与民作主，呼天不应，呼地无门，事已至此，难以两全，不去除非一死，白白送死，又有何益？以儿之见，不如允亲前去，暗藏短刀一把！ 〔容、婆吃惊。
崔秀英	等到更深人静，一刀刺死……
李　容李　妻	住口！（向外看）刺死什么？
崔秀英	（滚白）一刀刺死张贼，也好与你那遭人毒害的儿子，申冤报仇了！
李　容	（沉思之后）我儿有此胆量？
崔秀英	儿我有些胆量！
李　妻	你有此志气？
崔秀英	儿我有此志气！
李　容李　妻	（沉思后）唉！使不得！使不得！我二老怎能把你送入火炕。

崔秀英　　（无奈地）哎呀爹娘啊！事到如今，还讲什么火炕不
　　　　　　火炕，儿媳不去，不但大仇难报，咱一家性命难保。
　　　　　　儿媳我有三件大事。爹爹对他讲说，倘若应允，我、
　　　　　　我便上轿。

李　容　　吆！哪三件事？

崔秀英　　首一件买来棺椁衣衾，将你儿含殓，送到坟茔。

李　容　　二一件呢？

崔秀英　　二一件需要千两银子。

李　容　　唉！咱家虽穷，岂能要那仇人的银子！

崔秀英　　哎呀二老爹娘呀！儿媳去后，你二老速去他乡避祸。

李　妻　　唉！这第三件呢？

崔秀英　　这三件吗？洞房之内不用灯火。

李　容　　（不解地）却是为何？

崔秀英　　哎呀爹爹呀！适才已经讲过，爹爹你！你！你再不
　　　　　　要迟疑了！（崔满腹冤仇无法说出，把容推出门，拿
　　　　　　上凤冠霞帔，下）

媒　婆　　（媒见容出门急忙上前问）李爷！李爷！商量好了
　　　　　　没有？

李　容　　（无奈地）商量好了！

媒　婆　　（高兴地）哎呀！商量好了就好么！

李　容　　我那儿媳还有三件大事！

媒　婆　　嗯！只要她上轿，慢说三件大事，就是三十件，三百
　　　　　　件也没有什么。走！走和管家大爷商量走！走……
　　　　　　（拉容下）

李　妻　　（唱）　媳妇我儿胆气壮，
　　　　　　　　　孙儿就要离亲娘。
　　　　　　　　　祸不单行从天降，
　　　　　　　　　倒叫老身好惨伤。
　　　　　　〔崔脱了孝服换上了红装，慢慢地走上，容也慢慢地
　　　　　　走进门来，有说不出的话。

崔秀英　　爹爹他们依从了吗？

李　容　（无奈地）都！都！都依从了。

崔秀英　（怀抱冤仇地）哼！哼！哼……依从了好！

二家丁　（内喊）李老儿！（抬着银子上）李老儿！这是纹银千两你请来过目。（二家丁同下）

李　容　（唱）　千两银子已送到，

李　妻　（唱）　买去我儿命一条。

李　容　（唱）　媳妇霎时要上轿，
　　　　　　　　生离死别在！在！在今朝。

崔秀英　（唱）　唉！……
　　　　　　　　二爹娘且安坐儿有话讲，
　　　　　　　　待媳妇我拜过二老爹娘。
　　　　　　　　儿不能孝父母生养死葬，
　　　　　　　　你二老今为儿莫要悲伤。
　　　　　　　　手抱上夫灵牌怀念既往，
　　　　　　　　哭了声屈死的短命才郎。
　　　　　　　　你自幼读诗书何曾浪荡，
　　　　　　　　在堂前孝父母未游他乡。
　　　　　　　　咱二人结夫妻妇随夫唱，
　　　　　　　　论恩爱赛得过梁鸿孟光。
　　　　　　　　自从那小娇儿生来世上，
　　　　　　　　咱二人更显得情深意长。
　　　　　　　　实想你步青云名登金榜，
　　　　　　　　光门第显父母来把名扬。
　　　　　　　　只因你太忠厚胸怀明朗，
　　　　　　　　张炳仁那贼子心起不良。
　　　　　　　　用药酒毒死你一命早丧，
　　　　　　　　差家人逼为妻去作妾房。
　　　　　　　　到今日呼天不应呼地不灵无法想，
　　　　　　　　我只得忍辱含羞脱去孝服换红装。
　　　　　　　　咱一家父母妻子欢欢乐乐好气象，
　　　　　　　　今落得妻在中年儿在怀抱亲在堂。

你不该和那张贼常来往，
你不该和那张贼会文章。
妻当初也曾把你来阻挡，
谁叫你贪贼杯酒一命亡。
假若不遭此冤障，
焉有今日这下场。
咬牙我把狠心放，（欲摔牌位，又止）
可怜我恩爱夫妻情难忘。（孩子哭）

崔秀英　（唱）　抱娇儿在怀中泪如泉涌，
李　妻　媳妇！与我那孙儿喂口奶吧！
崔秀英　（唱）　可怜儿从今后孤苦伶仃，
　　　　　　　儿的父遭毒手死于非命。
　　　　　　　儿的娘今就要投入火炕，
　　　　　　　儿爷爷儿婆婆把儿照应，
　　　　　　　儿今后叫亲娘无人应声。
　　　　　　　儿只知饥了哭饱了高兴，
　　　　　　　儿不知娘离儿阵阵心疼。
　　　　　　　这并非娘舍儿心肠太硬，
　　　　　　　恨的是娘不去儿难全生。
　　　　　　　张炳仁害儿父全无人性，
　　　　　　　娘不忍儿的父含冤莫名。
　　　　　　　为儿父报冤仇娘心已定，
　　　　　　　此一去儿与娘难再相逢。
　　　　　　　见娇儿笑嘻嘻我心悲痛，
　　　　　　　铁石人也难忘儿女之情。

媒　婆　（不耐烦地）唉！你看这暮囊不暮囊些！快一点吧！
　　　　不要错过好时辰！
李　容　你且下边伺候！
李　妻　事到如今，你还逼她是怎的！
媒　婆　唉！我不是逼呢？只是提醒新人就是了！（无奈何
　　　　地下）

崔秀英　（唱）　恨媒婆催上轿如同逼命，

　　　　　　　　她那里错认了崔氏秀英。

　　　　　　　　无奈我把娇儿与娘递送，（将娇儿与婆）

　　　　　　　　娘念他无娘儿多加照应。

　　　　　　　　儿再难在堂前来把亲奉，

　　　　　　　　这一拜权当儿百年送终。

　　　　　〔门外鼓乐响，增、媒、二家丁轿夫抬花轿同上。

崔秀英　（唱）　忽听得门儿外鼓乐响动，

　　　　　　　　二爹娘将媳妇送出门庭。

李　容　儿媳呀！（婆抱孙儿和容同将崔送出门外）

媒　婆　（见崔出门）快上轿吧！

崔秀英　（唱）　出门来见花轿家丁人众，

　　　　　　　　气得我双目黑心血沸腾。

　　　　　　　　媒婆是催命鬼令人恨憎，

　　　　　　　　张炳仁是阎君判官张增。

　　　　　　　　他怎知崔秀英报仇为重，

　　　　　　　　哪怕你张府里火熬油烹。

　　　　　　　　辞别了二爹娘去把轿上。

李　容
李　妻　媳妇呀！你将我二老再望得一眼吧！

　　　　　〔崔又走到容、婆的跟前。

崔秀英　（唱）　二老爹娘呀！

　　　　　　　　二老听儿再叮咛。

　　　　　　　　留在此间皆无用，

　　　　　　　　速去他乡隐姓名。

　　　　　　　　媳妇我今主意定，

　　　　　　　　管叫贼……

李　容
李　妻　媳妇呀！

媒　婆　快上轿吧！

崔秀英　（唱）　管叫贼府血染红。

　　　　　　　　二次我把轿来上，

（正要上轿时娇儿啼哭，抱上了娇儿，难以分离地痛哭）

（唱）　娘！娘的儿呀！儿呀！

怀抱娇儿泪纵横。

只因儿父冤仇重，

娘才忍心有此行。

娘今一去若丧命，

儿呀！……这笔冤债要你清。

张　增　（着急地）快点上轿！不要叫三爷等得不耐烦了！

李　容　就要上轿你还逼她是怎的！

张　增　哼！

媒　婆　看！看……惹得管家大爷都生气了，快上轿吧！

崔秀英　（唱）　三次上轿我忍着痛，

炎炎怒火烧在胸。

此去前程是险境，

冤家窄路定相逢。

罢！罢！罢！（咬紧牙关上轿）

张　增　走！

〔增、媒、二家丁、轿夫抬着花轿同下。

李　容　哎呀娇儿呀！
李　妻

——完

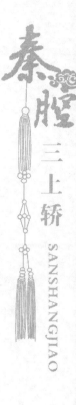

演出单位

西安尚友社

书 房

西安尚友社保存本

剧情简介

宰相梁正之女梁兰英、梁凤英姐妹,元宵节花园散心,行至梁兰英未婚夫梅生读书处。趁梅生外出,进书馆观书,被梁正窥见,误认梅生与女兰英相会,欲惩之。

此乃《合凤裙》一折。

人 物 表

梁凤英	花　旦
梁兰英	小　旦
家　童	杂
梁　正	老　生

〔梁兰英、梁凤英同上。

梁兰英　（念）　元宵佳节春似锦，

梁凤英　（念）　张灯结彩气象新。

梁兰英　（念）　日居深闺多愁闷，

梁凤英　（念）　姐妹庭院同散心。

梁兰英　裙钗梁兰英。

梁凤英　裙钗梁凤英。

梁兰英　今天是天子大放花灯。

梁凤英　军民同乐。

梁兰英　爹爹去伴圣驾。

梁凤英　母亲去伴娘娘。

梁兰英　丢我姐妹二人深闺寂寞。

梁凤英　十分无聊！这是姐姐。

梁兰英　妹妹。

梁凤英　依妹妹心中思想，今夜大放花灯，咱们何不悄悄到府门口瞧瞧热闹去呢？

梁兰英　你我女孩人家，怎好抛头露面。去不得。

梁凤英　既然去不得，那咱们就到花园玩耍玩耍。

梁兰英　妹妹，花园也是去不得。

梁凤英　怎么花园也是去不得？

梁兰英　花园有个他呢。

梁凤英　姐姐，咱花园有南寺里的塔吗？北寺里的塔？

梁兰英　唉！有个他呢！有个他呢！

梁凤英　是了是了，我梅姐丈以在花园书馆读书，你说的是他不是？

梁兰英　是是是！妹妹，去不得！去不得！

梁凤英　这是姐姐，我梅姐丈他看他的书，咱玩咱的景，却有

　　　　　　　　什么个去不得?

梁兰英　妹妹,你说去得?

梁凤英　去得!

梁兰英　既然去得,咱姐妹一同前往了!

　　　　（唱花音慢板）

　　　　　　　　姐妹花园把景玩,

梁凤英　（唱）　踏月游园解愁烦。

梁兰英　（唱）　春风袭人寒未减,

梁凤英　（唱）　皎皎明月空中悬。

梁兰英　（唱）　良辰美景增闷倦,

梁凤英　（唱）　咱们不能把灯观。

梁兰英　（唱）　观灯的人儿千千万,

梁凤英　（唱）　隔花墙只听闹喧天。（绕圆场）

梁兰英　（唱）　一行二步莲花瓣,

梁凤英　（唱）　三行四步水飘船。

梁兰英　（唱）　五行六步杨柳闪,

梁凤英　（唱）　七行八步似箭穿。

梁兰英　（唱）　九行十步气儿喘,

梁凤英　（唱）　不觉来到园门前。

梁兰英　（唱）　妹妹推开门两扇,

梁凤英　（唱）　姐姐请来进花园。

梁兰英　（唱）　迎春花儿满坡埝,

梁凤英　（唱）　天竹腊梅傲霜寒。

梁兰英　（唱）　见一树红梅多姣艳,

梁凤英　（唱）　折一枝与姐插鬓边。

梁兰英　（唱）　戴梅花想梅郎暗自思念,

　　　　　　　　但愿他夺高魁早结凤鸾。

梁凤英　（唱）　问姐姐有什么心事一片,

　　　　　　　　却为何慢沉吟低头不言。

　　　　　　　　姐姐,怎么你走着走着又想起心事来了?

梁兰英　姐姐没有什么心事,你个丫头休要胡猜!

梁凤英	哼！我胡猜！姐姐的心事还当我不知道吗。
梁兰英	你个丫头知道个什么！走,快回。
梁凤英	不回,不回。姐姐,咱们既到花园,何不去到书馆……
梁兰英	倘若被人瞧见,那又成何体统。快回!（折身欲走）
梁凤英	姐姐莫忙！姐姐莫忙。这会儿他们都玩灯去了,咱们去到书馆门外瞧瞧何妨。
梁兰英	妹妹,去不得!
梁凤英	说是去得!
梁兰英	去不得!
梁凤英	说是去得,去得！姐姐快走!（拉兰英绕半场进书馆介）姐姐,你看,书馆里静悄悄得没有一个人儿,想必是我梅姐丈也玩灯去了。你看这桌面上是忽。
梁兰英	原是书。
梁凤英	忽么忽,忽么忽!
梁兰英	就是忽,就是忽。
梁凤英	这是个哼活。
梁兰英	是个生活。（笔的俗称）
梁凤英	哼活么哼活!
梁兰英	就是哼活哼活!
梁凤英	这是个笔尕子。
梁兰英	笔架子!
梁凤英	笔尕子么笔尕子。
梁兰英	好好好,就是个笔尕子。
梁凤英	姐姐你看这画上画的啥?
梁兰英	妹妹,姐姐我认它不得。
梁凤英	画的张生戏哼哼。
梁兰英	戏莺莺。
梁凤英	戏哼哼,戏哼哼!
梁兰英	就是戏哼哼!
梁凤英	这是姐姐！你看卧房内现有我梅姐丈的头巾靴袍,待妹妹穿戴起来,看我可像我梅姐丈不像。

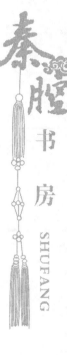

梁兰英	穿不得！
梁凤英	穿得！
梁兰英	穿不得！
梁凤英	要穿呢！（凤英下进卧房介）
梁兰英	妹妹快来！
梁凤英	来了来了！（换衣上介）这是姐姐！你看妹妹穿戴 起来，像我家梅姐丈不像？
梁兰英	（扭头介）我才不看！
梁凤英	（扳兰英头）姐姐！你看，你看！
梁兰英	我看你才不像！
梁凤英	姐姐！你就说像些，妹妹回上绣阁，好与你插瞎。
梁兰英	原是扎花！
梁凤英	呵！扎花！
梁兰英	待姐姐观看。妹妹，你就像了个像！
梁凤英	哎哟我呀！
梁兰英	你咋些？
梁凤英	哎，我的小姐呀！ （学小生腔唱二六） 　　　　头戴上儒生巾乌云压鬓， 　　　　身穿着绣花袍文质彬彬。 　　　　走上前施一礼有话谈论，
梁兰英	你个丫头要说什么？
梁凤英	（唱）　尊一声兰英妻梁府千金。 　　　　我为你离凤阳把京来进， 　　　　盼的是夺高魁早日成亲。
梁兰英	死丫头！真是胡说！
梁凤英	（唱）　叫小姐且莫要含羞带嗔， 　　　　来来来咱夫妻谈一谈心。
梁兰英	（唱）　见妹妹穿戴起风流英俊， 　　　　看起来真像个读书之人。
梁凤英	姐姐看我像我家梅姐丈不像？

梁兰英	（唱）　小丫头莫淘气还须谨慎，
	快快地换衣衫随我出门。

妹妹，看天色不早，小心人家回来了。快快换去衣衫，你我回吧！

梁凤英	莫忙，莫忙。姐姐你看，这是我梅姐丈做的文章。
梁兰英	不要乱翻，你我快回！
梁凤英	看，还有诗稿，姐姐你看，我梅姐丈的才学如何。
梁兰英	（被打中心怀，趋前观看介）啊！待我看来。（就坐翻阅，凤英偎依兰英身后俯视，姐妹看到入神时，低声吟咏，忘其所以）
梁　正	（内白）家童随上些！

〔梁正带家童上。

（唱二六板）

　　　　适才御园把节贺，

　　　　圣上题诗命我和。

　　　　醉醺醺回府来花园且过，

　　　　试一试梅廷选才学如何。

老夫梁正，是我御园饮宴已毕，回得府来，路过书馆，不免将适才宫中庆贺元宵诗韵，命梅生和上一首，试试他的才学如何。家童。

家　童	伺候相爷。
梁　正	灯笼止回，不用你伺候。
家　童	是。（下）
梁　正	（唱慢板）

　　　　梅贤婿在书馆温习功课，

　　　　借和诗试一试他的才学。

　　　　远望书窗露灯火，

　　　　莫非他还在苦吟哦。

　　　　近听人静夜寂寞，

　　　　莫非他已入梦南柯。

　　　　既睡觉就该熄灯火，

秦腔书房 SHUFANG

灯花落地有差错。

损坏别的还犹可，

烧坏文章读什么。

用舌尖湿破窗棂纸，

眼目昏花看不着。

袍袖擦去眼前雾，

梁兰英
梁凤英　　好诗！好诗！

梁　正　（唱尖板）

梅公子依傍女娇娥。

梅公子来你有错，

丫头不该离绣阁。

有心上前门踏破，

哪有个父把女奸捉？

教子不道父之过，

养女不贤娘有错。

这一口恶气气煞我，

回府去先打老乞婆。

　　　　　　好不气！气！气煞人了！（下）

梁兰英　（唱摇板）

这样诗稿真不错，

梁凤英　（唱）　不忍释手好佳作。

梁兰英　（唱）　妹妹快回莫久坐，

梁凤英　（唱）　奔小房忙把衣衫脱。（下脱衣又上介）

梁兰英　（唱）　幸喜没被人看破，

梁凤英　（唱）　姐妹悄悄回绣阁。（同下）

——完

演出单位

西安尚友社

祭　江

西安尚友社保存本

剧情简介

　　刘备夫人孙尚香,被其王兄孙权以母亲有病而诓回东吴。当孙离夫三年后,得知刘备已在白帝城而亡,于是要去江边祭奠夫君。其母担心尚香的兄长孙权不允,劝女儿不必前往。尚香以死相告,要去江边祭夫,以示夫妻之情。国母无奈,允女速去速回。孙尚香到了江边,设祭案跪诉她和刘备生前的婚缘,倾诉刘备一生的忠义品格。在祭祀之后,尚香投江以表她对刘备的忠贞。

人　物　表

孙尚香

吴国太

四宫娥

二内侍

〔二宫娥引孙尚香上。

孙尚香 （念）　别夫三年整，
　　　　　　　　终日心不宁。

　　　　（诗）　可恨张昭诡计多，
　　　　　　　　诓我过江受冷落。
　　　　　　　　独坐宫院愁眉锁，
　　　　　　　　终日思夫泪簌簌。

哀家，孙尚香。忆往年我家兄王，与周郎定下美人之计，诓骗刘皇叔过江招亲，欲将他老死东吴，谁知以假成真，母后作主，将我终身配与皇叔，夫妻回转荆州，恩爱相从数载。可恨张昭老贼，暗中用计，乘皇叔领兵夺取葭萌关之际，假言母后有病，诓我过江探望，意诈取荆州。自回东吴，每日思念皇叔，百般悔恨。正是：泪似湘江水，离人愁闷多。

　　　　（唱）　孙尚香坐宫院愁眉紧锁，
　　　　　　　　思一思想一想无计奈何。
　　　　　　　　遭不幸我父王早年亡过，
　　　　　　　　兄孙权承霸业执掌山河。
　　　　　　　　坐江南八九郡有何不可？
　　　　　　　　一心要讨荆州擅动干戈。
　　　　　　　　定下了美人计被人猜破，
　　　　　　　　讨不回荆州地反赔娇娥。
　　　　　　　　随皇叔回荆州三载已过，
　　　　　　　　贼张昭又把我诓回江河。
　　　　　　　　悔当初少主意千错万错，
　　　　　　　　思夫君不由人珠泪婆娑。
　　　　　　　　奴好比走风船失了艄舵，

又好比抢鱼食自投网罗。

奴好比花正开不会结果，

又好比织女星隔断银河。

恨兄王把我的牙关咬破，

〔宫娥上。

二宫娥　（唱）　来了我报事的小宫娥。

启禀郡主，大事不好。

孙尚香　啊！何事惊慌？

二宫娥　今有刘皇叔，驾崩在白帝城。

孙尚香　啊！（呆若木鸡）你……待怎讲？

二宫娥　刘皇叔白帝城驾崩。

孙尚香　哎呀！皇……

〔二宫娥忙架。

二宫娥　郡主！郡主！

孙尚香　（唱）　听一言吓得我战战索索，

好一似万把刀扎在心窝。

叹皇叔为汉室忠心操破，

志未成身先死命见阎罗。

唉！想我与皇叔，恩爱相从数载，如今驾崩白帝城，不免身穿孝服，奏知母后，到江边祭奠一番，以表夫妻之情。众宫人！

众宫人　郡主有何吩咐？

孙尚香　看素衣素裙侍候哇！（难过，换衣）

众宫人　是。（扶孙下）

〔二内臣引吴国太上。

吴国太　（唱）　一日偷闲一日安，

光阴似箭不回还。

孙权儿他把大事管，

每日兴兵不停闲。

都只为荆州取不转，

孙刘两家结仇冤。

周郎他把计来献，
诓骗刘备下江南。
老身初见刘备面，
亲许尚香配良缘。
可叹他为汉室东杀西战，
每日间殚精竭虑不得安。
适才间宫人报他把驾晏，
倒叫老身泪涟涟。
将身儿且坐养老院，
等候我尚香儿来问娘安。

〔众宫娥引孙尚香素衣素裙上。

孙尚香　（唱）　闻噩耗不由我悲痛难忍，
奠夫君脱霞帔换上素裙。
叹皇叔伐东吴报仇雪恨，
我兄王命陆逊率领三军。
火攻计烧连营难退难进，
众儿郎一个个烈火焚身。
我的夫在猇亭悲愤过分，
不料他白帝城晏驾归阴。
与皇叔三载相从恩爱不尽，
禀母后到江边奠祭亡魂！
内侍臣摆驾宫院进——
儿臣拜见，母后千岁！

吴国太　（唱）　皇儿少礼且平身！

孙尚香　谢母后，喂呀！（哭）

吴国太　啊。（明知故问）

　　　　（唱）　我儿进宫院，
两眼泪涟涟。
凤冠霞帔怎不穿？
为什么穿身素服来问娘安？

孙尚香　（唱）　国母娘你不知，

159

细听皇儿把本提。

白帝城你婿刘备命归西，

因此上儿穿一身缟素衣。

吴国太　哎！可叹哪，可惜……儿呀！刘皇叔既已命丧，莫要过于悲痛。（孙尚香为怕母后难过，强忍）

宫娥们搀你家郡主回宫歇息去罢！

孙尚香　启奏母后；儿臣要到江边祭奠夫灵，以表俺夫妻情肠。

吴国太　儿啊！你虽与皇叔有夫妻之分，况且分别数载，眼下他和你家兄王正有敌国之仇，你还祭他作甚？

孙尚香　唉！母后啊！

（唱）　母后隐坐养老宫院，

细听孩儿把话对娘言。

男大当婚配，

女大嫁夫男，

这本是人之大伦礼之当然。

有皇儿青春二十才满，

并未有与孩儿匹配夫男。

只为荆州地，

未得讨回还，

才定下胭粉计配了姻缘。

儿配刘备母后心情愿，

为什么修书骗儿回还。

儿夫遭凶险，

怎不叫人泪涟涟，

可叹我青春年少受此孤单。

儿好比南来失群之雁，

又好比水龙困在沙滩。

落花无人闻，

弱草断根源，

思想起零丁孤苦好不惨然。

吴国太　（唱）　我的儿莫要胡埋怨，
　　　　　　　　哭断肝肠也枉然。
　　　　　　　　夫妻虽是同林鸟，
　　　　　　　　大限来时各一边。
　　　　　　　　看起来你兄洪福转，
　　　　　　　　咱母女相聚过百年。
　　　　　　　　儿要到江边去祭奠，
　　　　　　　　一滴酒何曾到九泉。

孙尚香　（唱）　国母娘讲话理太偏，
　　　　　　　　往日贤今日咋不贤？
　　　　　　　　说什么江边空祭奠，
　　　　　　　　说什么滴酒何曾到九泉。
　　　　　　　　儿在东吴他在汉，
　　　　　　　　千里姻缘一线牵。
　　　　　　　　你不说东吴见识浅，
　　　　　　　　反怪他人理不端。
　　　　　　　　国母娘你枉把弥陀念，
　　　　　　　　从前事儿想一番。
　　　　　　　　娘发慈悲儿祭奠，

吴国太　（唱）　孙刘两家结仇怨。
　　　　　　　　皇儿你不要把娘怨，
　　　　　　　　为讨荆州诓回还。
　　　　　　　　你要怪只怪你兄王见识浅，
　　　　　　　　埋怨为娘为哪般？

孙尚香　（唱）　国母娘莫要把心怨，
　　　　　　　　有辈古人向娘言。
　　　　　　　　昔日有个孟姜女，
　　　　　　　　寻夫哭到长城边。
　　　　　　　　儿虽不能比古辈，
　　　　　　　　娘啊！我诚心一片感苍天。
　　　　　　　　望求母后开恩典，

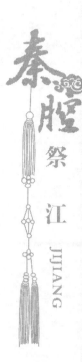

秦腔
祭江 JIJIANG

容儿祭奠到江边。

吴国太　（唱）　你求为娘开恩典，
　　　　　　　　怎奈我未有掌大权。
　　　　　　　　要去禀明你兄长，
　　　　　　　　他不允为娘难成全。

孙尚香　（唱）　今日不容儿去祭奠，罢！
　　　　　　　　不如我碰死娘跟前。（扑向母身，母忙拦）

吴国太　（唱）　我儿莫要寻短见，
　　　　　　　　国母娘我送你到江边。
　　　　　　我儿既要执意前去，为娘我也不再三拦阻与你，待我同你前去也就是了。

孙尚香　母后不必前往，儿有内侍臣相等待。

吴国太　这就是了，内侍！

内　侍　有。

吴国太　此番同你家郡主前去祭江，需要早去早回，此事莫要叫你家主公知道。

内　侍　遵旨。

孙尚香　母后请上，儿臣就此拜别了。

吴国太　哎！我儿前去祭江，也不过片刻即回，为何讲出"拜别"二字？

孙尚香　唉！娘啊！
　　　　（唱）　虽然暂时离别宫院，
　　　　　　　　为人礼仪须当先。
　　　　　　　　去了愁容颜，
　　　　　　　　暂换喜笑脸，
　　　　　　　　双膝扎跪在娘面前。
　　　　　　　　多蒙母后开恩典，
　　　　　　　　容儿祭奠到江边。
　　　　　　　　辞别母后出宫院——（出门，母跟出）

吴国太　唉！儿呀！（哭）

孙尚香　（闻哭声急转回头，扑向母身）娘呀！（哭）

162

（唱）　娘痛哭来儿心酸。

　　　　但愿母后身康健，

　　　　但愿母后福寿全。

　　　　母后悲泪暂收敛，

　　　　儿祭罢夫灵急回还。

　　　　强忍悲痛出宫院,（施礼,出宫）

　　　　走时容易见时难。

吴国太　哎呀！皇……

孙尚香　母……

吴国太　儿……

孙尚香　母后！

吴国太　皇儿啊……（孙尚香、内臣同下）

　　　（唱）　一见皇儿出宫，

　　　　　　怎不叫人挂心间。

　　　　　　将身儿且坐养老院，

　　　　　　日落西山盼儿还。（下）

孙尚香　（内）内侍！摆驾来！

　　　〔二内侍、众宫娥引孙尚香坐车上。

孙尚香　（唱）　龙车凤辇出宫帏，

　　　　　　思念前情好伤悲。

　　　　　　恨兄王把我的牙咬碎，

　　　　　　不该恶计诓奴归。

　　　　　　叹皇叔不幸归天界，

　　　　　　从此鸳鸯分南北。

　　　　　　我越思越想越后悔，

　　　　　　到如今只落得空祭三杯。

　　　　　　唉呀啊！

内　侍　启禀郡主！来到江边！

孙尚香　落了金车！（停车,出）将祭礼摆下！

内　侍　是！（摆祭礼）启禀郡主祭礼摆齐。

孙尚香　两厢退下！

163

内　侍　遵旨。两厢退下。（众下）

孙尚香　（两厢望）

　　　　（唱）　设祭长江岸，
　　　　　　　　举目望四川。
　　　　　　　　梦魂何日见，
　　　　　　　　夫君先主呀！
　　　　　　　　空自泪涟涟……
　　　　　　　　孙尚香站江边心中悲痛，
　　　　　　　　哭了声刘皇叔你你你细听分明。
　　　　　　　　为妻我闻凶讯浑身冰冷，
　　　　　　　　为祭夫我冲破危险千层。
　　　　　　　　我的夫你在世英豪贤俊，
　　　　　　　　为汉室奔天涯鞍马飘零。
　　　　　　　　费千辛历万苦总领属郡，
　　　　　　　　君臣们如手足龙虎风云。
　　　　　　　　为桃园义气重报仇雪恨，
　　　　　　　　遇陆逊失军机兵败猇亭。
　　　　　　　　你不该七百里连营扎定，
　　　　　　　　烧死了众儿郎百万雄兵。
　　　　　　　　实指望回成都军威重振，
　　　　　　　　仇未报白帝城中途殂崩。
　　　　　　　　实指望灭奸曹狼烟扫清，
　　　　　　　　又谁知天不助你命归天庭。
　　　　　　　　得此信我本当悬梁自尽，
　　　　　　　　国母娘她阻拦不让出宫。
　　　　　　　　叹人生在世上如同梦境，
　　　　　　　　夫一死我岂肯独自贪生。（跪祭）
　　　　　　　　跪在了江岸上悲悲切切，
　　　　　　　　思想起当年事难以尽白。
　　　　　　　　刘郎夫今天你死去了，
　　　　　　　　单把为妻我一人来撇。

想当年咱二人未曾见面，
我久闻大名你是豪杰。
那一日在花园观梅赏雪，
忽听得宫娥女一声禀说。
她言说小周郎定下胭粉计，
命吕范往荆州求婚玄德。
我的夫过江来先拜乔太尉，
老乔玄心急慌忙来对说。
将奴夫请到了甘露寺内，
乔国老与母后同去相阅。
此一去若相中贵人玄德，
管保你无事、无非，
稳稳当当安如泰山赘亲在虎穴。
倘若是相不中你贵人玄德，
不管它一枪、一刀、一剑、一戟，
枪刀剑戟把你那头来切。
他二人酒席前细看明白，
观见了奴的夫心中喜悦。
二人心欢喜，
喜笑声不绝。
见奴夫双手过膝，
相貌堂堂是一个英雄豪杰。
那一日拜罢花堂你入宫帏。
你见我两旁把刀枪设，
吓得你战战兢兢魂不附体变了颜色。
宫女悄声对我言，
为妻我才把兵器折。
在东吴我的夫不愿转回，
急坏了子龙将心急如焚。
临走时诸葛先生给他锦囊一个，
急难时打开看自然明白。

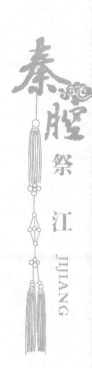

秦腔
祭江 JIJIANG

他看罢锦囊计慌忙禀告，
曹孟德领雄兵要把仇雪。
你听罢赵云报胆战心怯，
只哭得悲悲哀哀痛痛切切。
想逃走又不忍将我割舍，
不逃走从此桃园各分南北。
你二人在宫中无计可施，
不料我屏风后听得明白。
为妻我自幼儿深明大义，
别母后我随你脱离虎穴。
临走时母赐我宝剑一个，
怕周郎半途相阻生枝节。
咱四弟保车驾正往前走，
忽听得路前边喊声不绝。
往前看埋伏兵丁层层叠叠。
往后看周郎带兵来把你灭。
有为妻听此言气冲两肋，
走向前与周郎把理来说。
手持国母剑，
压倒他一切。
只吓得众将官你看我，
我看你闭口无言束手无策。
有陈武和潘章不敢拦阻，
有丁奉和徐胜不敢强截。
赵子龙是虎将威风猛烈，
一杆枪抵住了周郎一切。
咱夫妻战战兢兢往前走，
哎呀！往前看滚滚江水来阻隔。
子龙将在马上打探明白，
诸葛亮带人马过江来接。
船行走黄州界未敢停岸，

贼周瑜追到黄州又要拦截。
眼看着咱夫妻危在旦夕，
斜刺里杀出一豪杰。
只见他胯下赤兔马，手持青龙刀，
原来是汉寿亭侯二弟云长前来把咱接。
这皆是诸葛军师早安排，
咱夫妻脱虎口安然归来。
咱夫妻回荆州未过三载，
刘皇叔去西川夫妻离别。
恨张昭定巧计假书来写，
命周善带人马把奴迎接。
拆书看我母后只把病儿得，
为妻我抱娇儿探亲吴国。
抱娇儿上了船才把船开，
咱四弟在后边驾舟追赶。
赶够了十余里眼看相接，
贼周善传将令箭如雨射。
赵子龙拨开乱箭把船跳越，
咱四弟他把来意对我说。
原来是不叫阿斗到吴国，
我闻听此言心明白。
连忙把阿斗儿交与四弟接，
贼周善一声号令把船开。
咱四弟抱阿斗难以下船，
眼看着咱四弟无有计策。
忽听得水头鼓声连天响，
大喝一声来了三弟张翼德。
杀周善他二人怀抱阿斗回荆州，
单抛下为妻我一人回吴国。
别三载想夫君不分昼夜，
茶不思饭不想我憔悴心哀。

秦腔 祭江 JIJIANG

今日里闻噩讯我泪如雨泻，
恨兄长把咱夫妻活活拆开。
恨当年截江事悔之不尽，
又不该背夫主来到吴国。
到如今昏惨惨我夫把命殒，
孙尚香岂能够独把命活。
在江边我诉不完心中悲怨，
高叫声死去的夫主听明白。
你活为妻我也活，
你既死为妻也随你把命结。
对着皇宫泪如雨泻，疼儿的娘啊！
从此母女要永别。
孩儿今日把命尽，
这是孙权把我灭。
一霎时波浪滔滔狂风吼，
昏天地暗少日月。
望着白帝城叫声不绝，
皇叔，我夫，妻随你去了，
长江成了我的葬墓穴。（投江）

——完

演出单位

西安尚友社

西安三意社

西安易俗社

秋　江

西安尚友社保存本

剧情简介

　　尼姑陈妙常,为追求真挚爱情,不惜冲撞道德礼义,抛头露面直奔秋江,恳求艄公载其追赶情郎潘必正。

　　艄公感其勇敢、真挚与反叛,决意帮之。

　　开船之前,妙常焦急万端,老艄公有意调侃,演绎了一折风趣、诙谐的轻喜剧。

人 物 表

陈妙常

艄翁

〔陈妙常上。

陈妙常　（念）　君去也,我来迟,
　　　　　　　　两下相思各自知。
　　　　　　　　见面好把衷肠叙,
　　　　　　　　忙到河下雇船只。

　　　　来在秋江河下,追赶潘郎,但不知他雇何人的船只,
　　　　到临安去了!观看下流头有一只小小船儿,待我叫
　　　　来,艄翁、艄翁!打舟来!

艄　翁　（内喊)哪里在喊?

陈妙常　打舟来哟!

〔艄翁上。

艄　翁　来了!啊伙啰啰啰啰……

　　　　（唱）　秋江河下一只舟,呀么之讴,
　　　　　　　　两旁撒下钓鱼钩,呀么之讴,
　　　　　　　　钓得鲜鱼沽美酒,
　　　　　　　　这样快活哪里有?

　　　　哈哈哈哈!我道何人,原来是刺笆林的斑鸠……

陈妙常　此话怎讲?

艄　翁　是一个"姑姑"!

陈妙常　我道何人,原来是笼内的金鸡……

艄　翁　此话怎讲?

陈妙常　你是一个"公公"。

艄　翁　噫,不错,老汉是个艄公。姑姑叫老汉何事?

陈妙常　请问公公,你是从早下河吗,是刚才下河?

艄　翁　老汉是从早上下河来的。

陈妙常　那么你曾得见一位相公?

艄　翁　怎样打扮?

171

陈妙常　此人头戴青巾,身着蓝衫,腰系丝绦。后跟一个小小书童,身背琴剑书箱,赶何人的船只到临安去了?

艄　翁　哦,我想起来了,有一位相公,头戴青巾,身着蓝衫,腰系丝绦,腰杆上还吊着一个秤砣砣。

陈妙常　那是读书人的斯文砣。艄翁,他赶何人的船?

艄　翁　赶二姨子的船到临安去了的哟。

陈妙常　到临安去了!公公,我有心要雇你的船,前去赶他,不知赶得上否?

艄　翁　雇别的船就怕赶不上,乘老汉这只渔舟,好比脚上擦清油——一溜就赶上了。

陈妙常　好啊。

艄　翁　你与那位相公有亲吗?

陈妙常　无亲。

艄　翁　有故?

陈妙常　无故。

艄　翁　非亲非故,你赶他作甚?

陈妙常　我与他是朋……

艄　翁　船篷?

陈妙常　不是。

艄　翁　风篷?

陈妙常　不是啊!

艄　翁　啊,你看见天要下雨,叫老汉带顶斗篷吗?

陈妙常　啊呀,他与我是朋友啊!

艄　翁　哦,这是一位多情的姑姑。待我来与她作作要。嘿,姑姑,老汉活了七十九,哪有姑姑与男娃打了朋友?

陈妙常　管我朋友不朋友,我有银钱交你手。

艄　翁　哦,你有银子。嗨嗨,好嘛,那我就要得多!

陈妙常　要好多?

艄　翁　我"孙猴儿打跟斗"。

陈妙常　此话怎讲?

艄　翁　十万零八千。

陈妙常	哎呀,哪要的许多!
艄　翁	我漫天喊价。
陈妙常	那我就地还钱。
艄　翁	你给多少?
陈妙常	我给你牛耕田。
艄　翁	一两?
陈妙常	不是。
艄　翁	一钱?
陈妙常	不是。
艄　翁	到底多少?
陈妙常	一厘呀!
艄　翁	哦,嗨嗨,亏你说得出口,还不够老汉吃杯烧酒!
陈妙常	那就讲个实价。
艄　翁	那么我要三钱银子。
陈妙常	三钱,我就给你三钱银子。艄翁,快快搭跳!
艄　翁	不忙!
陈妙常	搭跳来!
艄　翁	莫慌! 看她好着急,我还要与她作作要……姑姑,三钱银子去不到。
陈妙常	怎样去不到?
艄　翁	我还约得有一个生意,要装两百斤灯草。
陈妙常	你那小小船儿,装上两百斤灯草,我连站也没地方站了。
艄　翁	那才够我的水脚钱。
陈妙常	要好多才够嘛?
艄　翁	那我就要加成鸭公头。
陈妙常	啥叫鸭公头?
艄　翁	六钱。
陈妙常	六钱赶得上吗?
艄　翁	赶得上。
陈妙常	如此,我就给你六钱。搭跳! 搭跳!

秦腔 秋江 QIUJIANG

艄　翁　不忙,不忙,我还要搭个载。

陈妙常　装什么?

艄　翁　我还要装一个和尚。

陈妙常　哎呀,不好!

艄　翁　我要多进点钱。

陈妙常　你究竟要好多?

艄　翁　我要拉不伸。

陈妙常　啥叫拉不伸?

艄　翁　九钱。

陈妙常　这就是你的不是,要三钱,给三钱,要六钱,给六钱,
　　　　而今又要九钱,你明明是在讹我……

艄　翁　哪个讹你?

陈妙常　那我就不去。

艄　翁　你不去呀! 就赶不到你那位相公哟! 撑开了! 伙啰
　　　　啰啰啰……

陈妙常　为着这三钱银子,不得与潘郎见面,我不免给他九钱
　　　　罢了。艄翁!

艄　翁　你又在喊啥哟?

陈妙常　给你九钱。

艄　翁　来了,姑姑站开点,牵绳来了嘛! 嗨嗨! 姑姑,老汉
　　　　有礼了。

陈妙常　稽首呀,稽首。

艄　翁　那我就起脚啊!

陈妙常　你怎么要起脚啊?

艄　翁　你要起手,我还不起脚。

陈妙常　我们出家人稽首,顿首,就如你们俗人见礼一般。

艄　翁　我倒不懂,把你错怪了。拿来! 拿来!

陈妙常　拿什么来?

艄　翁　船钱!

陈妙常　拢了我会给钱。

艄　翁　船钱,船钱,过后不言。拢了码头,你不给钱,给老汉
　　　　两个啰连。

陈妙常	好！我与你取！
艄　翁	姑姑，你这银子都给虫子打下好多眼眼。
陈妙常	十足纹银，是蜂窝底！
艄　翁	我退你六钱。
陈妙常	好银子啊，为啥不要？
艄　翁	我只收你三钱。
陈妙常	刚才为啥要九钱？
艄　翁	噫，刚才你不是说你有钱吗？
陈妙常	哎呀，公公，你看耽搁我好久哦。
艄　翁	没来头，赶得上。
陈妙常	请公公给我搭个扶手。
艄　翁	我把跳板给你搭起。
陈妙常	有劳了。
艄　翁	快上来！
陈妙常	稳不稳当，我没有赶过船哦。
艄　翁	稳当哦！
陈妙常	哎呀！
艄　翁	不要看水，两步就跨上来了。
陈妙常	(上船)公公快开船！
艄　翁	哦哦哦。她好着急！我还要与她作作要。姑姑，口渴吗？瓦罐里有水，老汉不陪你了。
陈妙常	你到哪里去哦？
艄　翁	我回去吃饭。
陈妙常	有好远哦？
艄　翁	没有多远，打雷倒听得到，只有四十里路。
陈妙常	要不得，要不得！
艄　翁	难道我饿着肚皮来推你？
陈妙常	你要吃好多？
艄　翁	我一顿就吃得多啰。
陈妙常	好多？
艄　翁	要吃五两四钱三！
陈妙常	哪里吃得到这么多哦？

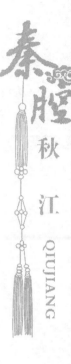

秦腔
秋
江
QIUJIANG

艄　翁	不要把你吓倒喽。我是要吃五两烧酒,四个钱清油煎三个钱的豆腐。
陈妙常	这一点算我的。
艄　翁	哦,你好大方,算你的我也不吃!我给你作耍的,我吃过饭喽。我送你到临安,只收银三钱,不吃你的酒与饭,说到就开船。姑姑坐稳当,开船喽!伙哟伙!哟伙伙!这水退得真快,快把我的船都搁起来了。
陈妙常	那怎么了?
艄　翁	我还要下水推一推。
陈妙常	那就快点。
艄　翁	我把纤绳解了。
陈妙常	快点。
艄　翁	不忙。哎呀,纤绳都还没有解,哪个撑得开。
陈妙常	公公你在做啥呀?
艄　翁	你把我催得糊里糊涂。噫,你今天就生根啦!嗨嗨嗨!
陈妙常	哎呀,吓死人啦!
艄　翁	不要怕,不要怕,我把船撞溜江了,纤绳还在我手里。哎呀,衣服都打湿完了,好生点,老汉纤绳甩上船来了,不要怕,老汉上船来了!
陈妙常	哎呀,快开船,快开船。
艄　翁	小船撵大船,只要几篙竿。你不要催,我们秋江河开船还有个臭规?
陈妙常	莫敢是乡规。
艄　翁	唔,不错,要说个四言八句,姑姑你讲!
陈妙常	贫尼素不占人之先。
艄　翁	老汉也不落人之后啊。
陈妙常	艄翁请讲。
艄　翁	我说啥来?哦,有了,适才下了一阵雨,吹了一阵风,我就来说个风雨。
	（唱）　雨打船篷风又来,
	顺风拢浪把船开。

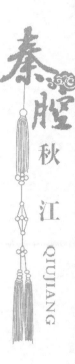

　　　　　　白云阵阵催黄叶——

　　　　　　姑姑……

陈妙常　　艄翁。

艄　翁　（唱）　你好比江上芙蓉独自开。

陈妙常　（唱）　冷浸浸潘郎今何在？

　　　　　　　　离情别意系心怀。

艄　翁　姑姑我们来放放流，闲谈闲谈。

陈妙常　艄翁赶快推船哦！

艄　翁　你不要忙，赶得上。你看，这一节水很平，就是不推也要得。姑姑，你贵姓？

陈妙常　我姓陈。

艄　翁　咳！咳！说不得！

陈妙常　当真姓陈。

艄　翁　我们青龙背上就忌讳这个。

陈妙常　忌讳这个陈吗？

艄　翁　哟！你怎么招呼不到！

陈妙常　噢！我们这个姓你们喊什么？

艄　翁　我们喊老淹。

陈妙常　怪不好听。

艄　翁　管他好听不好听，只要避开这个字眼就对了哟。姑姑，你是撬脚吗？是耳东，是禾口？

陈妙常　我是耳东。

艄　翁　那都还好，还有个耳朵管倒在。要不然这一下……

　　　　〔船身一晃。

陈妙常　哎呀，哎呀！

艄　翁　不怕，不怕。嗨！我们两个华宗。

陈妙常　公公，你也姓……

艄　翁　我不是你那个姓。我姓褚。

陈妙常　好道，你姓褚我姓……

艄　翁　淹！

陈妙常　那怎么是华宗喃？

艄　翁　哟，你没读过《百家姓》吗？冯褚相连，岂不是华宗！

陈妙常	那怎么是华宗？
艄　翁	华得。
陈妙常	华不得！
艄　翁	华不得就走。
陈妙常	（唱）　无端惹下风流债，
	恨老尼，
	将一对凤凰两分开。
	郎去也，何日才来。
	怕只怕，
	相思病儿离不开。
艄　翁	姑姑，今年好大贵庚？
陈妙常	一十九岁。
艄　翁	哦，才一十九岁呀，嗨，你跟老汉打得到个老庚！
陈妙常	公公！你今年好大高寿？
艄　翁	我没有好大，才七十九岁！
陈妙常	公公七十九，我才一十九，怎么打得老庚？
艄　翁	嗨！我把六十岁的花甲丢到秋江河去寄到一下，就拿这十九岁来跟你打个老庚。
陈妙常	打不得。
艄　翁	打不得？又走！哎呀，软皮浪，坐稳，不动啊。
陈妙常	（唱）　潘郎做事大不该，
	不该别我赴帝台。
	昨夜禅堂就该讲，
	免我沿船追赶来。
艄　翁	姑姑，你这个人真好，我要奉承你几句。
陈妙常	你奉承我什么？
艄　翁	（唱）　姑姑生来一枝花，
	月里嫦娥你比她。
	此去会着相公面，
	恭喜你明年要生……
陈妙常	生什么？
艄　翁	生个胖娃娃。

陈妙常	嗨,你说些啥呀!
艄 翁	奉承你的话哟。
陈妙常	公公说话不正气!
艄 翁	把那个"不"字叉了。
陈妙常	秋江河下把我戏。
艄 翁	把那个"戏"字圈了。
陈妙常	我不看你年纪老……
艄 翁	怎么样?
陈妙常	我一掌打你下河去。
艄 翁	噫,你把老汉打下河,哪个来帮你推船去赶那位相公。坐稳。
陈妙常	公公,从空中飞来什么鸟?
艄 翁	鸳鸯鸟。
陈妙常	鸳鸯鸟?
艄 翁	白日并翅而飞,夜来交颈而眠,雌雄相伴好比人间夫妻一样,亲热哟!
陈妙常	咹……
艄 翁	按不倒,高得很哦!
陈妙常	哎……呀!
艄 翁	飞那么高,她还说矮啊。浪来了。
陈妙常	(唱)　你看那鸳鸯鸟儿, 　　　　成对成双。 　　　　好一似和美夫妻, 　　　　白日里并翅而飞, 　　　　到晚来交颈而眠。 　　　　奴与潘郎虽则是相亲相爱, 　　　　怎效得鸳鸯鸟儿, 　　　　一双双,一对对, 　　　　飞入到波浪里就不分开。

——完

演出单位

西安尚友社

西安易俗社

西安市五一剧团

借宝扇

根据秦腔传统剧改编

杨通民　改编

剧情简介

　　孙悟空保护唐僧西天取经,遇阻火焰山,向铁扇公主求借芭蕉扇以灭邪火。铁扇公主拒不相借,展开格斗。悟空恳求无效,遂施展法术,钻进铁扇公主腹内制服,方借得芭蕉扇。

人 物 表

孙悟空

铁扇公主

翠　云

丫　环

舞女、女兵若干

〔幕启。

〔远山苍翠,怪石嶙嶙;云雾弥漫,遍地鲜花争艳,百鸟啼鸣。

〔翠云与众舞女手拣花篮,簇拥铁扇公主上。

公　主　（唱）　流水若琴伴啼鸟,

云雾弥漫仙女来。

青山遍将鲜花采,

装点山洞作蓬莱。

清泉酿美酒,

庆寿酒宴排。

叹孩儿亡魂九霄外,

恨猴头杀子仇耿耿于怀。

翠　云　公主,你看此地鲜花争艳,何不就此采花?

公　主　（颔首）……

翠　云　姐妹们,公主今日寿辰,咱们就此采花好与公主庆寿。

众舞女　（应声）是。（起舞,边采边下）

〔幕内合唱:"师徒们取佛经越尽险境,又遇那火焰山烈火熊熊。"

孙悟空　（走边上,念）

保师父西天取经,

火焰山挡道难行。

翠云山上求宝扇,

熄灭邪火救生灵。

奉师父之命,前来翠云山参拜铁扇大仙,求借宝扇熄灭邪火,到此仙山,不知芭蕉洞今在何处?（环视）啊,观见那边有位采花姑娘,待俺上前询问便了!

（倒场）

〔翠云采花上。

孙悟空　小姑娘,贫僧施礼了!

翠　云　（见状大惊）哎呀,妖怪,妖怪!

孙悟空　小姑娘不必惊怕,俺是和尚,并非妖怪。

翠　云　怎么你不是妖怪,那你到此何事?

孙悟空　贫僧前来参拜铁扇大仙。

翠　云　哦,原是求见我家公主。你是何人?

孙悟空　俺乃唐三藏大徒弟孙悟空。

翠　云　怎么你就是孙悟空?

孙悟空　正是、正是。烦劳姑娘通禀一声,待俺相见。

翠　云　如此你在这儿等候便了。（急下）

〔铁扇公主内唱:闻禀报激起我心头头怒火。

〔铁扇公主率女兵上。

翠　云　公主,那就是猴头!

孙悟空　俺老孙拜见嫂嫂。

公　主　你就是孙悟空么?

孙悟空　不错、不错。

公　主　（勃怒地）猴头!

　　　　（唱）　俺定要雪仇恨将你头割!

孙悟空　啊、嫂嫂息怒。只因火焰山挡道为弟前来借扇熄火,
　　　　还望嫂嫂……

公　主　住口!芭蕉扇乃我镇山之宝,岂可与你!

孙悟空　念起我和牛大哥"金兰"之交,还请嫂嫂大发慈悲
　　　　之心。

公　主　唉!既知往日之交,为何伤害我儿?害得我母子不
　　　　能团圆,我恨不能食尔之肉,喝尔之血,以解心头之
　　　　恨!（拔剑）

悟　空　啊,嫂嫂……

公　主　休得多言,看剑!（开打亮相）

　　　　（唱）　翠云山战猴头寒光出鞘,

青锋剑锁棍棒尔命难逃。

杀子仇今日里冤怨相报，

斩猴头祭我儿仇恨方消。

（与众女兵战悟空不胜，败了回洞，悟空舞棍追下）

〔芭蕉洞内。

〔公主率兵上。

公　　主　（唱）　孙悟空果然是神通广大，

施神威战群仙恰似凶煞。

叹只叹夫王还兵微将寡，

翠云山遇仇敌难以捉拿。

悟　　空　（上、来到洞门）嫂嫂，若不借扇与俺，俺老孙空定将
这洞门打得粉碎！

公　　主　呀！

（唱）　那猴头洞门外恶语恫吓，

罗刹女岂容得舞爪张牙。

执宝扇出洞门狠心暗下——（出洞）

悟　　空　（惊虚）哦，嫂嫂愿意借扇了？

公　　主　哼，杀子之仇，不共戴天，哪个与你？

悟　　空　你口口声声说俺害了你的儿子，岂不知是你纵子行
凶，残害生灵，因而将他身受正果，你不谢恩，反来报
仇是何道理？

公　　主　休得胡言，看扇！

〔风声大作，悟空飘然而下。

公　　主　（大笑）哈……

翠　　云　那猴头如此厉害，也难挡公主的芭蕉宝扇。

公　　主　（得意地）这一扇定叫他身化飞沙。

翠　　云　如此说来，那猴头难以活命了？

公　　主　（唱）　他纵有千年佛骨万年炼，

定叫他堕落天边难复还。

翠　　云　公主他当真回不来了？

公　　主　他回不来了。

〔悟空内喊："哒，俺老孙来也！"

〔悟空翻上。

公　主　（大惊）啊！

悟　空　嫂嫂可该借扇？

公　主　借扇不难，须我再扇三扇，你若不动我便借你。

悟　空　哈哈——才一扇将老孙扇去四万八千里，多亏灵吉大仙相救才得脱险，临行赐俺定风宝珠一颗，相克与你。你若不信，就请扇、扇、扇！

公　主　好，待俺扇来！

〔公主连扇三扇，悟空岿然不动。

悟　空　（惊喜）哈——看来宝扇是借定了。

公　主　休得妄想。

悟　空　你当真不借？

公　主　当真不借。

悟　空　（气极地）好，休怪俺老孙无礼了！

〔悟空欲夺扇，公主疾步回洞，众女兵紧闭洞门。

悟　空　啊，她将洞门紧闭，这便如何是好？有了，我变一飞虫，飞进洞去！（下）

公　主　（唱）　今日里与猴王两相交战，

　　　　　　　　　直杀得红日落星抖月寒。

　　　　　　　　　我虽然凭借着芭蕉宝扇，

　　　　　　　　　万难敌孙悟空法大无边。

　　　　　　　　　气呼呼回洞府蛾眉不展，

　　　　　　　　　怕只怕那猴头又来纠缠。

　　　　　　　　　束手无策心绪烦乱，

　　　　　　　　　叫翠云捧香茗且压心弦。

〔翠云捧茶复上，悟空随上，趁公主饮茶时顺口而入。

翠　云　请公主暂且安息。

公　主　宝扇未借，那猴头岂肯甘休，只怕他又来纠缠。

翠　云　像这芭蕉洞乃女娲所炼，谅他也难进来。

公　主　但愿如此。

悟　空　嫂嫂俺老孙来矣！

公　主　（惊叫）啊！快将洞门关紧！

悟　空　不用关，俺已在洞中。

公　主　该死的猴头，你在何处？

悟　空　哈、哈——俺在这儿。

翠　云　啊，公主，他、他好像在公主腹中！

悟　空　正是，正是，俺变成飞虫，钻进你的腹中来了。

公　主　（顿觉绞疼）哎呀！（舞蹈）

悟　空　嫂嫂！

　　　　（唱）　为熄烈火来借扇，

　　　　　　　　你不该结怨记前嫌。

　　　　　　　　今朝落入我的手，

　　　　　　　　我伸伸腿，打打拳——

　　　　　　　　舒展筋骨腹中玩，腹中玩。

公　主　哎——哟！

翠　云　（唱）　恨猴头太刁悍，

　　　　　　　　竟向公主腹内钻。

　　　　　　　　束手无策怎么办？

　　　　　　　　气上心狠狠揍几拳！

悟　空　哈——小丫环，打呀，打呀！

公　主　（唱）　霎时腹内疼痛浑身是汗！

　　　　　　　　眼发黑只觉得天地昏旋！

悟　空　（唱）　你不念生灵涂炭，

　　　　　　　　枉作了慈悲神仙。

　　　　　　　　苦口良言不听劝，

　　　　　　　　我抓住心肝打秋千，打秋千！

　　　　〔公主疼痛难熬舞蹈。

公　主　（唱）　腹中疼痛肝肠断，

　　　　　　　　仙命欲临鬼门关。

　　　　　　　　无奈了应允借宝扇——

　　　　　　　　叔叔息怒，我情愿借扇。

秦腔　借宝扇　JIEBAOSHAN

悟　空　怎么嫂嫂情愿借扇?

公　主　正是,正是。

悟　空　好,嫂嫂将口张开,俺出来了。(翻出)

公　主　翠云,速将宝扇借与大圣。

　　　　〔悟空欣然接扇。

公　主　(接唱)借宝扇愿大圣熄灭火焰山!

悟　空　多谢嫂嫂,请受弟一拜!

　　　　〔悟空向公主三拜,举扇亮相,幕急落。

——完

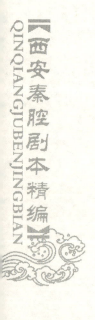

演出单位

西安尚友社

花墙会

根据楚剧《站花墙》移植

张 军 移植

剧情简介

　　此剧乃《站花墙》之一折。天官之女王美容与杨玉春早定姻缘。杨因父母双亡，家道贫寒投奔天官府，天官欲悔婚将其重打四十逐出。杨不得已在关王庙为道童，一日化缘昏倒道旁，被王美容贴身丫环春香救起，春香悯其苦情，嘱杨每天敲着木鱼在天官府花园周围转游，自己又约小姐到花园花墙观花，终于使二人相见，私结同心。

人 物 表

春　香　　　天官府小姐贴身丫环
王美容　　　天官府小姐
杨玉春　　　王美容未婚夫

西安秦腔剧本精编
QINQIANGJUBENJINGBIAN

〔地点：吏部天官府花园。

〔布景：天幕出现花亭、走廊、假山等，下场口有一面花墙，杨由上场口上。念阿弥陀佛。

杨玉春 （唱） 千里迢迢来投亲，

父母双亡家寒贫。

投亲不认反逐我，

难道我从此入空门。

小生杨玉春，只因投亲不成暂入空门。那日上街化缘昏倒在地，遇见王府小姐贴身丫环春香将我救醒，我将投亲前后经过说知与她，春香大姐有心成全我们，约定那……

（念） 木鱼从早敲到晚，

围着花墙打转转。

敲得姑娘来相见，

看我们有缘是无缘。

杨玉春哪杨玉春，这木鱼也太难敲了。阿弥陀佛。

（下）

〔春香在欢快的音乐节奏中舞蹈上。

春 香 （念） 客厅到后堂，

绣楼到厨房。

姑娘我陪伴，

名字叫春香。

我家小姐为老爷悔婚一事，每日闷坐绣楼，愁锁双眉，茶不思饭不想，急得我丫环无主张。那日花园墙外，巧遇姑爷杨玉春，方知姑爷家生变故前来投亲，被老爷重打四十赶出府门。姑爷无奈，出家当了道士了。我有心成全她们，约定今天以摘花为名，以敲木鱼为号,哄得小姐去到后花园与杨玉春相会,看他们二人是真心还是假意。(笑)噫,小姐怎么还没来呀!(向内)小姐快走呀!(跑下)

〔王美容被春香拉上。

王美容　(唱)　闷闷悠悠意缠绵,

愁怨凝结在心间。

闻听杨家遭磨难,

爹爹要我另配男。

想起了婚事起波澜,

愁难排解恨频添。

春　香　(唱)　三步当做两步走,

心急步快到花园。

来到花园,小姐请进。

王美容　(念)　低头把园进,

春　香　(念)　园内花似锦。

王美容　(念)　抬头用目看,

春　香　(念)　春景爱煞人。

王美容　(念)　春景虽然好,

难动姑娘心。

〔木鱼声响春香惊喜。

春　香　哎呀,姑爷来了。(听木鱼声隐约)哎呀这个呆子,我们赶着来了,他却敲着走了。这……(喜鹊叫,春喜)小姐你看呀!

(唱)　喜鹊报喜叫喳喳,

王美容　(唱)　单鹊悲鸣心愁煞。

低头穿过葡萄架,

春　香　(唱)　葡萄藤挂住了青丝发。

小姐。(指头)

王美容
春　香　(唱)　急忙抄起了葡萄架,

春　香　(唱)　但愿莫错过好缘法。

走在前……

王美容　（唱）　走一个珍珠倒卷帘。

走在后……

春　香　（唱）　走一个狮子滚呀滚绣球。

王美容　（唱）　滚绣球，倒卷帘，

春　香　（唱）　不见伊人在那边。

王美容　什么？

（春香惊）

春　香　哎……噢，来到鱼池边。

（唱）　你看那鱼儿游水面，

自由自在乐无边。

王美容　（唱）　无心观看池中景，

春　香　（唱）　小姐为何面寡欢？

王美容　（唱）　姑娘满怀心腹事，

说与你听也枉然。

春香我们回楼去吧。

春　香　小姐，我们刚来怎么就要回去呢？（想）小姐你累了吧？来坐在这儿歇会儿。小姐，你给我讲个故事吧。

王美容　我哪有心讲故事呀！

春　香　那我就讲给你听？

王美容　爱讲你就讲吧！

春　香　那你听了！

（唱）　昔日有了崔莺莺，

待月西厢会张生。

红娘传柬留佳话，

佳人才子喜联姻。

春香就是那小红娘，

小姐愿否学莺莺。

王美容　放肆！（左右急看）幸而此地无人，倘若被人听去那还了得。

春　香　（猜知其意）小姐，下次再不敢了。

193

王美容　回楼去吧！

春　香　哎——小姐，你看那儿的花开得多鲜艳呀！

王美容　(无限感触)

　　　　(念)　花开花谢容颜老，

　　　　　　　春风何日带笑颜。

春　香　小姐去摘几朵花吧！

王美容　要摘你自己去摘。

春　香　那你可不能走呀！……唉，这个鬼姑爷，叫你围着花
　　　　墙敲，也不晓得你跑到哪里去了。(急转)　这……
　　　　(想)我不免以摘花为由将小姐悄悄引上花墙，等候
　　　　姑爷便了，嗯……对！

　　　　(唱)　下得花亭跌一跤，哎哟！

王美容　(唱)　再不小心会扭了腰。(扶春起)

春　香　小姐你看哪！(摘花)

　　　　(唱)　牡丹花中称魁首，

王美容　(唱)　才子科场中……

春　香　(唱)　哎中，哎中，中呀中鳌头。(摘花)

　　　　　　　兰花恬静又清秀，

王美容　(唱)　从来淑女君……

春　香　(唱)　哎君哎君君子求。(摘花)

　　　　　　　桃花果甜色又艳，

王美容　(唱)　不及梅花耐霜寒。

春　香　(唱)　耐霜寒，耐霜寒，不闻木梆声心愁烦。

王美容　春香，你在干什么？

春　香　小姐，你听见什么声音无有？

王美容　声音，(听介)　没有啊。春香，回楼去哟。

春　香　哎……小姐，你看墙上边有几朵好看的花，去把它摘
　　　　下来吧！

王美容　哎，不要摘了。

春　香　我偏要摘。(做摘花连续动作，忽听梆声)小姐快来
　　　　呀！(连续上墙、摘花)小姐。

（唱） 这墙下边还有几朵好看的花。

王美容　太危险了，不要摘了。

春　香　我偏要摘。（下腰摘花）

　　　　〔杨玉春上。

春　香　（唱） 化缘的道童就是他。

　　　　喂，这个道童，你化缘到别处去化，你怎么到天官府花园乱敲什么？（暗示玉）

杨玉春　（装）什么？是天官府的花园？

春　香　（暗示敲）是呀。

杨玉春　是老狗的花园？我偏要敲。（做敲状）

春　香　那是为什么呀？

杨玉春　呸！

　　　　（唱） 可恨老狗做事差，

　　　　　　　逼我玉春出了家。

春　香　哎呀小姐，这个人叫玉春，竟然骂起老爷来了，这还了得！

王美容　春香，你休要和他一般见识，我们回楼去吧。

春　香　哎呀小姐，你听他在骂你呢。（暗示玉骂美）

杨玉春　（唱） 提起小姐更可恨，

　　　　　　　父女同谋一条心。

春　香　哎呀，这还了得，你骂了老爷，还骂我家小姐，我非要叫人把你抓进来，给你点厉害看看。（故意要走）

王美容　春香，不可仗势欺人。

春　香　你看，（对玉）不叫我仗势欺人。小姐你看他骂到咱门上来了，你还不和他辩个谁是谁非？

王美容　你……

春　香　哎哟，小姐，你怎么这样老实哟。（拉美上墙）小姐你看，刚才骂人的就是他。

王美容　是他？（看杨用袖遮）

春　香　嗯，是他，她，他。（暗示杨）

王美容　这一道童，我王府与你无怨无仇，你为何骂到我家花园来了？

杨玉春　听了。

（唱）　水有源来树有根，
　　　　王杨两家早联姻。
　　　　你父女赖婚同害我，
　　　　何必问我杨玉春。

王美容　（惊）杨玉春，你……（急，险跌下墙）

春　香　（对杨玉春）杨玉春三个字一出口，惊得我家小姐差
　　　　一点跌下墙去。我告诉你，杨玉春乃是我家姑爷的
　　　　名字，岂是你这个小道童冒充的。

王美容　春香，休得无理。想那世上同名同姓的人甚多，待姑
　　　　娘盘问于他。

春　香　小姐你要盘问他？是这样吧，小姐，我将那道童叫进
　　　　园里，你下得花墙慢慢地去问，也免得小姐站在花墙
　　　　上，问到关键的地方，心一急跌下墙去，我丫环可担
　　　　当不起呀。

王美容　若被人看见，多有不便。

春　香　没关系，我给你放风去。（下墙开门，引杨玉春进）
　　　　小道童，我家小姐要盘问你，你要老老实实地回答，
　　　　如果说错了，我定要告诉老爷，拿你官府是问。

王美容　春香……

春　香　哎，小姐你快盘问吧。

王美容　小道童。

（唱）　家住哪州在哪县，

杨玉春　（唱）　湖广应山城西关。

王美容　（唱）　西关有个杨老爷，

杨玉春　（唱）　他是我父一品官。

王美容　（唱）　二老爹娘可康健？

杨玉春　（唱）　爹娘不幸丧黄泉。

春　香　（唱）　你叫何名快些讲，

杨玉春　（唱）　我本是杨玉春，站在你花园。

王美容	（唱）	是杨玉春你就该王府来见，
杨玉春	（唱）	你的父毒打我四十赶外边。
王美容	（唱）	你如今何处暂安身？
杨玉春	（唱）	关王庙出家度饥寒。
王美容	（唱）	听说公子受熬煎，
		美容心酸泪涟涟。
春　香	（唱）	你到花园有何干？
杨玉春	（唱）	花园里边来化缘。
春　香		噢，小姐他是来化缘的，不是来认亲的……
王美容		春香，休得多口。
春　香		啥，小姐问话问干了口？春香我与你倒茶去。小姐不问清楚，你就别放他走啊。
王美容		晓得。
春　香		晓得。小姐我把你好有一比。
王美容		比作何来？
春　香		那三九天的萝卜……
王美容		此话？
春　香		动（冻）了心。（下）
王美容		杨……小道童。
	（唱）	你化金来你化银，
		趁此无人说原因。
杨玉春	（唱）	玉春金银都不化，
		我恨你父嫌贫爱富太不仁。
		越思越悲心越恨，
王美容	（唱）	相公不可错怪人。
		爹爹嫌贫赶走你，
		美容深闺思郎君。
杨玉春	（唱）	你说此话谁相信，
王美容	（唱）	且有这金钗表真心。
杨玉春	（唱）	一见金钗喜不尽，
		她心我心永不分。

身旁无有别物敬，

念珠一串表寸心。

王美容　（唱）　接过念珠用目看，

笑在眉头喜在心。

忙将念珠收藏好，

春香　（唱）　阿弥陀佛……（笑）

三人　阿弥陀佛结同心。

（道锣响三人惊）

春香　（念）　忽听道锣响，

小姐快回房。

（唱）　千句话当做一句讲，

出墙再敲你的梆梆。

杨玉春
王美容　（同唱）　夫妻同心恩义广，

春香的美意永不忘。

春香　（唱）　待到明年桃花红，

杨玉春美容结成双。

三人　（合唱）桃花红，再相逢，

就在那花好月圆中。

〔三人舞蹈，春香动花，在欢乐的音乐中落幕。

——完

演出单位

西安尚友社

金麒麟

傅祖浩　陈尚华　编剧

剧情简介

　　纨绔子弟余安,受母纵爱,放荡不羁,假借父势,骄横恣肆。一日,调戏酒女宋巧凤,为其夫张喜斥之,安即拔剑刺喜毙命,巧凤悲愤填膺,衣裹凶器,含冤上告。

　　知县刘义,初尚依法公断,当发现凶器上"金麒麟"徽记后,乃知外甥所为,便反径行权,遂与姐姐商议,以谋开脱。此时,刁钻差役鲍文,为报当年企图污辱巧凤而被张喜异姓兄弟崔大虎砍伤一斧之仇,趁机诬陷巧凤与大虎因奸同谋杀夫。刘、鲍二人即良莠相杂,合为一鼻,屈打巧凤、大虎成招,囚进死牢。

　　时,御史余达,巡按陕西,行至灞桥,崔母等人拦马喊冤。余达为明此案,改扮客商,夜访监牢,方知其子肇祸。随回府对夫人、刘义严为训戒。次日,余达坐堂,秉公执法,为巧凤、大虎平冤明屈,处独子余安以死刑,并亲赴刑场问斩,众人感叹不已。

场　目

人 物 表

余　达　　巡按

刘绪英　　余达之妻

余　安　　余达之子

刘　义　　县官,刘绪英之弟

宋巧凤　　酒女

张　喜　　巧凤之夫

张　母　　张喜母

崔大虎　　樵夫,张母养子

刘阁老　　刘绪英之父

鲍　文　　差役

中军、衙役、家丁、丫环、乡邻、狱卒等

第一场　闯　祸

〔灞桥、翠柳、碧野、蓝天。

〔幕启：余安跨马、背弓、佩剑与众家丁上。

余　安　（唱）　越溪催马穿桃林，

　　　　　　　　莺啼燕舞满目春。

　　　　　　　　灞柳风光观不尽，

　　　　　　　　踏青射猎好时分。

　　　　　　　　我父御史官三品，

　　　　　　　　我母身荣贵夫人。

　　　　　　　　管州管县又管郡，

　　　　　　　　咱宦门公子价千金。

　　　　　　小子们！

众家丁　在！

余　安　来在何处？

众家丁　灞河岸边！

余　安　好，催马向东南，直奔狄寨塬，上坡擒狡兔，取鸟下河湾，若有美婵娟，顺手往回牵。

一家丁　公子，抓鸡逮兔事好办，拉人家姑娘可不敢。

余　安　尔等真乃老鼠胆，难道你不知我父居高官？

众家丁　啊！

〔余安马舞后与众家丁飞速下场。

〔换景：灞桥街头，桃红柳绿，春意正浓。一家酒店，"酒"字招牌随风摇曳。

〔音乐声中宋巧凤上，擦拭桌凳，摆弄酒具。

宋巧凤　（唱）　紫气东来风送暖，

　　　　　　　　灞柳美景惹人恋。

203

碧桃斗奇李争妍，

酒肆生辉歌声喧。

终日忙碌弄壶盏，

迎来送往忙不闲。

不为发财把钱赚，

只求糊口度饥寒。

〔张母上。

张　母　（唱）　陋室布衣粗茶饭，

日月清贫却安然。

巧凤！

宋巧凤　婆婆！

〔崔大虎拿扁担、绳索挑一只熊掌上。

张　母　我儿子回来了？（迎上）

宋巧凤　大虎兄弟回来了？

崔大虎　回来了。（拿下熊掌）母亲，孩儿从华山弄得熊掌一只，给你补养补养吧。

张　母　我儿可算是个孝子。

崔大虎　母亲，我崔大虎自幼父母双亡，是你受尽千般辛苦，将儿拉扯长大，我真不知如何报答母亲养育之恩！

张　母　我儿何出此言，随为娘下边用膳去吧。

崔大虎　是！（二人下）

〔张喜担酒上。

张　喜　娘子！

宋巧凤　张郎回来了？

张　喜　回来了。（放担）娘子，今日生意可好？

宋巧凤　美酒十里香，游客八方来。

张　喜　（拿出一绺丝线）娘子，你要的丝线我已买回。

宁巧凤　（接看）甚好，甚好！

张　喜　娘子买线何用？

宋巧凤　张郎有所不知，你我夫妻成婚之时，家计困窘，不曾做过合欢枕儿，如今补做一对，岂不甚好。

张　喜　娘子可算情深意长，不知欲绣何物？

宋巧凤　鸳鸯游水嬉戏——

张　喜　（紧接）夫妻永不分离！（二人相视一笑）大虎兄弟
　　　　可曾回来？

宋巧凤　回来多时，随母后堂用膳，快快去吧。

　　　　（张喜走下。马嘶声传来）

宋巧凤　（唱）　阵阵春风随人意，

　　　　　　　　声声马嘶报讯息。

　　　　　　　　杯杯美酒有新味，

　　　　　　　　灞柳大曲数第一。

　　　　又有客人到了，待我烫酒去。（下）

　　　　〔余安与身背山鸡野兔的家丁上。

余　安　（唱）　今朝犹如进仙地，

　　　　　　　　点点桃花逗人迷。

　　　　　　　　游客美酒有恋意，

　　　　　　　　闻香下马作小憩。

　　　　（走进）酒家！

宋巧凤　来了来了，众位要吃酒吗？

余　安　要吃酒，这里有何好酒？

宋巧凤　灞柳大曲，香醇味佳。

一家丁　公子，此乃长安名酒，老爷赴京上任之前，小人给他
　　　　买过一樽，真是名不虚传。

余　安　烫一壶来！

宋巧凤　众位稍等。（下）

余　安　唉呀！（唱）

　　　　　　　　这一女子甚好看，

　　　　　　　　犹如天仙下尘凡。

　　　　　　　　身材窈窕世罕见，

　　　　　　　　一朵鲜花咱要攀。

　　　　小子们，你看这一卖酒的女子可有几分姿色？

一家丁　公子，依小的看来，确是独一无二。

余　安　（喜形于色）你们说这一女子生得好看？

众家丁　好看！

余　安　长得美貌？

众家丁　美貌！

余　安　好，咱就要的是好看美貌的，小子们！

众家丁　在！

余　安　等她拿酒上来，你们要看我的眼色行事，说拉便拉，说抢便抢，手底下放麻利一点。

众家丁　啊！

〔宋巧凤捧酒上。

宋巧凤　众位，酒到！（放桌上）

余　安　这一女子，你叫什么名字？

宋巧凤　我叫……宋巧凤。

余　安　唉呀，这么好个名字，真是响亮、入耳、中听。

〔宋巧凤欲下。

余　安　（急阻）等等。巧凤，陪公子我喝杯酒吧。

宋巧凤　我不会饮酒。（欲走）

余　安　不会饮酒无妨，给公子我斟上一杯，对着我笑笑也行。

宋巧凤　（不悦）这如何使得！

余　安　使得使得，来吧！（强拉）

宋巧凤　（呼）张郎快来，张郎——

〔张喜急上。

张　喜　（急上，见状怒喝）住手！

余　安　咦，你是干什么的？

张　喜　我是她的丈夫，光天化日，调戏妇女，这还了得！

众家丁　什么调戏妇女！我家公子让她饮酒，是瞧得起她，你们不要不识抬举。

张　喜　哪个让你抬举！速速走开！

余　安　走开？老实告诉你，我看上她啦，要带她到城里玩上几天。（欲拉巧凤）

张 喜	（拦）休得无理！
余 安	小子们！
众家丁	在！
余 安	下手！
众家丁	啊！（上前欲拉巧凤）
张 喜	你们不要欺人太甚！（操起扁担）
余 安	怎么，要动武？（示意家丁）把人带走！

〔众家丁拉巧凤欲走。

张 喜	（抓住余安衣领）今日和你们拼了！
余 安	（顺手抽出短剑，猛刺张喜腹部）去你娘的！

〔张喜一声惨叫，倒在血泊。

宋巧凤	（失声地）张郎！
余 安	（向家丁）快走！

〔众家丁拉巧凤欲走，崔大虎上。

崔大虎	慢慢慢着！（余安、家丁被震慑，静场）
余 安	哼！又来了一个送死的。
宋巧凤	大虎兄弟，这伙狂徒，杀死了你张喜哥哥。

〔崔大虎近前一看，义愤填膺，挽起衣袖，逼视余安，
准备撕打。

余 安	（惧怕）你，你想干什么？
崔大虎	我想收拾你。
余 安	好啊！你竟敢老虎口里拔牙，小子们！给我拿下他！
众家丁	啊！

〔众家丁蜂拥而上，被崔大虎三拳两脚打得东倒西
歪，畏缩后退。

〔余安欲扑大虎，被崔大虎按倒，以拳猛击，余安求饶。

〔余安趁机爬起，大虎拼力追逐，撞翻桌凳，打
碎酒具。

〔余安抽出短剑，刺伤大虎臂膀。

〔大虎夺过短剑，余安、家丁狼狈逃下。

〔张母、众乡邻闻声上。

众　人	（见状吃惊）啊！这是怎的？
崔大虎	母亲，一伙狂徒抢劫巧凤，杀死了张喜哥哥。
张　母	（一震）唉呀不好！（跪步扑向张喜）儿——啊！
宋巧凤	张——郎！（悲痛欲绝）
张　母	（唱）　噩耗一声天地恸，
宋巧凤	（唱）　无情横祸飞家中。
张　母	（唱）　我儿无辜惨丧命，
宋巧凤	（唱）　一腔悲愤恨难平。
崔大虎	（唱）　紧握血染剑一柄，
众　人	（唱）　誓报深仇惩顽凶！

第二场　告　官

〔前场两日后。

〔二幕前。

〔鲍文上。

鲍　文　（唱）　生来不走桃花运，

　　　　　　　　寻花问柳伤过身。

　　　　　　　　难忘心头一桩恨，

　　　　　　　　哪知报仇在今春。

咱家鲍文，灞桥人氏，县衙刘大老爷手下当差。半年以前，为了灞桥街上那个卖酒的女人宋巧凤，不但美事不成，反被她那异姓兄弟崔大虎砍伤左腿。前日我去灞桥公干，忽见余安和家丁从酒馆仓皇逃出，方知张喜被杀。想那刘知县乃是余安的舅父，他虽然为官清廉，可遇上外甥这桩案子，他……能不徇私枉法？我何不趁此机会，来它个移花接木，一可除却心头之恨；二则嘛，何愁捞不到一官半职？对，便是这个主意了。

（唱）　锦囊计,善运筹,

　　　　巧遇良机报私仇。

　　　　移花接木显身手,

　　　　要让鱼儿上金钩。（急下）

〔二幕开。

〔县衙二堂。

〔刘义上。

刘　义　（唱）　手握着"金麒麟"短剑一柄,

　　　　　　　　细端详心惊恐疑窦丛生。

　　　　　　　　这把剑是姐家几代传用,

　　　　　　　　我外甥随身佩带舞手中。

　　　　　　　　莫非他逞霸道杀人害命?

　　　　　　　　这案件非寻常举足重轻。

　　　　　　　　连日来办案验尸无暇问究竟,

〔刘绪英急上。

刘绪英　（上唱）藏心事来县衙急步匆匆。

刘　义　（一惊）哦? 姐姐来衙何事?

刘绪英　兄弟……

刘　义　快快坐了叙话。

　　　　〔刘绪英入座。

刘　义　（向内）丫环,看茶。

刘绪英　不用。

刘　义　姐姐为何愁容满面,莫非有什么心事?

刘绪英　这……兄弟,姐姐问你,近日可曾有人县衙告状?

刘　义　民间冤事,日日皆有,不知姐姐问的哪桩哪件?

刘绪英　灞桥酒馆杀人案件。

刘　义　（一惊）啊? 姐姐为何问及此事?

刘绪英　兄弟,你外甥余安闯下祸了!

刘　义　（背白）果真是这个奴才所为!（拿出短剑）姐姐,你
　　　　看这把短剑可是余安随身所带?

刘绪英 我家祖传短剑"金麒麟",正是余安孩儿随身所带。兄弟,如此说来,那个卖酒的女子到县衙上告了?

刘　义 为弟当堂已向原告夸下海口,定要缉拿凶犯,与她夫伸冤报仇,哪知凶手竟是外甥余安!

刘绪英 哎呀不好!

（唱）　惊闻酒女把冤喊,

犹如巨石心头悬。

神魂颠倒方寸乱,

大祸竟在顷刻间。

兄弟亲理此案件,

翻云覆雨有何难。

不查不究了此案,

枉法凭的手中权!

刘　义 姐姐!

（唱）　你平日对余安不教不管,

无缰马闯大祸势所必然。

弟身为父母官素守清廉,

悬明镜晓大义法理当先。

伤人命事关天罪孽非浅,

岂容得违法纪妄作弊端。

对此案我自当依理公断,

若徇情刘义我愧对青天!

刘绪英 （意外,惊愕）啊!

（唱）　兄弟一席绝情言,

恰似冰水透骨寒。

甥舅之情全不念,

姐弟之意如云烟。

你姐丈在京千里远,

我孤身独子居长安。

余安若有长和短,

我哪有心思活世间。

兄弟呀！

你不看僧面看佛面，

高抬贵手救余安！

刘　义　哎呀姐姐！杀人案件，非同小可，事若败露，小弟如何担待得起？

刘绪英　这——

刘　义　姐丈为官清廉，誉满朝野，纵然为弟愿做枉法之事，他若事后得知，又如何容得？

刘绪英　这……（思忖）哎，只要你我守口如瓶，料他神鬼难晓真情。好在原告不知余安底细，兄弟何不顺水推舟，就说凶犯未曾拿到，如此拖它个一年半载，三年两载，此案岂不不了了之？

刘　义　这——

刘绪英　这么一来，谁能怪罪你这个七品县官？

刘　义　这——

刘绪英　兄弟呀！

（唱）　兄弟速速作决断，

姐姐心如滚油煎。

今救我儿情一片，

大恩终生记心间。

骨肉之情若不念，

我今日跪死在你的面前！（跪）

刘　义　（忙扶）姐姐快快请起，快快请起！

刘绪英　兄弟若不允情，姐姐宁死堂前，也不起来！

刘　义　事关重大，你容为弟我想想再说。

刘绪英　事在燃眉，兄弟莫可踌躇！

刘　义　为弟我设法搭救甥儿就是，姐姐请起！（扶刘绪英起）

刘绪英　兄弟倍担风险，事后定当重谢。

刘　义　姐弟同胞，何出此言。

刘绪英　如此我便去了！

刘　义　送姐姐。（刘绪英下）

〔音乐声中,刘义苦苦寻思,举棋不定。

刘　义　姐姐所言甚是,何不来个顺水推舟,不了了之?(一想)哎呀不妥,世上哪有个不透风的墙?此事万一露出去,不惟外甥保不住,只怕我这顶乌纱也戴不牢了!

　　　　(唱)　有心救甥枉断案,
　　　　　　　　王法条条不容宽。
　　　　　　　　有心执法秉公断,
　　　　　　　　骨肉之情把心牵。
　　　　　　　　民妇若还催此案,
　　　　　　　　刘义坐堂怎开言?
　　　　　　　　姐丈在京为官宦,
　　　　　　　　秉正清廉誉朝班。
　　　　　　　　我虽为七品小知县,
　　　　　　　　断过案件有万千。
　　　　　　　　件件皆是以理判,
　　　　　　　　从未徇私把人冤。
　　　　　　　　唯独余安这一案,
　　　　　　　　千丝万缕连心肝。
　　　　　　　　甥舅之情难割断,
　　　　　　　　姐弟之意重如山。
　　　　　　　　罢罢罢为救外甥免遭难,
　　　　　　　　昧良心将国法抛一边!

〔鲍文上。

鲍　文　老爷!(拱手)

刘　义　(一惊)哦!鲍文,你到此作甚?

鲍　文　老爷,小人有要事禀告。

刘　义　讲!

鲍　文　宋巧凤她夫被杀一案,小人知其底细。

刘　义　(震惊)啊!杀人凶手是谁?

鲍　文　老爷请听!(念)

　　　　　　宋巧凤卖风骚人品不正，

　　　　　　和兄弟崔大虎暗中私通。

　　　　　　他二人——

　　　　　　造假案来到县衙诉冤情，

　　　　　　老爷！你被蒙骗受愚弄，

　　　　　　这官司如何断得清？

刘　义　（故作惊讶）啊！竟有此事？（背白）杀人凶手分明是我外甥余安，鲍文为何要诬巧凤、大虎同谋害命，其中必有奥妙。鲍文！

鲍　文　老爷！

刘　义　宋巧凤、崔大虎同谋杀人，你如何得知？

鲍　文　老爷！

　　　　（念）　小人灞桥去公干，

　　　　　　　　亲眼所见无差偏。

　　　　　　　　她夫被杀在酒馆，

　　　　　　　　目不忍睹实惨然。

　　　　　　　　吓得小人浑身软，

　　　　　　　　至今两腿还打颤颤。

刘　义　此话当真？

鲍　文　绝无谎言。

刘　义　（背白）我明知鲍文尽是编造之言，可既不能露出我的心思，又不可追问他的用意；既不能当真查办，又不可因假推脱，只说这却如何是好？

鲍　文　（背白）大料老爷不敢说出他外甥杀人之事。

刘　义　（背白）莫非鲍文与宋、崔二人结有私怨，借机诬陷？我何不将计就计，抓来巧凤、大虎强加其罪，了结此案。（一想）不妥！颠倒是非，陷害好人，我刘义于心何忍？

鲍　文　老爷，宋巧凤、崔大虎因奸害命，心毒手狠，就该严加惩治才是。

刘　义　咦，这……

鲍　文　老爷如此心慈手软,莫非与他二人有何瓜葛不成?

刘　义　这是哪里话来! 本县正愁捉不到凶犯,一经拿获,岂能宽容。(一想)也罢! 为了搭救外甥,哪能顾了许多。况且,此案有鲍文作证,即使一旦真情败露,我也是推脱得了的。鲍文!

鲍　文　老爷!

刘　义　宋巧凤、崔大虎同谋害命,罪不容赦,本县自当查清问明,依法惩处。

鲍　文　老爷,夜长梦多,事不宜迟。依小人之见,速将二犯捉拿归案,免他畏罪潜逃!

刘　义　如此速作准备了!
　　　　　(唱)　为救外甥行诬陷,

鲍　文　(唱)　刘知县钻进了我的圈。

刘　义　(唱)　明日公堂造假案,

鲍　文　(唱)　哪管黑白颠倒颠!
　　　　　〔二人拱手分下。

第三场　屈　打

〔前场次日。
〔二幕前。
〔鲍文上。

鲍　文　禀老爷,罪犯带到!
　　　　　〔刘义幕内:"升堂!"

鲍　文　升——堂!
　　　　　〔众衙役内喝:"升——堂!"

宋巧凤　(内唱)恶衙厉声催人魂,
　　　　　〔宋巧凤、崔大虎带法绳由二衙役押上。

崔大虎	（唱）	法绳紧捆无罪人。
		惶惶难解其中隐，
宋巧凤	（唱）	深仇未报祸又临。
崔大虎	（唱）	何日方吐胸中恨？

〔幕启：县衙大堂，一派威严，上挂"明镜高悬"牌匾。

〔刘义中坐，众衙役执法棍站立两厢。

宋巧凤	（唱）	老爷岂能昧良心？

（跪拜）参见老爷！

刘 义 下跪可是宋巧凤？

宋巧凤 是的。

刘 义 这一汉子可是崔大虎？

崔大虎 不错。

刘 义 （堂木一击）吠！好个胆大的崔大虎，到了老爷大堂为何立而不跪？

崔大虎 心中不服，因而不跪。

刘 义 哇！本县执法严明，立案有据，跪了回话。

二衙役 （按跪）跪了回话。

宋巧凤 请问老爷，我二人身犯何罪？

刘 义 你与崔大虎私通鬼混，同谋杀夫，为了掩人耳目，佯告谎状，嫁祸于人，该当何罪？

宋巧凤
崔大虎 （吃惊）啊！

宋巧凤 老爷，我夫确系狂徒所杀，上次申诉全是实情。

崔大虎 老爷，小人终日担柴卖草，侍奉老母，安分守己，从不越轨。与巧凤私通鬼混，同谋杀夫，全是无稽之谈。那日狂徒酒馆行凶，乃是小人亲眼所见（露出臂伤），看！狂徒杀死她夫，还用短剑刺伤于我，望老爷明查。

刘 义 本县早已查清，岂容抵赖！

崔大虎 既已查清，敢问有何证据？

鲍 文 老爷，宋巧凤、崔大虎臭名在外，谁人不知，哪个不晓，同谋杀害她夫，乃是小人亲眼所见，望老爷明断。

崔大虎 老爷,鲍文乃流氓无赖之徒。半年以前,他趁巧凤丈夫不在,窜入家中企图行奸,巧凤愤然急呼,是我闻声赶去,砍伤他的左腿。从此,他便怀恨在心,今日借着巧凤丈夫被杀一案,设下圈套,加害我等,老爷明断。

刘 义 (背白)哦!原来如此。(向宋、崔)哇!本县深知鲍文为人,尔等休得反咬好人!

宋巧凤 (按捺不住地)唉呀老爷!民妇上次告状,是你声言要捉拿凶犯,与我夫申冤报仇。今日为何纵容凶犯,自食其言,听信鲍文邪说,加害无罪良民。请问,是谁俩告谎状?

刘 义 这……

宋巧凤 是谁嫁祸于人?

刘 义 这……

宋巧凤 这个什么?原以为你能秉公执法,谁料你才是个徇私枉法、草菅人命的赃官!

刘 义 (堂木一击)胆大刁民,竟敢如此狂妄。不动大刑,料你不招。来呀!

众衙役 啊!

刘 义 宋巧凤十指拶起,崔大虎重责四十!

〔二衙役押大虎下,拶起巧凤十指。

宋巧凤 (唱) 告状人反被告世间罕见,
清白身蒙屈辱何处辩冤?
盼官府除邪恶明查公断,
却盼来拶十指血溅衣衫。
到今日方知晓衙门黑暗,
坑百姓害良民无法无天。

〔二衙役押大虎上。

崔大虎 (唱) 四十棍打得我皮开肉绽,
一腔仇满腹恨冤气冲天!
贼鲍文行诬陷兽心人面,

　　　　　刘知县徇私情不择手段。

　　　　　设圈套害无辜蛇蝎肝胆，

　　　　　恨不能持利斧劈尽赃官。（昏倒）

一衙役　昏了过去。

宋巧凤　大虎！大虎！

鲍　文　老爷！（向刘耳语）

刘　义　冷水激醒，再用重刑。

宋巧凤　唉呀不好！（唱）

　　　　　刚才吃罢无情棍，

　　　　　怎忍重刑再加身。

　　　　　虎狼蛇蝎心太狠，

　　　　　难道说大虎他是铁铸的人？

　　　　　罢罢罢咬牙忍辱且招认，

　　　　　免他屈死命难存。

　　　　　且慢动刑，民妇有招。

刘　义　取刑！（一衙役给巧凤取刑）你与崔大虎奸情？

宋巧凤　是实。

刘　义　同谋杀害你家丈夫可有此事？

宋巧凤　不！乃是我一人所为，与大虎无关。

刘　义　让他二人画供。

　　　　〔一衙役拿纸笔让巧凤画供；鲍文强按大虎画供。

宋巧凤　（边画供）天哪！

　　　　〔幕后张母声："儿——啊！"

　　　　〔有顷，张母踉跄闯上。

张　母　（走向巧凤，抚着指伤）媳妇……

宋巧凤　（痛楚地）婆婆！

张　母　（走向大虎，吃惊）啊！我儿怎么成了这般模样？

刘　义　呔！这一婆子，为何私闯公堂？

张　母　刘知县，我养子崔大虎、媳妇宋巧凤身犯何罪？为何胡里胡涂，抓来县衙，重刑拷打？

刘　义　他二人私通鬼混，同谋杀夫，难道你还不晓？

张　母　胡道！我养子大虎端端正正；媳妇巧凤清清白白,你们休得陷害好人。

刘　义　你……

鲍　文　老爷,这一婆子辱骂官府,混闹公堂,还不把她赶下堂去。

刘　义　人役们！

众衙役　啊！

刘　义　给宋巧凤、崔大虎带上重刑,关押死牢；将这一婆子乱棍赶出,退堂！（刘义下）

〔恶衙乱棍驱赶张母,二衙押巧凤、大虎欲下。

〔二幕外。

张　母　（扑向大虎）儿啊！

崔大虎　（吃力地）母亲,孩子再也不能孝敬您了！

宋巧凤　婆婆！眼看张喜头七已到,媳妇不能祭奠,你就给他化张纸钱吧！

张　母　（抱住巧凤）媳妇！

二衙役　这一婆子,快快走开！

〔二衙役推张母倒地,拉巧凤、大虎下。

宋巧凤　婆婆！

崔大虎　母亲！

张　母　儿啊！（被衙役推下）

第四场　路　遇

〔前场数日后。

〔灞河岸边,阡陌纵横,垂柳成行。一座拱桥,延伸远处。河边路旁张喜新坟隆起。

〔低沉缓慢的音乐声中幕启,张母手捧纸钱,步履艰难上场。

〔幕后合唱：

　　　　风凄凄，雨沥沥，
　　　　冤假错案何时毕？
　　　　官无良心天无眼，
　　　　黎民恨压高山低。

张　母　（唱）恨刘义黑心肠天良丧尽，
　　　　仗权势设圈套苦害良民。
　　　　自那日公堂上横遭蹂躏，
　　　　吃乱棍气不过染病在身。
　　　　食不思水不进夜夜难寝，
　　　　想我儿想得我神志昏昏。
　　　　他二人虽异姓同食共枕，
　　　　自幼儿如手足一个娘亲。
　　　　我含辛茹苦把心血用尽，
　　　　好容易抓养他长大成人。
　　　　看如今一个蒙冤遭厄运，
　　　　那一个命丧黄泉成鬼魂。
　　　　宋巧凤好媳妇贤慧聪敏，
　　　　遭横祸受摧残年正青春。
　　　　眼前事如恶梦步步逼近，
　　　　残年人怎禁得霹雳千钧？
　　　　张喜儿早身亡双目难瞑，
　　　　强挣扎捧纸钱祭扫幽魂。
　　　　仇接仇恨连恨一腔悲愤，
　　　　一滴血一滴泪血泪沾襟。
　　　　呼苍天天不应叩地无门，
　　　　这世道哪里有明冤之人？

（走至坟前，化纸添土，如痴如呆）

〔幕后合唱：

　　　　风凄凄，雨沥沥，
　　　　冤假错案何时毕？

官无良心天无眼，
黎民恨压高山低！

张　母　（如泣如诉）张喜蒙冤已死，巧凤大虎被抓，我，我该
　　　　奔向何方？
　　　　（唱）　仰天长叹心惆怅，
　　　　　　　昏天黑地路茫茫。
　　　　　　　胸怀空愤无指望，
　　　　　　　倒不如投河一死免祸殃。
　　　　儿——啊！（扑向灞河）
　　　　〔一阵响亮的锣鸣、马嘶过后。

余　达　（内唱）奉圣命离京地陕西巡按，
　　　　〔侍卫、书吏、马童数人引余达上。

余　达　（接唱）一路上多辗转虽苦犹甜。
　　　　　　　饬纲纪正国法查访民怨，
　　　　　　　归故里阔别情感慨万千。
　　　　〔中军上。

中　军　禀大人，一群百姓抬着宰好的猪羊赶来。

余　达　杀猪宰羊作甚？

中　军　他们个个口喊余青天，前来给大人谢恩。

余　达　你去告诉他们，察理民事，乃是圣上钦旨，本院职责，
　　　　无须谢恩。猪羊赠礼，一概拒收，着他们速速回去，
　　　　莫要误了农桑。

中　军　小人百般回绝，他们宁是不肯。

余　达　本院一路查办贪污受贿赃官，岂能无视法纪，收受
　　　　厚礼？

中　军　小人深知大人法纪严明，也曾百般劝阻，怎奈他们谢
　　　　恩心切，劝阻全然无用。

余　达　（一想）中军！

中　军　在！

余　达　秦地今春饥荒严重，乞丐成群，何不将赠物按价收
　　　　买，赈济灾民？

中　军　大人高见。

〔一小役领张母上。

小　役　禀大人，这一老妇，投河自尽，被小人搭救，看来她必有深仇大恨。

余　达　（趋前）老人家，有何冤枉，向我诉说。

张　母　（将信将疑地）请问大人，你官居何位？

中　军　老人家，他是巡按余大人到了。

张　母　如此说来，你是朝廷的命官？

余　达　是的。

张　母　万岁的近臣？

余　达　是的。

张　母　你人马三齐，来到陕西作甚？

余　达　查理民事，整饬法纪。

张　母　如此说来，你定知民间疾苦，通晓朝廷法度？

余　达　民间疾苦，深知深解；朝廷法度，牢记在心。

张　母　那么我且问你，这杀人者？

余　达　偿命。

张　母　欠债者？

余　达　还钱。

张　母　徇私者？

余　达　问罪。

张　母　这蒙冤者？

余　达　昭雪。

张　母　好一个杀人偿命，欠债还钱，徇私问罪，蒙冤昭雪，青天大人，容贱民诉说我那血海深仇了！
　　　　（跪唱）灞水滔滔把冤喊，
　　　　　　　　不死的冤魂跪面前。
　　　　　　　　大人恕我多冒犯，
　　　　　　　　有眼不识余青天。
　　　　　　　　我祖居灞桥小地面，
　　　　　　　　世代勤织务庄田。

秦腔
金麒麟
JINQILIN

我养子崔大虎砍樵卖炭，

我亲儿唤张喜新婚半年。

他夫妻糊口度日开酒店，

那一日闯进了一位少年。

对他妻宋巧凤顿生邪念，

调戏抢劫耍横蛮。

张喜儿怀不平拿理相辩，

那恶少持利剑刺他胸间。

霎时间鲜血溢竟把气咽，

这新坟是张喜沉冤九泉。

宋巧凤到县衙去把冤喊，

哪料想又招来祸事一端。

刘知县设圈套恶毒凶险，

诬巧凤和大虎因奸害命关牢监。

屈打成招把死刑判，

望大人为民申屈冤。

余　达　（唱）　听罢言来暗惊叹，

磬竹难书民间冤。

此案牵涉刘知县，

必有因缘在其间。

今日亲受此案件，

揭开迷雾见庐山。

老人家，听你诉说，果是冤情非小。本院今日亲受此
案，你且等候讯息。

张　母　谢大人！（下）

余　达　中军！

中　军　在！

余　达　催马赶路，直奔县衙！

（唱）　一桩命案催人急，

巧扮客商访牢狱。

行踪悄然县衙去，

查明还须费心机。

（余达一行,加鞭催马,飞速而去）

第五场　访　监

〔紧接前场。

〔二幕外。

〔鲍文红袍加身,得意走上。

鲍　文　（唱）　一条毒计时运转,

又报仇来又加官。

当了县衙的大总管,

摆来摆去甚威严。

刘知县的把柄在我手中攥,

从此后步步青云有靠山。

（向内）谁在这里?

〔二幕启:县衙监牢,一片阴森。透过铁窗,塔影
隐隐。

〔狱卒上。

狱　卒　唉呀,鲍总管到了,恭喜你加官晋级。

鲍　文　好说。

狱　卒　鲍总管前来……

鲍　文　提审犯人。

狱　卒　提审哪个?

鲍　文　宋巧凤。

狱　卒　是。（向内）禁子!

〔女监禁子走上。

女监禁　唤我何事?

狱　卒　鲍总管命你开女监,提出宋巧凤。

女监禁　是!（开女监）宋巧凤,鲍总管唤你问话,快快走

223

动些!

宋巧凤 （走出女监唱）

　　　　月昏昏，灯初上，

　　　　步履沉沉出牢房。

　　　　时闻腥风拂高墙，

　　　　常见血雨染铁窗。

　　　　一身罪衣泪两行，

　　　　终日懒理女红妆。

　　　　忆往事，断愁肠，

　　　　朝朝暮暮思张郎。

　　　　血海深仇永难忘，

　　　　沉冤不明恨穹苍。（一见鲍文，转过身去）

鲍　文 给她打开刑枷。（女监禁开枷后走下）

狱　卒 总管还有何事吩咐？

鲍　文 烫壶好酒拿来。

狱　卒 是！（走下）

鲍　文 宋巧凤，这些天叫你受苦了。（巧凤不语）

鲍　文 咱们前仇勾销，你看如何？（巧凤仍不语）

　　〔狱卒拿酒上。从旁搬小桌放上。

狱　卒 鲍总管，酒到。

鲍　文 好，你且下去。

狱　卒 是！（下）

鲍　文 （走向宋，垂涎地）巧凤，你我畅饮几杯，叙叙旧情如何？（斟酒）来来来，看在乡党面上，饮了这杯，暖暖身子吧。（宋不屑一顾，打落酒杯）

鲍　文 （拣起）酒不饮无妨，可千万不要动怒啊！

　　〔鲍文欲搂巧凤，被巧凤推开。

鲍　文 死了丈夫，不嫌孤单吗？如今咱家不是当差时候的鲍文了！（抱住巧凤，被巧凤奋力推开，重重给了一记耳光）

宋巧凤 好贼呀！

（唱）　一腔怒火涌心上，

　　　　好一个吃人的衣冠豺狼。

　　　　贼性不改猪犬样，

　　　　乘人之危更猖狂。

　　　　贪势利行报复为虎作伥，

　　　　害得我受酷刑家破人亡。

　　　　你不要假慈悲装模作样，

　　　　我早已把生死置之一旁。

鲍　文　（恼羞成怒）好个不知天高地厚的刁妇！（向内）
　　　　来人！

　　　〔狱卒上。

狱　卒　鲍总管！

鲍　文　拿条鞭子来。

狱　卒　是！（取鞭子交鲍）

鲍　文　打开男牢，提出崔大虎。

狱　卒　是！（开监，提崔）

鲍　文　（狡黠地）二位不久要见阎王，奉送你们一顿皮鞭，
　　　　这叫礼尚往来。

崔大虎　要打便打，何必啰嗦！

鲍　文　死到临头，还来犟嘴。（举鞭向巧凤、大虎抽去）

余　达　一身客商打扮，匆匆走上。

余　达　（见状急阻）住手！

鲍　文　（意外）你是何人，竟敢多管闲事？

余　达　手执皮鞭，抽打重刑锁身的犯人，这算哪路好汉？

鲍　文　（上下打量）你是干什么的？

余　达　探监的。

鲍　文　探谁？

余　达　崔大虎。（宋、崔闻之一震）

鲍　文　你是他的什么人？

余　达　远方亲戚。

鲍　文　谁放你进来的？

余　达　门官老爷。

鲍　文　（把脸一沉）不行，没我的话，谁也不许进来。快，出去吧！（推余）

余　达　你是——

狱　卒　县衙鲍总管。

余　达　（假意奉承）唉呀，看样子就像是个拿事的。鲍总管，念起我老远的来了，就请高抬贵手吧！（掏银交鲍）一点小意思，总管笑纳。

鲍　文　（掂银）不行，我老爷说一不二。

余　达　今日来得仓促，不曾多带，容后再补。

鲍　文　（思索有顷）好吧，限你半个时辰。

余　达　谢总管。（鲍文装银下，狱卒随下）二位可是宋巧凤、崔大虎？

宋巧凤
崔大虎　（惊异点头）这你是……

余　达　不瞒你说，我是个做商的，今日路经灞桥，巧遇你母哭坟，出于恻隐之心，贸然上前打问，方知你家祸事，故而冒称远亲前来，欲究原委曲直，愿尽力相救。

宋巧凤
崔大虎　客官不避嫌疑，实是可敬可佩！

余　达　尚有一事不明，须得二位说请。

宋巧凤
崔大虎　何事不明？

余　达　说是你二人因奸害命，其中可有隐情？

崔大虎　盘根错节，枝蔓横生。

宋巧凤　无端害命，天理难容！

　　　　（唱）半年前刚成婚祸事临门，
　　　　　　　一歹徒闯进家欲辱我身。
　　　　　　　我不从忙呼救含羞带愤，

崔大虎　（唱）我闻讯急赶去斧劈恶人。
　　　　　　　从此后他和我盘仇结恨，

宋巧凤　（唱）趁我夫遭惨杀嫁祸我身。

崔大虎	（唱）	诬我和巧凤通奸暗鬼混，
宋巧凤	（唱）	诬我和大虎同谋害夫君。
崔大虎	（唱）	知县刘义偏听信，
		是非黑白全不分。
		屈打成招鱼龙混，
宋巧凤	（唱）	臆判死刑收监门。
		真凶实犯早逃遁，
		反给我受害之人罪加身。
崔大虎	（唱）	天理国法遭蹂躏，
		此案何以服人心？

余　达　诬陷你二人的那个歹徒他是何人？

崔大虎　方才客官赠银的鲍总管便是。他原在县衙当差，如今被刘知县加官晋级提为总管。

余　达	（唱）	歹徒鲍文甚奸险，
		刘义与他何牵连？
		蛛丝马迹要分辨，
		追其根来溯其源。

请问二位，出事之后，可曾查验尸首？

宋巧凤　刘知县亲去查验。

余　达　杀人凶犯的眉目面孔，可曾记得清楚？

宋巧凤
崔大虎　记得清楚。

余　达　何不画影图形，缉拿于他？

崔大虎　杀人凶犯，乃是宦门子弟，说不定他与官府县衙勾结一起，画影图形，又有何用？

余　达　何以得知他是宦门子弟？

宋巧凤　贫苦之家，哪有绫罗衣锦，家丁簇拥？

崔大虎　贫苦之人，哪有闲情逸致，游春射猎？

宋巧凤　贫苦之家，短剑柄上哪能镶嵌一对耀眼的"金麒麟"？

余　达　（一震）什么什么"金麒麟"？

宋巧凤　那凶手就是用一柄嵌有"金麒麟"的短剑，杀死我那丈夫的。

余　达　你可看得仔细?

宋巧凤　看得仔细。

余　达　记得清楚?

宋巧凤　记得清楚。

余　达　此剑现在何处?

宋巧凤　那日县衙告状,交给刘知县了。

　　　　〔音乐大作,余达如雷击顶,愕然呆立。

宋巧凤　客官既是追根问底,为何却又沉思不语?

崔大虎　莫非此案牵涉知县刘义,使你觉得有些棘手?

余　达　君子一言,驷马难追,自当竭力相助。

宋巧凤　不知客官有何搭救良方?

余　达　(思索有顷)唔,是你不知,当朝御史余达老爷,和我
　　　　乃是同窗学友,莫逆之交,近闻钦放陕西巡按,向他
　　　　说明情由,想他定会依法公断的。

崔大虎　客官用心良苦,我等实实感激! 只是这大官小官,知
　　　　府巡按,都是官官相卫,谁肯与我们庶民百姓伸
　　　　冤哪?

余　达　(深受刺激)这……

　　　　(唱)　一语倾尽民间意,
　　　　　　　一言道出官家非。
　　　　　　　我食朝廷俸禄米,
　　　　　　　当急百姓之所急。
　　　　　　　今夜查访心惊悸,
　　　　　　　哪料逆子把祸遗。
　　　　　　　暗把此事藏心底,
　　　　　　　怎解千古一难题?
　　　　二位请在,我便去了。

宋巧凤
崔大虎　请问客官尊姓大名?

余　达　无须打问,后会有期!(下)

第六场　闹　府

〔前场次日午后。

〔余达长安府第。窗明几净，陈设幽雅。远处，钟楼矗立，金碧辉煌。

〔幕后声："老爷回府啰！"

〔音乐声中，余达官服上扬。

刘绪英　（迎上）老爷回来了？

余　达　回来了。

刘绪英　快快请坐。

余　达　有坐。

刘绪英　（向内）余香，给老爷打茶。

〔丫环捧茶上。

丫　环　老爷用茶。（下）

余　达　夫人，你我一别两载有余，家中人等可好？

刘绪英　一切如故，大小平安。老爷在京饮食起居可好？

余　达　别来无恙。（环视）怎么不见小儿余安？

刘绪英　（慌乱）噢，他，他出外未归。（打岔地）老爷一路多受风露之苦、鞍马之劳？

余　达　风露之苦、鞍马之劳，若与民间冤苦相比，实乃不足挂齿。

刘绪英　（试探地）民间有何冤苦？

余　达　民间冤苦甚多，我只讲出一件如何？

刘绪英　你且讲来。

余　达　有一个当官的儿子，依仗他父权势，调戏酒家妇女，杀死人家丈夫。

刘绪英　（一惊）啊！竟有此事？凶手可曾拿住？

余　达　被一个知县官儿，徇了私情，给包下来了。

刘绪英　（背白）天哪天哪，余安杀人之事，老爷他、他知道了。

余　达　夫人，你若是个做官的，遇上此案，该如何处置？

刘绪英　（一怔）哦！你问这个吗？自然是杀人者偿命，徇私者问罪。

余　达　夫人既是如此通理晓法，就该速速交出杀人凶犯才是。

刘绪英　（掩饰）老爷，你在说梦话吧？

余　达　不交凶犯，将咱家祖传短剑"金麒麟"拿来我看。

刘绪英　（懵住）啊！"金麒麟"?!（一想）老爷，你这人真道的怪诞，难道咱家"金麒麟"你没见过？

余　达　夫人，事到如今，你再不要装聋卖哑、一错再错了！

　　　　（唱）　叫夫人你莫要巧言遮辩，
　　　　　　　　我已知小奴才闯下祸端。
　　　　　　　　两年来你对他百般娇惯，
　　　　　　　　伤人命铸大错悔恨万千。
　　　　　　　　刘义弟徇私情错判此案，
　　　　　　　　纵恶人设冤狱今古奇观。
　　　　　　　　咱怎能践国法铤而走险，
　　　　　　　　劝夫人快醒悟易辙改弦。

刘绪英　（唱）　老爷劈头将我怨，
　　　　　　　　诚惶诚恐心不安。
　　　　　　　　只说是杀人事不露破绽，
　　　　　　　　却为何他竟是如此了然？
　　　　　　　　他执法虽然是无情铁面，
　　　　　　　　难道说对儿子也不容宽？
　　　　　　　　事到此我只有好言相劝，
　　　　　　　　要让他发慈悲保儿过关。

　　　　老爷，事已至此，就该设法搭救孩儿才是。

余　达　朝廷王法，毋庸蔑视。夫人，你包庇凶犯，罪责不轻啊！

刘绪英	来么来么,三查两问,竟然追到为妻头上来了!
余　达	杀人案件,不追不究,难道白白罢了不成?
刘绪英	白白罢了,有何不可。
余　达	怎么个罢法?
刘绪英	老爷,你头戴什么? 身穿什么?
余　达	(不解)这是何意?
刘绪英	凭你这个作大官、掌大权的堂堂巡按,难道就不能搭救儿子一条性命? 看在其间,你这官是白作了! 权是白掌了,唉,你真道的无用啊!
余　达	如此说来,此案可以白白罢了?
刘绪英	一个卖酒的命能值几个钱呀?
余　达	(吃惊)哦? (一腔怒火)夫人,你往这边厢来。
刘绪英	老爷。(走向余)
余　达	(重重打刘一记耳光)贱人!
刘绪英	(失声后退)啊!
余　达	(唱)　你不要仗我官高自得意, 　　　　你不要凭我势大把人欺。 　　　　你儿是金玉富贵体, 　　　　难道说卖酒人不是娘生的? 　　　　做官若是都为己, 　　　　百姓活路在哪里? 　　　　将心比心都一理, 　　　　别人杀你你依不依?!
刘绪英	老爷! (唱)　老爷不必动怒气, 　　　　为妻有言听心里。 　　　　只说这泼水在地难收起, 　　　　出事后惶惶终日锁愁眉。 　　　　你远走高飞在京地, 　　　　我只好央求兄弟解危机。 　　　　谁知你不给为妻分忧虑, 　　　　反来责怪把人屈。

秦腔
金麒麟
JINQILIN

余　达　（唱）　我宁肯屈你不依你，
　　　　　　　　依了你我便无是非。
　　　　　　　　奴才伤人触法纪，
　　　　　　　　岂容放纵再姑息?!
刘绪英　（唱）　你纵有千条万条理，
　　　　　　　　断难说转我心机。
　　　　　　　　保儿救命火燃眉，
　　　　　　　　老爷，你、你、你——
　　　　　　　　你要快快拿主意。
余　达　（唱）　你休要再纠缠自讨无趣，
　　　　　　　　我的话无更改泰山难移。
　　　　　　　　已差人到县衙去请刘义!
　　　　　　〔刘义上。
刘　义　（唱）　姐丈传暗吃惊理亏心虚。
　　　　　　　　（进门）姐丈，姐姐，为弟这里有礼!
　　　　　　　　（无人应声）
刘　义　姐丈归来，不曾歇息，匆忙传我，有何见教?
余　达　刘知县!
刘　义　大人!
余　达　我且问你，这为官者当以何为本?
刘　义　当以清廉为本。
余　达　当以何为贵?
刘　义　当以公正为贵。
余　达　（怒）哇! 既知清廉为本，公正为贵，为何徇私枉法?
刘　义　（语塞）噫，这……
余　达　好气也!
　　　　（唱）　你辜负了为兄耿耿意，
　　　　　　　　玩火自焚毁自躯。
　　　　　　　　我一路巡查回秦地，
　　　　　　　　民怨沸腾呼声急。
　　　　　　　　谁料你竟敢徇私妄作弊，
　　　　　　　　谁料你竟敢诬陷百姓设冤狱。

你身为县令执法纪，

自斟自身犯何律？

刘　义　姐丈大人！

　　　（唱）　姐丈且息雷霆怒，

　　　　　　　容我掏心叙情由。

　　　　　　　自从余安闯祸后，

　　　　　　　为弟昼夜发忧愁。

　　　　　　　姐去县衙苦哀求，

　　　　　　　同胞义重情难丢。

　　　　　　　哪料想鲍文他移花接木假我手，

　　　　　　　报私仇要害巧凤大虎一命休。

　　　　　　　那时我作弊心虚谨防守，

　　　　　　　也只好不再追查不再究。

　　　　　　　似这样一桩冤案竟造就，

　　　　　　　我自知罪孽深重心愧内疚满面羞。

　　　　　　　望姐丈大人抬贵手，

　　　　　　　这教训我永世记心头！（幕后传来吵嚷声）

余　达　后面何人吵闹？

　　　〔丫环惊慌走上。

丫　环　老爷，公子后堂用膳，鱼刺扎着喉咙，他便责怪小人，

　　　　挥拳便打，抬足便踢，故而吵闹。

余　达　唤他见我。

丫　环　是！　（下）

　　　〔余安上。

余　安　（上念）爹爹在京城，

　　　　　　　　何时回府中。

　　　　　　　　眼皮跳得欢，

　　　　　　　　定没好事情。（走进）

　　　　爹爹，你去京城，一走两载，孩儿就把你想扎了。

余　达　（气极，顺手从桌上抽出宝剑欲砍余安）奴才！

　　　〔刘义、刘绪英急拦。

余　安　（惧怕）唉呀我的妈呀！

余　达　你个奴才,横行乡里,鱼肉百姓,只说父将儿啊……

余　安　爹爹!

余　达　我来问你,灞桥酒店,调戏妇女,杀死酒家可有咄此事?

余　安　有,有事。

余　达　(向内)余香,拿法绳来。

〔丫环拿法绳上。

丫　环　老爷,法绳到! (交余,下)

余　达　夫人,法绳一条,绑子投案。

刘绪英　意气用事,实实莽撞。

刘　义　姐丈三思而行。

余　达　休得阻挡。(拿过法绳,套在余安脖上)

余　安　妈!

刘绪英　老爷莫可!

〔强烈的音乐。刘绪英上前,抓住法绳一端,二人激烈争夺。

余　达　(推刘)贱人闪开!

〔刘绪英倒地,刘义忙扶。

〔余达拿过法绳,上前将余安捆绑。

刘绪英　老爷!

刘　义　姐丈! (二人跪步扑向余达,抓住衣襟,苦苦哀求)

刘绪英　(滚白)我叫叫一声老爷老爷! 狠心的老爷、糊涂的老爷! 我原以为你盛怒之下,恫吓孩儿,谁知你竟然如此当真,难道你忍心让小儿余安作那狱中之囚、刀下之鬼吗?

(唱)　老爷休要太执意,
　　　　为妻衷言听心里。
　　　　咱夫妻年过半百少儿女,
　　　　独守余安顶门楣。
　　　　你不怕余门断绝香烟无后继?
　　　　你不怕老来无依受惨凄?
　　　　怎忍心对娇儿寡情薄意?

怎忍心亲骨肉永世分离？

刘　义　（唱）　这件事举足轻重非儿戏，
　　　　　　　　　姐丈要三思而行用心机。
　　　　　　　　　今日绑子投案去，
　　　　　　　　　就如同送他命归西。
　　　　　　　　　钢刀千万莫轻举，
　　　　　　　　　亲骨肉相煎何太急？

刘绪英　（唱）　自古道慈母游子多情意，
　　　　　　　　临行密密缝布衣。
　　　　　　　　别时还寄嘱托语，
　　　　　　　　叫儿死娘能不痛惜？
　　　　　　　　若还不听劝阻意，
　　　　　　　　为妻也只好一命毕！（走至桌前，拔剑欲刎）

刘　义　（急拉）姐姐千万莫可！千万莫可！（夺过宝剑，转
　　　　　　对余达）姐丈大人！
　　　　　（唱）　思前还须顾后忌，
　　　　　　　　　断桥难过莫失足。
　　　　　　　　　劝姐丈回心快转意，
　　　　　　　　　常言人在事中迷。

刘绪英　老爷呀！
　　　　　（唱）　念起他年纪幼不懂事理，

刘　义　姐丈哪！
　　　　　（唱）　念起他少管教初犯刑律。

刘绪英　（唱）　事重大劝老爷——

刘　义　（唱）　从长计议，
　　　　　　　　切不可犯冒昧——

刘绪英　（唱）　悔之莫及。

余　达　这个……
　　　　　（唱）　他姐弟苦口将我劝，
　　　　　　　　句句出自肺腑间。
　　　　　　　　我虽然怒气冲冲将他们怨，
　　　　　　　　自己却口噙黄连苦难言。

世人谁不爱儿女，
难道我无情无义是铁心肝？
在京常把小儿念，
盼望一家早团圆。
哪料想事出意外起祸患，
几天来心中犹如滚油煎。
我有心严法纪将儿问斩，
舍亲子就如同掏我心肝。
假若还徇私情将儿偏袒，
枉国法欺庶民问心何安？
宋巧凤崔大虎冤狱在案，
又怎能背信义自食其言？
进不能退不得愁眉难展，
举难棋我余达该走哪边？

刘绪英　老爷，余安生死，操你一手。

刘　义　姐丈，为弟前程，系你一身。

刘绪英
刘　义　千钧一发之际，你可要千万审慎啊！

余　达　生死定夺，举足轻重。你们暂且下去，我还要再思
　　　　再想。

刘绪英　兄弟，你且回衙去吧。

刘　义　为弟告辞！（下）

刘绪英　（向余安）你个奴才还不起来！

余　安　母亲！（示意被绑）

余　达　给他松绑，快快下去。

　　　　〔刘绪英给余安松绑后，二人下。

　　　　〔音乐声中，余达心情焦灼，踱步苦思。

余　达　受害之人，反遭陷害，天理难容。灭舍亲子，推出内
　　　　弟，大祸就要临头，只说这却如何是好？（忽有所
　　　　悟）

　　　　（念）　幼时读圣贤，
　　　　　　　　熟诵大义篇。

　　　　　腹黁斩劣子，

　　　　　浩气留世间。

　　好一个大义灭亲、执法如山的腹黁，他真是我余达一
　　面绝好的镜子呀！

　　（唱）　古人早立此典范，

　　　　　要学腹黁忠义男。

　　　　　秉公执法断此案，

　　　　　誓为黎民解倒悬。

　　〔音乐声中，余达伏案执笔，急书公文。

余　达　（急切地）中军走来。

　　〔中军上。

中　军　大人有何吩咐？

余　达　这里有我手谕一纸，速去按院衙内，着人将余安捉拿
　　　　收监。

中　军　（吃惊）大人，为何捉拿公子？

余　达　休得多问，快快去吧。

中　军　是！（下）

余　达　（念）　灭亲舍子无遗憾，

　　　　　　　触犯刑律不容宽。

第七场　明　冤

　　〔前场翌日。

　　〔按院大堂，上方宝剑高悬。"执法如山"四个大字
　　格外醒目。

　　〔音乐声中幕启，侍卫、衙役排列两厢，余达升堂，刘
　　　义偏坐。

余　达　中军！

中　军　在！

余　达	传宋巧凤、崔大虎上堂。
中　军	是！（向内）宋巧凤、崔大虎上堂。
	〔宋巧凤、崔大虎罪衣罪裙、身带重刑,踉踉走上。
宋巧凤	（唱）　惊闻按院又传讯,
崔大虎	（唱）　心灰意冷步沉沉。
宋巧凤	（唱）　今世难雪仇与恨,
崔大虎	（唱）　做鬼也要告仇人!
宋巧凤 崔大虎	叩见按院大人！（跪拜）
余　达	下跪可是宋巧凤、崔大虎?
宋巧凤 崔大虎	正是。（吃惊）啊！昨夜探监的那个客官就是按院 大人?
余　达	宋巧凤!
宋巧凤	大人!
余　达	你与崔大虎同谋杀害丈夫,可有此事?
宋巧凤	倒有此事。
崔大虎	早已向刘知县招供,何须再问。
刘　义	大人,此案早已审清问明,如今罪犯供认不讳, 何不——
余　达	你二人所供可有不实之处?
宋、崔	这……
余　达	左右退下。
	〔众退下。场上只留余达、宋巧凤、崔大虎。
余　达	（离座,趋前）二位记得昨夜探监之人吗?
宋、崔	一夜之隔,怎会忘记。
余　达	站起回话。
宋、崔	谢大人！（站起）
余　达	本院诚心相救二位,今日大堂之上,为何不提冤枉 二字?
宋、崔	这……
余　达	不必胆怕,有本院给你们作主。

崔大虎　大人，只怕你不会为我们作主了。

余　达　何以见得？

宋巧凤　我的大人呀！　（唱）

　　　　　　　只盼你路遇不平救人命，
　　　　　　　哪料想竹篮打水一场空。

崔大虎　（唱）　刘知县和你称兄道弟情意重，
　　　　　　　杀人犯就是你儿他外甥。

宋巧凤　（唱）　难怪我二人落陷阱，
　　　　　　　今才知原委曲折情。

崔大虎　（唱）　凡事都有轻和重，
　　　　　　　哪有个当官的舍弃亲子救百姓？

宋巧凤　（唱）　你官居巡按掌权柄，
　　　　　　　生杀大权操手中。

崔大虎　（唱）　州府县衙为你用，
　　　　　　　官官相卫一脉通。

宋巧凤　（唱）　我不该拿着鸡蛋把石碰，

崔大虎　（唱）　我不该太岁头上把土动。

宋、崔　（唱）　因此上不悔前言愿招供，
　　　　　　　劝大人快杀快斩不必难为情。

余　达　（内疚、愧悔、激愤）噢……

　　　　（唱）　句句话似利刃刺我心坎，
　　　　　　　羞怯怯愧难当内疚不安。
　　　　　　　理国事行法权人心难犯，
　　　　　　　官和民竟隔着万壑千山。
　　　　　　　他二人谎招供文章不浅，
　　　　　　　官压民民怕官百载千年。
　　　　　　　到头来失民心积重难返，
　　　　　　　国不保家不宁社稷怎安？
　　　　　　　一定要惩邪恶保住良善，
　　　　　　　大堂上闹他个地覆天翻。

　　　　（内向）升——堂！

〔堂鼓升天,击乐紧奏。

〔众纷纷登场。

〔余达升堂,刘义坐定。

余　达　刘知县,宋巧凤、崔大虎同谋杀人,何人见证?

刘　义　县衙总管鲍文见证。

余　达　传鲍文上堂。

中　军　(内向)鲍文上堂。

　　　　〔鲍文上。

鲍　文　(念)　大人传讯我,

　　　　　　　两腿打哆嗦。

　　　　　　　干了瞎瞎事,

　　　　　　　八成要招祸。

　　　　小人鲍文给大人叩头。(跪倒)

余　达　抬起头来,看看我是何人?

鲍　文　(抬头、认出)唉呀我的妈呀!(向余)大人,你、你……

余　达　我还短你一锭银子是吗?

鲍　文　小人再不敢爱钱啦。

余　达　宋巧凤、崔大虎同谋杀人,你如何得知?

鲍　文　小人亲眼所见。

余　达　人命关天,勿道谎言。

鲍　文　千真万确,决无差错。

余　达　带余安上堂。

中　军　(向内)带余安上堂。

　　　　〔少顷,衙役押余安上。

余　达　下跪可是余安?

余　安　正是。

余　达　你可知罪吗?

余　安　我、我……

余　达　宋巧凤!

宋巧凤　大人!

余　达　你看他是何人？

宋巧凤　（一看）大人，他正是酒店之内，杀死我夫的那个凶手！

余　安　（惊慌）这……

余　达　（拿出短剑）宋巧凤，你可认得此物？

宋巧凤　（细看）大人，这就是嵌有"金麒麟"的杀人凶器。

余　达　余安，可是用此剑杀人？

余　安　是的。

余　达　鲍文！

鲍　文　大人！

余　达　杀人凶犯乃是我儿余安，你为何要说是宋巧凤、崔大虎？

鲍　文　这……

余　达　（堂木一击）哎！你个无赖之徒，竟敢移花接木，官报私仇，诬陷好人，该当何罪！

鲍　文　小人罪该万死！罪该万死！

余　达　刘知县！

刘　义　大人！

余　达　你枉受民托，徇私舞弊，该犯何律？

刘　义　咦，这……

　　　　〔幕后传来刘绪英呼喊声。

余　达　何人堂下喧闹？

中　军　禀大人，夫人哭奔而来。

　　　　〔刘绪英闯上堂来。

刘绪英　老爷，你、你、你好狠心啊！

余　安　（扑向刘）母——亲！

余　达　今日本院大堂问案，谁知你竟敢扰乱公堂，说是你快快下去吧！

刘绪英　让我下去，除非放回我儿。

余　达　你儿斩罪在身，岂能放回？

刘绪英　为妻愿替孩儿一死，保住余门香火。

余　达　妇人之见,情理不通。来呀!

衙　役　啊!

余　达　将刘义衣冠剥去,削职为民;将鲍文押入死牢,听候发落!

从衙役　是!(押刘义、鲍文下)

余　达　中军,与爷备办祭品,将余安绑赴刑场!

刘绪英　(震惊)啊!老爷,难道你、你、你真的能下此毒手?

余　达　休得啰嗦,快快押下去!(众衙役押余安下)

刘绪英　儿——啊!(哭奔随下)

余　达　左右!给宋巧凤、崔大虎起锁开枷,当堂释放。

〔众衙役为宋、崔开枷。

宋、崔　谢过青天大人。

余　达　中军,将备好的百两纹银拿来。

中　军　是。(取银交余)

余　达　(向宋)我儿余安杀死你夫,千古遗恨!(向崔)刘义、鲍文诬陷良善,人心不平,本院向你们赔罪。

宋、崔　岂敢!岂敢!

余　达　这是纹银百两,二位收下吧。

宋、崔　大人灭亲舍子,明冤救命,我等感恩不尽,这百两纹银,万万不能领受。

余　达　此乃我之心意,二位不可推辞。(交银)

宋、崔　(接银)谢过青天大人!(跪倒)

余　达　中军,他二人受刑过重,行步艰难,派遣车马,送回灞桥。

中　军　是!宋巧凤、崔大虎随着我来。(引宋、崔下)

余　达　(向内)人役们!

〔内应:啊!

余　达　与爷备轿,赶赴刑场。

第八场 处决

〔紧接前场。

〔法场。浓云密布,雷声隐隐,四野空旷,一片荒凉。

〔号角声中幕启,众刽子手荷戟持刀押余安急步上场,将其绑在刑桩之上。

〔中军、监斩官数人匆匆而上,环视法场,侍立待命。

中 军 (向内)禀大人,凶犯带到刑场!

余 达 (内唱)九天风雷荡寰尘,

〔余达急步上场,一衙役捧着放有祭品的木盘随上。

余 达 (接唱)一腔正气力千钧。

欲把邪恶扫除尽,

哪管亲人不亲人。

号角阵阵鼓声紧,

刀光闪闪寒人心。

十里杀场烟尘滚,

滴血吞泪送鬼魂。

千古奇案多教训,

留给后世教儿孙。

(走向刑桩,沉痛地)余安!

余 安 (抬头举目)爹爹!

余 达 午时三刻就要行刑,你我父子今朝诀别,为父痛悔莫及。来,饮了这杯暖心酒,送你上路。

余 安 爹爹,我喝不下去。你就饶过孩儿这一回吧,孩儿再不敢胡作非为了。

余 达 并非为父不愿轻饶于你,需知国法如山啊!我儿不饮此酒,为父也只好对空祭酒了!(举杯,向空中泼酒)

(唱) 斩期愈来愈逼近,

心头更觉压千斤。
实指望儿功成名就为国把力尽，
哪料想断头台上早离分。
又是疼来又是恨，
又是怨来又是亲。
霎时吾儿吃利刃，
为父便是主斩人。
莫道寡情多严峻，
只缘国法不饶人。

余　安　爹爹,孩儿眼看就要离开人世,为何母亲不来看我？

余　达　你母平日娇惯于你,出事之后,她又百般庇护,混闹公堂,我已将她锁进冷房,你还见她作甚？

监斩官　启禀大人,午时三刻已到。

余　达　刽子手!

刽子手　啊!

余　达　与爷开刀!

〔音乐声中,两刽子手托起余安,正欲举刀砍下,幕后传来急促的马嘶声。有顷,一小役捧书信急上。

小　役　且慢行刑!

余　达　何事？

小　役　府台大人和一班退朝老臣,闻听老爷处斩亲子,个个心中不忍,命小人送来书信,恳求赦免死罪。

余　达　(拆出急览,向役)你去告诉诸位,盛情愧领,国法难容!

小　役　(瞠目)啊!

〔丫环急上。

丫　环　禀老爷,岳丈大人驾到!

余　达　(一惊)哦,他来作甚?!

〔刘阁老乘车辇上。

刘阁老　(唱)　忽报外孙受斩刑,
如同乱剑刺在胸。
不顾年迈抱病体,
驱车法场来求情。

（见安）那，那是外孙孙！小余安！

余　安　外公！

刘阁老　（接唱）一见孙儿难活命，
　　　　　　　　老泪纵横眼朦胧。（转向余达）

　　　　贤婿！

　　　　　　为官执法当严正，
　　　　　　难道说对独子也不容情？
　　　　　　你官居御史龙恩宠，
　　　　　　辅佐君主建奇功。
　　　　　　咱何不将功折回一条命？
　　　　　　奏圣上赦孙儿免受斩刑。

余　达　岳父大人！

　　　　（唱）　罪归罪来功归功，
　　　　　　　　功罪一定要分清。
　　　　　　　　父功怎将子罪顶！
　　　　　　　　谁人犯罪谁担承。
　　　　　　　　处余安绝非是一人一命，
　　　　　　　　斩和免两个字可辨奸忠。
　　　　　　　　免了他失民心一家称幸，
　　　　　　　　斩了他合民意万民欢腾。
　　　　　　　　我巡按陕西受圣命，
　　　　　　　　执法岂容徇私情。
　　　　　　　　因此上处极刑实难更动，
　　　　　　　　劝大人请后退我要行刑。

刘阁老　唉呀不好！

　　　　（唱）　句句话儿成泡影，
　　　　　　　　心急就像滚油烹。
　　　　　　　　千言万语不顶用，
　　　　　　　　心中顿把巧计生。
　　　　　　　　走上前来忙跪定，
　　　　（跪倒）余大人！

余　达　（意外，惊异）这……

刘阁老　（唱）　你将我和孙儿一起送终。

245

余　达　（跪倒急扶）岳父大人，你乃三朝元老，德高望重，年迈苍苍，此举小婿如何受得。

刘阁老　为了搭救孙儿，我将老命不惜，给你跪倒，有何要紧。

余　达　岳父大人，快快请起！快快请起！

刘阁老　答应赦免孙儿，自然站起。

余　达　（稍思）好，就依岳丈大人之意，赦他不死也就是了。

〔刘阁老站起。

余　达　岳父大人请回！

刘阁老　如此我便去了！（返身乘车辇欲走）

余　达　（严峻地）刽子手！

刽子手　啊！

余　达　（斩钉截铁地）开刀！

刽子手　啊！

〔两刽子手走向余安，举刀砍下。一刽子手急用红布将余安覆盖。

〔刘阁老闻声，返身，见状茫然。

〔余达巍然挺立，举目远望。

〔随着一阵激愤的弦律，舞台一片通红。

〔音乐声中，大幕徐徐降落。

——剧　终

演出单位

西安尚友社

秦王李世民

根据颜海平同名话剧移植

杨　晨　移植

剧情简介

　　本剧反映了因争夺皇权手足相残的史实,最终引发了唐史有名的"玄武门事变"。

　　公元 620 年,唐高祖李渊偏听太子建成和齐王谗言弃杀功臣,欲诛秦王。唐王朝内部斗争日趋尖锐。北方突厥伺机南犯,危及长安。为了拯救李唐社稷,李世民毅然发动了"玄武门事变",根除了内患,诛灭了太子和齐王,率兵北征。

场　目

秦腔

秦王李世民
QINWANGLISHIMIN

人 物 表

李世民　　封号秦王

刘文静　　官封门下中省侍中

李　渊　　大唐天子

长孙公主　李世民之妻

尹娘娘　　李渊妃子

秀　子　　刘文静之女

李建成　　李渊长子

李齐王　　封号齐王

萧　瑀　　官封中书令

裴　寂　　官封尚书右仆射

李元庆　　封号汉王

尉迟敬德　秦府属将

房玄龄　　秦府属臣"记室令"

程知节　　秦府属将

徐福生　　老卒

大唐将士、刘武周将士、大内侍、小内侍、宫廷卫士、
宫伎、百姓等

第一场

主题歌:大河东流去,千古尽淘沙。

载舟亦覆舟,兴亡几人察。

〔幕启:汾水河畔,城郭隐约可见。郊外村庄浓烟滚滚,烈火熊熊,遍地草木焦枯。

(画外语音朗朗,追溯往事)唐高祖李渊建元武德三年(公元620年),秦王李世民为了粉碎封建割据,维护中央集权,亲率王师西平陇西,东破洛阳,促成李唐大业。

唐高祖李渊偏听建成、齐王谗言,妄杀功臣,欲诛秦王,唐王朝内部斗争日趋尖锐。北方突厥伺机南犯,危及长安……为了拯救李唐社稷,李世民毅然发动了唐史著名的"玄武门事变",根除了内患。

公元626年,李世民即位,唐王朝从此转入了"贞观之治"的鼎盛时代。

画外音中,隋朝残余兵马首领刘武周,纵兵烧杀抢掠,百姓仓皇逃奔。唐朝"侍中官"刘文静和女儿秀子率兵与敌奋战。刘文静寡不敌众且战且退。刘武周兵马蜂拥追杀。

刘文静　(内唱)率孤军激战在汾水河畔,

〔刘文静上。

刘文静　(唱)　固守要地斩凶顽。

但只见疆场上鲜血尽染,

将士为国丧黄泉。

晋阳城烽烟起百姓涂炭,

盼望着长安城大兵增援。

敌　兵　（内喊）哪里走！

〔刘武周兵马涌上，与刘文静等开打。敌将与刘文静刀枪相架。

敌　将　刘文静，尔等现已被围，还不下马归降！

刘文静　呸！

（唱）　大丈夫宁可战死疆场上，

岂肯屈膝把尔降！

〔两相接打，敌兵暗射一箭，刘文静中箭落马，秀子等奋不顾身打退贼兵。

秀　子　（哭叫）爹……

（唱）　见爹爹中贼箭身落马下，

鲜血点点染银甲。

恨贼兵破晋阳凶狠诡诈，

爹负伤孩儿我心如刀扎。

刘文静　（唱）　秀子女你莫要泪如雨下，（战鼓声四起）

（接唱）为国家哪怕得血染黄沙！

（杀声阵阵，刘文静翻起拔剑）

刘文静　众将官，随俺杀退贼兵！

〔探马急上。

探　马　禀大人，秦王率领大队人马前来解围！

刘文静　再探。众将官，秦王率领大队人马前来解围！二兵合一，恢复晋阳！

齐　王　（内喊）圣旨下！

刘文静　有迎王旨。

〔齐王傲慢地捧旨上。

齐　王　圣旨下，刘文静听旨！

刘文静　（长跪）臣！

齐　王　（宣旨）尔身为朝廷重臣，畏敌如虎，按兵不动，致使贼兵长驱直入，晋阳失守。勒命革去刘文静"侍中"之职，贬家为民。钦此。

刘文静　（大惊）啊，这……个……

第二场

〔幕启：晋阳宫偏殿。

〔银河渐隐，曙光微露，室内灯火明灭。

〔刘文静不时仰天长叹，秀子含泪抚琴。

秀　子　（唱）　泪滴琴弦音悲愤，

　　　　　　　　哀歌一曲唱断魂。

　　　　　　　　时光流逝星月隐，

　　　　　　　　难忘义士会"孟津"。

刘文静　（唱）　实想说为国为民把忠尽，

　　　　　　　　偏遇见隋炀帝无道之君。

　　　　　　　　随李唐举义旗生死何足论，

　　　　　　　　到今日反落得叛逆罪臣。

秀　子　（唱）　那齐王害忠良心肠毒狠，

　　　　　　　　难道说冤屈无处申？

刘文静　（急止之）我儿不可浪言，快去收拾行李，待天明之后随父辞别秦王，我父女还故里。

秀　子　（伤心地）爹……

　　　　〔内喊：秦王到！

　　　　〔秦王带侍从急上。

刘文静　（跪拜）罪臣刘文静有迎秦王殿下。

秦　王　大人扼守汾晋要地劳苦功高！

刘文静　臣不敢当，臣今欲辞殿下解甲归田。

秦　王　大人，狡兔未烹，良弓岂藏，壮志未酬，怎还故乡？

刘文静　殿下，人生坎坷征途远，暗礁险壑创业难！

秦　王　既知艰难，就该逆风而上，为何急流勇退？

刘文静　臣，一言难尽……

秦　王　想这晋阳城,进则能攻,退则能守,怎能轻易丢失?大人,莫非这其中……

刘文静　此事为臣之罪,臣愿受朝廷责罚。

秦　王　既然如此,为何孤巡察晋阳,百姓纷纷阻路,将士连连上奏……

刘文静　晋阳失守,百姓涂炭,将士血染疆场。他们参劾为臣理所应当。

秦　王　他们上奏大人临危不惧,坚守晋阳,出生入死与民共存亡!孤已查明,你不是朝廷罪臣,你、你是大唐社稷有功之臣呀……

刘文静　(泪眼纵横) 秦王殿下……

秀　子　爹……秦王殿下……

秦　王　(唱)　大人忠心保圣唐,
　　　　　　　　九死一生守晋阳。
　　　　　　　　今朝含冤遭诽谤,
　　　　　　　　孤定要辩曲直保举忠良。

刘文静　谢过殿下。(跪拜)

秦　王　晋阳到底因何失守,孤王还需仔细查访,请大人与孤室内详谈。

刘文静　臣遵命。(二人携手下)

〔天色明亮,秀子喜出望外,从花瓶之中摘两朵花。

秀　子　(抚花而唱)
　　　　　　　　只说是芍药逢霜难开放,
　　　　　　　　霎时间一缕春风放清香。

〔汉王暗上,发现秀子不觉脱口而出。

汉　王　秀子……

秀　子　(腼腆地) 拜见汉王殿下。

汉　王　秀子,手拿何物?

〔秀子含羞不语。

汉　王　好像两朵红芍药?

秀　子　(嫣然而笑) 是两朵并蒂相连的豆蔻花。

汉　王	（欣然取出诗绢）秀子……
秀　子	（垂眼接诗绢念）"天上连枝秀，人间并蒂欢。两情长依依，绵绵永不断。"谢过汉王殿下。（欲走）
汉　王	（含情地）秀子……
	〔秀子缓缓抬头将花儿赠于汉王，腼腆而下。
汉　王	（抚着花儿羞涩地）秀子，秀子……
	〔房玄龄暗上，巧与汉王相遇。
房玄龄	（风趣地）臣是房玄龄，并非秀子……
汉　王	（尴尬地）啊……啊……（含羞回避）
房玄龄	汉王殿下，秦王请殿下，有要事相谈。
汉　王	大人，请。（二人急下）
徐福生	（内唱）恨齐王倚权势凶狠蛮横。
敬　德	（挽福生上唱）

奸臣当道路不平。

〔齐王上。

齐　王	哪里走！（武士随上）
敬　德	殿下，念起他年迈苍苍，望齐王饶了他吧。
齐　王	他乃反戈之贼，不知齐王从来是不开恩的！
徐福生	殿下，刘大人他当真无罪呀……
齐　王	住口！
	（唱）　尔为罪臣把冤鸣，
	违抗圣命不留情。
	〔齐王欲答福生，敬德上前急挡。
齐　王	逆贼闪开！
敬　德	（怒不可遏）齐王殿下！
齐　王	啊！你虎视眈眈，莫非要与小王较量？
敬　德	臣不敢。
齐　王	（拔剑出）哼哼，小王倒想看看你这叛贼有多大的胆囊，嗯！（用剑欲刺敬德）
	〔秦王与房玄龄、刘文静、汉王、秀子齐上。
秦　王	（急喝道）住手，齐王休得放肆。

齐　王	啊,二哥,此贼反叛成性,谋杀小弟……
敬　德	(愤恨地)齐王殿下……你……
秦　王	四弟,为人臣者理应光明磊落!
徐福生	秦王殿下……
秦　王	(发现徐福生遍体伤痕,怒视齐王)为何鞭笞士卒?
齐　王	他无视圣命,替罪臣叫屈。
徐福生	殿下,刘大人有功无罪。齐王……他……
齐　王	(凶狠地)该死的老东西!(一鞭将徐抽倒)
秦　王	(勃怒)齐王殿下!
徐福生	(挣扎地)秦王……
刘文静	快快医救。(敬德背徐下)
秦　王	房记室,记孤教令:命刘文静为东征洛阳行军总管,封赐晋阳城东良田二十顷、金银五百镒。
刘文静	谢殿下。
齐　王	啊!好哇,你封赐罪臣?
秦　王	有功必赏,有罪必罚!
齐　王	我,我要面奏父王!(气极而下)
众　臣	殿下……
秦　王	任他去吧。
内　喊	娘娘驾到!(众臣一怔)
秦　王	众卿回避,传出有迎。(众臣下)
侍　从	是。(下场)
	〔尹妃带官女上。
尹　妃	(唱)　身在"大业"伴隋炀,
	隋炀灭亡伴圣唐。
	单凤萦牵双龙宠,
	玉颜闭月戏君王。
	粉黛风华长流芳,
	云起龙飞凤乘翔。
	忽闻晋阳贼平荡,
	讨封田别圣驾衣锦还乡。

秦　王　臣,李世民迎驾贵妃娘娘。（跪拜）

尹　妃　殿下屡建奇功,可喜可贺。

秦　王　娘娘驾临晋阳,不知有得何事?

尹　妃　殿下!

（唱）　殿下征战甚英勇,
　　　　为圣唐立下了盖世之功。

秦　王　（唱）　论战功臣不敢骄矜受命,
　　　　　　　　安社稷臣理应舍死忘生。
　　　　　　　　臣愿望国无患四方平定,
　　　　　　　　破贼兵全仗着将士之功。

尹　妃　（唱）　妾临行老王他亲书手令,
　　　　　　　　拜殿下为太尉,
　　　　　　　　加封东道尚书令,
　　　　　　　　关东兵马掌大营。

秦　王　（唱）　臣谢父王皇恩重,
　　　　　　　　竭尽忠心报朝廷。

尹　妃　（风骚地）闻人传颂,秦王治军雄才大略。今日一见
　　　　果不虚传。不过敕令后面还有话哩。

秦　王　（接敕令）"封赏之时可将城东二十顷良田赐予尹氏
　　　　之父尹德龙。"（一怔）

尹　妃　殿下,你看……

秦　王　娘娘不知,此处已封赐刘文静刘大人了。

尹　妃　（一惊）殿下难道不知他是朝廷罪臣么?

秦　王　刘大人九死一生固守汾晋,理当重赏。

尹　妃　殿下,这可是有违圣命呀?

秦　王　父王不知真情臣将面奏。

尹　妃　（要挟地）圣上敕令,不如秦王教令么?

秦　王　父皇将行赏之事托于为臣,臣当秉公而论。

尹　妃　（愤怒地）如此哀家告辞!（欲走）

秦　王　臣,送娘娘。

尹　妃　不用!宫人,启驾回宫。

〔尹拂袖而去，刘文静等涌上。

众　　　　（关切地）殿下……

秦　王　　（毅然地）整装待发，直驱洛阳！

第三场

〔长生殿，李渊威坐龙廷，尹妃、建成左右伴随。萧
瑀、裴寂、齐王以及宫娥、内侍鹄立两旁。

众　臣　　（欢呼）陛下万岁、万万岁！

李　渊　　众卿平身。

　　　　　（唱）　灭隋炀并列雄神州无恙，

　　　　　　　　大圣唐归一统威震八方。

　　　　　　　　普天下称山呼龙心欢畅，

　　　　　　　　与众卿举金樽倾饮九江。

　　　　　众卿请！

众　臣　　（举樽）谢万岁！

建　成　　父王，自古对酒当歌，今朝洛阳平定，王师还朝，父王
何不与众臣对歌畅饮共享天伦之乐。

李　渊　　爱妃何不将新作献上。

尹　妃　　妾妃遵旨，起舞奏乐！

　　　　　〔众宫伎鱼贯而上翩翩起舞。

宫　技　　（合唱）金阙宫闱势巍巍，

　　　　　　　　霓裳起舞燕南飞。

　　　　　　　　"汉宫春"歌伴君醉，

　　　　　　　　春去秋来风萧瑟。

　　　　　　　　歌未尽，心欲碎……

　　　　　　　　鼓乐凄凄泪眼垂。

　　　　　　　　但愿冰河东流去，

　　　　　　　　莫让西风年年归。

李 渊	（大笑）唱得好，唱得好。此歌绝妙至极。
尹 妃	万岁过奖。
建 成	父皇，此歌唱道"冰河东去，西风莫归"，乃谓大唐兴盛、隋炀去之不返矣！
李 渊	嗯，与她们各赐红绫五匹。
尹 妃	还不谢主隆恩。
众宫技	谢万岁。（齐退下）
李 渊	众爱卿，武德建业以来，西平陇西，东破洛阳，天下归一。秦王今日凯歌还朝，从此朕无后顾之忧矣！
建 成	（挑动地）父王，秦王文武双全，颇有汉高祖大度之风，闻听罪臣刘文静在其麾下功勋卓著呀！
李 渊	（瞋目）嗯？
建 成	难道父王不知么？
李 渊	唔！
裴 寂	朝中也有妄言，言说刘文静革职乃是陛下误断！
萧 瑀	事关重大，望陛下明察。
建 成	父王若是不信，尹娘娘与齐王尽知……
李 渊	（隐恨地）嗯……
内 侍	启奏万岁，秦王已至十里长亭。
李 渊	太子代朕出迎！
建 成	儿臣遵命。（与尹妃暗示后带众臣下）
尹 妃	（跪倒）万岁！
李 渊	爱妃因何隐言？
尹 妃	万岁！

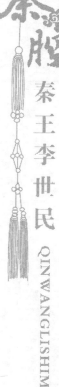

　　　（唱）　妾入宫难将高堂奉，
　　　　　　爹娘无靠难安生。
　　　　　　闻听夺回晋阳城，
　　　　　　妾向万岁讨赐封。
　　　　　　万岁赐田二十顷，
　　　　　　别圣驾前往晋阳宫。
　　　　　　见秦王传谕君手令，

他一见手令怒气生。

他言说良田已赐刘文静，

纵有圣命也难从。

妾言他赐封罪臣犯王命，

他言说万岁不明太昏庸！

李　渊　（勃怒）啊！

尹　妃　（唱）　刘文静推波助澜气汹涌，

　　　　　　　骂万岁与杨广一般同。

李　渊　叛臣贼子如此狂妄！

尹　妃　（接唱）他君臣倚仗着兵权势重，

　　　　　　　妾妃我，我只得忍气吞声。

李　渊　这可是实言？

尹　妃　妾妃焉敢道谎。

李　渊　好气也！

　　　　（唱）　叛臣贼子出狂言欺君罔上，

　　　　　　　抗敕令敢将孤比作隋王。

　　　　　　　隋无道孤兴兵将贼平荡，

　　　　　　　沥尽心血建圣唐。

　　　　　　　尔不该背地里将孤诽谤，

　　　　　　　尔不该倚权势搅乱朝纲。

　　　　　　　叫爱妃且莫要悲哀惆怅，

　　　　　　　孤王与你作主张！

尹　妃　谢主隆恩。

　　　　〔建成带裴寂、萧瑀等上。

建　成　父王，秦王还朝威仪浩荡，器宇轩昂，果有汉高祖入

　　　　关之势……

李　渊　住口！

建　成　秦王已带刘文静在宫门候旨。

李　渊　（愤怒地）宣刘文静上殿！（尹妃溜下）

内　侍　万岁有旨，刘文静上殿。

　　　　〔刘文静上。

刘文静　接旨。

　　　　（唱）　宫外闻召宣忙上金殿，
　　　　　　　　见万岁将冤情细诉根源。

　　　　罪臣刘文静见驾吾皇万岁、万万岁。

李　渊　胆大的刘文静，朕命你辅佐齐王镇守晋阳，谁知你居功傲上，不听调遣，致使晋阳失守，你该当何罪？

刘文静　万岁！齐王所言不实，望万岁明察。

李　渊　宣齐王。

内　侍　齐王上殿。

　　　　〔齐王上。

齐　王　儿臣叩见父王。

李　渊　刘侍中不曾违令，孺子何以谎言陷害忠臣？

齐　王　哎呀父王，儿臣若有半点谎言，天地不容！

刘文静　哎呀万岁！

齐　王　（紧握佩剑）刘文静！

刘文静　（怒目逼视）齐王殿下！

建　成　休得放肆，拉下去！

李　渊　慢，刘侍中还有何说？

刘文静　万岁容禀。

　　　　（唱）　天兴王刘武周领兵犯境，
　　　　　　　　晋阳城遭围困水泄不通。
　　　　　　　　有为臣观贼兵人多势众，
　　　　　　　　我兵少难与敌对垒交锋。
　　　　　　　　臣谏言筑城池以守为攻，
　　　　　　　　稳操胜券定成功。
　　　　　　　　齐王他性情傲刚愎自用，
　　　　　　　　私带人马偷敌营。
　　　　　　　　哪料反把贼计中，
　　　　　　　　千万个将士丧残生。
　　　　　　　　他损兵折将、丢盔撩甲，临阵脱逃犯军令，
　　　　　　　　嫁祸为臣法难容！

261

齐　王　你休得血口喷人！

建　成　刘大人，是你言道齐王贪生怕死，临阵脱逃。既然如此，晋阳城将士尽皆殉难，请问大人何以生存而归？

李　渊　嗯？

建　成　闻刘大人与刘武周乃是宗族之亲，莫非暗有私通么？

刘文静　万岁，晋阳失守，臣与幸存将士固守汾晋要地。万岁若还不信，上有秦王，下有将士百姓与臣为证。

李　渊　秦王，秦王，你眼里只有秦王，哪有君王……

裴　寂　万岁，刘文静平日无视君王，诋毁朝臣，今日昭然若揭！

刘文静　裴大人你……

李　渊　哼！尔等竟敢私通贼寇，反叛朝廷，哪里容得，武士们，将刘文静推下斩首，户灭九族！

秦　王　（内喊）刀下留人！

　　　　〔秦王上。

秦　王　（唱）　金殿上传凶讯祸从天降，
　　　　　　　　刘大人被问斩深受冤枉。
　　　　　　　　手捧着陈情表忙把殿上，
　　　　　　　　为救忠臣面君王。

李　渊　秦王上殿为何？

秦　王　父王！
　　　　（唱）　刘大人血战疆场上，
　　　　　　　　舍死忘生守晋阳。
　　　　　　　　有罪之人逃法网，
　　　　　　　　有功之臣遭祸殃。
　　　　　　　　呈上了陈情表父王细看，
　　　　　　　　请父王万莫可冤斩忠良。

李　渊　（唱）　刘文静欺君又傲上，
　　　　　　　　逆臣不除法难张。

秦　王　（唱）　父王举旗反杨广，
　　　　　　　　刘大人一片忠心保圣唐。

儿臣愿以性命担保,刘大人绝非叛臣,刘大人冤枉啊!(长跪)

萧　瑀　望陛下开恩!

李　渊　九族赦免,诛斩刘文静一人!

刘文静　谢万岁!

秦　王　父王,忠臣万万不可轻杀!

李　渊　孤意已决,再休多言!

秦　王　(悲痛扑向刘文静)刘大人……!

　　　　(唱)　望大人按不住热泪流淌,
　　　　　　　君臣们永离别痛断肝肠。
　　　　　　　大人你为保圣唐,
　　　　　　　东杀西荡未能战死疆场上。
　　　　　　　可怜你一片忠心,
　　　　　　　含屈饮恨却在君王刀下亡。
　　　　　　　恨世民无能把君命阻挡,
　　　　　　　九泉下埋忠骨怨我秦王。

刘文静　(唱)　殿下待臣恩义广,
　　　　　　　化忠魂臣也要效命圣唐。
　　　　　　　临刑臣将忠言讲,
　　　　　　　愿殿下防内患整饬朝纲。

秦　王　(唱)　待来日水落石出龙心亮,
　　　　　　　祭忠魂表英灵千古不忘。

刘文静　殿下……

秦　王　大人……

李　渊　(气怒地)嗯,秦王……

建　成　(凶狠地)刀斧手,将刘文静推下斩首!

　　　　〔悲乐起,刘文静豪气凛然,秦王、萧瑀含泪送别,建成、齐王洋洋得意。

第四场

〔幕启:秦王府,长孙夫人带侍女上。

夫　人　（唱）　闻晋阳获全胜喜传捷报,

　　　　　　　　破洛阳文武臣展放眉梢。

　　　　　　　　数年来苦征战狼烟尽扫,

　　　　　　　　秦王他果然得一代英豪。

　　　　　　　　我与他结夫妻心心相照,

　　　　　　　　患难中顾不得山高路遥。

　　　　　　　　今日里话离别酒宴摆好,

　　　　　　　　迎殿下大功成凯歌还朝。

侍　女　禀夫人,酒宴齐备。

夫　人　今日殿下还朝,府中上下一同庆贺。

内　喊　秦王回府!

夫　人　传出有迎。

秦　王　（强换笑颜上)夫人请起。

夫　人　殿下请。

秦　王　夫人请。（同内座)

侍　女　叩见殿下。

秦　王　免礼。

夫　人　殿下鞍马辛劳,多受风霜之苦。

秦　王　为国为民理应如此。

夫　人　今日还朝理应高兴,为何闷闷不乐?

秦　王　这……

夫　人　想是一路疲惫,现已备好酒宴与殿下接风洗尘。侍儿们,伺候殿下一同入席。

秦　王　慢着,一人独饮,何以为乐……

夫　人　噢,是呀,今日还朝乃大家之喜。侍儿们,速请刘文
　　　　静大人与众将军过府饮宴。

秦　王　(伤心地)刘大人么——

夫　人　刘大人,九死一生,独守汾晋,也该为他庆贺、庆贺。

秦　王　夫……人……

侍　从　(急上)禀殿下夫人,有一小将求见。

秦　王　命他进来。

　　　　〔秀子着男装上。

秀　子　拜见殿下、夫人!

秦　王　你是何人?

秀　子　(抬头)殿下、夫人……

秦　王　啊! 秀子!

夫　人　为何如此装束,你父可曾前来?

秀　子　我父被人诬为叛臣,他……

夫　人　怎么样?

秀　子　他、他被万岁斩首了!

夫　人　(惊)啊!

秦　王　秀子!……

夫　人　(唱)　只说是传捷报朝野共庆,
　　　　　　　　却为何晴空霹雳、天地绝情、哀鸿传来噩
　　　　　　　　耗声。
　　　　　　　　你的父为江山疆场纵横,
　　　　　　　　提银枪跃战马屡建奇功。
　　　　　　　　似这等忠臣良将人称颂,
　　　　　　　　到今日反落个有始无终。

秀　子　夫人……

夫　人　(唱)　殿下呀,万岁蒙蔽受欺哄,
　　　　　　　　难道你是非不清?

秦　王　(唱)　刘大人忠心为国品行端正,
　　　　　　　　孤王焉能不知情。
　　　　　　　　恨只恨朝中出奸佞,

纵有忠言冤难明。

秀　子　（唱）　殿下救父情义重，

　　　　　　　　你待秀子如亲生。

　　　　　　　　今朝辞别踏异境，

　　　　　　　　天涯海角任飘零。

夫　人　（唱）　秀子女落困境令人悲恸，

　　　　　　　　奸佞贼害忠良天理难容。

秦　王　（唱）　你父含冤天地恸，

　　　　　　　　烈烈钢骨傲苍穹。

秀　子　（唱）　秀子要遵父遗命，

　　　　　　　　誓将热血洒边庭。

夫　人　你真的要离去么？

秀　子　圣上有旨，秀子无奈。

秦　王　你一孤身女子何处飘蓬？

秀　子　跟随徐老伯前往盐州。

夫　人　怎么你要到长城脚下。

秀　子　那里是徐老伯的家乡。

秦　王　来，速请徐福生进府。（侍从应诺下）

　　　　〔徐福生上。

徐福生　叩见殿下、夫人。

秦　王　老人家，秀子暂托于你，日后孤定设法接回，望你多

　　　　多照应。

徐福生　为保忠良之后，定当尽心。

秦　王　如此请受孤一拜。

徐福生　（急跪）老仆不敢当。

秀　子　殿下，请将此诗帕还于汉王殿……下……

夫　人　秀子你……

秀　子　秀子已是罪臣之女了……

侍　从　（上）禀殿下，汉王与众大人到。

秦　王　有请！

秀　子　秀子无颜再见汉王……

〔秦王无奈示意东阁、秀子与福生下。

〔汉王、房玄龄、敬德、程知节上。

汉　王　二哥,天下刚定,诛杀功臣,难道重蹈隋炀覆辙吗?

程知节
敬　德　如此行事天理何在?

房玄龄　刘府已被封门籍没了!

汉　王　秀子她、她下落不明啊!

秦　王　秀子远去高飞,不必惦记,(取出诗帕)这是秀子还你之物。

汉　王　啊!秀子……

房玄龄　殿下,朝中有人联络兵马,图谋不轨!

〔众人皆惊。

秦　王　与孤室内详谈。

〔秦王与众臣进入西阁。侍女退至东阁。

〔秀子、徐福生自东阁上。

秀　子　(依依不舍地)殿下、夫人,秀子告别了……

第五场

〔东宫院,陈设豪华,帐幔半垂,李建成焦虑徘徊。

建　成　(唱)　近日来居深宫时光难度,

　　　　　　　思想起朝中事怅惘心愁。

　　　　　　　那秦王握重兵锋芒毕露,

　　　　　　　眼看着功垂成誉满千秋。

　　　　　　　孤担心东宫院难以固守,

　　　　　　　梦寐中费心机帷幄运筹。

　　　　　　　夺王位我还须早日下手,

　　　　　　　联兵马定要把秦王除黜!

〔齐王急上。

267

齐　王　　大哥,听说大哥要与敬德媾和?

建　成　　我要器重敬德。

齐　王　　他可是秦王的心腹之人呀?

建　成　　小弟岂知,天下纷争,纵横捭阖,方能成功!

内　喊　　敬德到。

齐　王　　(欲拔剑)留此匹夫终是后患!

建　成　　四弟回避。传出有请。

　　　　　〔齐王愤愤而下。

幕内传谕　殿下有命,敬德进宫!

　　　　　〔敬德上。

敬　德　　(唱)　忽然间东宫院传命召唤,

　　　　　　　　尉迟敬德心不安。

　　　　　　　　明知太子行事短,

　　　　　　　　心似虎狼更凶残。

　　　　　　　　小心翼翼入宫院,

　　　　　　　　只身孤胆蹈龙潭。

　　　　　　　　尉迟敬德叩见太子殿下。

建　成　　将军免礼请坐。

敬　德　　末将谢坐。宣末将到来不知有得何事?

建　成　　尉迟将军!

　　　　　(唱)　小王我居深宫才华浅陋,

　　　　　　　　有一事心不明以礼相求。

　　　　　　　　闻将军英雄汉世间罕有,

　　　　　　　　竭忠心保定刘武周。

　　　　　　　　常言道好骏马不载二主,

　　　　　　　　为什么弃旧主反把唐投?

敬　德　　殿下!

　　　　　(唱)　明月普照夜如昼,

　　　　　　　　朝有明主国无忧。

　　　　　　　　隋炀暴戾民诅咒,

　　　　　　　　反隋臣投刘武周。

李唐建业民得救，

英雄归服把唐投。

刘武周怀异心秉性倔拗，

晋阳功臣归唐誓不回头。

建　成　如此说来，将军乃识时务之俊杰矣！

敬　德　殿下，天无日月天则暗，国无明主民倒悬呀！

建　成　请问将军，当今明主乃是何人？

敬　德　当今天子英明如日，众位殿下映照如月，日月当空，昼夜分明。

建　成　（奸笑）孤只知将军武艺超群，原来将军上知天时，下知地理，不过，听将军之意，当今明主莫非出在秦府么？

敬　德　臣无此意。

建　成　当真么？

敬　德　殿下，秦王戎马倥偬，屡建奇功，眼下大业初成，臣望众位殿下开沧海之心胸，纳五岳之斗量，同心协力共安天下。

建　成　将军，岂不知：天无二日四季明，国无二主朝事清。千条江河归一统，鹜臣不除国无宁。

敬　德　殿下尊言，为臣难解其义。

建　成　（狂然大笑）将军既知天时地理，焉能不解其义乎？

敬　德　这……

建　成　将军！

　　　　（唱）　孤稳坐东宫院天命注定，

立太子曾祷告列祖列宗。

望将军弃秦府辅孤佐政，

孤登基不失你侯位之封。

敬　德　（唱）　臣归唐非为的封侯爵重，

臣只知为社稷鞍马营生。

臣若是朝秦暮楚学奸佞，

臣岂不遗臭千载落骂名。

建　成　（唱）　孤敬佩将军效忠勇，

来,赐予将军锦帛五百匹、黄金千两。

敬　德　（急止）殿下……

建　成　（接唱）赐薄礼聊表孤一片深情。

敬　德　臣不敢无功受赏。

建　成　小王不日即位,还须将军辅佐,这锦帛、黄金……

敬　德　臣今为秦府属将,不敢妄存异想。

建　成　（隐恨地）原来如此,将军果真坚如磐石?

敬　德　为保李唐社稷,臣愿肝脑涂地。

建　成　哼,名为李唐,实为秦王朋党!

敬　德　啊——

建　成　秦王心怀叵测,早存弑兄谋位之心,难道孤王不知么?

敬　德　臣闻昔日万岁欲立秦王为太子,秦王不肯而举荐殿
　　　　下,难道是谎言么?

建　成　尔竟敢将秦王凌驾于圣上?

敬　德　臣不敢。

建　成　来,将锦帛、黄金送与敬德!

敬　德　慢,殿下,岂不知黄金易得,人心难买?

建　成　啊,你……

敬　德　殿下!

　　　　（唱）　岂不知忠良臣黄金难买,

　　　　　　　　无故行赏理不该。

　　　　　　　　纵有那金成山白银成海,

　　　　　　　　难买俺丹心忠于栋梁材。

　　　　为臣告辞。（拂袖而下）

建　成　（勃怒）武士们!

众武士　（急上）侍候。

建　成　你等赶至宫门将敬德……（示杀意）

众武士　遵命。（急下）

齐　王　（急上）二哥,待为弟亲手宰了这个匹夫!

建　成　为兄已有安排。

内　喊　娘娘驾到!

武　士	（复上）殿下，娘娘驾到，难以下手。
建　成	（愤恨地）嗯，便宜了这个匹夫！
内　侍	禀殿下，娘娘驾到。
建　成	（指武士）尔等退下。

〔武士退下，齐王轻佻地理装整冠。

建　成	四弟回避。

〔齐王无奈，悻悻而下。

建　成	传出有迎。
内　侍	有请娘娘！（下场）

〔尹妃手持书信，气极而上，入座。

建　成	又出了什么事？
尹　妃	"均田令，均田令"，如今连皇妃的家田都保不住了！
建　成	哼，什么均田令！
尹　妃	殿下呀！

（唱）　秦王近来得宠信，
　　　　盛气咄咄压众臣。
　　　　什么"均田令""新律令"万岁件件都应允，
　　　　他收买民心欺豪门。
　　　　眼看这刀光剑影近，
　　　　难道你要作个孤家寡人。

建　成	（唱）　任凭秦王刀光近，

　　　　无毒难度丈夫心。
　　　　待等九月秋风紧，
　　　　定叫他引火自焚身。

内　侍	（上）禀殿下，张彪、陈虎已在宫门等候。
建　成	命他进宫。

〔张彪、陈虎上。

张　彪 陈　虎	叩见殿下。
建　成	命你二人带此书信火速前往。
张　彪 陈　虎	末将遵命。

建　成		记住,成败在此一举,九月之内兵马定要赶到。
张　彪 陈　虎		是。(急下)
尹　妃		他二人欲往何处?
建　成		联络陇西兵马卫成长安。
尹　妃		噢,原来殿下早有预谋,真不愧为东宫之主。
建　成		父皇七月宜州避暑,十月方回……
尹　妃		九月天赐良机,到那时……
建　成		孤晓谕全国,秦王叛乱欲弑太子,天下共诛之!
尹　妃		只待木已成舟,这盘龙宝座……
建　成		(调情地)瓜熟蒂落,娘娘何必操之过急?
尹　妃		不过只怕……
建　成		还怕丢失正宫娘娘尊位不成?

〔二人正欲相亲,忽听更鼓乍响,二人顿觉毛骨悚然。

第六场

〔长生殿外,杨柳随风摇曳,侧设平台龙座。

内　喊	万岁回宫!

〔秦王率卫士急上巡视。

〔李渊前呼后拥怒气而上,威坐龙位。

李　渊	将二贼押上来!

〔卫士押张彪、陈虎上。

张　彪 陈　虎	叩见万岁。
李　渊	此信可是东宫所书?
张　彪 陈　虎	千真万确。
李　渊	尔若谎言?

张 陈	彪 虎	将臣碎尸万断！
李	渊	押下去！（秦王押张彪、陈虎下）来，宣太子！
建	成	（仓皇地上）儿臣叩见父皇。
李	渊	为何未见接驾？
建	成	父王提前回宫，儿臣不知，望父王恕罪。
李	渊	父王离京，尔在宫中务干何事？
建	成	为国为民，竭尽忠心……
李	渊	孺子谎言罔上矣！

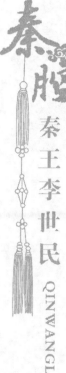

秦腔
秦王李世民
QINWANGLISHIMIN

李　渊　（唱）　说什么竭忠心鞠躬尽瘁，
　　　　　　　　分明是欺君王假语搪塞。
　　　　　　　　小孺子居深宫图谋不轨，
　　　　　　　　调兵将害秦王心怀叵测。

建　成　（大惊）父王，儿臣冤枉呀……

李　渊　将二贼押上来！

张　彪
陈　虎　（上见太子）殿下救命啊……

建　成　啊！

李　渊　密书在此，还有何说？

建　成　这……

李　渊　武士们，将太子押入东阁，将张、陈二贼交大理寺
　　　　审问！

建　成　（挣扎地）父王，儿臣冤枉呀！（同被武士拉下）

李　渊　好气！

　　　　（唱）　满朝里都道把忠尽，
　　　　　　　　看起来个个无真心。

　　　　〔齐王急上。

齐　王　父王，大哥他冤枉啊！

　　　　〔尹妃随上。

尹　妃　万岁……呀！

　　　　（唱）　请万岁莫上气保重龙体，
　　　　　　　　因何事失常态如此焦急？

李　渊　（唱）　恨太子谋王位狂妄无忌，
　　　　　　　　害秦王乱朝纲暗藏杀机。
　　　　　　　　孤建业整八载迎风送雨，
　　　　　　　　想不到李宗庙出此叛逆。

尹　妃　（唱）　太子继位无非议，
　　　　　　　　莫不是这其中另有蹊跷。

齐　王　（唱）　父王中了反间计，
　　　　　　　　要查真情问齐王。

　　　　父王，我大哥调兵遣将并非谋反朝廷，实为防范秦
　　　　王。父王走后，秦王日夜策划密室，欲弑太子夺取天
　　　　下，父王不问青红皂白将我大哥斥为叛臣。齐王心
　　　　中不服！

尹　妃　齐王所言句句是实，欲谋王位者并非太子，乃是
　　　　秦王！

李　渊　有何为凭？

齐　王　现有秦王诗赋为证。（急呈诗赋）

李　渊　（接念）社稷殷殷盼明主，
　　　　　　　　黑霾岂久蔽长安。
　　　　——黑霾岂久蔽长安？（倒吸一口冷气）

尹　妃　万岁呀！
　　　　（唱）　休忘记"鸿门宴"项庄舞剑，
　　　　　　　　笑颜中藏反意令人心悬……

李　渊　尔等退下。（齐王、尹妃会意而下）来，宣秦王！

内　侍　万岁有旨，秦王晋见！

　　　　〔秦王上。

秦　王　儿臣叩见父皇。

李　渊　（一语双关）太子酿乱，二郎足智多谋，以平内患。

秦　王　为了李唐社稷长治久安，理应尽心。

李　渊　二郎啊……
　　　　（唱）　父记起孔夫子对水长叹，
　　　　　　　　叹江河东流去一去不还。

想吾儿出世时天云异变，
忆往事犹觉得就在眼前。

秦　王　（唱）老父王半世疆场苦征战，
拯救生灵解倒悬。
日月流逝光似箭，
岁过花甲叹暮年。
儿臣无能违父愿，
难将父忧来分担。

李　渊　二郎言之过谦了。想文帝十八年，冬日夜临，父在灯下观书，不觉倦意朦胧……忽然只听雷鸣电闪，寒风呼啸，一条巨龙腾空而起，天际边垂落下一位英俊少年。此人长呼一声"年过二十必能治世安民"。就在此时家人禀报："夫人分娩。"乃是公子，为父闻言急步出门，遥望天际，但见白雪皑皑、龙雷滚滚。不觉脱口而出："起名就叫世民。"二郎，古来就有真龙天子之说，可是当真么？

秦　王　（微笑地）父王，常言说：人无事心平静，心有虑方入梦。父王望子成材心切，寝得此梦，此乃忧国忧民龙心不已呵！

李　渊　不过，父观吾儿兼有将相之材，不知有何灼见？

秦　王　父王恕儿直言无罪。

李　渊　讲来。

秦　王　父王请听！
（念）治国应以民为本，
民心如水载圣君。
圣德君王远奸佞，
舣舟执棹选贤臣。

李　渊　（点头）嗯。

秦　王　（接念）国度权衡德为准，
不依君主好恶心，
赏罚行令当审慎，

　　　　　　　　　绳之一律不避亲。

李　渊　（嫉恨地）噢……

秦　王　（唱）　隋炀暴戾乱乾坤，
　　　　　　　　　自食躯体自丧身，
　　　　　　　　　前车之鉴应记取，
　　　　　　　　　莫学杨广无道君。

李　渊　依你之见父王为政如何？

秦　王　这……父王近起沉湎长夜酒宴，轻信谗言，弃政狩
　　　　　猎，兴造楼阁。百姓赋重，怨声载道。如此下去，只
　　　　　怕鼎盛之日遥遥无望呵！

李　渊　（愤怒地）啊，竖子果真狂妄！

秦　王　（痛苦地）我的父皇呀……

　　　　　（唱）　望父王容儿臣忠言直率，
　　　　　　　　　听臣把兴亡事细细说来。
　　　　　　　　　盘古来为疆土几经成败，
　　　　　　　　　明则成暗则败所为何来？
　　　　　　　　　商汤王初伐桀方兴未艾，
　　　　　　　　　却为何"朝歌城"巨舟沉埋。
　　　　　　　　　秦皇帝并六国万民拥戴，
　　　　　　　　　却为何国命短丧于胡亥？
　　　　　　　　　汉高祖灭秦世英雄豪迈，
　　　　　　　　　安社稷四百载经久不衰。
　　　　　　　　　隋炀帝无道把忠良残害，
　　　　　　　　　父王你举义旗仇满胸怀。
　　　　　　　　　为创业与将士心心相赖，
　　　　　　　　　才换来杨花落去李花开。
　　　　　　　　　国初安怎能忘同仇敌忾，
　　　　　　　　　望父王察前朝继往开来。

李　渊　哼，哼，朕不但有个九曲回肠的太子，还有个雄心勃
　　　　　勃的秦王！

秦　王　父王，上治则下治，上乱则下乱，朝政清明民心拥戴，

朝事昏暗江山易姓呵！

李　渊　为人臣者不可太露英明！如今父王年迈，太子无能。这王位禅让秦王如何？

秦　王　儿臣忠言，实为振兴大唐，怎敢心怀叵测。

李　渊　既然如此，为父倒要赋诗一首，以昭天地之灵……

李　渊　（念）　千重暮云锁函关，
　　　　　　　　一缕晨光入秦川。

秦　王　（大惊）啊！

李　渊　（接念）社稷殷殷盼明主，
　　　　　　　　黑霾岂久蔽长安。

秦　王　哎呀父王，昔日杨广冤斩忠臣，儿臣感叹而作，不知因何落到父王之手？

李　渊　这分明是刘文静阴魂不散！你借旧朝之事吐今人之怨，你……

秦　王　这是有人借父王之手图奸党之谋呵……

李　渊　明主，明主何在……呵！苍天在上，对欲谋王位、反叛朝廷者，天下共诛之！（愤然拔剑）

秦　王　（摘冠长跪）苍天、明察……！

萧　瑀　（急上）臣启万岁大事不好！突厥南犯，盐州告急！

李　渊　（大惊）啊！（宝剑落地）

秦　王　父王，望父王号令起兵！

　　〔李渊缓步与秦王戴冠，秦王捧起李渊宝剑。

第七场

　　〔二幕启，金殿。午夜灯火明亮。
　　〔李渊威坐龙廷，李世民、李建成等两旁肃立。

李　渊　（念）　突厥寇边庭，午夜撞金钟。
　　　　　　众爱卿，突厥南犯，盐州告急，京畿不安。众卿有何良谋以退贼兵?

裴　寂　臣启万岁。突厥南犯,危及京都,不过贪婪金帛玉女而已。依臣之见,万岁莫若辐载宫中财宝向南迁都!

〔众臣皆惊。

裴　寂　使敌疲惫无获,不战自退,乃为……

秦　王　(怒不可遏地)一派胡言!

萧　瑀　万岁!迁都之策万万不可。想我大唐兵多将广,民心所向,焉能畏敌如虎,望风而逃?

齐　王　父皇,突厥凶悍,势如虎狼,怎能用刀兵血肉为一人捞取功名!(瞥秦王一眼)

裴　寂　萧大人,这是迁都,岂为逃跑,你一老儒文臣,休要意气用事。

萧　瑀　万岁呀!

(唱)　突厥贼纵铁蹄屡屡犯境,
　　　　烧杀抢掠害百姓社稷不宁。
　　　　为将就应该疆场效命,
　　　　望万岁兴王师征讨贼兵。

建　成　父皇呀!

(唱)　天子迁都有先例,
　　　　古往今来不为奇。
　　　　盘庚迁都到殷地,
　　　　武王迁都离西岐,
　　　　元宏东都称文帝,
　　　　刘秀洛阳东汉立。
　　　　如今边关烽烟起,
　　　　天子长安难久居,
　　　　迁都避祸是上计,
　　　　望父皇决策莫迟疑。

秦　王　依兄长之见,除了迁都别无良方么?

建　成　如不迁都,万岁有失,何人担待?

裴　寂　是呀,"势不如则暂避"乃用兵之道也。

〔李渊犹豫地。

秦　王　父皇莫可!

李　渊　依你之见!

秦　王　父王!

（唱）　铁蹄南犯烽烟紧,

百姓涂炭血海深。

今朝若不把兵进,

迁都定会失民心。

望父皇挥王师与敌对阵,

盐州城驱蛮贼拯救万民!

李　渊　（微微点首）嗯……

内　侍　（急上）启禀万岁,盐州信使求见!

李　渊　宣旨上殿!

内　侍　盐州信使上殿!

〔秀子女扮男装,徐福生满面血迹跟跄奔上。

徐福生　万岁,盐州十万火急,请万……岁……

〔徐福生取出书信,昏倒在地。

秀　子　老伯!

秦　王　（上前挽住徐福生）老英雄!

〔秀子见秦王欲叫又止。

李　渊　赶快医治。（武士挽徐,秀子随下）秦王,与朕念来!

秦　王　（接书信念）

盐州城河血凝聚,

遍野尸骨垒数尺。

日战蛮贼入火海,

夜盼王师莫延迟!

众　臣　（震惊）……啊!

秦　王　父王! 突厥如此猖獗,此乃我朝奇耻大辱,望父王火
速发兵,解救边关!

萧　瑀　盐州失守,长安难保,望万岁速速定夺!

李　渊　（恐惧地）裴爱卿,翻越终南山探寻龙虎之地,速速

迁都！

众　臣　（惊诧地）啊！

秦　王　（毅然地）且慢！哎呀父皇，难道眼看千万将士血染
　　　　疆场，而贸然迁都么？

建　成　圣上意决，难道君命不如臣言么？

秦　王　天子迁都百姓奈何？难道要让万岁学那刘玄德携民
　　　　而行吗？

建　成　这……

秦　王　父皇，天子迁都岂止失去一座京城，乃是失去天下民
　　　　心呀！民心不存，江山何在？

　　　　（唱）　天子迁都保安泰，
　　　　　　　　岂知百姓遭祸灾。
　　　　　　　　突厥长驱无阻碍，
　　　　　　　　怕只怕水流东去不再来。

李　渊　突厥凶猛，若不迁都何以御敌？

秦　王　儿臣有一"破阵舞"献上。

李　渊　噢，"破阵舞"？你且演来。

秦　王　遵旨。众将官，万岁有旨演阵奏乐！

　　　　〔敬德、程知节率秦府将士上。鼓乐演舞。秦王拔剑
　　　　同舞。

　　　　〔鼓乐声中，秀子手捧血锦缎急上。

秀　子　万……岁……（捧缎长跪）

李　渊　（看锦缎念道）"为民行道"。

秀　子　万岁，盐州父老盼望援兵啊！

众将士　万岁！

　　　　（唱）　大圣唐众将士气冲霄汉，
　　　　　　　　何惧那突厥贼区区凶蛮。

李　渊　（动摇地）噢……

众将士　为保边庭，刀山火海在所不辞！

李　渊　呵，好！

　　　　（唱）　众将士保河山忠心赤胆，

孤不迁都救边关。

众将臣 万岁,万万岁!(秦王示意,众将士下)

建　成 (狡猾地)父王决断英明,儿臣情愿率兵前往!

萧　瑀 此番出兵非同小可,太子怎能亲征?

李　渊 何人担当此任?

秦　王 (挺身而出)父皇!

　　　　(念)　疆场征战已十年,

　　　　　　　金甲银盔血未干。

　　　　　　　臣愿盐州除边患,

　　　　　　　定叫王师凯歌还!

建　成 父皇,我朝兵似兵山,将似将海,何劳二弟一人?

李　渊 依你之见?

建　成 依臣之见,可命齐王为帅。

齐　王 (怯懦地)啊,我……

秦　王 父王,敌兵蜂拥而来,锐不可当,齐王年幼,岂可担此重任。

建　成 秦王莫非又要争讨帅印不成?

齐　王 父王,秦王窃取兵权必有所谋!

秦　王 (愤慨地)父王,太子谗言误国,实为毁我大唐天下!

李　渊 业终有数,王命由天,何出不逊之言!

建　成 秦王恃功傲上,无礼朝廷。就该将秦府兵马尽归齐王管辖。

裴　寂 万岁,齐王为帅,秦府属将马战作先,此番出征定能一战成功!

萧　瑀 万岁!晋阳之耻,记忆犹新,望万岁三思……

齐　王 晋阳之耻乃刘文静所为,萧大人古调重弹,不知是何用意?

秦　王 父王不听臣言,诚恐金瓯残破,大唐难保啊!

李　渊 尔等再休多言。众卿听旨,朕命齐王为帅,秦府属将尽归调遣,十日之内发兵抗敌!

　　　　(秦王、萧瑀怒不可遏,太子、齐王阴险而笑)

281

第八场

〔幕启：秦府书斋，帐幔低垂，灯火明灭。

〔天空，雷鸣电闪，风疾云驰。秦王满腔愤慨抽出宝剑用力一挥，随之，天空惊雷轰鸣，闪过一道电光。

秦　王　（唱）　满腔怒火满腔怨，

点点热血洒龙泉。

心似江河浪翻卷，

长夜难眠心不安！

恨突厥困盐州兴兵南犯，

一心想驱中原踩我河山。

盐州城日夜把王师盼念，

盼王师救边庭解民倒悬。

我只说率雄兵与敌鏖战，

金殿上遭凌辱进退两难。

入困境一片丹心难如意，

回府来苦难言思绪万千……

想圣唐创业来屡经风险，

众义士为社稷血染征鞍。

初起义老父王颇有卓见，

安百姓惜将士以礼待贤。

为什么今朝沉湎于酒宴？

为什么弃朝政不纳忠言？

为什么大业未成龙心变？

看起来创业不易守业难。

李建成结朋党居心不善，

使伎俩害忠臣谋位专权。

可怜把刘大人含冤问斩，

为什么大圣唐不辨忠奸？

　　　　　　那齐王握重兵骄横阴险，
　　　　　　众将士此一去难以生还。
　　　　　　眼看着军危民涂炭……
　　　　　　仰望着乌云滚滚心潮翻。
　　　　〔长孙夫人手捧披风上。

夫　人　殿下……
秦　王　夫人……
夫　人　殿下，"弱花逐流去，松柏傲霜寒"，殿下之心如皓月
　　　　当空，苍生仰望啊！还望殿下……
秦　王　既知今日，我李世民就该早日战死疆场，以告忠臣义
　　　　士在天之灵啊！
夫　人　（伤心地）殿下……
　　　　（唱）　殿下他为圣唐沥尽肝胆，
　　　　　　　东西杀南北战一马当先。
　　　　　　　提枪横扫乌云散，
　　　　　　　文治换来好河山。
　　　　　　　有谁知今日遭暗算，
　　　　　　　忠良臣含屈辱怎不心寒。
　　　　殿下呀……
　　　　　　　莫忧愤，莫哀怨，
　　　　　　　万事还须心放宽。
秦　王　（唱）　兴业怎忘前车鉴，
　　　　　　　隋炀无道亡江山。
　　　　　　　我朝今朝藏隐患，
　　　　　　　诚恐亡唐在眼前。
夫　人　（唱）　自古忠良多有难，
　　　　　　　君信谗言犹觉甜。
　　　　　　　既知风云今有变，
　　　　　　　你何不与众臣共济舟船？
侍　从　（急上）禀殿下，汉王与众位大人到！
秦　王　传出有请！（示意夫人回避。夫人下）

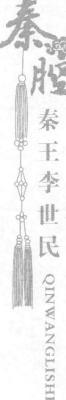

侍　从	有请!（侍从下）
	〔房玄龄、汉王、敬德、程知节上。
众　臣	参见殿下!
秦　王	众卿有得何事?
房玄龄	我等有一事不明,特来请教。
秦　王	何事不明?
房玄龄	殿下……
	（唱）英雄被困釜中卧,
	身陷囹圄无察觉。
汉　王	（唱）眼看釜底起烈火,
	势态危急当如何?
程知节	殿下,前日东宫暗中收买尉迟将军,肢解秦府,今日又夺殿下兵权,如此行事,只恐朝中大乱。
敬　德	齐王扬言,待到盐州,先将秦府将士斩尽杀绝!
秦　王	（一惊）啊!
敬　德	如今火烧眉睫,还望殿下……
秦　王	（顿时勃怒,继又沉重下来自语）盐州被困,国难当头,朝中应以安稳为重。
程知节	（忍不住地）殿下,事到如今,为何如此优柔?
汉　王	太子、齐王心似虎狼,二哥若不先发制人,必有大祸临头!
房玄龄	齐王倘若出兵失利,不但将士流血,只怕社稷难保!
秦　王	（震惊地）这……
汉　王	都说秦王乃是天下英豪,原来如此懦弱!
秦　王	嗯?……
汉　王	（勃怒,拔出宝剑）既然如此,元庆难以听从秦王号令。（欲奔下）
秦　王	站住!
众　臣	殿下……
秦　王	（为难地）
	（唱）众爱卿怀义愤直言相谏,

思安危剖忠心可对苍天。

恨不能挥利剑铲除内患，

国有难又怎能安生事端？

〔长孙夫人上。

夫　人　殿下，众大人乃是肺腑之言，望殿下三思。

众　臣　请殿下当机立断！

秦　王　（犹豫不定）非是孤不纳众卿之言，父皇在上，君命

　　　　难违呀！

众　臣　（失望地）殿下！

秀　子　（身着女装急喊上）殿下！

汉　王　（一惊）啊！秀子！

秦　王　秀子……

秀　子　（眼含热泪面对秦王）殿下！

　　　　（唱）　百姓世代含辛苦，

　　　　　　　　终食黄连苦难除。

　　　　　　　　天灾兵祸不忍睹，

　　　　　　　　遍野荒丘露白骨。

　　　　　　　　黑夜漆漆觅无路，

　　　　　　　　盼望杲杲日头出。

　　　　　　　　看起来天下难得有明主，

　　　　　　　　秀子女别殿下重返盐州。

夫　人　秀子，怎么又要离去？

秀　子　紫燕归来只因春回，春未回，燕难归！

秦　王　（疾痛地）……

秀　子　秦王殿下，徐老伯伯为了大唐，今已身亡！

敬　德　（一惊）啊！

秀　子　我欲重返盐州，与全城父老同生共死，了却今生

　　　　之愿！

汉　王　（痛绝地捧着诗绢）秀……子……

秀　子　（热泪涌出）汉王殿……下……（接过诗绢）

　　　　（念）　霜打香犹在，

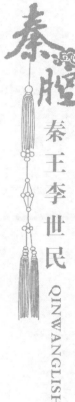

秦腔

秦王李世民

QINWANGLISHIMIN

寒凝花亦开。

汉　王　（接念）天地若有情，

人间春再来。

秀　子　（猛然回首，手捧诗绢，眼对秦王）殿——下！（长
跪）

〔众臣皆悲伤落泪。

秦　王　（含泪将秀子缓缓扶起）秀……子……

侍　从　（急上）禀殿下，大事不好！

秦　王　何事惊慌？

侍　从　太子、齐王手捧圣旨闯进府来了！

秦　王　（一惊）众卿回避。

〔敬德、汉王、程知节、秀子、房玄龄等下。

〔建成、齐王捧旨抱剑带武士急上。

建　成　秦王听旨：尔身为朝廷重臣，不思安邦定国，欺兄弟
而废恺悌，毁忠孝而乱朝纲。庇护罪臣，暗结朋党。
敕令：秦王三日之内离开长安前往洛阳，无旨召宣不
得返朝。秦府属将不听调遣，押往军前伏罪。钦此。

夫　人　哎呀殿下：秦王戎马倥偬，为李唐社稷立下盖世之
功，何罪之有，却要将他驱逐出京？

建　成　此乃圣上旨意，何必多问？

秦　王　哪是父王旨意，分明尔等谗言欺君，蒙蔽父王！

（唱）　恨父王逐贤臣听信奸党，

建　成　哼！

秦　王　李建成！

（唱）　尔包藏祸心乱朝纲。

失晋阳是齐王败兵折将，

刘大人守汾晋血战沙场。

你二人进谗言暗使毒瘴，

可怜忠良刀下亡。

突厥贼困盐州不思抵挡，

劝主迁都毁大唐。

叛臣贼罪昭彰难逃法纲，

大圣唐岂容尔任意疯狂！

夫　人　（唱）　朝廷昏聩灾祸降，

奸臣当道是虎狼。

急忙我把宫门闯，

舍性命诉冤情面见父王。

秦　王　夫人！

（唱）　风逐江河起恶浪，

黑云蔽日日无光。

君王有道国有望，

君王无道臣遭殃。

面君枉把忠言讲，

夫妻离别更惨伤。

夫　人　（唱）　征途上终有那重峦叠嶂，

我愿随你奔洛阳……

建　成　父王有命，长孙公主留住长安，不得擅自离京！

夫　人　父王如此绝情，难从圣命！

建　成　父王亲赐尚方宝剑，违令者斩！

夫　人　啊！

秀　子　（扑上）殿下、夫人……

（唱）　闻圣命逐亲人满腔悲愤，

新仇旧恨似海深。

只说是李唐鼎盛天下稳，

冰雪突降冷民心。

殿下为国把忠尽，

反遭贬斥出国门。

今朝山河遭蹂躏，

望殿下挽安危重整乾坤！

建　成　尔是何人？

秀　子　你姑娘就是刘文静之女名曰秀子。

齐　王　啊！罪臣之女胆敢匿藏秦府！

秀　子　建成、齐王,奸贼!

　　　　（唱）　你二人狼狈结朋党!

　　　　　　　　害我父,血债要用血来偿!

建　成　罪臣之女如此狂妄,就地惩处!

　　　　〔齐王凶狠拔剑刺中秀子,秀子倒地。

　　　　〔汉王等急奔上。

汉　王　啊,秀子……（扑向秀子）

　　　　（秦王愤怒拔剑欲出,建成等大惊失色）

建　成　秦王莫非谋反?命你速将秦府属将押往军前伏罪,

　　　　胆敢违令者立即斩首!回宫!（建成等急下）

汉　王　（悲叫）秀……子……

秀　子　（抬眼）汉王、秦王……殿下……（含泪死去）

秦　王　（悲恸地唱）

　　　　　　　　见秀子躺血泊惨把命丧,

　　　　　　　　你父女洒热血为国身亡……

夫　人　（唱）　边关烽火狼烟起,

　　　　　　　　奸臣为患露杀机。

　　　　　　　　圣唐创业非容易,

　　　　　　　　怎能让英烈忠魂空悲啼!

众　臣　（唱）　望殿下号令除内患,

　　　　　　　　亲率王师救边关。

　　　　　　　　（怒呼地）请殿下号令起兵!

秦　王　（断然地）众爱卿!

　　　　（唱）　英雄忠烈照千古,

　　　　　　　　铁马金戈秦汉出。

　　　　　　　　隋炀灭亡因跋扈,

　　　　　　　　江河一去恨千秋。

　　　　　　　　武王兴兵伐殷纣,

　　　　　　　　俺定要除奸党力主沉浮!

众　臣　（激动地）殿下……

秦　王　传令秦府人马,兵困东宫!

尾 声

〔杀声震天,势如排山倒海,急水奔流。

〔幕启:上悬"玄武门"巨匾。建成惊慌而上。

齐　王　（急逃上）大哥,大、大事不好! 秦王带领人马杀奔
　　　　东宫!

建　成　速调兵马堵住宫门!（二人分头下）

〔敬德等与齐王人马开打。齐王败下。

〔秦王急上。

秦　王　众将官,杀进东宫!

〔秦王率众下。

〔建成、齐王逃上,秦王等追上,两相开战。

〔建成、齐王欲逃。

秦　王　哪里走!

〔建成复刺秦王,秦王闪过,剑中齐王。

齐　王　（惨叫）啊,大哥你……

〔建成、齐王力战秦王,秦府属将赶上劈死齐王。建
　　　　成欲逃,被秦王抓住。

建　成　（哀求地）二弟饶命!（秦王怒,刺死建成）

内　喊　圣驾到!

〔李渊带萧瑀、裴寂、尹妃等急上。

李　渊　何人胆敢作乱?

秦　王　（跪拜）父皇,建成、齐王蹂践朝纲,已被儿臣处死。

李　渊　（震惊）啊!

尹　妃　万岁,这简直无法无天……

李　渊　何用你来参言。

裴　寂　万岁,秦王举兵弑兄,这……

萧　瑀　万岁,太子之罪罄竹难书,秦王之功上盖三秦,还请
　　　　万岁……

李　渊　众卿听旨：从今后朝中之事皆由秦王执掌。

众　呼　万岁、万万岁！（李渊率众臣退下）

秦　王　（毅然地）众将官，晓谕各路兵马，孤王御驾亲征，直
　　　　捣盐州！

——剧　终

演出单位

西安尚友社

荆轲刺秦王

王军武　编剧

剧情简介

　　燕国太子姬丹于秦国做人质，因耻于秦王嬴政欺凌虐待而在陪臣蒲鲠导引下出逃，被守关士兵发现，太子丹逃出，蒲鲠被捕。时，秦国大将樊于期亦不满秦王暴政，被秦王褫职拘捕并连坐其九族。樊于期在押解途中逃脱，往燕国投奔太子丹。

　　两事并发，秦王勃怒，一面杀死蒲鲠，腰斩樊于期九族三百余口，一面派大军三十万取赵灭燕。秦国大兵压境，燕国上下合谋，深知若取反抗，必是以卵击石。遂觅来游侠荆轲，封上卿，赐上舍，蒲鲠之女蒲仙为报父仇亦毅然委身，让其刺杀秦王。燕国伪意对秦"举国称内臣，供职如郡县"，并割让督亢之地与秦以求取得信任。荆轲还怕不密，私至樊于期住所道其计划与苦衷，樊于期慨然自刎，赠送人头。

　　荆轲携督亢地图与樊于期人头与其助手秦舞阳至秦后，由于秦舞阳胆怯致使秦王生疑将其关于虎栅外围而断荆轲助手。幸荆轲喜怒不形于色，能言善辩才得秦王信任，让其至近处详解督亢之图，及至"图穷匕首现"，荆轲奋力刺秦，终因寡不敌众而失败。

场 目

秦腔
荆轲刺秦王
JINGKECIQINWANG

人 物 表

赢　政　金脸,年少气盛,横暴

王　贵　二花脸,武将。目光敏锐,勇猛威武

蒙　嘉　老生,奸诈

樊于期　红生,老将。善战,持正义,直言

夏无且　丑,御医。好钻营

八武士　太监、内侍、朝臣等。以上为秦国人。

蒲　鲠　老生,燕太子丹在秦的人质陪臣

燕　丹　小生,燕国太子,重义,性急躁,关键时刻主见不足

鞠　武　老生,燕丹的师傅,有谋略

蒲　仙　小旦,性烈,为复仇勇于献身

秦舞阳　武生,关键时胆小

高渐离　义士,好交友,重义气,善击筑

宋　意　武生,被燕丹收养的武士

夏　扶　武生,被燕丹收养的武士

荆　轲　花脸,游侠,神勇,智广,有泰山压顶而脸不变色之功
爱国,见义勇为,善对付复杂事变

驭手、宫娥、内侍等

序　曲

〔音乐慢起,风吹落叶,沙沙作响,纷纷坠地,渐渐大作,间
　有啸音。

〔幕后合唱,慷慨激昂,英雄悲壮。主题歌起:

　　　风萧萧兮易水寒,

　　　壮士一去兮,不复还。

　　　啊……

　　　风萧萧兮易水寒,

　　　壮士一去兮,不复还……

音乐中,燕国列军,几百号人马,皆白衣素冠,为荆轲送
行。天昏昏,地沉沉,风似呜咽;马嘶鸣,易水寒,惊涛拍
岸,如泣如诉,痛摧心肝。

〔荆轲仗剑擎天地,为国赴难,大义凛然,力抗强暴,视死
　如归。

〔高渐离击筑,主题歌回旋,一声炸鞭,秦舞阳手提红匣,
　驭手驱车,辚辚声驶过易水,渐远。

第一场 逃 奔

〔凌晨,天色灰暗。

〔秦国咸阳,暗道,内城墙豁口处。

〔年老的蒲鲠正导引着燕太子姬丹绕过暗道,奔向城墙。

蒲 鲠　（唱）　绕暗道逃出咸阳城,

顾不得脚破路不平。

这次逃跑若成功,

太子丹你要把气争。

领大兵来剿嬴政,

要为天下斩枭雄。

燕 丹　蒲先生放心,我就是粉身碎骨,赴汤蹈火,也要报这当人质、丧国格、受屈辱之仇啊!

蒲 鲠　太子有此大志,蒲鲠我也就放心了。

〔绕场,至城垛旁,燕丹扶蒲鲠上墙,力衰不济,跌下,叹息,再扶欲上时,被秦守关士兵发现。

秦 兵　谁?

〔蒲鲠扶燕丹蹬肩越墙而过,燕丹欲拉蒲鲠,蒲鲠猛掀燕丹至城墙外。

蒲 鲠　快跑,不要管我,有人在郊外备马侍候!

燕 丹　蒲先生——

〔秦兵追上,蒲鲠反方向跑下,燕丹无奈逃下。

〔秦兵追上,拿住蒲鲠,送下。

〔嬴政在秦将簇拥下,巡视上。

〔王贲急匆匆上,跪拜。

王 贲　禀大王。

赢　政　何事慌 急?

王　贲　燕太子丹他,他逃跑了!

赢　政　(抓王贲)你道怎讲?

王　贲　燕太子丹凌晨绕道向东北方向逃跑了!

赢　政　啊?我正要挈燕归秦,太子丹逃跑,你、你毁了我的
　　　　灭燕大计啊!(将王贲提起,王贲一个抢背,复又跪
　　　　至赢政面前)

王　贲　禀大王,太子丹下落不明,我已派兵追赶捉拿,陪臣
　　　　蒲鲠现已拿到。

赢　政　押上来!

　　　　〔秦兵押蒲鲠上。

赢　政　蒲鲠,老匹夫,为何私偕太子丹偷偷逃走,该当何罪?
　　　　他现藏何处?

蒲　鲠　赢政小儿,你还来问我?想当初秦、燕国势都弱,你
　　　　与太子丹均被送到赵国做人质,那时你们亲密无间,
　　　　一起游玩,日后秦国势强,你归秦后登基正位,就该
　　　　将他放还,谁似你不念昔日共同患难之情,反而变本
　　　　加厉欺辱于他,太子丹堂堂七尺男儿,焉能没有一点
　　　　血性和骨气!所以他……

赢　政　哼!全是老贼在背后挑唆,与我推下砍了!

蒲　鲠　赢政啊!我把你个无道的贼子!罢了太子丹!罢了
　　　　女儿蒲仙啊!

　　　　〔秦兵架蒲鲠下,一声惨叫。

赢　政　都尉府。

王　贲　臣在!

赢　政　速速捉拿燕太子姬丹前来见我,我要从重发落。

王　贲　是!

　　　　〔蒙嘉持令符上。

蒙　嘉　禀大王。

赢　政　讲!

蒙　嘉　大王所命,捉拿叛臣樊于期,诛灭九族,现九族三百

一十二口人俱已拿到,听候发落!

嬴　政　待将叛贼樊于期拿到,于咸阳城外一并腰斩!

　　　（唱）　臣议君非岂儿戏,

　　　　　　　竟敢与孤来树敌。

　　　　　　　不杀贰臣难服众,

　　　　　　　还恐日后出叛逆。

〔秦将上。

秦　将　禀大王。

嬴　政　讲!

秦　将　叛将樊于期押解途中,不幸落荒而逃!

嬴　政　你说什么?

秦　将　将出赵国境界,樊于期落荒而逃了!

嬴　政　可曾追拿到手?

秦　将　想是有人接应,至今未见踪影!

嬴　政　啐! 无用的奴才,捉到樊于期前来见我,捉不到樊于
　　　　期,拿你的头来见!

秦　将　是!（退下）

蒙　嘉　大王,樊于期九族三百余口囚禁何处?

嬴　政　腰斩于市,以儆效尤。

蒙　嘉　大王有命,将樊于期九族三百一十二口腰斩于市,杀
　　　　一儆百!

〔秦兵押樊于期家族上,绕场,男女老幼,哭天嚎地,
　怨声载道:"冤枉啊!"

秦　兵　不要哭了,不要喊了! 大王就在前面! 再喊刑法就
　　　　更重!（鞭笞）

〔众喊"冤枉啊!"愈烈。

嬴　政　吼叫者车裂!

〔众噤若寒蝉,慢行,秦兵押解着拥下。灯暗。

第二场　救　樊

〔易水河边,芦苇丛生,随风摇曳。

〔在爆豆般的鼓声中,樊于期蓬头垢面,袍袖不整地疾上。

樊于期　（唱）　旌旗猎猎追兵撵,

　　　　　　　　岸边无桥又无船。

　　　　　　　　插翅难飞逃无路,

　　　　　　　　何以渡水投燕丹。

　　　　　　　　开口把我苍天怨,

　　　　　　　　你灭我樊于期于心何安?

〔喊杀声起,渐近,樊于期惶急,藏芦丛,秦兵抖马绕场下,樊于期出。

樊于期　嗨! 可叹无桥又无船,我何以脱身?（巡视,发现小舟,惊喜）呀! 天无绝人之路,那芦苇后有一叶小舟。待我唤来!（急而细声地喊）船家,船家!

〔荆轲撑舟,高渐离随上。

荆　轲　客官,唤我前来,莫非你要渡河?

樊于期　正是,快快渡我过河。

荆　轲　何故这般惶急?

〔荆轲挽舟靠岸,樊急欲上,荆挡介。

高渐离　这位老丈,为何这样惊慌,急于登舟?

樊于期　二位不必多问,我加倍给你们船钱,快快渡我过河。

荆　轲　慢着,两国交界,以行仁者之道,老丈若有急事,我们可以送你一程,若是另有他图,你休想过河!

樊于期　哎呀二位,你看后有追兵,倘若我被他们捉拿……

高渐离　唗! 尔是甚等之人,被何人追赶?

樊于期 （打量）看你二位并非歹人，我便以实相告，我乃秦将樊于期！

荆　轲 啊！

樊于期 （起板唱）

　　　　　　　秦王残暴又凶险，
　　　　　　　邯郸百姓遭屈冤。
　　　　　　　错杀无辜我不愿，
　　　　　　　因此上，
　　　　　　　他要把我斩首示众诛灭九族吃刀弦。

高渐离 噢！原来你是樊老将军，久慕大名，今才得遇，将军遭此横祸，着实令人痛惜。

荆　轲 嘿！

　　　（念）　英雄落难倍伤情，
　　　　　　　只恨世道太不平！（深表同情扶过）

〔内喊声、马嘶声近。

高渐离 荆贤弟，你听那边喊杀声起，想是秦兵追来。

荆　轲 如此，你我速速渡将军过河。（荆执桨，樊登舟）

樊于期 多谢！（抱拳相揖）敢问二位恩人尊姓大名？

荆　轲 不敢当，我名荆轲！

高渐离 我乃高渐离。

樊于期 （搭躬）二位搭救之恩，在下没齿不忘。（欲跪，被扶起）

荆　轲 樊将军莫可，你且站好，我开船了。

〔荆轲划船载樊于期下。

〔秦将率兵卒上，巡望。

秦卒甲 报！易水河边俱已搜遍，未见叛贼踪迹。

秦　将 难道他能飞上天去不成？

秦卒乙 报！河面上有一小舟。

秦　将 上面可有樊贼？

秦卒乙 上有三人，面目看他不清。

秦　将 上前喊话，让船家把船摇过来。

秦卒	甲 乙	是,哒!船家过来,船家过来!

〔无声,秦卒甲、乙望介。

秦卒甲　船似利箭,直向对岸划去。

秦　将　定是叛贼乘船逃走,快快拈弓搭箭!

兵　卒　啊!

秦卒甲　慢!禀将军,船已去远,难以射中。

秦　将　也罢,待我回去先向王翦将军复命,正是!
　　　　　强秦不踏燕国土。

秦卒	甲 乙	燕国不知是秦强!(狠狠地抖马下)

第三场　决　策

〔燕国华阳宫。

〔燕丹急不可耐地在宫中踱步。

燕　丹　(唱)　从秦逃回急下令,
　　　　　　　　　命文臣谋士把计生。
　　　　　　　　　黄金台三千英杰多忠勇,
　　　　　　　　　不杀嬴政气难平。
　　　　　　　　　田光又把荆轲荐,
　　　　　　　　　为何不见转回宫?

〔鞠武上。

鞠　武　殿下!

燕　丹　师傅,有何制秦良策?

鞠　武　殿下,群臣同参,以我燕国弱小之帮,若与秦国相抗,
　　　　　必是以卵击石,自取灭亡,不如派精悍之武士,设法
　　　　　取得秦王信任,借机杀掉那贼,如若成功,六国安矣。

燕　丹　英雄所见略同,正合你我心意。

鞠　武　既然如此，殿下就该早作安排。

燕　丹　不瞒太傅，我已派人请来田光先生，让他看过黄金台诸位精英，是他又推荐一人，名叫荆轲。

鞠　武　荆轲？

燕　丹　我已拜托于他前去邀请。

鞠　武　此事应缜密而行。

燕　丹　我已告诫田先生，此乃复国之大事，万不可泄露于他人。

鞠　武　这就是了。

〔内侍甲上。

内　侍　启禀太子，有一女子执意求见。

燕　丹　命她进来。

〔蒲仙一声哀叫："太子——"疾步上场，扑跪在燕丹面前。

燕　丹　蒲仙——

〔静场。

燕　丹　小姐快快请起，坐下慢慢讲。
鞠　武

蒲　仙　太子，太傅。

（唱）　　惊闻秦王焚我父，

　　　　五雷轰顶身难支。

　　　　急匆匆来到华阳宫，

　　　　恳求太子发兵符。

鞠　武　蒲仙，你真乃是忠良后代，有志向，有骨气，只可惜你是一女流。

蒲　仙　女流？女流便怎么了？

（唱）　　我虽女流怀壮志，

　　　　自诩巾帼大丈夫。

　　　　我的父教我习文武，

　　　　讨军令我要把恶贼来除。

鞠　武　蒲仙，此事非同小可，况则，你一女流，一不能挂帅……

蒲　仙　哼！我既不能为我父报仇，活在世上还有何用？不
　　　　如一死。

　　　　〔鞠武、燕丹急挡。

燕　丹　慢慢慢着，蒲仙且莫轻举，既有如此大志，何愁报国
　　　　无门，报仇无期？

　　（唱）　你的父陪我在秦赵，

　　　　　　十几年忍辱苦煎熬。

　　　　　　眼见得秦王屡侵他国行霸道，

　　　　　　他劝我立志复国往回逃。

　　　　　　领兵来把国仇报，

　　　　　　临难时志不屈堪称英豪。

　　　　　　把你的婚事托我来照料，

　　　　　　国耻雪他泰然含笑九霄。

蒲　仙　（悲痛地）太子，国仇家恨，铭骨刻心，太子若有用我
　　　　之处，蒲仙我就是粉身碎骨在所不辞。

燕　丹　如此在后宫歇息，听候传唤。

蒲　仙　谢过太子，太傅。（下）

　　　　〔一武士执戟上。

武　士　启禀太子，有一老将，蓬头垢面，甲胄不整，口口声声
　　　　要面见太子！

燕　丹　噢？可曾问过他的姓名？

武　士　是他言道，只有见了太子，方可讲出实情。

鞠　武　既是如此，殿下，请暂且回避，待我去见……

燕　丹　不，还是你我一同问过。

鞠　武　命他进来。

武　士　是！

　　　　〔武士下，复上引樊于期进见。

武　士　（向樊）上座便是太子、太傅。

樊于期　在下落难之人——秦将樊于期，参见太子、太傅。

　　　　（拱手）

燕　丹　（惊，站起）啊！你，你，你是——樊于期将军。

樊于期　正是末将。（跪）

燕　丹　（猛扑过去，半跪，扶樊）樊将军，你乃秦国骁勇上
　　　　将，为何落到这步天地？

樊于期　唉！殿下，一言难尽啊！（底锤，起板）

燕　丹　快快请起。（扶樊坐）

　　　　〔鞠武端水让樊于期饮。

樊于期　殿下啊！

　　　　（唱）　秦王雕鸷又奸险，

　　　　　　　　他一心在世称霸蛮。

　　　　　　　　我领兵伐赵功劳显，

　　　　　　　　刻日一举夺邯郸。

　　　　　　　　我劝他安民不能凭私见，

　　　　　　　　他反目摘印绶解了兵权。

　　　　　　　　投囚车解咸阳立刀问斩，

　　　　　　　　株连我三百口死得可怜。

　　　　　　　　为秦国我经过六十大战，

　　　　　　　　为秦国夺城池我一马当先。

　　　　　　　　为秦国同将士枕戈待旦，

　　　　　　　　为秦国黑发换得两鬓斑。

　　　　　　　　为秦国我把毕生献，

　　　　　　　　为秦国力出尽汗也流干。

　　　　　　　　为秦国屡屡战功他不念，

　　　　　　　　为秦国到今日创伤未痊。

　　　　　　　　似这样好心反把恶果换，

　　　　　　　　你说我这下场好不惨然。

　　　　　　　　求殿下给我一立锥之地，

　　　　　　　　樊于期报大德结草衔环。（跪）

燕　丹　（唱）　樊将军忍痛莫伤惨，

　　　　　　　　大丈夫能屈能伸且泰然。

　　　　　　　　嬴政他杀人不眨眼，

哪一日不是血溅渭河滩。
立下的繁法重刑世少见，
黎民们背地里恨地怨天。
他一心靠杀戮又施离间，
虎狼心昭然若揭大路边。
燕国势弱兵又减，
抗强秦还要靠将军来参。

樊于期　（唱）殿下能把我怜念，
　　　　　　　樊于期落难人感恩再三。
　　　　　　　只要殿下一声唤，
　　　　　　　下油锅上刀山决不辞难。

燕　丹　如此，我先谢过樊将军，（打拱）不知将军还有何风闻？

樊于期　你逃离秦国之后，秦王已命王翦率领大军三十万，取赵伐燕，只怕旬日内……

燕　丹　啊！

　　　　〔一内侍上。

内　侍　启禀太子，秦国使者到。

樊于期　这？

鞠　武　待我去看。（急下）

燕　丹　樊将军，秦使到来，我自有对策，请后宫歇息。内侍，备膳。

　　　　〔樊于期随内侍下。

　　　　〔鞠武领秦使上，秦使倨傲无礼，盛气凌人，向燕丹随便一拱手，自由地坐下。

秦　使　（声色俱厉地）燕丹！我们大王有旨，命你火速交出叛将樊于期！

燕　丹　哪个樊于期？

秦　使　就是秦国大将樊于期！

燕　丹　秦国大将怎么到燕国来讨？岂有此理。

鞠　武　大人，樊于期并未到我燕国，怎能……

秦　使　哼！据报他前日渡过易水，已到燕国，限你三日，速速交出叛贼首级,如其不然,大王发来三十万大兵,那时……

燕　丹　休得口出狂言,此乃燕国华阳宫,不是秦宫咸阳。

秦　使　哼!你不要忘了你是燕在秦国的人质,大王正在追究你逃亡之事。

燕　丹　燕国虽小,乃是一国,秦国虽大,也是一国,秦不以仁义待天下,而是以大欺小,以强凌弱,到头来必是众叛亲离,自取灭亡。

秦　使　大胆的燕丹,尔有何德能,竟敢口出狂言,诋毁秦王,说是你要小心着!

燕　丹　自古道敬人者人恒敬之,尔不自尊,反责他人,武士们,将他哄了出去!

　　　　〔侍卫等拥秦使怒冲冲下。鞠武焦急。

鞠　武　哎呀!殿下,你此举必定惹恼秦王,倘若命王翦挥师马踏燕国,殿下制秦大计便将付诸东流。前功尽弃了啊!

燕　丹　哼!秦使如此狂妄,欺人太甚,这口恶气我实实咽他不下。(怒起离坐)

鞠　武　殿下啊!

　　　　(唱)　秦国早有吞并意,
　　　　　　　每每寻衅找战机。
　　　　　　　燕国弱小难抵御,
　　　　　　　得罪他有恐失社稷。
　　　　　　　殿下离秦他把恨记,
　　　　　　　留樊将正好比揭他的龙鳞撩虎须。
　　　　　　　谨防大祸当头降,
　　　　　　　燕国土不能落铁蹄。

燕　丹　太傅差矣!

　　　　(唱)　咱做事怎么能不讲情义,
　　　　　　　樊将军和我是哀怜交谊。
　　　　　　　千里投我把生命寄,

咱怎能趁人之危把朋友虎口献敌。

鞠　武　殿下如果不忍将樊将军交出,可送他北逃匈奴,一来
　　　　秦王鞭长莫及,二来樊将军不但能保住性命,秦王也
　　　　不至和我们结怨太深。

燕　丹　太傅,常言道,委肉于虎,虎仍噬之,太傅还是早消
　　　　此念。

鞠　武　这!

　　　　〔内侍上。

内　侍　启禀太子,荆轲手提御赐宝剑在宫门外求见。

燕　丹　快快有请。

内　侍　是!（下）

　　　　〔燕丹、鞠武整冠出迎。

　　　　〔荆轲雄姿英发提田光交的御剑上。

荆　轲　（念）　田光为燕自刎项,

　　　　　　　　手提宝剑进华阳。

　　　　荆轲参见太子、太傅。

燕　丹　荆卿请起。荆卿大名如雷贯耳,今日相聚,真是姬丹
　　　　三生有幸,快快请来上坐。

荆　轲　我乃山野匹夫,浪迹江湖,蒙殿下见爱,实实担当
　　　　不起。

　　　　〔燕丹、鞠武同拥荆轲坐。

燕　丹　荆卿,此番进宫,怎么只你一人,却不见田光先生?

荆　轲　他么,来不得了!

燕　丹　怎么来不得了?

荆　轲　（沉痛地）他,他……自刎身亡了。

燕　丹　你道怎讲?（疑视荆轲）

荆　轲　田光先生向我讲罢太子重托。想起太子临行叮咛之
　　　　言,为了申明他未泄露机密于第三人,便自刎身亡了。

　　　　〔燕丹、鞠武惊悲。

燕　丹　哎呀不好!

　　　　（唱）　言不慎断送先生命,

307

燕丹犹如箭穿胸。

此时我更恨秦王政,

不灭秦愧对老英雄。

对天我把英灵拜,

哭先生,哭得我泣不成声。

鞠　武　罢了田光,人已至死,不可挽回,太子,报国事大。

燕　丹　吩咐下去,把田光先生隆重厚葬,树碑立传。

鞠　武　是!(下)

燕　丹　荆卿,赴秦报国之事,想田光先生已向你说明,不知荆卿有何高见?

荆　轲　荆轲不才,恐负太子美意,本不敢当,可叹田先生以身许国,激我使秦,势在必行,故不得不上殿见过太子。

燕　丹　如此,我先谢过荆卿。(大拜)请问荆卿,有何制秦富国良策?

荆　轲　殿下,以我之见,燕国虽小,但国有国心,民有民性,只要太子广集天下贤士,内修文治,聚财敛物,富国强兵,外联他国,并辅以缓兵之策,才能抵挡得住秦国的进犯。

　　　　〔鞠武上。

燕　丹　这缓兵之策?

荆　轲　以献燕土和城池为名,伺机除暴安良,以消六国之怨,燕土可失而复得,社稷也可长治久安。

燕　丹　荆卿高见,使我心胸顿开,太傅即刻传命,请写上孤尊荆轲为上卿,封上舍。

鞠　武　是!

　　　　〔内侍上。

内　侍　伺候殿下。

燕　丹　庆贺孤得荆上卿,摆宴伺候,歌舞上来。

内　侍　是!

燕　丹　传蒲仙同舞!

内　侍　（内传）歌舞上来，宣蒲仙同舞！

〔音乐声起，宫女与艳妆的蒲仙上，蒲仙发现荆轲在坐，顿时明白燕丹宣她用意，故舞时对荆轲顾盼生情，秋波频传。燕丹亦注视荆轲，窥其对蒲仙之意。

燕　丹　停，荆上卿你看让这一女子歌唱一曲如何？

荆　轲　尽在太子。

燕　丹　蒲仙，你且独歌一曲。（众宫女下）

蒲　仙　遵命。（边舞边唱）

易水河兮，千秋流不断，

滋惠两岸兮，好庄田，

秦国豺狼兮，虎视眈眈。

安危一旦兮，把心担。

燕　丹　荆上卿，你看此女如何？

荆　轲　身姿婀娜，歌喉嘹亮。

燕　丹　蒲仙，你且下去。

蒲　仙　遵命。（下）

燕　丹　啊，荆卿既然见爱蒲仙，就让她陪伴上卿，明日即可完成大礼。

荆　轲　荆轲不才，岂敢夺太子所爱。

燕　丹　上卿不知，她乃我质秦之时蒲鲠老臣的爱女，她父被秦王所焚，她一心要找国内高士，为父报仇，如今相见，既合君意，又合她心，上卿就莫要推辞了。

荆　轲　荆轲不敢。

鞠　武　我观蒲仙对君有情，太子又是一片赤诚，荆卿就不必推辞了。

荆　轲　太子待我如此恩厚，在下没齿不忘，太子在上，受荆轲大礼参拜！（叩首）

燕　丹　荆卿快快请起，太傅。

鞠　武　臣在。

燕　丹　吩咐下去，备好车辆，我要亲自驾驭，送荆上卿到上舍。

荆　轲　（受宠若惊,急白）哎呀!荆轲有何德能,敢受如此
　　　　大礼,太子万万不可,这要折煞为臣了……
燕　丹　荆卿莫要推辞,理当如此……（音乐）
　　　　〔燕丹、鞠武同推,挽荆轲出门,上车,燕丹和鞠武同
　　　　　坐车前,赶车下。

第四场　断　腕

　　　　〔上舍,荆轲住室,悬斗大字"国魂"条幅,上画一头
　　　　　沉静的猛狮,旁挂琴瑟,台侧置蒲仙祭父灵堂,蒲仙
　　　　　焚香祭奠已毕。
蒲　仙　（唱）　半月来陪上卿日游夜枕,
　　　　　　　　时光逝虑千重愁思如云。
　　　　　　　　实指望攀英雄报仇雪恨,
　　　　　　　　谁料他纵马游乐,贪恋酒色,大失所望。
　　　　　　　　错把纨绔当伟君,
　　　　　　　　越思越想越气愤,
　　　　　　　　找太子论理我的心才平几分。
　　　　　　　　太子叮嘱随他意,
　　　　　　　　只可迁就莫失尊。
　　　　　　　　每念起爹爹被贼焚,
　　　　　　　　我食不甘味夜难寝。
　　　　　　　　星移斗转仇愈烈,
　　　　　　　　难道说爹爹枉生我的身。
　　　　　　　　今晚他回再探问,
　　　　　　　　为报仇我还要仔细思忖。
　　　　　　　　〔荆轲佩剑醉意矇眬地上。
荆　轲　（唱）　荆轲受命惩首恶,
　　　　　　　　双肩压君臣重望燕山河。

　　　　　　　虽有众谋难成计,

　　　　　　　荆轲还得苦思索。

　　　　　　　每日心内如汤煮,

　　　　　　　对娇妻我还得强装笑呵呵。

蒲　仙　哎,上卿回来了。

荆　轲　回来了,今日太子陪我饮酒,不知他从哪儿弄来的琼
　　　　浆玉液,让我喝了个痛快呀!

蒲　仙　待我打茶去,也好与你醒酒……

荆　轲　不,莫要打茶,快把太子送给的那两坛美酒取来。

蒲　仙　难道上卿的酒兴未尽?

荆　轲　你还不知道我的海量?回到家来,不但要饮,还要爱
　　　　妻你为我抚琴、鼓瑟、跳舞歌唱哩!

蒲　仙　还要听我抚琴弄瑟、舞蹈、歌唱哩!

荆　轲　是啊,美酒能使人醉,比不上爱妻的舞蹈歌唱能使人
　　　　心旷神怡啊!哈哈哈……

蒲　仙　(娇嗔地一笑)多日以来,难得从郎君口中道出一个
　　　　赞赏的字来,今晚我要你饮个痛快,看个尽兴,待我
　　　　拿酒去。(下)

荆　轲　(念)　难得娇妻体如玉,

　　　　　　　可惜无暇赏美色。

　　　　　　　对她难把天机泄,

　　　　　　　不负田光大英杰。

　　〔蒲仙持酒器上,斟酒递与荆轲。

蒲　仙　上卿请用酒。

荆　轲　(接酒)多谢娘子美意。

蒲　仙　(取琴瑟,拨弄几声,如珠玉落盘,使荆轲一震起舞)

　　　　(唱)　青山如黛绕白云,

　　　　　　　遥寄渭水思亲人。

　　　　　　　春风一抹杨柳绿,

　　　　　　　丝不断,情难尽,

　　　　　　　相思欲断魂……

〔荆轲欲饮,闻声止,点头,又摇头。

蒲　仙　上卿以为如何,能入意否?

荆　轲　好倒是好,只是曲调低沉,歌声哀怨,无趣。

蒲　仙　上卿要听——

荆　轲　欢畅喜悦的,方合这良宵美景和你我的情趣。

蒲　仙　如此,上卿请听!

（唱）　明月美酒斗十千,

佳人初得如意男。

相逢难,别亦难,

难舍难分意绵绵,意绵绵。

含羞一笑三魂转,

少年梦里舞蹁跹。

醒来原是枕做伴,

长夜难眠情思牵,情思牵。

荆　轲　（情不自禁地）妙!妙!真乃绝妙之声,情意绵绵,好不喜煞人也,哈哈哈……（欲斟酒递蒲仙,蒲仙急斟酒递荆轲）

蒲　仙　上卿请用酒。

荆　轲　爱妻不只容貌娟秀,歌喉动人,你这鼓起琴瑟的手么,也是非常玲珑俏丽,惹人喜爱哟……嘿,哈哈……（拉过蒲仙的左手,仔细端详）美,真乃粉嫩之腕,叫我实难丢开!

蒲　仙　上卿,你喜爱我这手腕?

荆　轲　喜爱,喜爱,实实地喜爱!哈哈哈……

（唱）　这手腕荆轲爱视如瑰宝,

更显得娇妻美身姿窈窕。

美酒醉人难醉心,

心猿意马乐逍遥。

蒲　仙　那……

〔内侍甲上。

内　侍　（隔门喊）禀上卿,太子命我送来密札一件。

蒲　仙　（急转身去接，摆手，内侍下）上卿请看。

荆　轲　先放在一边。

蒲　仙　上卿，太子密札到来，想是有……

荆　轲　嗳！你我夫妻难得有这良宵，叙说衷肠，你还是……

蒲　仙　太子夜半送信，非同等闲，想是军情紧急，召你进宫议事，上卿不可贻误军机。

荆　轲　哎！白日在宫中已有所闻，无非是秦将王翦攻赵伐燕李信进兵犯境之事，爱妻莫要为此担忧。

蒲　仙　上卿啊！在这国势日危，家破人亡之际，难道上卿就无有启程赴秦之意吗？

荆　轲　不慌，不急，爱妻，伸出你的手腕来，我还要仔细看一看。（醉眼矇眬）

　　　　（唱）　玉指纤纤细嫩手，

　　　　　　　　如同玉笋不忍丢。

　　　　　　　　娇柔艳丽甲涂油，

　　　　　　　　绵软犹如摸丝绸。

　　　　　　　　挽手并肩交颈卧，

　　　　　　　　不思民忧与国仇。

蒲　仙　难道说我这双手腕在你心里比国事还重吗？

荆　轲　那还用说，自然如此。

蒲　仙　（大失所望）啊！既然上卿见爱，我就将它剁下献于上卿，以偿爱妻之意。

荆　轲　什么？爱妻，哈哈哈，说什么笑话，那是身上连心肉，岂是随便献于人的，哈哈。

蒲　仙　士为知己者死，女为悦己者容，既然上卿视国事为儿戏，爱我的手腕胜过圣命，蒲仙岂敢以色惑上卿，而误了太子的大事，说是上卿你……（急下）

荆　轲　哈哈哈！（心不在焉，不以为然地醉态拆信一阅）秦兵压燕境，将多阵势雄，国情如累卵，片刻存复亡……（一股愁绪袭上心头，但酒还未醒）

〔蒲仙面色苍白,强忍疼痛地一手端盘上,上放一手腕。

蒲　仙　上卿,请——看!

荆　轲　(心有所思,下意识地用手摸酒壶,触觉异常,转身看,一惊)啊?血?(夺过盘中的手看,猛惊,回首见蒲仙颤抖软弱的神态,猛然大悟,扑向蒲仙,猛举蒲仙砍下手的胳膊嚎叫)妻——呀!(猛跪)

(唱)　见手腕顿使我的魂魄颤,
　　　　妻断手疼烂我心肝。
　　　　都怪我带醉说话不检点,
　　　　你怎能断手腕讨我心欢?(痛哭,行弦)

待我扶你去见太医,快快与你调治,接上。

蒲　仙　来不及了,伤处已涂刀伤散药,无需了……

荆　轲　你怎么能……

蒲　仙　(抢白)父仇未报,焉敢苟存,国破家亡,腕断何惜。半月来妻见上卿,毫无入秦动静,一味纵马射猎,狂饮无度,恋妻手腕,爱不释手,不闻国事。如今,秦又大兵压境,步步紧逼,眼见得太子雪耻之志付诸东流,蒲仙报仇之事也成空望,我想活在世上还有何益?不若断己手腕,以报君情,还能博得上卿一悦!(悲啼交加,泣不成声)

荆　轲　这个,蒲仙妻呀!

(唱)　听了一席话如滚雷盖顶,
　　　　杜鹃啼血,声声泪,斩钉截铁字字铿锵。
　　　　蒲仙妻不愧是巾帼英雄,
　　　　为报仇断手腕令轲震惊。
　　　　忍巨痛强欢颜顺我逆从,
　　　　只怪我太粗心遗下祸种。
　　　　愧煞了痛煞了我无地自容,
　　　贤妻呀!
　　　　暂压悲伤听我禀,

为国难我也是满腹苦衷。
燕太子为保国将我重用，
破格封舍又封卿。
递金丸投龟讨我兴，
燕乐美女鼓声声。
日每间纵酒作乐强镇静，
到夜晚忧国为民筹划良策何以灭秦大功成。
谁知你不解我意用，
反把假意当真情。
只怪我做事太懵懂，
害得你丧了手遗恨终生。
到如今千悔万悔太伤恸，
荆轲又负新债何日还清。

蒲　仙　噢！既是如此，上卿，就该早日明言，也免为妻愁绪万千，错怪于你，请问上卿，你迟迟入秦，究竟为着何来呀？

荆　轲　蒲仙，你想呀！
（唱）　入强秦比不得身在小燕，
闯虎穴要在虎口把牙搬。
副使、驭手均谋算，
缺信物难得秦王欢。
大丈夫报国死无憾，
谋不慎棋错一步全局完。

蒲　仙　请问上卿，不知需用何物，才能取信于秦王？

荆　轲　我想，秦王早已垂涎燕国督亢肥腴良田，为了取信于他，征得太子意允，我已把幽燕十六州大好河山绘制成图，准备进献于那贼。

蒲　仙　如此巧计，就可蒙骗嬴政，取得贼的信任？

荆　轲　不！为了万无一失，还需一物，方能取信于秦王！

蒲　仙　不知还需何物？

荆　轲　正是那朝思暮想，日夜盼望得到的樊于期的人头！

蒲　仙　啊！这如何使得，况则太子丹也不会允准……

荆　轲　蒲仙，我的贤妻呀，数日来我正为此事一筹莫展，才车骑游猎，欢宴狂饮，想来想去，为了燕国的存亡，太子的大恩，贤妻的一片赤诚，荆轲也顾不得许多了。

　　　　（边舞边唱，大幅度动作）

　　　　（唱）　刺杀嬴政非儿戏，

　　　　　　　　日思夜虑费心机。

　　　　　　　　樊将军若能明大义，

　　　　　　　　献人头，杀嬴政，保燕灭秦，

　　　　　　　　荆轲以死化险为夷。

　　　　〔音乐：加打击乐，蒲仙点头称许，感腕痛欲倒。

荆　轲　妻呀！（急扶，抱仙）

第五场　义　死

　　　　〔樊于期住室，两株古槐交错笼于台上，大势磅礴。
　　　　　天幕上映出宫殿挑檐的一角，台前置桌椅。

　　　　〔幕启，樊于期正在舞剑，虽年迈却还精神健旺。

樊于期　（唱）　三尺剑，三尺剑，

　　　　　　　　为秦效命三十年。

　　　　　　　　蛟龙成虫困沙滩，

　　　　　　　　常使英雄泪不干。

　　　　〔武士上。

武　士　禀樊将军，荆上卿求见。

樊于期　快快有请。

武　士　是。荆上卿，请。（下）

　　　　〔荆轲上。

荆　轲　（唱）　辞别了太子丹私下求见，

　　　　　　　　若取得将军头信物齐全。

只是这无令箭怎样启口，
莽匆匆入了门进退两难。

〔樊于期出迎。

樊于期　荆上卿。（见状疑虑）

荆　轲　噢！荆轲拜见樊将军！

樊于期　上卿请起，那日易水河边，秦兵追赶，幸得上卿和高先生救命，实乃万幸。

荆　轲　那是老先生洪福齐天，何谈救命二字。

樊于期　临危搭救终生铭感于心，本当去上舍登门谢恩，却被太子挡住了。

荆　轲　折煞荆轲了！

樊于期　今日反累你远道登门，我当摆酒设宴，当面谢恩，酒菜上来。

〔武士斟酒。

樊于期　荆上卿，我先敬你三杯。

荆　轲　不敢，樊将军，我先敬你。

樊于期　我当敬你。

荆　轲　你我同饮，你我同饮。

樊于期　荆上卿，想你入华阳宫以来，太子封上舍，上卿。骏马任骑、宫院任游。还有什么为难之事，让上卿面带愁容，闷闷不乐？

荆　轲　唉！老将军，你乃当今名将，大义之士，你我一见如故，亦非外人，恕我向你直吐心机了。

　　　　（唱）　大丈夫生世多奇志，
　　　　　　　　只可惜报国不得时。
　　　　　　　　我也曾列国访贤士，
　　　　　　　　霸主王侯不赏识。
　　　　　　　　临末了自叹是生不逢世，
　　　　　　　　堂堂的男子汉枉长七尺。

樊于期　（唱）　说什么生来不逢世，
　　　　　　　　大器晚成运来迟。

太子丹尊你为上卿，

正是鹍鹏展翅时。

荆　　轲　老将军啊！

（唱）　利剑要在石上磨，

骏马要在疆场驰。

空有一腔报国志，

养虎在笼鲸在池。

樊于期　难道太子丹没有给你一个施展报效的机会吗？

荆　　轲　刚才太子丹召我前去，声言赵国都城已被秦破，王翦掳走了赵王，秦已大兵压在燕境。

樊于期　国势日危，迫在眉睫，太子丹为何不告知老臣。

荆　　轲　告诉于你又能怎样呢？

樊于期　不能以一挡十，也可抵一兵勇。

荆　　轲　老将军哪！燕秦兵力，将军知晓，燕怎能以弱小之卵，敢碰强秦之泰山，此乃下策！

樊于期　唉！不知上卿有何良策？

荆　　轲　老将军，我有何良策，只怕是有负众望，太子丹他，认错了人。

樊于期　怎么说太子丹他认错了人。

荆　　轲　是啊！你想国势日危，他却不用黄金台三千英雄，上万卒兵，只召我一人进宫……

樊于期　（预感到什么）他既召你一人进宫，必定是军国大计，若有用得着我时，老臣我可助你一臂之力，也算我不负太子丹收留一场的情义。

荆　　轲　他么……（欲言又不忍）

樊于期　荆上卿怎么了？往日谈起话来似高山流水，今日怎么变得吞吞吐吐？

荆　　轲　他命我入之强秦，仿效曹沫，挟持齐桓，以秦王首级为质信，让贼尽返诸国被占之土地。

樊于期　好啊！这正是你抒奇志，施雄才，展宏图，报国仇的大好时机，上卿应该答应才是。

荆　轲	好倒是好,只是秦王身旁卒兵上千,枪戟林立,我是如何近身啊?
樊于期	是啊!咸阳宫壁垒森严,刀枪难入,是得想个近身之计。(游思,叹气)
荆　轲	樊将军,你是深明大义之人,但恕我直言。
樊于期	上卿有话,但讲无妨。
荆　轲	老将军,想当年你身经百战,为秦国立下汗马功劳,举世皆睹,唯秦王不以礼遇,反杀你父母妻子等三百余口,此仇可谓深矣,秦王之暴,可见于将军。
樊于期	于期每每念之,常痛于骨髓,但又苦无良策报此切齿之仇。
荆　轲	轲有一冒昧之言进上,上可以解燕国之危,下可以报将军之仇。
樊于期	请速速讲来!
荆　轲	那得先请老将军恕过我直言之罪。
樊于期	只管讲来,恕你无罪。

〔荆轲坚定中含怵意,低头,抱拳行大礼,从怀中取出悬赏捉拿樊于期的黄布告示。

樊于期	(接过告示顿悟)哦,你是说以我之首级去进献秦王!
荆　轲	正是!
樊于期	啊!(摸头)这个……

　　　(唱)　　一句话如晴空一声霹雳,
　　　　　　　荆上卿莫非是戏笑于期。
　　　　　　　也莫非燕丹他将我嫌弃,
　　　　　　　情势危要媚秦献我首级。
　　　　　　　此时候樊于期无所犹豫,
　　　　　　　(他)有来言(我)对去语暗自防备。

　　　上卿请讲。

〔静场。

荆　轲	秦王必喜而见我,到那时候我上得殿去,就是这么样

的(示砍头)一刀两断,将军之仇可报,燕丹的耻辱可雪,国势可安,不知将军意下如何?

樊于期 啊!(被这突如其来的问题提得陷于茫然,思想剧烈斗争)荆上卿,你是来要老臣的首级?

荆　轲 嗯!不知老将军可舍得乎?

樊于期 嘿!(内心独白:要啥都可以,偏偏你要人头,人头只有一个,取了它生命也就完结,这不能不慎重考虑啊!)此行可是燕丹的旨意?

荆　轲 非也,太子同将军乃哀怜交谊,岂忍下此毒手,怎奈几月以来,举国上下,苦无良策,荆轲不义才出此下策,私见将军,请将军恕过冒昧之罪。

樊于期 （急唱）　听罢言樊于期血似潮涨,
　　　　　　　　荆上卿要我头去献秦王。
　　　　　　　　秦王他害得我九族尽丧,
　　　　　　　　秦王他性暴戾心似虎狼。
　　　　　　　　翻手云复手雨由他言讲,
　　　　　　　　立名目排异己苦害忠良。
　　　　　　　　头献他必遭辱人格大丧,
　　　　　　　　他还会出榜文毁谤我终落贼手
　　　　　　　　把臭名远扬。
　　　　　　　　不献头又该用何计来想,
　　　　　　　　苦无个两全策费尽思量。
　　　　　　　　入燕来想报仇缺兵少将,
　　　　　　　　须发白眼见得希望渺茫。
　　　　　　　　荆上卿虽冒昧语言直杠,
　　　　　　　　肺腑话动心魄有感上苍。
　　　　　　　　息燕危报我仇两全其美计为上,
　　　　　　　　樊于期何惜这头颅血浆。

　　　　　　说是荆上卿,来来来!(拉荆轲衣袖)
　　　　　　（唱）　你拿剑来把我的首级取,
　　　　　　　　　我双眼不闭,怒目圆睁。

要随上卿,到得咸阳,

亲眼看一看暴君的下场。(持剑在手)

荆　轲　(急跪)老将军!

(唱)　非是我与将军强行为难,

实在是出于了无奈其间。

老将军不辞难轲永不忘,

救国危勇献身慨当以慷。

老将军之大德皇天昭彰,

我这里替燕国君臣父老拜谢上苍。

樊于期　不必过奖,国仇家恨,本系一脉,老臣生不能亲看秦
王暴亡,死也要看看他的好下场,说是荆上卿,你来
来来呀!(递剑与荆轲)

荆　轲　啊!老将军,这样看来,你是舍得这条性命了!

樊于期　我一家九族三百余口亲眷死于无辜,何况我一人死
换得万人生,死也值得!

荆　轲　你不后悔?

樊于期　生无挂碍,死而不悔!

荆　轲　哎——

(唱)　手举起三尺剑不忍砍下,

青锋利怎枉杀无罪之人。

未进门虑千重忧心如焚,

怕得是老将军惜命如金。

今一见老将军视死如归,

樊于期　荆上卿,你来呀!

荆　轲　(唱)　杀好人的勇气半丝不存。

樊将军待我是情深义重,

我怎忍去杀那年迈老臣 。

樊于期　哎,荆上卿,说是我把你笑了,哈哈哈……燕国的豪
杰原是这样的胆小如鼠,连一个老迈都不敢杀,何谈
入刀丛,上剑树,进秦庭,刺暴君,哈哈哈……

〔荆轲觉被羞辱,欲去杀时,樊伸头让杀,荆轲杀不下

去,"嘿"一声将剑扎地上。

樊于期　（见激不起对方）哎,荆上卿呀!

　　　　（唱）　你怎么迟迟不动手,
　　　　　　　　这胆量怎能去斩贼的头?

荆　轲　（唱）　杀将军我实在于心不忍,
　　　　　　　　报国仇我却是竖目横心。
　　　　　　　　已买好赵国的徐夫人剑,
　　　　　　　　匕首已淬毒汁(可)立死暴君。

樊于期　（唱）　你说是锋刃利我却不信,
　　　　　　　　我定要看一看才能放心。

　　　〔荆轲找东西欲试。狗叫,唤狗上场,抓狗,试刃,狗
　　　　立死。

荆　轲　嘿! 你看一看。

樊于期　（唱）　瞒过了荆上卿我即自刎,
　　　　　　　　我持剑免得他徒伤寸心。
　　　　　　　　九泉下父老妻儿把我等,
　　　　　　　　樊于期报大仇先灭自身。（持剑急刎）

荆　轲　樊将军,樊将军,你看……（转身看时）啊! 老将军,
　　　　我的老将军啊!

　　　　（唱）　老将军自刎吃了青锋剑,
　　　　　　　　为燕国不惜死大义凛然。

　　　　（喝场）哎——

　　　　老将军——

　　　　　　　　　他日若遂平生愿,
　　　　　　　　　提贼首谢上苍血祭英坛。

　　　〔燕丹引秦武阳和鞠武上,见状慌急。

鞠　武
燕　丹　（哭叫）啊! 老将军!

燕　丹　（唱）　我才引秦武阳要见君面,
　　　　　　　　未想到将军为燕表心丹。

　　　　我的樊将军啊!

只怨我一步来得晚，

樊将军一命归九泉。

鞠　武　太子莫要过于悲伤。

荆　轲　太子节哀。

燕　丹　荆上卿呀！你与我报知此事，我未允诺，让你另谋他策，你怎么能匆匆来在此地，逼他命亡？

荆　轲　臣知太子不肯屈杀老将军，但又苦无良策，时不待我，遂私见求教于他，谁知老将军竟自刎了。

燕　丹　樊将军危困来投我，我怎能以己之私，而伤长者之命，实是惋惜，他乃一将才，还可为国效力啊！

鞠　武　（向燕丹）老将军既然有此心愿，太子还是以国事为重。

燕　丹　唉！事到如今，也只有如此了，督亢地图已令人绘就，车马已齐备，只待上卿启程了。

荆　轲　禀太子，还须等待四五日，那鲁勾践就可到来，他是我的击剑好友，胆略过人，令他做副手，定能马到成功。

燕　丹　刚才王翦派人下来战书，只限三天，如何等得四五日？

荆　轲　殿下之言差矣，事虽危急，取道良策，人选不好，将毁大计，一步不周全会前功尽弃，请殿下三思。

燕　丹　秦兵压境，举国如热锅上蚂蚁，惶惶不可终日，时辰实难挨过，上卿，副使我已经安排好了，让秦武阳同你一道入秦。

荆　轲　秦武阳？（端视秦武阳）

秦武阳　秦武阳见过荆上卿。（礼）

荆　轲　（还礼，感到窝火，心里翻腾着）快快请起。

燕　丹　荆上卿，让秦武阳随你先行，鲁勾践到来让他再去追赶你们。

荆　轲　唉！也罢！（无奈地）既然殿下急不可耐，主意已决，我就明日启程。

323

燕　丹　这就好了，荆上卿，此番前去，定要生擒秦王见我，仿效曹沫挟持齐桓，让他尽返所占诸侯之地。

荆　轲　殿下所托，荆轲万死不辞，定仿曹沫，挟得秦王，以谢天下。

燕　丹　秦武阳，这次命你西行入秦，做荆上卿的副使，你可有勇气？

秦武阳　太子所差，国命在身，定当万死不辞。

燕　丹　如此，你同荆上卿，速速准备！太傅，把老将军大礼安葬。

鞠　武　遵命。

秦武阳　荆上卿，请！

荆　轲　请！

第六场　壮　别

〔易水河边，风萧萧，云漫漫，河水呜咽。

〔燕丹在岸边摆香设案，上置供品，旁放酒器，气氛肃穆。

〔内侍上，拂尘打点。

内　侍　高先生请来上坐。

〔高渐离抱筑上。

高渐离　（唱）　怀抱筑送挚友赴秦离燕，
　　　　　　　风萧萧易水寒荆轲一去预料难。
　　　　　　　莫向河畔去折柳，
　　　　　　　生离死别摧心肝。（将筑试奏了几声）

〔鞠武、宋意、夏扶、百官等上。

鞠　武　（念）　今日送荆轲入关，

宋　意　（念）　一人解万民倒悬。

夏　扶　（念）　拼他个鱼死网破，

燕大臣	（念）　但愿他擒贼生还。
高渐离	高渐离见过我朝重臣国卿。（众互揖见礼）
鞠　武	高渐离先生,你与荆上卿素日友善,临别之时,还要以国事为重,莫可为他添增愁绪。
高渐离	请太傅但放宽心。

〔音乐声大作,灯火转亮,燕丹等朝臣白衣素冠,荆轲
　头戴黄金冠,身穿紫袍,披黑斗篷,腰系朱红镶玉长
　剑,后随秦武阳及驭手、侍从等上。

荆　轲	荆轲见过各位公卿大臣。（众拱手见礼）
众	荆上卿。
燕　丹	（用大爵斟酒,端给荆轲）荆上卿,此次入虎穴,身负重任,我代表燕国的父老百姓,山河土地,向你敬上这一樽酒。
荆　轲	（接酒,洒向太空）祝燕国昌盛,百姓安康。

〔燕丹又递过第二樽酒,荆轲接过洒之于地。

荆　轲	誓为家国,后土垂鉴。

〔燕丹又斟,荆轲接过。

荆　轲	谢太子。（一饮而尽）
鞠　武	（斟酒递与荆轲）荆上卿,请!
荆　轲	谢太傅厚意!（一饮而尽）
燕　丹	侍卫们,递过樊将军的首级和燕国督亢地图。（侍卫递头、图于燕丹,燕丹跪拜,荆轲跪接,行大礼）
燕　丹	荆上卿,国家安危,百姓生存,全系于爱卿一身。愿上卿一路风顺,马到成功。
荆　轲	谢太子!
	（唱）　双手接过物两件,
	我一腔热血似火燃,千仇万恨涌心间,
	怒发冲冠。
	樊将军为报仇把首级献,
	这地图绘的燕大好河山。
	两物是制秦的斩妖利剑,

寄托着举国的百姓危安。

哺育我的山河鸣咽悲叹，

父老们悬望着把佳音传。

大丈夫生当为人杰，

死亦鬼雄对九天。

古有那豫让报知氏之仇漆身吞炭，

聂政感严君之德死归黄泉。

我纵不能像要离把庆忌斩，

也要学曹沫待机劫齐桓。

将秦王挟持到幽燕，

灭他威休想在世称霸蛮。

将诸侯的侵地尽都还返，

天下太平万民安。

如不能按计遂心愿，

我也要刺贼首血染庭前。

燕　丹　（唱）　闻言我把上卿拜，

为国分忧表心怀。

万古留名垂青史，

愿旗开得胜早归来。

荆　轲　列位大臣请回，渐离兄，多多保重！

众　官　（高呼）送上卿。

荆　轲　启程。

秦武阳等　是！

〔幕内一声惊呼："荆上卿……"

〔众回首望时，蒲仙白缟素裹，扑倒跪地至荆轲

脚下。

蒲　仙　我的荆郎君呀！

（唱）　你为何不辞离家园，

反把我锁在了屋里边。

荆　轲　蒲仙，我的爱妻呀！

（唱）　你身怀有孕不能把这场面见，

　　　　　　　因此上锁了你免伤心肝。

蒲　仙　（唱）　实感激你爱我深情一片，
　　　　　　　好夫妻临分别泪如涌泉。
　　　　　　　此番一去路遥远，
　　　　　　　郎君还要善自参。
　　　　　　　妻的心随你远行来仗胆，
　　　　　　　杀仇人、除强贼，宁愿玉碎不瓦全。

荆　轲　（唱）　劝妻惜身莫伤感，
　　　　　　　你的身怀有荆门男。
　　　　　　　我一去还要自珍重，
　　　　　　　前仆后继报仇冤。

蒲　仙　（唱）　郎君且莫把心担，
　　　　　　　荆门后不会有弱男。
　　　　　　　你若不能报国恨，
　　　　　　　他年让儿负泰山。

高渐离　荆贤弟，夫妻割舍，朋友离别，君臣分手，情难尽，意难却，为兄我也敬你一杯。

荆　轲　你我兄弟同饮这一杯。

高渐离　好，请！

高渐离　贤弟，往日分手，后会有期；今日离别，吉凶难测，我弹筑为你歌唱送行。（击筑）

荆　轲　（唱）　大燕山兮高云天，
　　　　　　　督亢之地膏腴田。
　　　　　　　国势日危擎剑去。

众　　（合唱）风萧萧兮易水寒。

荆　轲　（唱）　誓卫家国表心丹，
　　　　　　　粉身碎骨只等闲。
　　　　　　　君臣父老嘱托重，

众　　（合唱）风萧萧兮易水寒。

荆　轲　（唱）　为除强暴挽巨澜，
　　　　　　　先烈频频吃刀弦。

旌旗猎猎赴国难，

众　　　（合唱）风萧萧兮易水寒。

荆　轲　太子太傅，列位大臣，乡亲父老们，请！

燕　丹　荆卿保重，祝你一举成功。

众　　　一举成功。

荆　轲　启程！

蒲　仙　荆郎君——

〔尖利的惨叫使全场顿然大哀，有人难过地低下头擦泪，众注视荆轲，荆轲义无反顾。

荆　轲　（毅然地）走！

〔驭手一声炸鞭，下。

〔高渐离击筑，众望着荆轲远去的方向，合唱：

风萧萧兮易水寒，

壮士一去兮，不复还。

第七场　刺　政

〔咸阳宫，威严华丽。

〔二幕前，夏无且提药囊上。

夏无且　（念）　为人凭的一张嘴，

能把乌鸦说成白。

医术精通八九成，

全靠会吹又会拍。

谁人都爱听好话，

就看能否说到心。

大王喜欢人顺言，

谁谏言小心掉脑袋。

今日我王升殿，太医院官随班侍立。只说我嘴放甜些，腿跑勤些，眼放亮些，快快打点好药囊上朝。

〔蒙嘉上,后随王贲。

蒙　嘉　（念）　国势强诸候国望风归顺,

　　　　　　　　　太子丹派使臣献图殷勤。

王　贲　（念）　凭武力扫四方威震天下,

　　　　　　　　　燕虽降使臣恶须加小心。

蒙　嘉　这是王都尉,今日我王召燕使上殿,你可将各国使臣上殿等事通晓齐备?

王　贲　蒙大夫吩咐,王某焉敢不尊?

蒙　嘉　国事为重,蒙嘉岂能以私见絷人,王都尉话中有话,莫非还忌恨昨日面见君王之事么?

王　贲　并无此意,只是燕使生得魁梧,相貌不凡,不比一般的文职官员,今日朝见,你我须格外留心。

蒙　嘉　说得是,不知朝班两厢武士可曾聚齐?

王　贲　早已聚齐多时,武士们!

　　　　〔众武士上。

众武士　威!

王　贲　刀出鞘,弓上弦,戟擦亮,戒备严,殿下侍候,有召即刻上殿。

武士们　是!

王　贲　无有大王的传命,决不可妄动。

众武士　是!

　　　　〔蒙嘉、王贲绕场。

　　　　〔二卿、三国使臣上。

　　　　〔秦王身着绣金袍上,二侍从随上,甚是威严。

秦　王　上大夫,都尉府,今日朝服九宾,召见燕国使臣,可曾一切备齐?

蒙　嘉
王　贲　备齐多时,只候大王宣召!

秦　王　宣众卿各国使臣见驾!

蒙　嘉　众卿及各国使臣见驾。

　　　　〔二卿、三国使臣一齐朝参。

329

蒙嘉等　参见大王!

秦　王　众卿平身,蒙大夫,将燕使求见事宜备告天下。

蒙　嘉　是。各路诸侯并列国使臣,今日我主破例设早朝,乃为接纳燕太子丹派使臣献叛将樊于期的首级,割出督亢丰腴之地。举国为内臣,供职如郡县事,不知尔等意下如何?

众　　　愿闻愿见。

秦　王　宣燕国使臣上殿!

王　贲　燕国使臣上殿!

　　　　〔内三声呼。

　　　　〔音乐声中,荆轲气宇轩昂,毅然走上。

荆　轲　(唱)　肩负着太子命走上金殿,

　　　　　　　　恶森森两边厢文武朝班。

　　　　　　　　拾九级登重阙辉煌耀眼,

　　　　　　　　右虎扑左油鼎刑具森严。

　　　　〔秦舞阳上,轲对舞阳。

　　　　　　　　登金殿看眼色通权达变,

　　　　　　　　成与败全在这转瞬之间。

　　　　　　　　且记住叮嘱语灵机善断,

　　　　　　　　诛暴君报深仇解民倒悬。

　　　　〔秦舞阳点头会意。

荆　轲
秦舞阳　燕国使臣 荆　轲
　　　　　　　　　秦舞阳 参见大王。

秦　王　免!

　　　　〔王贲注视观察荆、秦二人,并搜身。

蒙　嘉　王贲啊,可曾搜到什么异物?

王　贲　无有。

蒙　嘉　不要老是疑神疑鬼的。

秦　王　二位爱卿议论什么?

蒙　嘉　经王都尉搜检,燕使臣身上未发现什么异物。

王　贲　禀大王,副使秦舞阳汗水淋淋,神色惶恐,甚是怪异,天已入秋却汗流不止。

秦　王　你道怎讲？

王　贲　必是心中有诈，护卫们与我拿下！

护　卫　啊！

荆　轲　慢，禀大王，秦舞阳乃敝国小乡之人，从未见过偌大的世面。何况今日面见天子大邦威仪，故而有点惧怕，大王勿疑，可让他近前回话。

秦　王　哼哼！王都尉，将秦舞阳关于虎栅外围。

王　贲　是！

〔二护卫带秦舞阳，秦舞阳悔愧以目视荆轲传意，顿足下。

荆　轲　（旁唱）未交战先砍掉我的右膀，

　　　　　　悔不该屈从选他见秦王。

　　　　　　怨一声太子丹心急莽撞，

　　　　　　我还要见机行颇费思量。

　　　　禀大王，我主燕丹震怖大王之威，不敢举兵，以逆军吏，愿举国为内臣，供职如郡县。只求保住先王之宗庙，恐惧不敢自陈，谨呈樊于期之头，并献上燕督亢之地图，再拜送荆轲秦舞阳于庭前，以效大王，唯大王之命。

蒙　嘉　（将函封之木匣转上）这是叛将樊于期的首级，大王请观。

秦　王　（接头一看，大笑）哈哈，樊于期啊樊于期，想不到老匹夫也会有今日，哈哈！嘿嘿。（暗窥荆轲的动态）你当年策应长安君与孤争夺王位，在赵国又与孤舅父作对，我只道你叛秦逃燕，永不回国，谁知你还是逃不出我的手掌啊！（猛喝）哇！荆轲，燕丹原本质信于秦，竟敢私自逃走，信从何来？叛将樊于期潜逃入燕，孤派人赴燕缉拿，就该乖乖交出叛贼，谁知他非但不交，竟敢把我来使哄走，今日进献樊于期人头，我来问你可是出于真心？

荆　轲	实实真心。
秦　王	可是诚意？
荆　轲	实实诚意。
秦　王	啐！分明是迫于我三十万大兵压境，并非是真心服我，你说是也不是？
荆　轲	实实不敢。
秦　王	尔进人头，分明是投我所恶，蒙我视听，暗藏杀机！

〔众皆惊，但荆轲只眼动了一动。

秦　王	伺机而行事。
蒙　嘉	王都尉，快将樊贼首级匣内搜过。
王　贲	是！（上前启封，取头并未发现什么）禀大王，除人头之外，再无他物。
荆　轲	燕乃是一本真诚，并无谋秦异心。大王，这是燕丹奉献于大王的督亢地图。
秦　王	呈上来。

（荆轲敬献，侍从递秦王，秦王展卷首，转念一思，变怒）啐！荆轲！

〔荆轲一个猛跌，倒翻虎。

秦　王	（唱）　燕太子今日献督亢，
	分明是有意哄为王。
	以小人之心度海量，
	用蝇蝇小利把机关藏。
	（众皆惊）
	不为献头为讨好，
	取信日久出暗枪。
	护卫们。（四护卫跑上）
武士们	有！（上殿）
秦　王	将荆轲架上油鼎！
护　卫	啊！

〔跑下推出油鼎，大气如烟。

〔四护卫将荆轲索绑架上油鼎，荆轲站在油鼎沿上。

荆　轲　（仰天大笑）哈哈哈哈……哈哈哈哈（笑声响彻屋宇，使秦王等发懵变呆）

秦　王　大胆的荆轲，你发笑为何？

荆　轲　哈哈哈哈……

秦　王　你笑得好！（不知所措）

荆　轲　嘿嘿嘿嘿……

秦　王　死到临头还笑什么？

荆　轲　嗨！嗨！我笑我枉长了一双眼睛，看错了大王。

秦　王　此话怎讲？

荆　轲　轲未入秦，原闻秦乃堂堂大国，礼仪之邦，大王必是胆略过人，富有海量，独具慧眼，知人善断，气度非凡，本想以命效秦，谁知今日一见嘛——

秦　王　怎么样？

荆　轲　礼仪法度不如小燕，大王的人才嘛，嘿，也不过是一个区区蚁辈，鼠目寸光，蝇营狗苟的庸碌小人，不说不如燕太子丹的大义大德……

秦　王　（发气）你……

荆　轲　（轻松地）尤其这胆吗，也就太小了。看殿前刀枪林立，武士上千，竟惧怕一个手无寸铁之人，说是各路诸侯，列国使臣，你们与我同笑了。哈哈……

　　　　〔群情骚然，议论纷纷。

秦　王　哈哈哈，（自圆其场）孤要用人，必须先知底细，刚才架你上鼎，不过试探试探，说是荆使臣，你是个好样的。放下来，快快地下来，（离座挽荆轲）让你受了一场空虚惊，酒来，与荆使臣压惊。

　　　　〔侍从斟酒递上，荆轲转让与秦王。

荆　轲　荆轲敬献大王一杯。

秦　王　（接酒，侍从递酒给荆轲）你我同饮，（饮毕）荆使臣，孤闻幽燕十六州，督亢之地最丰，太子丹他献出了能不心疼？

荆　轲　为向大王表示忠诚，他甘心情愿，只是这三十万大兵

333

压境,民心惶恐,不能久也。

秦　王　王都尉,传旨你父王翦,速命撤兵。

王　贲　是!（下）

荆　轲　禀大王,荆轲在临行之际,太子丹曾有拜托,燕秦文字不通,要与大王细细解说。

秦　王　是啊!两国文字非一体,怪不得难认要琢磨,荆上卿,你与孤展开图细讲。督亢之地,从哪里起,到哪里止是献于孤的。

荆　轲　是!大王请来上坐,听荆轲仔细地讲来。（近前展图）

（唱）　东边起尽平川渠通水畅,
　　　　西边止近百里称做粮仓。
　　　　南北更比东西长。

秦　王　好大的一片肥美土地呀!

〔荆轲继续展图,匕首现,秦王大惊。

秦　王　啊!

（唱）　却怎么匕首图内藏?

〔荆轲眼疾手快,紧抓匕首,左手抓秦王衣袖。

袖断,秦王走脱,荆轲紧追。

众　　　（惊叫）刺客!

〔官女、侍从吓得逃下,群臣吓得尽失其度,武士们未有召宣,惶急不能上殿,只是呐喊"捉拿刺客,捉拿刺客"。

〔荆轲以匕首刺秦王,秦王用手挡,二人追杀格斗。

蒙　嘉　王都尉、王贲!

〔王贲急上。

蒙　嘉　快令人上,捉刺客。

王　贲　无有大王的召宣。

夏无且　大王,快逃。

〔荆轲将秦王掣下,占了上风。

荆　轲　哪个敢上,我便是一刀。

〔众威摄。

〔夏无且一个猛不防,将药囊投向荆轲头部,荆轲一时双眼昏花,秦王起,急欲拔剑不得。

王　贲　大王,何不从背后拔剑!

秦　王　啊!对!(拔剑而出,向被击倒的荆轲砍去,断其右腿,荆轲以匕首击秦王,秦王躲闪,被削掉王冠,掷向秦王,未中,刺中铜柱,火光四溅。)

秦　王　(冷静想起)武士们上殿!

〔武士们上,乱砍荆轲。

王　贲　捉拿秦舞阳!

〔武士应声下。

秦　王　王贲,火速传命,孤要亲率六十万大兵,马踏燕国,活捉太子丹!

众　　　啊!啊!

〔荆轲居高冷笑一声,秦王惊恐不已,吓了夏无且一跳。

〔主题歌旋律再起,音乐悲壮激越,渐渐淡去,幕急闭。

——剧　终

演出单位

西安尚友社

李离伏剑

陈云程　编剧

王君秋　移植

剧情简介

晋国大夫壶颉执掌刑狱，枉杀数人，上卿李离为民请命将壶革职，李佩剑行法，并力谏晋文公铸造刑鼎"失斩当斩"。

壶颉革职返里，诬其妻与曹文丙有私，其妻和丫环逃走，被酒女营救。壶为报革职之仇，掐死酒女，返身咬下曹文丙之舌，置于酒女之口，造成假相，诱使李离错斩无辜。

李离暗访，得知错杀之罪，仗剑自刎，以身成法。

场　目

秦腔　李离伏剑　LILIFUJIAN

人 物 表

儿妻桃女士婢侍官从
童李李酒武宫内门侍
李李酒武宫内门侍
李晋张赵先狐壶壶秋曹曹
离公成衰轸偃颉妻娥丙母
文曹

李晋张赵先狐壶壶秋曹曹
离公成衰轸偃颉妻娥丙母
文曹

第一场　浩　劫

〔刑场附近。

〔幕启。阴云低垂,哭声、喊冤声四起。

〔众武士押死刑犯交叉过场。

〔又二武士押一死刑犯上。

李　离　（内喊）武—士—慢—走—

〔李离上。武士止步。

李　离　武士慢走。

武士甲　李大人,这里乃是杀人的所在,你来做甚?

李　离　哎呀武士,适才我去上朝,有人拦路喊冤。接过状子,
　　　　众多邻作证,这问斩的梁寒古,午后还在村子里助人
　　　　料理丧事,怎么可能于同一天内,又跑到二百里外作
　　　　案呢?

武士乙　这个……

武士甲　嘿嘿嘿……

李　离　你笑什么?

武士甲　李大人,我笑你少见多怪。小的在壶大人手下,哪一
　　　　天不砍三五十个头颅? 如若细查,有多少不是枉死
　　　　的?

李　离　啊?

武士甲　（推死刑犯）走!

死刑犯　（向李离）大人救命,大人救命!

李　离　武士稍待,容我禀过文公,再作发落!

武士甲　看在大人份上, 可让他多喘几口气。只是别耽搁太
　　　　久,叫壶大人知道,怪罪小的手头不利索。

〔二武士推死刑犯下。

李　离　呀——吓！

（唱）骊姬乱晋祸方了，

　　　　壶颉又举杀人刀。

　　　　似这般草菅人命行无道，

　　　　岂不又祸国殃民误当朝？

　　　　面君详把冤情告——

　　　　壶颉呀壶颉！

　　　　你执法枉法法难饶！　（下）

第二场　铸　鼎

〔武宫大殿。

〔幕启，群臣上。

赵　衰　（念）随主流亡十九春，

先　轸　（念）餐风宿露历艰辛。

狐　偃　（念）归国抓得权在手，

壶　颉　（念）嘿嘿，杀尽冤家对头人！

群　臣　（互相施礼）列位大人，请！请！

〔进殿。分立两侧。

〔内呼"内侍摆驾！"

〔少顷，内侍、宫婢拥晋文公上。

晋文公　（引子）明法典，举贤能，治国安民。（入坐）

群　臣　参见贤公。

晋文公　众卿平身。

群　臣　谢贤公。（归班）

晋文公　赵司马，今是早朝，为何不见李离？

赵　衰　禀贤公，李离一向勤于朝政，今是误班，必为国事。

晋文公	说的是。唉!
	（念）　若有李离三五个,
	何愁大晋不中兴!
	众爱卿!
群　臣	在。
晋文公	寡人归国以后,万民百姓,不知可乐业安居?
赵　衰 先　轸	这个……
狐　偃	禀贤公,俱已乐业安居。
晋文公	啊,壶大夫。
壶　颉	在。
晋文公	寡人委你执掌刑狱,民间冤案,不知可都一一昭雪?
壶　颉	禀贤公,俱已一一昭雪。
晋文公	如此寡人心安了。内侍,摆驾回宫。
李　离	（内喊）贤公——留——驾!
	（唱）　刀底救人把殿进,
	〔李离上。
李　离	参见贤公。
晋文公	平身。李大夫,今日早朝,因何误班?
李　离	哎呀,贤公啊!
	（唱）　愚臣我中途上偶遇冤情。
晋文公	（惊）什么? 我朝尚有冤情?
李　离	嗨!
	（唱）　呈本奏请贤公细察明定,
晋文公	（接看）啊!
	（唱）　果然是掌刑官乱动刀兵。
	定死罪并无有人凭物证,
	更何况时间上破绽分明。
	内侍!
内　侍	在。
晋文公	（唱）　传孤旨梁寒古斩刑休动!
	〔内侍下。

秦腔

李离伏剑

LILIFUJIAN

晋文公　壶颉！

〔壶颉跪下。

晋文公　（唱）　你为何视人命与草芥相同？

壶　颉　这……

狐　偃　禀贤公，月有阴晴圆缺，人有一时失算。执法失法，
　　　　本来就是难免的。

晋文公　（愠怒）岂有此理！

狐　偃　是。

〔内侍上。

内　侍　**回禀贤公，梁寒古已经问斩。**

晋文公　啊！

　　　　（唱）　大晋国十九年冤深重，
　　　　　　　　孤执政一心想四海升平。
　　　　　　　　哪知道旧冤未雪又添新恨——
　　　　李大夫。

李　离　在。

晋文公　（唱）　依你看执法枉法当处何刑？

李　离　贤公！

　　　　（唱）　法惩凶顽安百姓，
　　　　　　　　办案一定要严明。
　　　　　　　　人头不比山中笋，
　　　　　　　　一刀砍下难再生。

　　　　依臣看执法枉法当重惩——

晋文公　怎么惩法？

李　离　（唱）　失刑者须得问斩刑！

晋文公　武士们，与我将壶颉推出去斩了！

〔二武士上。

狐　偃　武士稍待！贤公——

　　　　（唱）　猎人难得枪枪中，
　　　　　　　　渔夫总有几网空。
　　　　　　　　执法失法是通病，

仔细追究追不清。
更何况十九载流亡生死共,
壶颉也曾立几功。
倘若失斩就偿命,
从今后谁愿执法来效忠?

晋文公 这个……
（唱） 国舅李离有争论,
倒叫寡人难适从。
不斩壶颉民冤重,
斩了壶颉又恐老臣把怨生。
转面再将众卿问——
赵司马,先将军,你们看呢?

赵 衰
先 轸 贤公——
（唱） 李离所奏臣赞同。
为官为民都是命,
失斩抵命方公平。
只是反坐无前令,
不教而诛非圣明。
这一回壶颉免死交官印,
从今后失斩一律问斩刑。

晋文公 有理。念尔壶颉,从亡人功,赦免不死,革职为民,退
下去!

壶 颉 谢贤公。 （下）

晋文公 众卿听了——
（唱） 寡人归国方执政,
安邦先要安民生。
立国应以法为重,
执法枉法法必空。
过去有错不追问,
今后失斩问斩刑。

内侍!

内　侍　在。

晋文公　（唱）　传旨与孤铸刑鼎！

内　侍　文公有旨，速铸刑鼎！

〔四武士抬刑鼎上。

晋文公　（唱）　还望众卿把誓盟。

群　臣　（跪下）臣——

赵　衰　赵衰。

狐　偃　狐偃。

先　轸　先轸。

李　离　李离。

众　臣　对天盟誓：法令如山重，执法必严明。民违法以法治，官失斩问斩刑。

晋文公　众卿平身，如此我朝有望了。李大夫！

李　离　在。

晋文公　寡人授你宝剑一口，命你执掌刑狱。今后有谁错斩无辜，你就用这口宝剑，代寡人治罪便了。

李　离　（接剑）臣遵旨。

晋文公　内侍，起驾回宫！

众　臣　送驾！

〔内侍、宫婢拥晋文公下。

狐　偃　嗨！官场本无事，庸人自扰之。列位大人仔细了。

众　臣　狐国舅保重了！

〔狐偃拂袖下。

第三场　逼　妻

〔楼台上。

〔幕启。雀噪枝头，春回陇陌。

〔壶妻临窗伫立。

〔幕后合唱：

雀噪枝头又一春，

双飞粉蝶也情深。

壶颉一去空楼阁，

独守罗帏欲断魂。

壶　妻　（缓缓转身）秋娥！

〔秋娥上。

秋　娥　在。

壶　妻　今天是什么日子了？

秋　娥　三月十八。

壶　妻　三月十八？

秋　娥　是。敢问夫人，你是不是要我陪你看看春景？

壶　妻　不看也罢，快去与我拿胭脂水粉来。

秋　娥　拿胭脂水粉？（转身）自从老爷随同晋公子重耳走，十有九载，你眉也懒得画，唇也懒得点，怎么今天要起胭脂水粉来了？

壶　妻　这个……（苦笑）丫头，你忘了这三月十八是什么日子了？

秋　娥　是……啊，我听你说过，是老爷跟随晋公子重耳出走的日子，对吧？

壶　妻　正是。

秋　娥　好，我去，我去。（欲下又转身）夫人呐，我看你还是不要梳妆打扮啰。

壶　妻　为何不要梳妆打扮？

秋　娥　当初大晋遭骊姬之乱，老爷随主流亡，这也难怪。如今晋公子已经复国，还是不见老爷回来，我看他的心啦，已经不放在你身上啰！

壶　妻　这……小小年纪，休得胡言。

秋　娥　是。　（下）

壶　妻　唉！

（唱）　　十九度花开十九度红，

　　　　　门前不见马蹄声。

　　　　　怨壶郎为觅封侯身衣锦，

　　　　　撇下我萍游浪荡杳无踪。

　　　　　他去时我似满月正芳润，

　　　　　到如今满月已残光朦胧。

　　　　　他去时我似芙蓉颜出众，

　　　　　到如今芙蓉花落叶凋零。

　　　　　形影憔悴怕对镜，

　　　　　几回梦醒几回空。

　　　　　落红呀，你随流水何须恨，

　　　　　胜似我朝朝暮暮盼重逢。

　　　　　痴心强把残容整，

　　　　　盼天涯，待旧路，

　　　　　天摇路绝，路绝天摇，

　　　　　思如芳草走悲风。

秋　娥　（捧梳妆盒上）夫人、夫人，曹乡邻来了。

壶　妻　哪个曹乡邻？

秋　娥　就是曹老太的儿子曹文丙嘛！

壶　妻　啊，他又来此做甚？

秋　娥　我没问。背着个大口袋，像是给夫人送米来的。

壶　妻　唉，三月一送柴，两月一送米，十九年来，真是难为他们一家了。

秋　娥　是啊，怎么办？到底接受还是不接受？

壶　妻　请他进来。

秋　娥　是。（对外）请曹乡邻。

〔曹文丙上。

曹文丙　（念）　壶颉一去无踪影，

　　　　　撇下妻室守清贫。

　　　　　衣食艰难谁照应？

　　　　　唉，只有穷邻惜穷邻。

见过壶夫人！

壶　妻　免礼。秋娥，快快给曹乡邻看坐。

〔秋娥搬椅。曹文丙坐下。

壶　妻　唉，曹乡邻——

（唱）　你我无故又无亲，

只是平常一乡邻。

十九年来多相赠，

疏财仗义感人深。

曹文丙　哪里，哪里！

（唱）　咫尺乡邻胜似亲，

谁家能保没艰辛？

背来斗米再相赠，

夫人不必多挂心。

壶　妻　呃呃，不用，不用！

曹文丙　为何不用？

壶　妻　我家相公已托人捎回银两了。

曹文丙　这个……壶夫人，不必相瞒，看！（取出金钗）

壶　妻　金钗？

曹文丙　是呀。听说此钗乃夫人陪嫁之物，不到万难，你是断然不会变卖的。故而我与老母商议，给你赎回金钗，送来斗米，请夫人收下勿辞。

壶　妻　这，呃，收不得，收不得！

曹文丙　为何收不得？

壶　妻　你家上有老母，妻室久病，也是贫寒得很。

曹文丙　唉，夫人所言虽是，但我乃一介男儿，奔走营生，总归要胜过你的，收下吧！

壶　妻　不能收。

曹文丙　收下吧！

壶　妻　不能……

秋　娥　夫人，既然曹乡邻一片真诚，这米我们就收下吧！

壶　妻　那金钗呢？

秋　娥	请曹乡邻送还买主,等我家老爷回来了,再赎也还不迟。
壶　妻	如此我就多谢了。(施礼)
曹文丙	如此我就告辞了。(施礼)
壶　妻	秋娥代送曹乡邻。
曹文丙	免送。(下,秋娥随下)
壶　妻	唉!
	(念)　曹邻仁义重千斤,
	相公归后当报恩。(捧梳妆盒下)
	〔壶颉上。
壶　颉	(念)　失斩革职回乡里,
	功名利禄全落空。
	呀——呸!想我壶颉,当初蒙国舅保荐,官居大夫,执掌刑狱,要逮就逮,要杀就杀,好不痛快。不料李离老儿,与我为仇,才使我落得这般下场!李离呀李离,如今你投重耳所好,险些砍了我的头颅,他日你若落在我手,我可要你知道我的厉害了!前面已是自家门口,待我上前喊来。(喊)贤妻开门!贤妻开门!
秋　娥	(内应)来啰!来啰!
	〔秋娥上。
秋　娥	(念)　后门送走曹乡邻,
	前边又有人敲门。(开门)
	〔壶颉闯入。
秋　娥	(挡住)呃呃,不能进,不能进!
壶　颉	为何不能进?
秋　娥	我家老爷在外,夫人有话,男客请在门前止步。
壶　颉	啊!小大姐,你是何人?
秋　娥	壶府的丫头。
壶　颉	如此速速报与你家夫人,就说你壶老爷回来了!
秋　娥	什么?你就是壶老爷?

壶	颉	正是。
秋	娥	好好,待我进去禀报。(边跑边喊)夫人,夫人,壶老爷回来了!
壶	妻	(浓妆艳扮上)相公哪里?
壶	颉	夫人哪里?
壶	妻	相公!(扑上)
壶	颉	夫人……(后退)哎呀呀,想她独守空帷,理应淡妆素裹,怎么这等浓妆艳扮?
壶	妻	哎呀呀,想他久别归来,理应情稠意密,怎么竟是这般冷淡?
壶 壶	颉 妻	待我将他(她)仔细问来。
壶	妻	相公。
壶	颉	夫人。
壶	妻	坐。
壶	颉	坐。
壶	妻	秋娥,速速备酒与老爷接风解困。
秋	娥	是。(下)
壶	颉	夫人,这些年在家可好?
壶	妻	好,好,一切都好,就是对相公放心不下。请问相公今日归来,为何怅惘迷离,心神不定?
壶	颉	这,呃……夫人,我有一事,不知当问不当问?
壶	妻	夫妻之间,但问无妨。
壶	颉	常言道,士为知己者死,女为悦己者容。我不在家,你为谁这般浓妆艳扮?
		〔壶妻笑。
壶	颉	你笑什么?
壶	妻	相公,你可知今天是什么日子?
壶	颉	三月十八。
壶	妻	十九年前,你是什么日子出走的?
壶	颉	三月十八日。
壶	妻	是啊。为妻自相公走后,平日都是淡妆素扮,唯独三

月十八日这天，浓妆艳扮，以示怀念，难道也不应该吗？

壶 颉 这,呃,应该,应该。如此说来,是我多疑了?

壶 妻 多疑了。

壶 颉 (笑) 哈哈哈……

壶 妻 你呀!

〔秋娥上,斟酒。

壶 颉 夫人请。

壶 妻 相公请。

壶 颉 (继续查看)夫人,你那陪嫁的金钗,乃是心爱之物,今日你既然对为夫出走表示怀念,为何不将它戴上呢?

壶 妻 这……唉,相公啊!

（唱） 提起金钗心疼坏,

实在叫我口难开。

十九春秋你在外,

家中生计谁安排。

那一日鹅毛大雪天地盖,

灶上无米灶下无柴。

我知秋娥无可奈,

只得将金钗变了钱财。

壶 颉 什么? 你把它卖了?

壶 妻 是呀,我把它卖了。

〔曹文丙上。

曹文丙 壶相公! 壶相公!

壶 颉 你是——

曹文丙 我是曹文丙,怎么? 相公不认识我了?

壶 颉 啊,认识,认识。曹乡邻,你是怎么来的?

曹文丙 适才我与夫人送米,转身出走,听得相公荣归,故而返回贺喜。(施礼)

壶 颉 (起疑)啊! 这米是你送来的?

曹文丙　（坦然地）正是。

壶　颉　（狞笑）嘿嘿，这么说来，我走之后，家中全靠你来照
　　　　应啰？

曹文丙　（憨厚地）哪里，哪里，力薄家寒，多有不周之处。

壶　颉　（拍案）大胆！适才我来敲门，秋娥尚且言讲，我不在
　　　　家，夫人有话，男客请在门前止步。你和我家非亲非
　　　　故，怎么竟然常来常往了？

曹文丙　（惧怕地）这……（金钗失手落地）

壶　颉　（抢上拾起）金钗？（转对壶妻、秋娥）好啊！适才你
　　　　等，编造谎言，欺骗与我。如今金钗怎么落到他的手
　　　　里去了？

壶　妻
秋　娥　这……

壶　颉　（突然拔剑对曹）我宰了你！

壶　妻　（拉住）相公！

壶　颉　（转身）你——

壶　妻　相公呀！
　　　　（唱）　眼前之事如幻梦，
　　　　　　　你听为妻细说清。

壶　颉　谁听你说！我只问你。我不在家，你为谁浓妆艳扮？

壶　妻　（唱）　浓妆艳扮将你等，
　　　　　　　一年一度思无穷。

壶　颉　那你为什么私赠金钗呢？

秋　娥　（唱）　金钗本非夫人赠，
　　　　　　　奴才眼见可为凭。

壶　颉　呸！
　　　　（唱）　我不是孩提难戏弄，
　　　　　　　我不是瞎眼看得清。
　　　　　　　尔等分明心相应，
　　　　　　　哪个要你来为凭！
　　　　　　　不杀奸夫怎解恨——

〔壶颉又举剑，壶妻拦住跪下，秋娥随着跪下。

353

壶　妻　相公啊!

（唱）　劝你收敛莫行凶。

妾身不是烟花女,

嫁你就得把你从。

十九年来守本分,

天可作证地为凭。

哪一日不是将你等?

哪一夜不是伴孤灯?

眼泪流干血熬尽,

指望有朝能重逢。

好容易盼到春解冻,

哪知节外又枝生?

人都说自古红颜多薄命,

我真是更比别人薄几成。

你杀为妻妻不恨,

伤害曹邻万不能!（抱住壶颉腿）

壶　颉　（用力将她踢倒)嗨!

（唱）　狗贱人叙旧情我心犹动,

为曹贼来讨饶气更难容。

分明他们情谊重!

贼子! 随我来。

（唱）　私设公堂动大刑。（拖曹文丙下）

壶　妻　（慌恐地)秋娥,快去看看!

〔秋娥下。幕后曹文丙惨叫。秋娥复上。

秋　娥　不好,夫人,老爷将曹乡邻吊打于庭柱之上,舌头都
拖到胸前来了!

壶　妻　啊! 这可怎么好?

秋　娥　快逃吧! 要不只怕他对我们也要下毒手了!

壶　妻　（掩面痛苦)天啦!

第四场　错　斩

〔二幕前。夜。

壶　妻
秋　娥　（内唱）趁黑越墙去逃难！

〔壶妻、秋娥上。

壶　颉　（喊）贱人休走！丫头休走！

壶　妻　（唱）　壶颉长嚎似虎狼。

秋　娥　（唱）　那一厢有酒店我去喊话！

夫人！

事到临头切莫慌。

（喊）酒家开门！酒家开门！

酒　女　（上）请问大姐，深更半夜，来到小店做甚？

秋　娥　哎呀，酒家有所不知，我家老爷，追杀我和我家夫人
来了！

酒　女　啊！你家老爷是谁？

秋　娥　东村壶颉。

酒　女　壶颉？他不是在外流亡吗？

秋　娥　是啊。今日才返家门，就说我家夫人和曹乡邻私通，
将曹乡邻吊打于庭柱之上，又逼着我们招认。我们
不肯，他又狠下毒手。故而待夜深人静，我们逃出来
了。

酒　女　嗨！这个壶颉，真比蛇蝎还毒。快进小店暂避。

壶　妻
秋　娥　谢酒家。（欲下）

酒　女　（走几步猛回头）哎呀，不可！

壶　妻
秋　娥　为何不可？

酒　女	那壶颉乃凶恶之辈。他若追来,不见你等,定要闯进小店。如此不仅你等难保,连我也要遭殃了。
壶　妻 秋　娥	这……
酒　女	快逃吧!
壶　妻	酒家,我等乃是女流,又遭毒打,实实难以逃走。你若不肯相助,我等只有在此等死了!(跪下)
酒　女	呃呃,请起,请起! 这便怎好?
壶　颉	(幕后)贱人休走! 丫头休走!

〔壶妻、秋娥慌作一团。

酒　女	啊,有了。那边有一池塘,你二人假作投水,将鞋脱了下来,让我诳他回转。
壶　妻 秋　娥	(脱鞋)如此多谢酒家了。(施礼)
酒　女	唉,快走,快走!

〔壶妻、秋娥下。

〔壶颉上。

壶　颉	贱人休走,丫头休走!
酒　女	呃,救人啦,救人啦!(故意与壶颉相撞)
壶　颉	(凶恶地)你嚷什么?
酒　女	哎呀,相公,那边有人跳水了!
壶　颉	啊! 什么人?
酒　女	不知道。我在河边拾起绣花鞋两双,请相公拿去观看。
壶　颉	(接看)啊,果是两双女鞋,待我回去收拾曹贼便了。 (欲下,想想又转身)哎呀,不可轻信,须得亲自看过。
酒　女	相公,哪里去?
壶　颉	河边觅尸去者! (下)
酒　女	啊! 他若觅尸不见,岂不对我生疑?(想了想)啊,有了。常言道,做贼心虚,我何不将他吓走呢?(对内)喂! 相公,你去河边觅尸! 京都李大夫来绵上查案,我这就向他报案去了!
壶　颉	(急上)什么? 你说什么?
酒　女	京都李大夫来绵上查案,我这就向他报案去了。

（下）

壶颉 啊？这真叫冤家路窄。如今已被李离查得革职还乡，又伤人命，岂不是头颅难保吗？这……哼！想这深夜寂静，四野无人，我何不一不做，二不休，将这酒女掐死，转身再咬下曹文丙的舌头，扯下曹文丙的衣襟，置于这酒女口中手内，造个假案，诱他李离犯一个失斩之罪呢？（对内）女子回来！女子回来！

〔酒女上。

酒 女 相公何事？

壶 颉 请问酒女，家中尚有何人？我要进去稍坐。

酒 女 哎呀相公，我家丈夫早死，一个婆婆，昨日上姑娘家去了。

壶 颉 我掐死你！（扑上，推酒女下）

〔二幕开。绵上衙内。

〔李离、张成在翻阅案卷。幕后一片喊冤声。

李 离 唉！

（念） 死者固凄凄，

生者更戚戚。

悲状不忍言，

流离鬼神哭。

张成！

张 成 老恩师。

李 离 你去外厢走走，看那些含冤申诉之人，衣食可曾——安顿。

张 成 是。 （下）

李 离 嗨！

（唱） 奉旨绵上访冤情，

耳闻目睹实心惊。

恨壶颉执法枉法常偏听，

下效上乱判乱斩竟成风。

多少无辜遭不幸，

怨声载道恨无穷。

似这民心怎能得安定？

冤狱不平国难平。

〔童儿上。

童　儿　启禀老爷，外面壶颉求见。

李　离　啊！他来做甚？

童　儿　小的不曾问得。

李　离　（沉思片刻）叫他进来。

童　儿　是。（对外）老爷叫壶颉进来！　（下）

〔壶颉上。

壶　颉　（念）　作案酒家里，

诱判进衙门。

见过李大人！

李　离　免礼，一旁有坐。

壶　颉　谢坐。

李　离　壶颉。

壶　颉　在。

李　离　你革职回乡，不知对我可怀怨恨？

壶　颉　哪里，哪里！大人执法如山，我咎由自取，后悔也是
莫及的了。

李　离　人非圣贤，孰能无过。文公惜才爱士，只要知错
能改，日后还会起用。

壶　颉　（拱手）那就仰仗大人扶助了。

〔张成上。

张　成　启禀恩师，地方官吏禀报，杏花酒店，有一女子被掐
死！

李　离　啊！

壶　颉　（故作吃惊）啊！太平天下，竟有此等怪事？

李　离　凶手可曾拿到？

张　成　不曾拿到。

壶　颉　（起身）李大人，你有公案，在下我就告辞了。

李　离	稍坐,稍坐。(转向张成)现场可曾破坏?
张　成	已遭破坏。
李　离	有无可疑之点?
张　成	死者之口,含有舌头半截。
李　离	死者之口,含有舌头半截?
张　成	是。
壶　颉	哎呀!李大人,这莫非是奸情案?(李离不语)
张　成	何以见得?
颉　壶	想那凶手,一定是寻酒女调情,酒女不肯,咬了他的舌头,他便顿起杀心,活活将酒女掐死。
张　成	这个……对对对,有理,有理。只是不知此案应该怎样破法?
壶　颉	那也不难,传令武士,遍查三乡五里,有谁断了舌头拿他归案,也就是了。
张　成	高见,高见。武士们!
武　士	(上)喳!
张　成	给我去拿断舌头的!
李　离	慢。
张　成	恩师有何吩咐?
李　离	人命关天,不能如此草率。
张　成	恩师之见?
李　离	你应亲去酒店,从酒女内取出舌头,再看有无其他物证。
张　成	是。(下,武士自另一边下)
壶　颉	李大人,你掌握刑狱,真是慎之又慎,如若我当初能效大人于万一,也不致犯失斩之罪。告辞了。
李　离	不送了。
	〔壶颉下。
李　离	童儿,再给我送些案卷来。
	〔童儿上复下。李离继续翻阅案卷。
	〔张成上。

359

张　成	死者手里,有破碎衣襟一片。
李　离	(接看)啊,这一定是他们争扯之际,死者从凶手的身上撕下来的,武士们!

〔武士上。

武　士	喳!
李　离	带了舌头、物证,与我捉拿凶手!
武　士	喳!(下)
李　离	(突然晃了几下)哎呀呀,我这头昏得很!
张　成	恩师日夜操劳,回房歇息去吧。(扶李离下)

第五场　起　疑

〔二幕前。壶妻、秋娥上。

秋　娥	(念)　壶颉心肠狠,
壶　妻	(念)　无故害曹邻。
秋　娥	(念)　若非酒女救,
壶　妻	(念)　我等命难存。
秋　娥	唉,夫人,你那浑身伤痛,可曾好转?
壶　妻	不曾好转。
秋　娥	我俩投奔何处?
壶　妻	听说京都李大人来绵上查案,我等寻他鸣冤去吧!
秋　娥	如此便走。
壶　妻	走。

〔二武士押曹文丙过场。

秋　娥	夫人,你看那死刑犯是谁?
壶　妻	唉,自身难保,不去管他也罢!
秋　娥	要管,要管,我看那就是曹乡邻曹文丙!
壶　妻	什么? 曹乡邻曹文丙?

秋　娥　呃。

壶　妻　快去探听探听。

秋　娥　是。（下）

壶　妻　这便怎好？曹乡邻上有老母，妻室久病，如若被害，这，这一家可就难有活路了。

〔秋娥上。

秋　娥　夫人！夫人……

壶　妻　怎么样？

秋　娥　正是曹乡邻！

壶　妻　啊！我们速速去找京都李大人申冤！（欲下）

秋　娥　呃，不可，不可！

壶　妻　为何不可？

秋　娥　听说此案正是李大人所判！

壶　妻　这……（哭）天啦！曹乡邻为我遭灾，鸣冤不成，我只有以死相报了！（欲自尽）

秋　娥　夫人，夫人，你死不得，你死不得。

壶　妻　为何死又死不得？

秋　娥　想那曹乡邻冤情深重，你我无故遭殃，此仇一定要报。倘若人死口灭，那伤天害理的壶颉，不就逍遥法外了吗？

壶　妻　这……你说的倒也有理。只是你我已是无家之人，不知道何处安身？

秋　娥　那也不怕。你我有胳膊有腿，远走他乡，帮工糊口便了。

壶　妻　那我可就要拖累于你。

秋　娥　夫人说哪里话来，知恩当报，想我七岁丧父，九岁丧母，若非夫人收养，也难以活到今日。

壶　妻　唉！

（念）　贫贱恩谊重，

　　　　富贵寡人情。

秋娥，你我帮工糊口，但不知怎样相称？

秋　娥　自然是主仆相称。

361

壶　妻　唉,想你一向聪明,怎么这倒糊涂起来了。

秋　娥　为何我也糊涂起来了?

壶　妻　世间之上,哪有主仆同去帮工之理?

秋　娥　这个……依夫人之见呢?

壶　妻　姐妹相称。

秋　娥　姐妹相称? 如此请姐姐受我一拜。

壶　妻　不,妹妹当受我一拜。(施礼)

秋　娥　(拦住)好好,免了,免了,我俩都免了! 姐姐,我们走
　　　　吧!

壶　妻　走!
　　　　〔二幕开。李府。
　　　　〔李离上。童儿随上。

李　离　(念)　奉旨绵上行,
　　　　　　　　民冤似海深,
　　　　　　　　平冤护国法,
　　　　　　　　万众颂君恩。

童　儿　(对内)夫人,老爷回来了。
　　　　〔李妻、李桃、李杏上。

李　桃
李　杏　爹爹! 爹爹!

李　妻　见过夫君。(施礼)

李　离　免礼,坐。我儿李杏,这几日读书可还用功?

李　妻　也还用功。

李　离　我女李桃,这几日绣花可有长进?

李　妻　也有长进。

李　离　如此便好,回房用功去吧。

李　桃
李　杏　谢爹爹。(下,童儿随下)

李　妻　夫君,此番绵上查案,不知有无冤情?

李　离　唉,民冤深重,错判错斩,多如牛毛。

李　妻　夫君打算怎样处置?

李　离　文公已铸刑鼎,过去有错,从轻发落,往后失刑则刑,

失斩则斩。

李　妻　（惊）什么？往后失刑则刑，失斩则斩？

李　离　是。

李　妻　朝廷众臣，不知可都赞助？

李　离　大都赞助。

李　妻　无人异议？

李　离　唯有国舅从中作梗，因有文公明断，他也无可奈何。

李　妻　我看你就依了国舅也罢。

李　离　（惊）什么？

李　妻　夫君啊！

　　　　（唱）　你若头上无前程，

　　　　　　　铸鼎明法我赞同。

　　　　　　　民间冤案难言尽，

　　　　　　　到处可闻哀怨声。

　　　　　　　现如今你已把狱官任，

　　　　　　　就该三思而后行。

　　　　　　　倘若失斩当追问，

　　　　　　　怕你后患也无穷。

李　离　这个……

　　　　（唱）　爱妻出语道真情，

　　　　　　　李离听后心暗惊。

　　　　　　　怪道国舅要作梗，

　　　　　　　官民利害两难容。

　　　　夫人啦！

　　　　（唱）　你爱为夫情义重，

　　　　　　　只是心田没摆平。

　　　　　　　谁人不把儿女宠？

　　　　　　　谁家没有夫妻情？

　　　　　　　倘若失斩不追问，

　　　　　　　多少夫妻恨无穷？

李　妻　如此说来，你是力主失斩当斩？

李 离	一定要失斩当斩!
李 妻	那你往后办案可得仔细了。
李 离	文公铸此刑鼎,为的就是要执法者办案都得仔细。
	〔童儿上。
童 儿	启禀老爷、夫人,外面有一姐一妹,腹空衣薄,甚是可怜。
李 离	啊,夫人,有无细碎银两?
李 妻	有。
李 离	快快拿与童儿,送与那一姐一妹,打发她们去吧!
童 儿	老爷、夫人,那一姐一妹,并非乞讨,是寻人帮工来的。
李 离	什么? 寻人帮工来的?
童 儿	是。
李 离	人品可还端正?
童 儿	也还端正。
李 离	样子可算忠厚?
童 儿	也算忠厚。
李 离	夫人,想我朝政繁忙,你操持家务,也需有个帮手,就收下这一姐妹怎样?
李 妻	如此甚好。童儿!
童 儿	在。
李 妻	快喊那一姐一妹进来。
童 儿	(对外)一姐一妹进来!
	〔内应:“来了”。壶妻、秋娥上。
壶 妻	(念) 离了绵上地,
秋 娥	(念) 来到亚都城。
壶妻 秋娥	老爷、太太万福。(施礼)
李 妻	罢了。
壶妻 秋娥	谢太太。
李 离	童儿,这一姐一妹,家住哪里? 因何外出帮工?
壶 妻	这个……
童 儿	禀老爷,小的不曾问得。

秋　娥　老爷呀!

　　　　（唱）　家住绵上小山冲,
　　　　　　　　自幼随姐学蚕耕。
　　　　　　　　姐夫早亡家财尽,
　　　　　　　　只得外出另谋生。

李　妻　如此说来,你们是命苦的了?

壶　妻　（哭）实在是命苦得很啰。

李　妻　童儿,将这一姐一妹,带到下房歇息去吧。

童　儿　是。

　　　　〔童儿、李妻、秋娥同下。

李　离　夫人,你看这一姐一妹,长得可是相像?

李　妻　（回忆）呃,不像,不像。一个高,一个矮,一个眉重如
　　　　浓墨,一个眉淡轻云。不过这姐妹不像,也是有的。

李　离　你再想想,这一姐一妹,言谈举止,可是一样?

李　妻　（回忆）呃,不一样,不一样。一个文静,一个粗俗;一
　　　　个像名门少妇,一个像官府丫头。不过这百人百性,
　　　　姐妹各异,也并不足为怪。

李　离　夫人大意了。常言道,一娘养九种,九种不像娘,姐
　　　　妹差异,自是有的。可这异是同中异,异中必有同。
　　　　像这样天地悬殊,文野各别,却号称姐妹同行,其中
　　　　必有缘故。

李　妻　如此说来,夫君你要盘问了?

李　离　自当盘问。

李　妻　童儿,快喊一姐一妹进来。

童　儿　（幕后）一姐一妹进来。

　　　　〔童儿、壶妻、秋娥上。

壶　妻
秋　娥　见过老爷、太太。（施礼）

李　离　罢了。童儿,看座。

秋　娥　老爷、太太在此,哪有奴婢的座位?

李　离　但坐无妨。

秋　娥　谢坐。（拉壶妻,壶妻跟着施礼）

李　离	一姐一妹。
壶妻 秋娥	在。
李　离	适才听得你们言讲,乃是绵上人氏?
壶妻 秋娥	正是绵上人氏。
李　离	既是绵上人氏,那里有一奇闻,不知你们可曾听得?
秋　娥	禀老爷,绵上奇闻多得很,不知老爷问的哪一起?
李　离	听了——
	（唱）　绵上有个曹文丙, 　　　　年过四十爱钗裙。 　　　　那日夜半起兽性, 　　　　偷偷摸进酒家门。 　　　　强逼酒女与共枕, 　　　　酒女宁死不失身。 　　　　咬下曹儿舌一寸, 　　　　曹儿一怒起杀心。 　　　　掐死酒女就逃遁, 　　　　此事你们可耳闻?
壶　妻	这个……
秋　娥	禀老爷,奴婢也曾听得。
李　离	（唱）　案发之后四乡动, 　　　　告到都城李大人。 　　　　现场取了赃和证, 　　　　查对无讹判了刑。 　　　　斩了曹儿示乡众, 　　　　葬了酒女表坚贞。 　　　　此案办得也干净, 　　　　不知可能服人心?
秋　娥	这,呃……
壶　妻	（禁不住哭喊）冤枉啊!
李　离	（惊）怎么,你那民间女子,为何喊起冤枉来了?
秋　娥	（抱住壶妻）夫人,夫人……

李　离	啊！你那民间女子,原说是一姐一妹,怎么又主仆相称了？
秋　娥	这个……
李　离	快快从实讲来！
壶　妻	老爷呀！（跪下。秋娥随着跪下）
	（唱）　民女本出良家门,
	自幼与曹家俩为邻。
	长大凭媒嫁壶姓,
	嫁壶随壶无二心。
	哪知壶颉少情分,
李　离	什么？你就是壶颉的妻子？
壶　妻	是。
李　离	讲,往下讲！
壶　妻	（唱）　婚配不久别家门。
	一十九年无音讯,
	撇下奴家守清贫。
	那日柴空米也尽,
	我将金钗换纹银。
	曹邻得知善心动,
	赎钗赠米济艰辛。
	此恩此谊比山重,
	壶颉归来起疑心。
	他说我私通曹邻有赃证,
	反把恩人当仇人。
李　离	啊？他此后对曹文丙怎么样了？
壶　妻	（唱）　私设公堂用重刑,
	打得肉绽鲜血淋。
李　离	那曹文丙的舌头怎么又落入酒女的口里去了？
秋　娥	老爷呀！
	（唱）　曹邻伤重几欲死,
	怎么夜闯酒家门？

秦腔
李离伏剑
LILIFUJIAN

　　　　　　　壶颉分明是移赃证，

　　　　　　　诱惑昏官错杀人。

李　离　　啊！（昏倒）

李　妻　　夫君……

童　儿　　李大人……

　　　　　〔壶颉妻沉浸在痛苦中，没有发觉。

壶　妻　　（唱）　此案怎能说公正？

　　　　　　　　　民间的冤案谁能申？

秋　娥　　夫人，快走，快走！

壶　妻　　怎么了？

秋　娥　　那就是错斩曹乡邻的李大人！

壶　妻　　啊！

　　　　　〔壶妻、秋娥逃下。

　　　　　〔李离苏醒。

李　离　　哎呀呀，哎呀呀！

李　妻　　夫君……

童　儿　　老爷……

李　离　　（顿足）嗨！

　　　　　（唱）　我好悔来我好恨，

　　　　　　　　　壶贼诱我失斩刑。

　　　　　不，还是我粗心大意把祸生。

　　　　　〔幕后伴唱：心绞痛，泪盈盈，人已斩，后悔空。

李　离　　（唱）　再把壶妻仔细问，

　　　　　　　　　壶妻过来！壶妻过来！

童　儿　　禀老爷，她们已经逃走了。

李　离　　啊？速速与我备马！

李　妻　　夫君要干什么？

李　离　　（唱）　再去绵上访冤情。

第六场　代　状

〔曹宅。

〔幕启：风雪交加，曹母自宅内走出。

曹　母　（唱）　天已晚，雪纷纷，

走一步，哭一声，

一声一步，一步一声，

我摸出了柴门。

我的儿曹文丙为人端正，

众乡邻皆知他是守法的良民。

都因为贼壶颉心肠歹狠，

勾结了糊涂官杀了儿身。

我儿媳久卧床生灾害病，

闻凶讯更悲切命也归阴。

撇下我瞎眼娘谁来照应？

衣无着食无源釜底无薪。

当官的你也把父母供奉，

掌刑的你也有子子孙孙。

在家里你也知骨肉情重，

为什么对别人昧却良心？

不执法你就是衣兽冠禽，

苍天爷若有眼就该显灵。

灭尽那人世间枉法的官绅，

来到小河边水已结冻。

（俯身汲水）

唉！

（唱）舀也舀不起，

来去是空盆。

冻坏了两只手，

冻缩了一颗心。

儿啊，为娘喊你你不应，

可知我汲水多艰辛！

〔摸索，跌入河中。壶妻、秋娥上。

壶　妻　（唱）　你拉我的手，

秋　娥　（唱）　我扶你的身。

壶　妻　（唱）　衣单难御寒，

秋　娥　（唱）　腹空把雪吞。

壶　妻　（唱）　天啦，我骂你虽高不公正，

为什么偏欺绝路人？

唉！秋娥，前面是什么所在？

秋　娥　雪压冰封，我也辨不清了。

壶　妻　那就歇息歇息再走吧！

秋　娥　也是。（二人相依坐下）

壶　妻　唉！秋娥，想那李大人，看来倒也是善良，怎么办起案子，这般的糊涂草率？

秋　娥　禀夫人，凡属为官，多常自信。加之壶颉计巧，舌证无讹，怎能不叫他一时上当？

壶　妻　如若我等不走，在他得知冤情之后，不知该怎么样？

秋　娥　清官能纠别人案，自己错了改也难。如若我们不走，只怕他要杀人灭口了。

壶　妻　也是。唉，如今你我帮工不成，回家不得，怎么是好？

秋　娥　这个……我也没有主意，只好边走边看了。

〔幕后曹母声："文——丙——我儿！我——儿——文——丙——！"

秋　娥　夫人，你可听得，在那小河中，有人喊叫？

壶　妻　不曾听得。

〔幕后曹母又喊。

壶　妻　啊,听得了,听得了,想必是有人落水!

秋　娥　待我前去相救。

壶　妻　哎呀,且慢。想那河上结冰,冰上积雪,你是怎么救得?

秋　娥　这个……啊,有了。我这里有丝带一根,我执一端,你执一端,待我下得河去,你给我拽将下来,也就是了。

壶　妻　如此方妥。

〔秋娥探水下。少顷,壶妻拽秋娥,秋娥拽曹母上。

壶　妻　请问老太,家住哪里?深更雪夜来到河边做甚?

曹　母　哎,我家就在对面,到此汲水来的。

秋　娥　少说,少说,快快扶老太进屋!

〔秋娥、壶妻扶曹母至门边。

壶　妻　(惊)哎呀,这不是曹氏家门吗?

曹　母　正是,恩人,你是怎么认识我家的?

壶　妻　呃呃,不认识,不认识!(轻声)秋娥,我们快走吧!

秋　娥　走。老太太,我们告辞了。

曹　母　(拉住)走不得,走不得!想你们救我一命,老妇虽无以相报,也该留住一宿才是。

壶　妻
秋　娥　一定要走。

曹　母　一定要留。

壶　妻　这便怎好?

秋　娥　(指曹母的瞎眼)我看留住一宿,明早再走,也是无妨。

壶　妻　那就打搅老太了。

曹　母　请。

〔曹母将壶妻、秋娥送入内房。

李　离　(内唱)马蹄踏雪如玉碎,

〔李离、童儿微服上。

李　离　(接唱)哪管它风狂地冻白絮纷飞。

大雪呀大雪!

(唱)　你能遮百里地千重山万重水,

371

怎遮得人世间冤狱生悲？

好男儿知有错改正无畏，

虽一死也落得青史名垂。

来到了曹宅前翻下马背，

童儿！

童　儿	在。
李　离	与我上前叩门去者！
童　儿	是。
李　离	（唱）主仆双双访柴扉。
童　儿	施主行善，过路人求助来也！
曹　母	（自房内出）唉，过路人，像我这样人家，还要行善做甚？求助你们到官府去求吧。
童　儿	这……
李　离	老施主，纵然你不肯相助，这雪夜风大，也该让我们进去稍坐。
曹　母	如此你们请进。（开门）
李离童儿	（进屋）谢施主。
李　离	唉，老施主，听你刚才的口气，难道对行善有什么抱怨不成？
曹　母	老妇怎敢？只是我助了一生的人，行了一生的善，到头来还落得这般光景，真叫我心寒意冷啊！
李　离	啊。神佑万民，不周之处，也是有的。请问施主，你家有何不幸？
曹　母	不讲也罢。
李　离	一定请讲。
曹　母	如此你就听了——

（唱）天茫茫，地无垠，

不知这天地间可有神明？

十八岁与曹门结成秦晋，

年二十人未老夫死家倾。

带着了文丙儿不离形影，

泪伴乳乳伴泪苦度春冬。
我教儿成人后安守本分，
我盼儿成人后接代传宗。
文丙儿也算得温良孝顺，
与邻舍从未有唇舌之争。
那一日过店铺听人谈论，
壶氏妻将金钗卖与店东。
回家来他与我当面商定，
赎金钗赠斗米行善济穷。
儿走后我倚门将他久等，
夜过半人归来舌断心惊。
我本当找壶家当面理论，
哪知道计中有计祸起凭空。
杏花店有酒女被人害命，
我的儿断舌头在她口中。
京都城来了个李离审讯，
对了舌，定了案，问了我儿斩刑。
人世间哪还有是非公正？
奸得福忠得祸冤屈难鸣。
违法者任逍遥裘衣红顶，
枉法者踩着人头步步高升。
生不得将李离、壶颉拿问，
入地狱我也要拼死相争。
诉苦情诉得我唇焦舌硬，

李　离　童儿，快快与老太拿水！
曹　母　唉！
　　　　（唱）　丙儿死我家里水也常空。
童　儿　我去挑。　（下）
李　离　（唱）　听曹母诉冤情满腔悲痛，
　　　　　　　她怎知我就是杀子仇人！
　　　　　　　冤有头债有自主当认领，

哎呀，不可！

（唱） 官阶露只怕她怯胆慌神。

老太太！

（唱） 你家里既然是冤狱深重，

　　　　为什么不上告空自呻吟？

曹　母　告？上哪里去告？

李　离　进都面主啊。

曹　母　唉，不成，不成！

李　离　为何不成？

曹　母　想那李离，乃当今的宠臣，我区区老妇，能将他撼动吗？

李　离　这个……老太太，在下有一主意，不知可用不可用？

曹　母　什么主意？

李　离　在下路过京都，听得有人言讲，那李离与国舅不睦，你若去寻国舅，不是一告便准吗？

曹　母　此话当真？

李　离　当真。

曹　母　不假？

李　离　不假。

曹　母　那我一定去告！

李　离　自当去告。常言道，路见不平事，也要鸣不平。我这里有纹银五两，赠与老太作盘缠之用吧。

曹　母　那就多谢了。

　　　　〔童儿挑水上。

曹　母　唉，不成，不成，还是不成。

李　离　怎么还是不成？

曹　母　老妇即使冒死前去，可李离官高，又有谁敢为我代写状子呢？

李　离　这个……童儿，拿笔砚来。

　　　　〔童儿将笔砚奉上。李离撕下衣襟作纸。

童　儿　老太太，油灯哪里？

曹　母　唉，家里水都没有，哪里还有油点灯呢？

李　离　童儿，外面雪光怎样？

童　儿　雪光耀眼，雪住天晴，月雪相辉。

李　离　如此开门，让我借助雪光，代为书状便了！

童　儿　是。（开门，李离提笔书状）

李　离　（唱）　月雪相辉光满门，

　　　　　　　　李离书状告自身。

　　　　　　　　上写道壶颉心肠蛇蝎狠，

　　　　　　　　移赃作案诬好人。

　　　　　　　　半截舌头两条命，

　　　　　　　　目无法纪藐当今。

　　　　　　　　下写道昏官李离不谨慎，

　　　　　　　　玩忽职守负君恩。

　　　　　　　　执法枉法实可恨，

　　　　　　　　助纣为虐乱弹琴。

　　　　　　　　要斩壶颉来示众，

　　　　　　　　要杀李离慰亡魂。

　　　　　　　　伸张法纪为官训，

　　　　　　　　平雪民冤海洋深。

　　　　　　　　状子书完神方定，

　　　　　　　　心底无私敢面君。

　　　　老太太，状子藏好，速速进都，在下我就告辞
　　　　了。

曹　母　**不送了。**（李离、童儿下）唉，天底下到底还有好人。
　　　　〔壶妻自内哭喊出，秋娥随出。

壶　妻　老恩母！

曹　母　你是？

壶　妻　罪人壶妻。（跪下）

曹　母　什么？

壶　妻　罪人壶妻。

曹　母　你，你，你……我与你拼了！

秋　娥　（也跪下）老太太，不能错怪，壶颉害了曹乡邻，也将
　　　　我们逼得逃出来了！

曹　母　哎，这个壶颉，真是绝灭人性，罪不容诛！

壶　妻　老恩母，曹乡邻为我受害，你就收下我作义女。从今
　　　　往后，我代替他伺候你老人家吧！

曹　母　如此快起，明天一早，随我进都告状去。

壶　妻
秋　娥　是。

第七场　闹　府

〔国舅府。

〔二幕开。狐偃上。

狐　偃　（唱）　身居国舅府，
　　　　　　　　权势本无边。
　　　　　　　　刑鼎铸成后，
　　　　　　　　坐卧心不安。

　　　　唉，想我狐偃，官居极品，威盖当朝，好不自在。无奈
　　　　李离动本，文公准奏，革了壶颉，铸了刑鼎，致使我举
　　　　步艰难，手足如缚，实是可恼！

门　官　报，外面壶颉求见。

狐　偃　他来做甚？

门　官　国舅请看，这里有密简一封。

狐　偃　（接看）啊？这个壶颉，革职之后，竟还是如此的糊
　　　　涂！吩咐后堂，备酒相会。

门　官　是。　（下）

〔侍从领曹母、壶妻、秋娥上。

曹　母
壶　妻　冤枉啦！冤枉啦！
秋　娥

狐　偃　啊！胆大的奴才，未曾禀报，怎么将这伙民女引进来了！

侍　从　禀国舅，民女冤情深重。

狐　偃　有冤去找李离，本府不理民事。

曹　母　民妇状告李离！

狐　偃　什么？

侍　从　（接过状子）国舅请看。

狐　偃　啊！尔等民女，状上所奏，可都是实？

曹　母　句句是实。

狐　偃　（拍案）大胆！狱官李离，深明法典，处刑谨慎，他会错斩吗？

曹　母　这……

狐　偃　武士们！

武　士　喳！

狐　偃　此伙刁民，分明是谎报冤情，诬陷忠良，与我轰了出去！

侍　从　（耳语）国舅，想那李离，素来与你不和，你畏他如虎，今民女前来告状，此乃天赐良机，国舅何不面奏文公，问他一个失斩之罪呢？

狐　偃　嗯——小人见识。我与李离，虽说不和，但都是朝廷命官，应相维护，况刑鼎虽铸，杀戒未开，如果问了李离失斩之罪，我等今后，不也难逃法网吗？

侍　从　大人远虑。

狐　偃　快快与我将刁民轰了出去！

侍　从　是。武士们！

武　士　喳！

侍　从　拳打脚踢，将刁民轰了出去！

〔武士毒打曹等。曹等高呼："冤枉！"

〔内呼："住手！"

〔李离急上。童儿随上。

狐　偃　（起身）李大人，失迎了！

秦腔
李离伏剑
LILIFUJIAN

李　离　狐国舅，莽撞了！请问国舅，毒打这民间女子，为了何事？

狐　偃　这个嘛？你看。（递过状子）

李　离　（念）"状告狱官李离……"

狐　偃　（讨好地）嘿嘿，这伙刁民，寻事生非。可惜他们跑错了门楼，告到我这里来了。武士们，再与我打！

李　离　呃！不能打，不能打！

狐　偃　为何不能打？

李　离　想这民妇，既有状子，就该查处才是。

狐　偃　（旁白）嘿嘿，他倒装起正经来了！

李　离　（旁白）哎呀，我这一着又失算了！（转身）狐国舅！

狐　偃　李大人！

李　离　这张状子，你究竟受理还是不受理？

狐　偃　自当不予受理。

李　离　那我就收下了？

狐　偃　这……听便，听便。

李　离　人我就带走了？

狐　偃　好，随意，随意。

李　离　（对曹母）老妇人请起。

曹　母　（问壶妻）女儿，他是何人？

李　离　狱官李离。

曹　母　啊！（站起）李离贼子，要杀便杀，谁跟你走！

狐　偃　大胆！给我狠狠地打！

李　离　呃，打不得，打不得！（拉曹母至旁边）老夫人，我就是雪夜过路人。

曹　母　啊？雪夜的过路之人？

李　离　走，我带你进殿去吧。（领曹等下）

狐　偃　侍儿！

侍　从　在！

狐　偃　速速传壶颉后堂议事。

侍　从　是。　（下）

第八场 请 斩

〔二幕前。

李　离　（内唱）戴罪请斩把朝上！

〔李离上。童儿率曹母、壶妻、秋娥随上。

李　离　（接唱）英雄汉有错敢当决不傍徨。

堪笑那狐国舅循私偏袒，

不受告我面君亲奏文章。

老夫人！

（唱）　公堂上你应该理直气壮，

该骂的骂该顶的顶莫畏强梁。

曹　母　是。

李　离　（唱）　呼童儿带原告暂且退下。

壶　颉　（幕后）李离慢走！

〔壶颉上。

壶　颉　（唱）　快还我丫环女壶氏妻房！

（拔剑对壶妻、秋娥）贱人，丫头，还不速速与我回去！

李　离　嘿嘿，壶颉呀壶颉，事到如今，恐怕由不得你了。

壶　颉　李大人，你待怎讲？

李　离　事到如今，恐怕由不得你了！

壶　颉　嘿嘿嘿……

李　离　你笑什么？

壶　颉　我笑你李离老儿，你不知你壶大爷的底细！想我当初随重耳流亡，鸡也偷得，狗也摸得，连死也不曾怕得，你若与我相安无事，也就罢了——

李　离　倘若不与你相安无事呢？

壶 颉	我固然难免一死,可你也要问一个失斩当斩之罪哟!
众	啊!
李 离	哈哈哈,哈哈哈……
壶 颉	你笑什么?
李 离	我笑你壶颉无赖,还不知我李某人的脾气,想我任狱官以后,苦也吃得,命也舍得,就是这护法的决心动摇不得!(击鼓三通)武士们!
武 士	喳!
李 离	与我将壶颉锁了!

〔武士锁壶颉下。

〔李离、童儿及曹母等随下。

〔二幕开。武官大殿。

〔内侍、宫女拥晋文公上。

〔群臣上。

群 臣	参见贤公。
晋文公	众卿平身。
群 臣	谢贤公。
晋文公	适才何人击鼓?
李 离	臣李离。有几个民间女子,冤情深重,进都告状来了。
晋文公	啊。李爱卿,寡人委你执掌刑狱,民间有甚冤屈,你依法论处,也就是了。
李 离	禀贤公,这个案子,干系重大,微臣处理它不得。
晋文公	啊!有状无状?
李 离	有状。(呈上)
晋文公	(念)"状告李离、壶颉……"啊?
李 离	请贤公再往下看。
晋文公	(念)"……壶颉凶顽,诬其妻与曹文丙私通,将曹吊打于庭柱之上,又逼其妻招认,其妻不肯,深夜偕丫环潜逃。壶颉追赶,其妻及丫环幸得酒女搭救。壶颉恐酒女告发,将酒女掐死,返身又咬下曹文丙的舌头,置于酒女口中。案发之后,狱案李离,查得杏花

酒店女子口内多了半截舌头,以舌头对舌头,据舌头而定罪,错斩了曹文丙……"啊!带壶颉!

内　侍　带——壶——颉——

　　　　〔二武士押壶颉上。

晋文公　胆大的壶颉,寡人念你从亡有功,恕了你失斩当斩之罪。谁知你不思悔改,还乡以后,又造冤孽,实是可恼!

壶　颉　禀贤公,愚臣免死回乡,本思图报。奈因臣妻与曹文丙私通,故而一怒之下,作了此案。

晋文公　啊?李爱卿,原告哪里?

李　离　外厢等候。

晋文公　传原告上来!

内　侍　传原告上来!

　　　　〔曹母、壶妻、秋娥上。

曹　母　拜见贤公。

晋文公　尔等何人?

壶　妻　民女乃壶颉之妻。

秋　娥　民女乃壶家奴婢。

曹　母　老妇乃曹文丙之母。

晋文公　壶妻听了,壶颉有辩,言你和曹文丙私通,有无此事?

壶　妻　禀贤公,并无此事。

壶　颉　有的!

秋　娥　没有!

壶　颉　你说没有,那她陪嫁的金钗,怎么落在曹文丙之手?

秋　娥　此事可去绵上当铺查问,你走之后,家中无柴无米,夫人没法,只得将金钗当了。后被曹乡邻所知,好意将它赎了送来。谁知你恩将仇报……

壶　颉　谎言,谎言,贤公,这是主仆编造的谎言!

晋文公　内侍,速速去绵上当铺查问!

李　离　贤公,为臣已去绵上当铺查明,这里有他们所具文书,当钗赎钗,全都属实。

晋文公　（接看）武士们！

武　士　喳！

晋文公　与我将壶颉推出去斩了！

壶　颉　（叩头）贤公赦免，贤公赦免！

晋文公　推出去！

壶　颉　（猛地跳起）呸！要斩便斩，何必啰嗦！我就是要用
　　　　这颗头颅，来试试你们的刑鼎，如若你们果真执法护
　　　　法，少不得赔上李离的狗命，如若你们饶了李离，那
　　　　这刚铸的刑鼎……（大笑）哈哈哈……

武　士　走！（推壶颉下）

晋文公　嗨！真是无赖之徒！（转对曹等）民女，你们冤情已
　　　　雪，回家安居去吧！

曹　等　谢贤公。（下）

晋文公　内侍，起驾！

李　离　贤公留驾，微臣还有本奏！

晋文公　知道了。

李　离　（挡驾）贤公。

晋文公　唉——你呀！

李　离　贤公啊！

　　　　（唱）　臣蒙贤主知遇恩，
　　　　　　　理应报国惠万民。
　　　　　　　如今错斩无辜命，
　　　　　　　就该抵命把冤平。
　　　　　　　愿吾主以臣为轻法为重，
　　　　　　　勿为一人失众心。

晋文公　李爱卿。

　　　　（唱）　你的品德实可敬，
　　　　　　　孤知你以身护法情意真。
　　　　　　　只因你是我朝顶梁栋，
　　　　　　　栋折只恐大厦倾。
　　　　　　　对你应当作别论，

要杀杀你手下人。

李　离　什么？杀我手下人？

狐　偃　对对对，此案本系张成所办。官有贵贱，罚有轻重，
　　　　下吏有过，非子之罪也。

晋文公　带张成！

李　离　不可！

晋文公　为何不可？

李　离　贤公啊！

　　（唱）愚臣官高权势重，
　　　　　何曾与下吏把权分？
　　　　　俸禄过人多少倍，
　　　　　下吏何曾分得半文？
　　　　　如今过失伤人命，
　　　　　移罪下吏怎能服人心？

晋文公　如此说来，你是一定要将自己问斩啰？

李　离　一定要将我问斩。

晋文公　狐国舅，你看呢？

狐　偃　我看，这是斩不得的，斩不得的！

晋文公　先将军，你看呢？

先　轸　我看，斩得斩不得的！

晋文公　哎，将军糊涂了！赵司马，你看呢？

赵　衰　我看，斩得斩不得，得不斩……哎呀呀，老臣我也糊
　　　　涂了啊！

晋文公　李爱卿！

　　（唱）壶颉已除冤已平，
　　　　　我朝总算是清明。
　　　　　赦你不斩孤已定，
　　　　内侍，起驾！

李　离　文公慢走！

　　（唱）我骂你执法无常太昏庸！
　　　　　赦我先要砸刑鼎，

秦腔
李离伏剑
LILIFUJIAN

〔举锤欲砸。

内　待　啊……

晋文公　住手！嗨！

　　　　（唱）真叫孤进退两难心不宁。

　　　　　　　忍痛咬牙传旨令，

　　　　　　　三日后五更鼓响问斩刑。

　　　　起驾！

李　离　谢贤公。

　　　　〔内侍、宫女拥文公下。

群　臣　唉！

第九场　伏　剑

〔李府。

〔二幕开。李离端正坐烛前。李桃、李杏伏卧两边。

〔一更鼓响。李离惊起，踱步至窗前。窗外寒风凛冽，
李离转身，脱衣披于李桃、李杏身上。

李　离　（唱）夜深沉更露冷心潮难静，

　　　　　　　风瑟瑟雨凄凄哀怨频生。

　　　　　　　生死别乃人生最大不幸，

　　　　　　　到此时总想活本是常情。

　　　　　　　更何况有娇儿心肝与共，

　　　　　　　贤德妻她对我恩爱无穷。

　　　　　　　五更后君旨下斩刑一动，

　　　　　　　华堂上顷刻间泪洒盈庭。

　　　　　　　想到此不由我心寒血冷，

　　　　（哭）儿啊……（猛抬头）哎呀，不可！

　　　　（唱）大丈夫哪能够苟且偷生？

既然我失斩刑遗人不幸，
以不幸报不幸才算公平。
为执法我愿做先驱之勇，
以鲜血告奸佞不许横行。
五更后君下旨挺身引颈，
望绵上，仰苍穹，
色不变，心不惊，
堂堂正正，正正堂堂，
从容伏法官场之上开新风！

〔李妻上。

李　妻　夫君！

李　离　夫人！

李　妻　为妻我做了汤，你快吃下去吧！

李　离　为夫我实在难以咽下。

李　妻　吃下去吧，这是我给你做的最后一次姜汤了！（哭）

李　离　唉！（吃下）夫人。

李　妻　在。

李　离　想为夫平日对你多有不是之处，永别之前，就请夫人
　　　　原谅了。

李　妻　夫君说哪里话来？想为妻本日对你照顾不周，如今
　　　　想弥补，也是来不及了。（又哭）

李　离　唉，夫人，四邻的债务可曾还清？

李　妻　已经还清。

李　离　赠与曹府安家银两，可曾送走？

李　妻　已经送走。

李　离　夫死之后，我妻是留居京都，还是返回乡里？

李　妻　自当返回乡里。

李　离　如此甚好。只是为夫尸体，一定要送往绵上安葬。

李　妻　为何送往绵上安葬？

李　离　想我生不能为绵上造福，死后也要肥绵上一块沃土。

李　妻　如此为妻遵命了。

李　离	童儿！	
童　儿	（上）在。	
李　离	我死之后，你应返回故里，勤奋耕读，守法安居。	
童　儿	这个……回禀老爷，小的愿以终身，陪伴夫人，办理家务。	
李　离	不妥！明日在夫人面前领取安家银两，谋生去吧。	
童　儿	是。　（下）	

〔鼓打二更。

李　妻	二更天了！
李　离	二更天了。
李　妻	夫君，我女李桃，我儿李杏，年尚幼小，你对他们可有什么吩咐？
李　离	唉，孩儿无罪，免伤心灵，让他们再睡一会儿吧！
李　妻	是。
李　离	嘿嘿，岁月如梭，人生几何？血能成法，虽死当歌。嘿嘿嘿，嘿嘿嘿……
李　妻	夫君为何发笑？
李　离	我笑那国舅老小，名曰保我，实则保己。妄想借我错斩之机，阻挠“失斩当斩”之法。我今率先一死，看他还有什么话说？
李　妻	奸佞之辈，绝无好结果。

〔童儿上。

童　儿	启禀老爷。
李　离	何事？
童　儿	民女曹母、壶妻、秋娥求见。
李　离	啊？快快请进！
童　儿	是。（对外）曹母等人请进！

〔壶妻、秋娥扶曹母上。

曹　母	（哭喊）李大人，李青天……
李　离	老太太！我在这里。（迎上扶住曹母）
曹　母	我，我，李大人，我没有来晚吧？

〔三更鼓响。

李　离　没有,老太太,现在才是三更天气。

曹　母　快蹲下,让我仔细摸摸。(从头到脚将李离摸一遍)
　　　　嗯,还好,还好,这我可就放心了。

李　妻　(搬过椅子)老太太请坐。

　　　　〔李离扶曹母坐下。

李　离　老太太,深更半夜,你们来此做甚?

曹　母　哎,还不都是为了你!

李　离　为了我?

曹　母　是呀!李大人——

　　(唱)　老妇离都返山村,
　　　　　万众齐颂大人恩。

　　　　　都说是国有法度官有信,
　　　　　从此后有仇能报冤能申。
　　　　　哪知道咫尺之间传凶讯,
　　　　　大人你失斩当斩命难存!
　　　　　你死后谁来执法为百姓?
　　　　　你死后只恐满朝尽昏昏。
　　　　　绵上哭声天地动,
　　　　　众乡邻送我一村又一村。
　　　　　老妇愿舍一条命,
　　　　　奏请文公赦尊身。

李　离　嗨!

　　(唱)　听曹母一番话肺腑感动,
　　　　　失子母竟来救杀子仇人。
　　　　　越看她我心中越是悔恨,
　　　　　为官的哪比她博大胸襟!

　　　　老人家!

　　(唱)　我本当听你话暂存性命,
　　　　　为万民驱邪恶戴罪报恩。
　　　　　怎奈是朝廷有昏官当政,

不正己从今后怎能正人？

再说是我已经白发盖顶，

法不成年终后定起风云。

"失斩当斩"不能动，

回去代我谢乡亲。

曹　母　如此说来，你是一定要死的了？

李　离　一定要死。

曹　母　那就请上受老妇一拜。（跪下）

李　离　（也跪下）老人家！

曹　母　青天啦……（同哭）

〔四更鼓响。

李　离　四更天了！（站起）童儿，快快送老人家回去！

曹　母　李大人！

李　离　老人家！

曹　母　李青天！

李　离　曹恩母！

曹　母
壶　妻　（哭）大人啦……（同下）
秋　娥

李　离　哎！夫人，时辰不多，我要披枷带锁去了！　（下）

李　妻　夫君！夫君！

李　桃
杏　（醒）爹爹！爹爹！

李　妻　（回身）我儿！

李　桃　（扑上）妈！

〔李离披枷带锁上。

李　离　夫人！我儿！

李　桃
李　杏　（哭喊）爹爹！

李　妻　（哭喊）夫啊！

李　桃　（唱）　眼见爹爹枷在身，

李　杏　（唱）　哭得为儿泪淋淋。

李　桃
李　杏　爹爹！

李　桃　（唱）　你平日对儿恩情重，

李　杏　（唱）　你平日对儿教诲深。

李　桃　（唱）　你教儿对四邻多相亲近，

李　杏　（唱）　切莫要依父仗势盛气凌人。

李　桃　（唱）　你教儿攻书挑花需勤奋，

李　杏　（唱）　切莫要虚度年华浪费光阴。

李　桃　（唱）　你教儿对母亲多加孝顺，

李　杏　（唱）　明礼义知廉耻不辱家门。

李　桃　（唱）　悔不该儿平日怠惰任性，

李　杏　（唱）　悔不该儿平日让父伤神。

李　桃　（唱）　爹死后有何人将儿指引？

李　杏　（唱）　爹死后儿好比幼苗伤根。

李　桃　（唱）　望爹爹怜惜儿艰难命运，

李　杏　（唱）　望爹爹求当今赦免存身。

李　桃
李　杏　（唱）　字字血声声泪心焚肝痛。

爹！

〔幕后合唱：

儿女恨，夫妻情，

恨如海，情如云，

恨伴情来情伴恨，

心连骨肉肉连心。

李　离　（唱）　拉住儿的手，

扶着儿的身，

李桃我的肝，

李杏我的心。

谁人不把儿女痛，

为父的思绪也纷纷。

为成法父不能就生避死，

权和力常更迭变换不定。

法既成方能够保国安民，

我有权可一时将你庇荫。

秦腔

李离伏剑

LILIFUJIAN

我若无权国无法你们怎么生存?
好儿女都应以国法为重。

〔童儿急上。

童　儿　老爷,张大人披枷带锁来到!

李　离　啊?张成哪里!

〔张成上。

张　成　恩师哪里?

李　离　张成哪里!

张　成　恩师……(二人抱头痛哭)

李　离　嗨!(推张成)
　　　　(唱)　你怎能如此的糊涂不解我心。

张　成　恩师呀!
　　　　(唱)　弟子多蒙教悔情,
　　　　　　　"失斩当斩"我赞成。
　　　　　　　只是此案系我问,
　　　　　　　杀我方能把冤平。

李　离　哎,算了!
　　　　(唱)　你纵一死有何用?
　　　　　　　官职卑微难服人。
　　　　　　　倒使奸臣抓把柄,
　　　　　　　失斩都可找替身。

张　成　(唱)　恩师出语吐衷情,
　　　　　　　张成又得把命从。
　　　　　　　一错终成千古恨,
　　　　　　　望师赠我金石铭。

李　离　(唱)　永别无有金石铭,
　　　　　　　血写的教训应记清。
　　　　　　　今后执法须谨慎,
　　　　　　　切莫草率轻用刑!

〔五更鼓响。

李　离　(唱)　五更鼓响刑期近!

〔内侍上。

内　侍　文公有旨！

李　离　（跪下）臣接旨。

〔张成、李妻、李桃、李杏随跪。

李　妻　（唱）　合家大小哭昏昏。

内　侍　（念）　"念尔李离，执法严明。孤改旨令，不问斩刑。"

李　妻　快谢旨！（李离不动代李离）谢贤公。

〔内侍下。

李　桃
　　　　（雀跃）爹爹，爹爹，这下可好了！
李　杏

李　离　哎，好个什么呀！

〔群臣上。

群　臣　恭喜大人，恭喜大人！

赵　衰　哎呀，吓得我一身冷汗！

先　轸　哎呀，急得我忘了吃饭！

狐　偃　李大人，佩服！佩服！

李　离　狐国舅，你这是何意？

狐　偃　想你明知文公不会杀你，却故而再三请斩。这样既可以得文公宠信于朝，又可以扬大人清名于世，真可谓一箭双雕，一举两得呀！哈哈哈……

李　离　嘿嘿嘿……我笑燕雀安知鸿鹄之志！（拔剑）

群　臣　李大人，你要干什么？

李　离　此剑系文公所赠，我可代文公治"失斩当斩"之罪！

（挥剑自刎）

群　臣　大人！

李　妻　（哭喊）夫君！

李　桃
　　　　（哭喊）爹爹！
李　杏

张　成　（哭喊）恩师！

秦腔　李离伏剑　LILIFUJIAN

第十场　成　法

〔沉重的锣声中开幕。

〔绵上郊外。

〔群臣、童儿及李离亲属扶灵柩相送，曹母、壶妻、秋娥及父老垂手相迎。

〔内侍上。

内　侍　文公有旨！

众　　　（跪下）接旨。

内　侍　（念）"狱官李离，杀身成法，实为忠烈，应予表彰。今后官不论大小，失斩则斩，概不饶恕。"

群　臣　谢文公。（内侍下）

狐　偃　（取下官帽）哎呀呀，看来我这个官也不能当了啊！

〔灵柩继续前行。

〔幕在沉重的锣声中徐落。

——剧　终

演出单位

西安尚友社

商 君

孔祥祯　编剧

剧情简介

　　战国,秦孝公五年(公元前365年)地处西面的秦国,在奴隶主贵族统治之下内忧外患,民不聊生,身为秦国左庶长的商鞅(即公孙鞅)心急如焚,遂冒死谏君更改旧制,推行新法,公子虔、祝欢等奴隶主贵族对推行新政恨之入骨,并公然以身试法,受到了严厉惩治,从而朝野震动,新法畅行。

　　秦国变法后民富兵强,新法家喻户晓,妇孺皆夸,商鞅又亲率十万大军收复河西失地,把私通敌魏的祝欢斩首军前,并一举收复了河西。

　　秦孝公暴病而薨,太子嬴驷登基,公子虔之后进谗言将商鞅革职问罪。公孙夫人为使社稷得以重整,不惜杀身掩护丈夫出走,公子虔带兵从后追之,商鞅视死如归率众与敌奋战,终因负伤惨重而以身殉法,商君虽死,新法长存,为秦最后统一六国在政治、经济、军事方面奠定了坚实的基础。

　　《商君》一剧的创作,主要以司马迁的《商君列传》史料为依据。

场　目

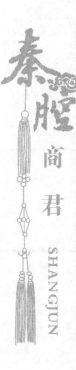

人 物 表

商　　鞅	（即公孙鞅）初为秦国大夫，后为秦相
公孙夫人	商鞅之妻
公 孙 母	商鞅母亲
李　　成	奴隶。因立有军功，后为副将
小　　二	奴隶。后为酒店主人
灵　　芝	小二之女
少　　官	秦国大夫
卫　　福	商鞅家仆
公 子 虔	太子师傅
祝　　欢	孝公之弟
赢　　驷	秦太子。后登基，即秦惠文王
魏　　坚	细作
公 子 印	魏国元帅
总　　管	公子虔府奴隶总管
男 女 祝	
法 巫 吏	
丫 环 获	
鸟 人 鄙	
秦兵、将	
魏兵、将	
朝臣、平民、奴隶、乐人各若干	

第一场 怨满秦都

〔公元前359年冬。秦国都附近。

〔幕启:帝王城头彤云密布,渭河水岸阴风卷地;太傅公子虔之父陵墓前墓碑、陵阙及镇墓兽可见。

〔总管带巫、祝、家兵穿场而过。之后,一群奴隶在皮鞭抽打下被押上。

〔怨哀的乐曲伴和着奴隶们的号子声。

家　兵	(猛抽一鞭,大声呵斥地)走!

(合唱)朔风卷地兮渭水寒,
　　　　彤云万重兮压骊关。
　　　　白骨蔽野兮天怒人怨,
　　　　泣血哀号兮恨满秦川。

家　兵　(恶狠狠地)走!

〔幕后喊声:"太傅大人到。"众乐人吹吹打打而上。公子虔亦在侍女搀扶下随上。

〔内喊:"殿下到!"嬴驷带随从上。

**巫
祝**　太子祭拜。

公子虔　(哭嚎)慈父啊……

〔内喊:"祝公大人到!"祝欢带家将上。

**巫
祝**　祝公大人到!

公子虔　(嚎)呜……

祝　欢　太傅不必太得怨伤,老太师寿终正寝,今日务必从厚安葬才是。

嬴　驷　太傅,诸事可曾齐备?

公子虔	（转问巫、祝）这……？
巫 祝	回禀太傅，万事俱已备妥了。
公子虔	（哭嚎）慈父啊！
	〔乐声起，公子虔焚香于灵前。
巫 祝	带陪葬之人！
	〔兵押奴隶上。
公子虔	（嚎丧）冥天不吊，丧我慈父啊！……
巫	（唱念）孝子焚香奠酒！
祝	（唱念）陪葬人取枷卸绔！
巫	（唱念）牺牲乃牛羊鸡狗！
祝	（唱念）从死者男女皆有！
巫 祝	（唱念）请国公、太子下边饮酒，将隶奴速速入土！
	〔祝欢、嬴驷带从人下。
众奴隶	（呼天唤地）天哪！
家　兵	走！
小　二	（突然挣脱）哎呀，太傅大人！小二我死得冤枉啊！
公子虔	噢？原是家奴小二。好一个不识抬举的奴才！这也是老太师临终之时选中了你，你不死也得死，你不去也得去！
小　二	太傅大人！我家中尚有妻儿老小，你……你就饶了我吧！
公子虔	（恶狠狠地）饶了你，老太师在地下叫何人侍奉？
巫	我说你这个有名字没姓的小二，叫你陪葬也是天意，你如何与皇天上帝作起对来了？
小　二	（悲愤地）杀人的天哪……！
祝	带下去！
小　二	（大声呼叫）孩子她娘！难见的女儿啊！
	〔小二妻内哭喊："孩子她爹！"抱孩子奔上。众百姓随上。

小二妻　（扑向小二）孩子她爹！

小　二　孩子她娘！

小二妻　（唱）　见我夫受酷刑血泪满面，
　　　　　　　霎时间只觉得地转天旋。
　　　　　　　咱世代作奴婢历尽磨难，
　　　　　　　今日里遭惨死所为哪般。

　　　　孩子她爹……（跪向公子虔）太傅大人，我求求
　　　　你……

公子虔　（一脚将小二妻踢倒）去你的吧！

小　二　（扑向妻子）孩子她娘！（怒对公子虔）公子虔，害民
　　　　贼！我小二一死变成厉鬼，也要报仇哇！

公子虔　（狞笑）报仇？我即刻叫尔报！

　　　　〔公子虔抽剑刺向小二，小二妻急挡，被公子虔一剑
　　　　刺死。

小　二　（扑向妻子与啼哭的婴儿）孩子她娘！女儿！（紧抱
　　　　起啼哭的婴儿）

公子虔　（恶狠狠地）带去一同陪葬。

　　　　〔官兵正欲押小二等下，幕后断喝一声："住手！"李
　　　　成与奴隶们冲上。

李　成　小二哥！

小　二　李成兄弟！你嫂嫂她……

李　成　（猛回头逼近公子虔）公子虔，你身为太傅，残杀无
　　　　辜，真乃是衣冠禽兽的豺狼！

公子虔　嗟！今日为老太师发丧，我命家奴陪葬，这也是前朝
　　　　旧历。尔等狂徒何缘如此猖狂？！

李　成　公子虔，秦献公元年即止从葬，难道你国贼忘记了
　　　　不成？

公子虔　啊！你辱骂王公大人，当真地反了！

李　成　豺狼当道，国无宁日。弟兄们！为求生路，拼了！

公子虔　隶奴作乱，与我拿下！

　　　　〔众奴隶与家兵搏斗，李成劈开小二刑枷击倒数人，

秦腔
商君
SHANGJUN

399

冲上去一把抓住公子虔。

李　成　　公子虔,尔敢妄动!(举枷欲劈)

公子虔　　(惊怕地)这……

李　成　　小二哥,大家速快逃走!

小二等　　李成兄弟,你……?

李　成　　(催促)快走!

〔小二抱女儿与众人四散逃下。

李　成　　(见众走去,转对公子虔)公子虔,俺念你身为太子师傅,今日且便宜了你,说是尔去吧!(推公子虔倒地,提枷疾下)

公子虔　　(气急败坏地)来呀!

〔众家兵上。

众家兵　　在。

公子虔　　与我追!

众家兵　　是!(追下)

〔总管急上。

总　管　　大人! 大人……!

公子虔　　何事?

总　管　　左庶长公孙鞅,带从人飞骑而来!

公子虔　　(惊)你但怎讲?

总　管　　就是那三见陛下,要在秦国变法的公孙鞅来了!

公子虔　　(仇恨地)哼! 来者不善,善者不来。今日这桩事俺叫他管不了。

总　管　　大人……?

公子虔　　(冷笑)哼哼哼……抓回的奴隶,一个不留地杀!

〔公孙鞅飞马上场。

总　管　　(下令)开刀!

商　鞅　　啊!

　　　　　(唱)　公子虔杀无辜天良尽丧,

　　　　　　　　气得我公孙鞅有口难张。

　　　　　　　　哀鸿遍野尸横躺,

苛政如虎民遭殃。

怒冲冲我把秦宫闯,

舍死谏君布新章。

第二场　廷辩回府

〔接前场。

〔幕启:客厅。客厅外花园中有假山、翠竹、凉亭。远望骊山翘首,近处帝阙可见。

〔丫环引公孙夫人上。

公孙夫人　（唱）　远望骊山烟雾绕,

终南积雪犹未消。

我老爷在朝奉君把社稷保,

勤劳王事把心操。

忧国将倾珠泪掉,

生灵涂炭他痛难熬。

夜夜灯下修书表,

上朝未待五更敲。

去时匆匆天未晓,

今日里迟迟不归为哪遭。

伴君王祸福难预料,

急得我心中似火燎。

梅红。

梅　红　侍候夫人。

公孙夫人　你家老爷下朝回来还要用膳,你作速准备去吧。

梅　红　是。（下）

〔卫福上。

卫　福　禀夫人,老夫人到。

公孙夫人　老夫人患病尚未痊愈,怎么……

〔公孙母策杖而上。

公孙母 媳妇。

公孙夫人 母亲到了,快快请坐。(扶公孙母入坐)

公孙母 媳妇,你站在一旁却是为何? 卫福,快与你家夫人看座。

公孙夫人 谢过母亲。(施礼入坐)母亲,今日身体可好些了吧?

公孙母 (叹气)唉……媳妇,别人不知,难道你还不晓? 为娘一来偶感风寒,这二来么……乃是终日忧虑所致啊!

公孙夫人 母亲,莫非你儿公孙鞅在秦更法,你又为他担忧么?

公孙母 为娘不为此事,又为何来?

公孙夫人 母亲呀,若是当今决意施行新法,难道还怕他几个权贵不从吗?

公孙母 我儿之言差矣! 岂不知新法一行,必伤宗室权贵。即便尔后民富国强,可这治国的忠良么……也只落个凄惨的下场罢了!

(唱) 更法改制非儿戏,
结怨权臣伤贵戚。
即便君王获百利,
到头来忠良无所依。
你夫他知书晓大义,
总不听娘劝为怎的。

公孙夫人 (唱) 母亲息怒莫上气,
你的儿以身许国保社稷。
纵然间落下灭门罪,
他江山易改性难移。

〔内喊声。小二抱孩子上。

〔小二惊慌失措,贸然闯进园内。

卫 福 (急阻)咄! 尔是何方之人,闯进我家府中做什么来了？

小　二　这……

卫　福　这个什么，快快走开。

公孙母　（阻止卫福）慢。（转向公孙夫人）媳妇，观见此人衣
　　　　衫褴褛，满脸伤痕，像是受了主人责打后逃出来的隶
　　　　奴吧？

公孙夫人　母亲，何不问得一声？若还是真，也好搭救于他。

公孙母　（点头）卫福，将那人儿唤近前来。

卫　福　（对小二）我家老夫人命你上前回话。

小　二　（胆怕地）哎呀，老夫人，小民无知，贸然闯进你府，
　　　　实在是走投无路哇！（跪倒在地）

公孙母　这一隶人，你缘何落到了这步田地呀？

小　二　这……

公孙夫人　你莫要胆怕。这位是公孙老夫人，但讲无妨。

小　二　噢？这么说，此处便是公孙鞅大人之府了？

卫　福　正是公孙鞅大人之府。她便是公孙夫人。

小　二　（放声大哭）夫人，老夫人！我小二真乃的苦命啊！
　　　　（唱）　公子虔为太傅如同桀纣，
　　　　　　　杀无辜当牺牲如同马牛。
　　　　　　　我三代作隶奴苦无生路，
　　　　　　　今日里竟还要地下为奴。
　　　　　　　妻惨死父女们虎口逃走，
　　　　　　　众家兵紧追我带箭之鹿。
　　　　　　　叩一头望夫人速速搭救，
　　　　　　　把无娘孩儿性命留。

公孙母　可怜的人儿，你快快站起来吧……
　　　　（唱）　权奸骄横万姓怒，
　　　　　　　四野怨声绕秦都。
　　　　　　　可叹有冤无处诉，

公孙夫人　（唱）　弊政不去百姓忧。

公孙母　（对小二）你不必胆怕，我设法搭救于你也就是了。

秦腔

商君

SHANGJUN

小　二	（跪倒）噢……老夫人、夫人。你们大恩，我今生不能报答，可来世……
	〔园外一片喊声，丫环跑上。
梅　红	老夫人，不好了！
公孙母	何事惊慌？
梅　红	太傅派人闯进府中来了！
众	（吃惊地）噢！
小　二	哎呀老夫人、夫人哪！我在此恐于你们不便，待我速速走去！（欲走）
公孙母	慢。他们四处捉拿于你，你如何走脱得了？
小　二	这……
公孙母	卫福，快快将他父女藏起来吧。
卫　福	是。随我来！（拉小二急下）
	〔总管带家兵追上。
家　兵	禀总爷，到了。
总　管	与我搜。
公孙夫人	（趋步而前）且慢。
总　管	咦？捉拿逃犯急如星火，还敢慢！
公孙夫人	光天化日之下闯进我家府中，不知要搜哪个，要捉何人？
总　管	公孙夫人，你咋窝藏起我家的奴才来了？快交出来！老太师的棺材还等着入土哩。
公孙夫人	你……！
总　管	你不认得我？咱便是太子师傅的奴才总管，你家总爷的便是。
公孙夫人	（猛抽总管一记耳光）奴才！
总　管	（以手捂脸）你！甚等之人，竟然也打起我来了？
公孙母	狗仗人势的奴才，就该打。
总　管	休管我是奴才的狗还是狗的奴才，该打你也不能打，来！
家　兵	在。
总　管	与我内外仔细搜寻，看他谁敢挡！

家 兵	是。

〔家兵搜园。内喊："老爷回府！"

〔鼓乐声中，公孙鞅疾步上场，与总管遇面。

总 管	（吃惊地）啊！
商 鞅	总管大人。
总 管	公孙大人，唤小人有何吩咐？
商 鞅	（冷冷地）总管大人，既来捉拿逃犯，还是在此搜一搜、查一查者为好。
总 管	这……大人，奴才也是奉命差遣，身不由己呀。
	（转身独白）哼！总爷不是省油的灯，尔后再看我发凶。回！（下）
公孙母	儿啊，这公子虔他们……
商 鞅	母亲，公虔杀殉隶奴之事，儿我俱已知晓了。卫福。
卫 福	在。
商 鞅	黄昏之后，速快打点包裹银两，送那一隶奴逃命去吧。
卫 福	是。（欲走）
商 鞅	回来！宁要多加小心。（卫福应声下）
商 鞅	（恭敬地向母亲）母亲受惊了？
公孙母	（叹气）唉……天下生民何罪之有？
商 鞅	（安慰地）母亲……
公孙母	儿呀，你今日缘何又回府甚迟？
商 鞅	这……噢，母亲。朝事以毕，主上留宴，因而回府甚迟。
公孙母	儿呀，你住了吧。主上留宴乃为喜庆之事，你为何忧心忡忡，双目捧泪呢？
商 鞅	这……
公孙母	（难受地）这个什么？儿呀，你……你再也莫瞒哄为娘了！
商 鞅	噢！母亲莫要上气，容儿细禀了！
	（唱）　陛下他为强国御前平划，

秦腔
商君
SHANGJUN

那祝欢、公子虔大诬新法。

说什么遵古训能王天下，

说什么循旧制四海一家。

宗亲们无寸功称王称霸，

朝内外一个个横行不法。

秦孝公竟被那权贵欺压，

思想起朝中事咬碎钢牙。

公孙母 儿呀，为娘多次叮咛于你，再不可与人争辩更法之事，你为何如此执拗，不听娘言？

商　鞅 母亲啊！孩儿立下为国变法图强之志，即便肝脑涂地、身首分离，儿我也是乐意而为之啊！

公孙母 儿呀，你不听娘言倒也罢了，说是你来看！（从袖内取出法经）

商　鞅 噢？母亲，这是法经，有看的什么？

公孙母 为娘且来问你，这部法经它是何人所著？

商　鞅 母亲，这部法经，乃是孩儿恩师李悝所著。

公孙母 这一部呢？

商　鞅 这部出自楚国名将吴起笔下。

公孙母 儿呀，他二人可曾是一代忠良么？

商　鞅 母亲呀，李悝、吴起曾在楚、魏两国变法图强，为官清正廉明，堪称一代忠良。

公孙母 我儿之言倒也不错。为娘再来问你，那李悝、吴起今日又在何处？

商　鞅 （不愿讲出口）这……

公孙母 你与我说！你与我讲！

商　鞅 母亲……

公孙母 儿呀！

（唱）　前车之辙后车鉴，

　　　　耳闻目睹几人全。

　　　　那李悝魏国死得惨，

　　　　吴起楚城被乱箭穿。

都只因为国把法变，
到头来落下千古冤。
秦国事日非起祸乱，
佞邪奸宄相勾连。
你投石蜂巢祸难免，
我儿还须心自参。
公子虔为人奸刁多变幻，
祝国公结党害忠贤。
我儿纵有酬国愿，
难道说身家性命也抛一边。
李悝、吴起应为鉴，
再休叫娘把心担。

商　鞅　（唱）母亲洒泪将儿劝，
慈母心肠儿了然。
我满腹辛酸泪难掩，
抱法经跪倒与娘言。
秦孝公诏命儿把法变，
为富国强兵社稷安。
废黜世袭务耕战，
下合民心亦顺天。
王公大人多抱怨，
摇唇鼓舌作弊端。
儿奉君当把苍生念，
尽忠报国解民悬。
杀身成仁无所憾，

娘啊……
恕孩儿忠、孝难两全。

公孙母　儿呀，你就如此执拗，不听娘劝么？

商　鞅　母亲，儿既然身受君恩，当竭尽忠心以报国家。母亲，你……你就宽恕了你这不孝的孩儿吧……！

公孙夫人　（跪地）母亲……

公孙母　（心疼地）儿啊、媳妇，你……你们都快快站起来吧……

〔卫福上。

卫　福　禀大人，少官大人奉命进府来了。

众　　　噢？

公孙母　儿呀，少官深夜进府，不知为了何故？

商　鞅　母亲不必担忧，你们暂且回避。

〔公孙夫人挽公孙母下，卫福下。少官捧诏上。

少　官　公孙大人。哈……

商　鞅　少官大人。（同入坐）大人深夜奉命而来，不知朝廷有甚大事？

少　官　大人，我奉主公之命而来，令你随带所拟新法，即刻进宫见驾。

商　鞅　（惊喜地）噢？看来，陛下决意要在秦国施行新法了？

少　官　更法修刑、富国强兵，其势迫在燃眉啊！连陛下亦是急不可待了。

商　鞅　（气愤地）哼！可那祝国公与太傅公子虔……！

少　官　大人不必担心，一去便知分晓了。

商　鞅　（激动地）好！事不宜迟。卫福走来！

〔卫福上。

卫　福　老爷有何吩咐？

商　鞅　抱过新法，门外车马侍候了！

　　　　（唱）　随带新法上金殿，
　　　　　　　　进谏忠言直如弦。
　　　　　　　　除弊兴利务耕战，（卫福递过新法）
　　　　　　　　严律峻刑去群奸。

　　　　（对少官）大人请！

第三场　厚赏重刑

〔紧接前场。

〔二幕外，秦国民百姓，男女老幼，议论纷纷而上。民甲、乙、丙随上。

民　乙　哎，老伯，脚下放麻利点，去得迟了就看不上了！

民　甲　我把你这个冷娃，你急得挨头刀去呀！朝后站保险。

民　乙　老伯，听说今日要宣告新法呀，得是真的？

民　甲　啥？真的？听我说，变法变法，咿就是耍把戏，变戏法哩么，还有个真的？

民　丙　不过，看气候这一回像是真的。

民　乙　是真是假，一看便知，咱的快走。

民　甲　听着！咱的去站远，光看热闹甭说话，小心招祸！
　　　　（议论下）

法　吏　（内高声地）众人听着，公孙左庶长有令，有能将此木移置北门者，赏与拾金。哪个敢应？速来揭榜！

〔二幕启：国都南门外，法台高筑，三丈高木立于台下，法吏带剑，官兵林立。

〔台下一阵骚动，无人上前，民乙欲上前，被民甲从后拉住。

民　甲　我把你个二旦，你扑瓜地做啥呀？！

民　乙　老伯，你听见了没有？将这根木头移置北门，就能赏与拾金么。

民　甲　安宁着！谋而财乎的想咋呀？咿是叫你上当哩！

民　乙　这可是左庶长下的令，难道是假的不成？

民　甲　悄着！再要真的能赏拾金，提刀的咿俩冷娃早都扛走咧！还能轮到你跟我？

民　丙　唉！你……

民　甲　我咋？小伙，我把咘世事经得多咧。

民　乙　哎，那也说不定今日这事你没经过。

民　甲　瓜娃，自从盘古开天地，三皇五帝到如今，甭说谁经过，我人老八辈都没听过还有这便宜的事，快悄着。

法　吏　台下众人听着！左庶长有令，若是赏金太少，有将此木移转北门者，即重赏与伍拾金。

民乙丙　哎呀老伯，又添了肆拾金！我去呀！

民　甲　（急止）看把你碎命送了着。快站远！这里头有文章哩。

法　吏　台下众人听着！若有应者速来揭榜，速来揭榜！

〔台下鸦雀无声……

法　吏　既然秦都之内无人敢应，来呀！速将此木移下，以在公孙大人上边交令去者。

众　兵　啊。

〔李成内喊："且慢。"

李　成　（内唱）市南门外人如潮，

〔李成上。

李　成　（唱）　甲兵林立法台高。

　　　　　　　新法旧章难分晓，

法　吏　咋！这一汉子，你高声大叫而来，难道说敢将此木移置北门不成？

李　成　大人！

　　　　（唱）　我既来何惧吃钢刀。

法　吏　住口！说是你与我移来，你就与我移来！

李　成　哎，好！（毅然脱去上衣，大步上前揭榜）

　　　　（唱）　既然不把秦法变，

　　　　　　　兴师动众为哪般。

　　　　　　　或惩或奖立可见，（奋力将高木拔起）

民　甲　（急阻止）小伙子，不敢不敢……招祸呀！招祸呀！

李　成　（接唱）移置北城有何难。

〔李成扛木大步而去，众人议论纷纷追下。

民　甲　这小伙中了邪气咧,快赶紧把咻叫回来!

法　吏　好!速将此事禀明公孙大人,来呀!

秦　兵　在。

法　吏　赶上前去,莫要让他走脱!

秦　兵　啊!(二秦兵提刀下)

民　甲　小伙,你都看见了没有?提的刀撵去了!

民　乙　多亏了听你老伯的话,要不,后悔都来不及了!

民　甲　不听老人言,吃亏在眼前。走,到北门看杀人走。

〔三人议论而下,众秦兵随下。

法　吏　禀大人,有一壮士将高木移置北城。

〔商鞅带秦兵、将急上。

商　鞅　好!

（唱）　驷马如飞南关外,

　　　　帝阙九重玄云开。

　　　　立木为法制令改,

〔李成与众兵上,众秦民尾随而上,议论纷纷。

李　成　（唱）　是吉是凶费疑猜。

民　甲　娃呀!快给大人磕头认个错吧。

李　成　叩见大人。

商　鞅　壮士免礼。

李　成　谢大人。

商　鞅　这一壮士,你名叫什么?

李　成　小民名唤李成。

商　鞅　这三丈高木,可是你将它移置北城?

李　成　此乃小人一时大胆所为。

商　鞅　满城之内,无人敢应,难道你就不怕死吗?

李　成　听大人之言,难道新令是假的不成?!

商　鞅　哎呀李壮士!秦国久无厚赏亦无新律,本官今日立木为法,更改旧制,举国之内无人敢应。尔大智大勇,能从吾令,为民前躯移木北城,实乃栋梁之材也!

（唱）　移木厚赏无人应,

秦腔 商君 SHANGJUN

411

旧制无信恐丧生。

人来看过金一锭，

以明不欺赐李成。

壮士！（将金交李成）

李　成　（深受感动）

（唱）　眼前事莫非在梦境，

民自古但知有酷刑。

上世来生就了牛马命，

罹百难无一人怜念苍生。

大人你行新法万民钦敬，

我跋山涉水到秦京。

盼只盼早把新法定，

盼只盼国富民安宁。

盼只盼朝野一律令，

盼只盼有功必赏，有过必罚，有罪惩。

信用更比千金重，

大人啊！

民不受重金只盼新法行。

〔李成跪倒，将金交商鞅。

众秦民　大人哪！

（唱）　信用更比千金重，

万民只盼新法行。

大人……（跪倒在地）

商　鞅　（唱）　呼声一片震九天，

民思变之心比铁坚。

纲纪不整国危难，

社稷苍生受摧残。

今朝不把旧制改，

愧食奉禄在君前。

来来来！张起了新法篇，

〔法吏等将新法挂在关前。

〔商鞅大步登台。秦民集于台下。

（唱）　新令条条重如山。

　　　　要迁都咸阳设郡县，

　　　　辟草垦荒废井田。

　　　　赏罚一律无贵贱，

　　　　世袭爵禄不再传。

　　　　残杀无辜受腰斩，

　　　　乱化之徒边城迁。

　　　　军阵上要把奇功建，

　　　　私通列国不容宽。

　　　　勤务桑田得饱暖，

　　　　不织不耕受饥寒。

　　　　四境之内无抱怨，

　　　　民富兵强国自安。

众秦民　（唱）　四境之内无抱怨，

　　　　　　　民富兵强国自安。

商　鞅　（唱）　新法条条从头看，

　　　　　　　一体尊行内外传。

李　成　大人啊！大人为秦更法，小民朝思暮盼，才有今日。
　　　　这伍拾重金，小民我万难受赐啊！

商　鞅　壮士差矣！本官为秦更法，尔能首从吾令，此乃大功
　　　　一件也！

李　成　大人……

商　鞅　言而无信，何用立法？壮士不必推辞。（将金交李）

　　　　〔公子虔带亲随上，认出李成。

李　成　谢大人！

　　　　〔李成正欲走，被公子虔喝住。

公子虔　回来！

李　成　你……

公子虔　好一个强徒，拿你不着，今日你倒自己来了。来！

总　管　有！

公子虔　与我带了！

商　鞅　（急上）且慢！太傅大人，不知这一小民身犯何罪，
　　　　　竟要带走？

公子虔　公孙大人，别个不知，难道你还不晓？

商　鞅　下官与此民素不相识，我晓得什么？

公子虔　真乃贵人多忘事呀！难道你不记得，因家父丧事你
　　　　　曾奏过我一本么？他正是那个辱骂王公大人，犯上
　　　　　作乱的狂徒！

李　成　大人呀！

　　　　（唱）　我嫂嫂惨死被殉葬，
　　　　　　　小二兄逃命在外乡。
　　　　　　　孤苦零丁无依傍，
　　　　　　　难知他生死与存亡。

商　鞅　太傅大人！

　　　　（唱）　献公元年止从葬，
　　　　　　　太傅岂能不知详。
　　　　　　　残杀无辜一命丧，
　　　　　　　害理伤天民遭殃。

公子虔　（唱）　大人休得那样讲，
　　　　　　　隶奴生来是群羊。
　　　　　　　鞭打绳拴栏内养，
　　　　　　　剥皮抽筋有何妨。

商　鞅　（唱）　大人何不抬眼望，
　　　　　　　今日改弦又更张。
　　　　　　　李成从令当受赏，
　　　　　　　诬为狂徒不应当。

公子虔　（唱）　他从新令受你赏，
　　　　　　　今犯我手该遭殃。

商　鞅　（唱）　约法条条挂关上，
　　　　　　　陛下诏令在朝廊。
　　　　　　　太傅何不细思想，

		妄触新律无下场。
公子虔	（唱）	陛下是我族中长，
		太子随我学文章。
		尔后登基我拜相，
		难道说怕你公孙鞅。
商　鞅	（唱）	宗室百官无两样，
		赏罚分明理应当。
公子虔	（唱）	离经叛道太狂妄，
商　鞅	（唱）	治国不必习先王。
公子虔	（唱）	好一大胆公孙鞅，
商　鞅	（唱）	故令旧制当改章。
公子虔	（唱）	我叫李成一命丧，
商　鞅	（唱）	哪家在此敢逞强。
公子虔	（唱）	来！来！来！把他用绳绑，

〔家兵上前，被公孙鞅喝止。

商　鞅	大胆！
	（唱）你以身试法难逃藏。
	来呀！
法　吏	在！
商　鞅	与我绑了！
法　吏	啊！

〔众将公子虔押在一旁。

公子虔	公孙鞅，胆大的公孙鞅！自古以来刑不上大夫，你假借新法欺我太傅，我叫尔不得好死！
商　鞅	公子虔。你身为太傅，当忠君报国，奉尊约法。谁让你依仗宗室之威妄触新律，哪里容得，来！
法　吏	在！
商　鞅	查照律令，公子虔当何以处之？
法　吏	当受杖责之刑。
商　鞅	来呀！
秦　兵	在。

秦腔

商君

SHANGJUN

商　鞅　将公子虔重责五十,你就与俺结实地打!

秦　兵　啊!

〔众兵将公子虔重责五十大板后正要押下,幕后高喊:"殿下到。"太子嬴驷带亲随急上。

公子虔　殿下!公孙鞅他要反了!

嬴　驷　我、我知道了!

公子虔　公孙鞅杖责于我,乃是与殿下为仇呀!

商　鞅　(恭敬地)殿下到了?不知殿下到来有失远迎,多得有罪。

嬴　驷　罢了。请问大人,太傅身犯何罪,竟要用刑?

商　鞅　殿下。公子虔大闹法台,阻行新法,故而要按律治罪。

嬴　驷　不瞒大人,太傅大闹法台,乃是奉本殿下之命而来。

商　鞅　这!(强忍气)殿下不必取笑了。

公子虔　公孙鞅!殿下乃是尔后的君王。即使今日有罪,谅你也奈何他不得!

商　鞅　(大怒)公子虔!你身为太子师傅,殿下有过不加教诲,反来唆使,尔居心何在?!

嬴　驷　住了!你杖责太傅,便是欺压本殿下,你要当心了!

商　鞅　这……

嬴　驷　来呀!

亲　随　在。

嬴　驷　将太傅松绑,将李成与我带了!

商　鞅　且慢!今日宣告新法,乃是奉陛下之命。难道殿下你……!

嬴　驷　怎么样?

商　鞅　难道殿下不知新法有"王子犯法,与民同罪"吗?

嬴　驷　公孙鞅!新法哪里?取来看过。

商　鞅　殿下说是你来看!(指新法)这便是秦国的约法。

嬴　驷　(念)王子犯法,与民同罪!这……噢……哈哈哈……公孙鞅,你的新法我今日就犯了!犯了!噢……哈哈哈！

〔嬴驷将新法撕碎。公孙鞅怨愤至极，急将新法拾起，抱于胸前。

商　鞅　（唱）　新法难行竟自上而犯，
　　　　　　　　我两眼滴血发冲冠。
　　　　　　　　功败垂成在一旦，
　　　　　　　　五内如同滚油煎。
　　　　　　　　孝公诏命把法变，
　　　　　　　　新政为民解倒悬。
　　　　　　　　国贼不把社稷念，
　　　　　　　　调唆太子不容宽。

　　　　　来呀！

法　吏　在！

商　鞅　将太子嬴驷即刻囚禁三年，公子虔按律处以劓刑，收归封地。押了下去！

〔秦兵正欲将二人押下，幕后高喊："祝公到！"祝欢带众家将上。

商　鞅　祝公大人，你今日随带家兵前来，不知有何贵干？

祝　欢　公孙鞅，胆大的公孙鞅！尔欺蒙主公，妖言惑众，假立法之名囚殿下，刑太傅，罪同叛逆，这还了得！

商　鞅　（怒不可遏地）住口！囚殿下、刑太傅，乃是尔咎由自取，罪不容恕。相劝大人识时务，遵约法，如若不然——

祝　欢　尔要怎得？

商　鞅　下官虽然有义，可这秦法无情！

祝　欢　（暴跳如雷）这！去你的吧！今日俺先毁了你这法台，再与尔上殿面君！

商　鞅　祝欢，尔好大胆！

祝　欢
商　鞅　来呀！……

〔内喊："诏命下！"少官捧诏急上。

少　官　诏命下，公孙左庶长速速接诏。

商　鞅　（跪）臣。

少　官　陛下诏曰：我卿操劳王事为秦更法，顾公而忘身。执法远不避宗室百官，近不阿私所亲，真乃国之良实也。今钦赐尚方剑一柄。尔后，无论臣民人有敢阻行新法者斩无赦！诏此。

商　鞅　（感动地）为臣遵命！

祝欢等　（呆若木鸡）这……嘿！

〔商鞅及在场之人亮相。

第四场　宿店察奸

〔距前场18年后。秦关下，小二酒店前。

〔幕后合唱：

雾散云开花似锦，

田园山水一色新。

岁月如轮无头尽，

屈指流光十八春。

〔幕启：关前大道人来客往，赶集市的群众陆续过场。

〔店内，小二热情招呼着前来食宿的客人。

〔客甲、乙走上。

客甲乙　店主人，你好啊？

小　二　噢，二位到了，里边请。二位都要些什么？

客　甲　来一盘菜。

客　乙　两碗酒。

小　二　二位稍等。（端过酒菜）二位，酒菜到。

〔老少二乡民背筐、担担子上。

老乡民　店主人。

小　二　（热情地）二位到了？二位是吃饭的还是住店的？

老乡民　我二人是先吃饭，

小乡民　后住店。

小　二　嗨,说得鞋! 行李搬到后店,一时出来用饭。请。

二乡民　多谢了,多谢了! (收拾行李欲走)

小　二　(急叫住)哎! 二位,二位,你们既然要住店,这官防
　　　　凭信必须验看。

二乡民　有,有。店家请来验看。(交凭信)

小　二　没错。好人! 老伯,非是刁难二位,公孙丞相有法。
　　　　不验者不得留宿呀。

二乡民　留宿者,你店主人要受罚,对不?

小　二　嗨! 这也是提防敌国派来奸细。二位快请。(二乡
　　　　民进店)

小　二　(满心欢喜地)这可真是呀……!

　　　　(唱)　　一十八载大变样,

　　　　　　　　秦地民富兵又强。

　　　　　　　　公孙丞相人敬仰,

　　　　　　　　胜过那五帝与三皇。

　　　　〔灵芝背弓箭及猎物上。

灵　芝　(唱)　　身背雕弓挎羽箭,

　　　　　　　　灵芝我要效那须眉儿男。

　　　　　　　　今朝望空射飞雁,

　　　　　　　　来日伏虎奔南山。

　　　　　　爹爹!

小　二　灵芝女儿,我娃回来了?

灵　芝　爹爹! 孩儿出外打了几只大雁,正好与住店的客人
　　　　们下酒。

小　二　(兴奋地)哎呀! 想不到,我娃的箭法越来越长进了!

灵　芝　爹爹呀,女儿今天射雁,明日说不定还能射只大灰狼
　　　　回来哩!

小　二　(开玩笑地)哎呀,到了后天,我娃便成了打虎将了!
　　　　哈哈哈!

　　　　〔二乡民由后店走出。

客　甲	小二,不觉几载,灵芝也长大了。
小　二	十七八岁了。休看我娃人不大,却能射得一手好箭,纺得一手好线,织得一手好绢,提笔还能写会算。
众乡民	(高兴地)哎呀! 这真是店主人的好福气!
小　二	这也是托了公孙丞相的福。若还没有新法,我小二的骨头都化成灰了。
客　甲	可也是啊!
小乡民	如今路不拾遗,夜不闭户,我们晚上行路也不胆怕了。
老乡民	(感慨地)唉……往事回头看,今昔两重天啊!
灵　芝	难怪我爹呀,每日到晚小曲就不离口。
小　二	(风趣地)高兴么! 不唱不由人嘛!
客　甲	店主人,你何不唱得一曲? 让我等也长长见识。
小　二	哎呀,我唱的可是咿小曲小调,还得几个帮腔的。
小乡民	店家唱,众人帮,你看如何?
小　二	行! 诸位呀,今日不用笙也不用箫,咱击瓮叩缶把碗敲——

(唱小调)

　　咱不用笙箫也不吹管,

　　不换衣衫也不打扮。

　　高兴的事儿说一段,

　　往事不提我嫌辛酸。

　　新法一行山河变,

　　去旧换新十八年。

　　黎民百姓得饱暖,

　　小二我也不再受可怜。

　　店内终日人不断,

　　士农工商都不闲。

　　祝国公气得干瞪眼,

　　公子虔受了刑五官不全。

　　公孙丞相人称赞,

是咱救命的活神仙。

我一家好了还不算，

稀奇的事儿在后边。

客　甲　咦？店主人，为何不唱了？

小　二　那还能唱完？变法十八年，众人亲眼见，我满肚子的蝴蝶，就是飞不出来！

众乡民　（大笑）哈哈哈！

〔魏坚扮商贾急上。

魏　坚　（念）　假扮商贾离河西，

魏营中送信走得急。

天色已晚关门闭，

〔魏坚神色紧张，与小二碰面。

小　二　（念）　这位莫非是住店的？

客官，想必是赶来住店的吧？

魏　坚　正是的，正是的……

小　二　如此，客官请进。

魏　坚　店主人请，店主人请。

众乡民　（对小二）天色已晚，我等歇息去了。（众下）

〔魏坚进店后鬼鬼祟祟，东张西望。

小　二　客官，请这边坐。

魏　坚　好……（讨好地）店主人，今日实在打扰你了。

小　二　（客气地）算不得什么。客官，先把你身上带的信，叫我看一下。

魏　坚　（误以为失密，大惊）啊！店主人，你……你不要胡说！我身上什么信也不曾带！

小　二　（怀疑地望着魏坚）哎呀！

（念）　这人儿心里必有鬼，

我提了个"信"字他脸发白。

魏　坚　（念）　他一言把我的胆吓碎，

手脚冰凉魂魄飞。

急忙溜走出门去，

小　二	（急挡拦）且慢！
	（念）　关门上锁你去哪里？
魏　坚	这客店我不住了，你闪开！
小　二	（急挡）闪开？闪开你跑了。
魏　坚	你要怎得？！
小　二	要怎得？我要盘问个水落石出！
魏　坚	甚等之人也来盘我？说是你走开！
小　二	你走不了！
	〔小二与魏坚搏斗，被魏刺伤。灵芝闻声赶来将魏击倒，众乡民赶来拿住魏坚。
灵　芝	你是做什么的？还不从实招来！
魏　坚	（吓成一团）我……
众	讲！
魏　坚	我……我是到魏军营中送信的。
众	（惊）奸细！
小　二	我就看你贼眉贼眼的，原来你私通敌国，信交出来！
	（看信）我咋一个字都不认得？不说了，先把他锁在后店，天明送官。
众	（对魏坚）走！（押魏坚下）
	〔幕后马嘶人叫。
小　二	何处人喊马叫？哎呀，向这边来了！
	〔李成戎服带兵上，与小二相见。
李　成	（惊喜地）小二哥！
小　二	（惊疑地）你是……？
李　成	我是李成。
小　二	什么？你……你是李成？
李　成	正是为弟。
小　二	（扑向李成）哎呀……我的兄弟啊！
李　成	小二哥，我四处找寻于你，谁料你竟在这儿啊？
小　二	贤弟，自从我二人分散之后，为兄多亏了公孙丞相一家搭救，方才逃出虎口。我四处寻你不着，便流落在

此了。

李　成　噢……

小　二　贤弟,(指李成装束)你如今也变了样儿了!你这身
　　　　披挂……

李　成　小二哥!
　　　　(唱)　屈指一别十八载,
　　　　　　　地北天南两分开。
　　　　　　　为弟从戎赴边塞,
　　　　　　　跟随丞相把阵排。
　　　　　　　奉令押粮到关外,
　　　　　　　一路寻问店中来。

小　二　(高兴地)哎呀!我兄弟可真是个好的!兄弟,你站
　　　　在这儿为何?快快坐了。

李　成　小二哥请坐。

小　二　(向内喊)女儿快来!
　　　　〔灵芝跑上。

灵　芝　爹爹,唤孩儿有什么事?

小　二　女儿,你看谁来了?

李　成　小二哥,她就是……?

小　二　兄弟,这就是你那个小侄女,名唤灵芝。

李　成　哎呀!一眨眼,就长大成人了!

小　二　(对灵芝)女儿,这位将军,就是我平日对你讲的那
　　　　个救命恩人。

灵　芝　哎呀!你是李叔父?

小　二　还不与你二叔叩头?

灵　芝　侄儿灵芝,与二叔叩头。

李　成　我儿快快起来!快快起来哟……哈哈哈!
　　　　〔报子上。

报　子　禀将军。

李　成　何事?

报　子　河西军情有变,丞相令将军速赴河西大营!

423

李　成　知道了。小二哥,公孙丞相带兵收复河西,军情甚急,为弟我要告辞了。

小　二　兄弟,你今一去,不知何日才能相会啊?

李　成　既知二哥在此,何愁不能相见?

灵　芝　二叔,适才在店中捉得一名奸细,并有密书一封。(递密信)

李　成　呈来!(接阅,大吃一惊)啊!祝欢通敌?公孙丞相危在旦夕啊!祝欢……好一个国贼!

小　二　兄弟……

灵　芝　二叔……

李　成　小二哥,灵芝,你们察奸有功,待我禀明丞相,定有重赏。来!

秦　兵　在。

李　成　速将这一奸细,连同粮草,押赴河西大营!

　　　　(唱)　蠹国之虫贼祝欢,
　　　　　　　　阴结敌魏心藏奸。
　　　　　　　　内应外合欲作乱,
　　　　　　　　丞相命危倾刻间!

　　　　押上走!

第五场　河西风云

〔魏。中军大营。

〔魏帅公子印率魏军上。

公　子　(念)　掠得河西窥咸阳,
　　　　　　　　铁甲十万谁敢当。

　　　　俺,魏国元帅公子印。

〔报子上。

报　子　报!

公子卬	讲。
报　子	秦相公孙鞅率兵前来,距我十里安营,埋锅造饭。
公子卬	再探!（下）
报　子	是。
公子卬	啊?是俺与那秦国祝欢约定,今夜二更举火为号,偷袭秦军大营,为何下书人此时未见回音?
	〔报子急上。
报　子	报!祝欢带人以奔秦营劳军!（下）
公子卬	（大笑）噢……哈哈哈!我可莫说公孙鞅公孙鞅,尔明枪易躲,暗箭难防!众将官!
众	在。
公子卬	今夜一更造饭,二更披挂整齐,人衔枚,马摘铃,只等秦营火起,与祝欢内应外合,生擒公孙鞅!哈哈……
	〔灯光暗转。
	〔深秋午夜。
	〔幕启:河西要塞,军营无数,远山昏黑,大河奔流。月明星稀,夜风袭人。三军大呼,鼓角相闻。
	〔商鞅戎服,率鸟获、人鄙及马童巡营上。
商　鞅	（唱）　夜风萧萧角声响,
	风沙起,月昏黄,顶盔戴甲赴疆场,
	嘶马长鸣气轩昂。
	奉君命收河西天然屏障,
	那魏兵不出战居险逞强。
	趁月夜察敌情登高远望,
	却怎么敌营内点点火光。
	无声息但见那人来人往,
鸟　获 人　鄙	丞相,莫非魏军要弃关逃走了?
商　鞅	不!魏军今夜似乎有所举动,人鄙听令!
人　鄙	在!
商　鞅	传令下去,今夜我军宿营,人不解甲,马不卸鞍,小心巡视。

秦腔

商君

SHANGJUN

人　鄙　是。

商　鞅　（接唱）敌情有变须提防。

〔李成急上。

李　成　参见丞相！

商　鞅　李将军，粮草可曾齐备？

李　成　俱已齐备。丞相，末将来时路过一家酒店，店主人捉得一名魏军奸细，并有祝国公密书一封！（递信）

商　鞅　呈来！（接念）"本公假劳军之名来至河西，今晚二更举火为号，与魏兵里应外合，生擒公孙鞅。"啊！好一个背主通敌、图谋作乱的国贼！（对李成）李将军，店主人察奸有功，定要重赏于他。

李　成　是。

〔中军上。

中　军　禀丞相。

商　鞅　讲。

中　军　祝国公随带猪、羊、美酒前来劳军。

商　鞅　噢？他当真的来了……（思索）

众　将　丞相……

商　鞅　（果断地）来了者好！乌获听令。

乌　获　在。

商　鞅　你带一支人马埋伏关后，只等秦营火起，即领兵将魏军空关拿下。

乌　获　是！（下）

商　鞅　人鄙听令。

人　鄙　在。

商　鞅　你领兵埋伏后山，只听山头鼓响，即率兵杀回中军大营。

人　鄙　是！（下）

商　鞅　李将军！你带人多备火种，二更之后，即在营门举火。

李　成　（不解地）丞相，这……

商　鞅　不须细问，速去！

李　成　是!（下）

商　鞅　来!

中　军　在。

商　鞅　祝国公前来河西劳军,吩咐大开营门,鼓乐相迎。

中　军　是,大开营门,鼓乐相迎!

〔二幕启,祝欢带亲兵上,下马。

商　鞅　祝国公,噢……哈哈哈。

祝　欢　公孙丞相,噢……哈哈哈。

（商、祝同入坐）

祝　欢　（虚伪地）公孙丞相率兵收复河西,多受风霜征战
　　　　之苦?

商　鞅　祝公大人,尽忠效命乃鞅之职份矣。不知祝公大人
　　　　远道而来,未曾远迎,还望见谅。

祝　欢　哎呀,折煞本公了。噢……公孙丞相,本公今日到
　　　　此,一来犒劳三军,这二来嘛……

商　鞅　怎么样?

祝　欢　（故作真诚地）唉……皆因你,我当年因更法之事前
　　　　嫌未释,借此与丞相赔罪来了。

商　鞅　（故作惊奇地）噢?祝公大人,此话果然当真么?

祝　欢　嘿!岂能有假?

商　鞅　（冷笑）祝公大人,俺观你言不由衷,只恐另有所
　　　　图吧?

祝　欢　（大吃一惊）这……你……你这是何意?

商　鞅　祝公大人,昔日之事,不提倒也罢了。俺今有一事不
　　　　明,望乞赐教。

祝　欢　赐教二字,实不敢当,有话只管讲来!

商　鞅　祝公大人,请问,这背主通敌、图谋作乱之人,当何以
　　　　处之?

祝　欢　这……

商　鞅　（紧逼地）假劳军之机,以做敌军内应者,又当何以
　　　　处之?

祝　欢　这……

商　鞅　你与俺说，讲！

祝　欢　（语塞）这……哼！无稽之言，诚为可恼！

商　鞅　来！

中　军　在。

商　鞅　带魏坚！

中　军　是。（对后）带魏坚！

　　　　〔二秦兵押魏坚上。

商　鞅　祝公大人。（指魏坚）你看他是何人？

祝　欢　啊！你……

魏　坚　（战战兢兢地走向祝欢）……公爷，完了……

祝　欢　（疯狂地抽出剑）无用的狗奴才！（杀魏坚）

商　鞅　（拍案而起）祝欢，大胆！说是你来看。（出示密信）

祝　欢　（惊恐万状）这……！告辞了！（欲走）

商　鞅　慢！祝欢，二更举火、里应外合之事，俺与你代劳了。

　　　　〔幕后火起，李成急上。

李　成　禀丞相，营外火起了！

　　　　〔报子上。

报　子　报，魏军四路偷营，俱中我军埋伏！（下）

祝　欢　啊……（穷凶极恶地）公孙鞅！尔不死，难消俺心头
　　　　之恨哪！

商　鞅　祝欢！尔通敌叛主，图谋作乱。实乃误国乱法之徒，
　　　　哪里容得，来！

中　军　在。

商　鞅　将国贼祝欢斩首示众！

祝　欢　（惊倒在地）啊……

商　鞅　号令三军，奋勇疆场，收复河西！

众　将　啊！

　　　　〔战鼓擂动，祝欢被押下。

　　　　〔公孙鞅提枪上马，率众下。二幕闭。

　　　　〔二幕启：战场。角鼓齐鸣，杀声雷动。公孙鞅身先

士卒,指挥秦军大破魏军于黄河西岸,魏帅被俘,河
西之地尽收。

商　鞅　众将官!

众　　　在。

商　鞅　(激动地)仰陛下圣明,赖三军奋勇,今日内除国贼,
　　　　外收河西。此乃苍生之福、社稷之幸也。晓谕尔有
　　　　功之人,拜爵一级,凯歌还朝!

众　　　啊。

　　　　〔内传:"诏命下!"公子虔捧诏上。

公子虔　诏命下,丞相公孙鞅速速接诏!

商　鞅　(跪接)臣。

公子虔　新主诏曰——

商　鞅　(大惊)啊!

公子虔　(念)　天不吊,先君突染暴病而薨,今寡人登基,前
　　　　来河西巡边。诏命公孙鞅速速接驾,诏此。

商　鞅　(悲痛地)老臣遵命……

公子虔　圣驾即刻就到,休得迟误! 告辞了。(忿忿而去)

　　　　〔风吼云飞卷,惊涛拍岸。战马望空嘶鸣,铁甲十万、
　　　　阵阵哭声。

商　鞅　陛下啊……

　　　　(唱)　风吼云飞浪涛惊,
　　　　　　　铁甲十万尽哭声。

　　　　先君啊……

　　　　　　　天不仁大业未就你把命倾,
　　　　　　　率三军遥空拜顿足捶胸。(中军递酒)
　　　　　　　捧金樽泪如雨心中悲痛,
　　　　　　　望咸阳千障阻我魂飞秦宫。

　　　　先君啊……

　　　　　　　臣奉命收复河西旗开得胜,
　　　　　　　却谁料凯旋门外戴孝绫。
　　　　　　　你暴病而薨朝野惊,

这列国战乱何日平。
一杯酒举过了簪缨盔顶，
河西奏凯告老王听。
二杯酒和泪洒西岭，
常愿我君臣魂魄通。
三杯酒对天表心境，
但愿得新主是圣明。
继往开来把国整，
萦绕九州济苍生。
耳内里忽听金鼓鸣，
角号不住催连声。
戎服接驾我忙跨鞍镫。

带马了！

〔众将与商鞅更衣后下。

〔马夫带马上。二幕闭。

〔黄河暴哮如雷，战马连声嘶鸣，惊恐不前。公孙鞅三次上马，然后勒马远望、绕场……

〔二幕启：行宫。秦惠文王嬴驷巍然高坐，公子虔、少官及众朝臣侍奉君侧。

〔公孙鞅下马，整衣、进行宫……

商　鞅　（接唱）举步撩衣我跪行宫。
　　　　臣，公孙鞅拜见我主。

嬴　驷　平身坐了。

商　鞅　谢主龙恩。

嬴　驷　丞相带兵收复河西，战功卓著，寡人亲临河西巡边，特与老丞相贺功来了。

商　鞅　竭忠尽命，乃老臣份内之事，敢劳陛下屈驾到此，老臣甚觉不安……噢，陛下，先君晏驾，为臣身在边地，不曾一见，心中实为痛伤……

嬴　驷　（讥讽地）老丞相真可谓忠心不改呀。丞相，小王初理朝政，我卿当竭尽忠义，一心辅佐才是。

商　鞅　陛下,老臣既然以身许国,怎敢稍懈?

嬴　驷　哼! 你今日讲得倒也诚心!

商　鞅　(不解地)陛下,这是何意?

嬴　驷　丞相所为,还不自知? 倒问起寡人来了。

商　鞅　(气愤地)哎呀陛下……

嬴　驷　住口! 这是老太傅告你的奏折,拿去观看! (将奏折掷于商鞅)

商　鞅　(接阅,浑身发抖,撕碎奏折)哎呀陛下……

嬴　驷　大胆!

(唱)　　十八载行新法离经叛道,

　　　　　欺寡人诛公候自把祸招。

　　　　　至今日却还来居功自傲,

　　　　　收民心反朝廷岂可轻饶。

胆大的公孙鞅! 尔身受君恩不思当报,反怀不臣之心,这还了得!

商　鞅　哎呀陛下! 老臣忠心报国一十八载,朝野上下,有目可睹啊!

公子虔　陛下。举国之内皆夸公孙鞅新法,对陛下你倒是一字不提呀!

少　官　住了吧! 公孙丞相为秦更法一十八载,食不甘味,寝不暖席,难道还不是为了秦国社稷、苍生吗?!

朝　臣　陛下! 公子虔乃是诬告忠良啊!

众朝臣　陛下……

公子虔　陛下! 祝公大人热血未干,难道这也是假的不成?

商　鞅　陛下! 祝欢背主通敌、图谋作乱,为臣按律施刑,何罪之有?

公子虔　公孙鞅囚陛下、刑太傅、杀国公,难道他明日就不能弑君篡位吗?!

商　鞅　公子虔,国贼,尔全不以社稷苍生为重,真乃误国乱法之徒!

嬴　驷　大胆! 老太傅告你的奏折俱是实情,还来狡辩!

商　鞅　（悲愤地）陛下啊……哎呀陛下！公子虔陷害老臣，
　　　　　用心险恶！你……你为何如此地宠信于他？！
嬴　驷　大胆！尔竟然道起寡人的不是来了！不念先朝老
　　　　　臣，定诛尔三族！来！
御林军　在。
嬴　驷　将公孙鞅削去官职，听候发落！
商　鞅　这……
众朝臣　陛下啊……
嬴　驷　同情者斩！

第六场　剑下别离

〔接前场。

〔幕启：商鞅府。更深夜静、景色凄凉。

〔卫福捧香盘上。

〔公孙夫人满面泪痕，忧心忡忡地走上。

公孙夫人　（唱）　夜沉沉万籁静云黑雾降，
　　　　　　　　月半露秋风起满园寒霜。
　　　　　　　　我老爷受冤屈险遭命丧，
　　　　　　　　泪汪汪为我夫祷告一场。
卫　福　禀夫人，香烛俱已备好了。
公孙夫人　卫福，你家老爷若是问到于我，千万莫要告知于他。
卫　福　老奴知道了……唉！（叹气下）
〔夜风萧萧，乐声戚戚，公孙夫人含泪焚香。

公孙夫人　（泣不成声地）天哪！天哪！你若有知，请受我公孙
　　　　　妻一拜了！
　　　　　（唱）　焚罢了一炉香悲声大放，
　　　　　　　　公孙妻含热泪哀告上苍。
　　　　　　　　愿天爷保我夫免遭魔掌，

为国家他受尽了万难千伤。

十八年行新法深孚众望，

无弊政无饥饿民无冤枉。

他今日遭陷害几乎命丧，

忠良臣却为何如此下场。

秦王他行暴戾巧设罗网，

公子虔贼生就蛇蝎心肠。

平白地诬老爷欺君犯上，

说什么他要夺秦室家邦。

全不念社稷臣忠烈良相，

恶森森赶下殿有口难张。

我老爷回府来冤屈言讲，

忧国事骂贼臣气恨一腔。

茶不思饭不用只把泪淌，

倒叫人五内酸无有主张。

但愿得老爷他安然无恙，

但愿得君有道社稷安康。（风声）

风飒飒星河暗玉兔西向，

雾蒙蒙香柱断我意乱心慌。

〔商鞅心事重重上。见夫人啼哭祷告，不由两眼落泪……

商　鞅　夫人……

公孙夫人　（惊）噢……老爷！

商　鞅　夫人，你要善自珍重，再莫要为我担扰落泪了……

公孙夫人　（掩饰地）老爷，为妻只是心中有些烦闷罢了。

商　鞅　那你焚这一炉香……

公孙夫人　（悲痛地）这一炉香么……

商　鞅　我的夫人啊……

　　　　（唱）　劝夫人莫要珠泪淌，

　　　　　　　哭天怨地徒悲伤。

　　　　　　　太子登基把国掌，

公子虔受宠在朝廊。
怀仇记恨刻心上，
萧墙内谋害我公孙鞅。
他纵然把我一命丧，
新法条条传秦邦。

公孙夫人　（唱）　老爷何不细思想，
你劳尽心力鬓落霜。
秦王昏庸宠奸党，
咱忠心一片付汪洋。

〔卫福惊慌而上。

卫　福　禀老爷，大事不好了！

商　鞅　何事惊慌？

卫　福　公子虔带人闯进府来了！

〔公子虔抱剑，带总管、亲兵恶狠狠而上。

公子虔　罪臣公孙鞅听命：尔食王俸禄，不思报效，蔑视王公，欺压君上，形同反叛！今王不忍加诛，赐尔利剑一柄，令你自裁！（掷剑于地，向总管示意后下）

公孙夫人　（扑向丈夫）老爷啊！

商　鞅　夫人哪！

公孙夫人　（唱）　小昏王他不该听信谗言，
赐利剑杀忠良问心何安。

商　鞅　（唱）　公孙鞅堂堂七尺汉，
杀身成仁此心安。
夫人你速回商于县，
真情不可与娘言。
代夫堂前问寒暖，
侍奉老母度残年。
你即刻启程莫迟缓，
不闻不见你不辛酸。

总　管　（讥笑地）公孙鞅，你英雄一世，今日也知道怕死哟。

商　鞅　（大义凛然，仰天大笑）哈哈哈……狗奴才！呈剑来！

总　管	哎呀！我还当你杀我呀！
	〔总管正欲递剑，公孙夫人断喝一声。
公孙夫人	且慢！
商　鞅	（不解地）夫人！你……
总　管	（指公孙夫人）你……你也太得的啰唆！
公孙夫人	总管大人，我家老爷已成朝廷罪臣，今蒙主上赐来利剑一柄，令他自裁，谅他也飞走不脱。总管大人，还请容得一时，我有话对我家老爷讲说。
商　鞅	夫人，你……
总　管	哼！谅他也飞走不脱。
公孙夫人	卫福。
卫　福	在。
公孙夫人	侍候总管大人以在二堂少等片刻。
总　管	哼！（对亲兵）门外侍候！
	〔总管带亲随进二堂。
商　鞅	夫人有何言语，快快讲来！
公孙夫人	（趋步而前）哎呀老爷！为妻心生一计，能使老爷逃离虎口！
商　鞅	夫人啊！
	（唱）　我一十八载为秦相，
	忠心耿耿在朝堂。
	今日宁可把命丧，
	也不愿贪生离咸阳。
公孙夫人	（唱）　老爷你把话错讲，
	说什么贪生离咸阳。
	昏王掌朝宠奸党，
	残杀元勋害忠良。
	老爷何不暂躲藏，
	逃离虎口奔他乡。
	异日伸冤把朝上，
	剪除奸佞肃纪纲。

秦腔
商君
SHANGJUN

若还今朝一命丧，

冤债千古也难偿。

商　鞅　（不愿走去）夫人，这……这万万使不得呀！

公孙夫人　老爷，说是你快走！（将公孙鞅强拉下）

〔卫福急上。公孙夫人亦上，其神态自若。

卫　福　老爷！老爷……

公孙夫人　卫福……

卫　福　夫人，他们催促甚急！老爷他……

公孙夫人　（看见老家人，更觉难受）老哥哥不必多问。你速快打点行装，我主仆一同回上原郡去吧！

卫　福　（悲痛地）夫人！那老爷他……（幕后喊声）

公孙夫人　速去。

〔卫福急下，总管带人急上。

总　管　哼！咋还没个完了？寻着叫我亲自动手呀！（发现不见商鞅）为何只你一人？公孙鞅哪里去了？！

公孙夫人　（嘲笑地）总管大人，只因你迟来一步，我家老爷他已——

总　管　（急追问）怎么样？

公孙夫人　（不慌不忙地）——走了。

总　管　（惊）啊……我全然不信，来！与我搜！

〔众兵搜府。公孙夫人镇静自如。

亲　兵　无有。

总　管　哎呀！当真地逃走了。（对夫人）你把我给撂掷了！

〔公子虔带兵恶狠狠赶上。

总　管　（惊恐万状地）大人！大人！她……

公子虔　（凶相毕露地）哼！这般时候，公孙鞅为何还未自裁？！

总　管　（吓得浑身发抖）……大人！一时没留神，公孙鞅被她……

公子虔　（急问）怎么样？

总　管　放走了！

公子虔　（猛抽总管一耳光，抽剑）我把你个无用的奴才！

（杀总管,转身下令）追!

〔公子虔正欲下,猛回身逼向公孙夫人。

公子虔 （恶森森地）哼哼哼! 你先与俺去吧!（猛刺公孙夫人一剑,然后急下）

〔公孙夫人手捂剑伤,极力支撑……

〔商鞅、卫福出来察看动静,猛见夫人重伤,急奔向公孙夫人……

商　鞅 （高声呼叫）罢了——

〔公孙夫人急以手掩其口。

商　鞅
卫　福 （低声,惨然地）夫人啊……

公孙夫人 （强忍伤疼,难以支撑地）老爷……（转对卫福）老哥哥……你速回原郡侍奉老夫人去吧!

卫　福 （悲伤地）老奴知道了……

公孙夫人 （拉住丈夫）老爷……为妻虽然不能与老爷一路同行,然而心愿足矣! 老爷,你……你快走吧……（倒地气绝）

商　鞅 （悲痛欲绝,大声呼叫）夫人! 夫人! 夫人啊!（抱尸大哭）

卫　福 老爷啊! 夫人丧事, 由老奴一人料理, 你……你快走!

商　鞅 噢……老哥哥!（二人相抱,同跪于地）

第七场　壮歌千古

〔二幕外,公子虔带兵追过场。

〔二幕启:秦关下,小二酒店前。

〔小二怀着焦急心情盼灵芝归来。

〔商鞅单人独骑赶来投宿。

商　鞅 （唱）　回首秦都泪满眼,

蒙冤落难受颠连。

冻馁难耐天色晚，

投宿店内把身安。(下马)

店主人。

小　二　(上下打量)客官,你是……

商　鞅　我是赶来投宿的。

小　二　客官,你由何处而来?

商　鞅　噢……我由河西而来。

小　二　河西而来……(自语)看来不是他。(转对商鞅)客官,你既来住店,可有官防凭信?

商　鞅　这……店主人,皆因俺离家仓促,官防凭信么……

小　二　怎么样?

商　鞅　未曾带来。

小　二　(一本正经地)哎呀客官呀!咱秦国变法都十八年咧,你咋还糊涂着哩?公孙丞相的新法,举国上下山沟野洼,男女老少,谁不知道?你没有官防凭信,凭啥住店呢嘛?

商　鞅　(猛然醒悟,感慨万千地)噢!

　　　　(唱)　一席话倒教我热泪如涌,

　　　　　　　众百姓赞约法甚慰平生。

　　　　　　　我不该求一宿违禁犯令,

　　　　　　　连累那店主人身落罪名。

小　二　(走近商鞅,悄声地)客官,一路之上,你可曾见到一人?

商　鞅　哪一人?

小　二　公孙鞅!

商　鞅　噢!店主人,你来看!(指告示)公孙鞅乃是国家的罪人,朝廷的逆臣,你问他做甚?

小　二　(勃然大怒)你说啥?!我看你才不是个好人!

商　鞅　(欲解释)店主人……

小　二　休要啰唆!我这店你住不成,饭也吃不成了!枉把你活了这大岁数！快走,免得吃亏!

商 鞅 (感慨万端,一阵苦笑)骂得好! ……骂得好哇!

(唱) 他一言骂出了苍生愤怒,

公孙鞅纵然死我含笑九泉。

罢罢罢催坐骑离了酒店,(拉马)

(接唱)甘忍冻馁奔商南。(上马,下)

小 二 (指向远去的商鞅,余怒未息)哼!你胡说八道还想
住店?快走远!

〔灵芝背弓箭上。

灵 芝 (气喘吁吁地)……爹爹!

小 二 儿啊!命你打探丞相消息,不知怎样了?

灵 芝 爹!

(唱) 山前官兵全布满,

公子虔带人封了关。

行人个个齐查遍,

莫非是丞相到此间。

小 二 (担心地)哎呀!要是相爷真被他们拿住,那可怎么
得了啊?!

〔幕后人喊马叫。李成带兵急上。

李 成 小二哥!为弟在河西闻听公孙丞相满门被害,只他
一人出走,我……我便带兵四处寻找相爷来了!

小 二 (恍然大悟)啊!兄弟,适才有一乘马之人赶来投
宿,因无官防凭信被我赶走了。莫非他……?

李 成 啊!他是什么模样?

小 二 他身长七尺有余。

李 成 可是赤脸长须?

小 二 对。

李 成 两鬓斑白?

小 二 对!对对!

李 成 坐下一匹雪花马?!

小 二 一点不错!

439

李　成　哎呀二哥,你赶走的不是别个,他正是为国为民的公孙鞅!

小　二　(坐倒在地)啊……(拉住李成,后悔地)贤弟啊! 哎呀贤弟! 都怪为兄我有眼无珠啊!

李　成　二哥,他向哪边去了?

小　二　顺大道朝西南方向走了。

李　成　二哥请在,为弟去也!(急欲走去)

小　二
灵　芝　(急拉李成)慢!

灵　芝　(激动地)二叔! 你……你带女儿一同前去吧! (跪地)

李　成　这……

小　二　贤弟,你……你就带她去吧! (拉起女儿,难过地)儿啊! 你随你李叔父去找相爷,即使跑遍天涯海角,也要把他找回来。倘若他老人家有个什么好歹,儿啊! 你……你就再莫要回来了!

灵　芝　爹爹放心,孩儿定能将相爷找回来。

小　二　(对李成、灵芝)你们速去。我与众乡民随带酒食、衣衫,随后就到!

李　成　好! 二哥速去准备,灵芝带路,咱们快走! (众分下)

〔二幕闭。

〔二幕外,公子虔带兵急上。

公子虔　嘿! 适才有一乘马之人好似公孙鞅,为何转眼之间不知去向? 咦? 莫非要回商于之地? 谅他也飞走不脱,来呀!

众　兵　在。

公子虔　将山团团围定、沿山顺岭、仔细搜寻,与俺擒杀公孙鞅! (带兵分下)

〔二幕启:北风呼啸,寒山积雪。商鞅单人独骑,忍饥受冻,潜行在商南山路上,其情极为凄苦。

商　鞅　(唱)　冒风雪奔亡在深壑险岭,

对寒山仰天叹怨愤难平。
十八年行新法万民钦敬，
男务耕女务织国有强兵。
十八年秉忠心来把君奉，
劳王事不避那酷暑隆冬。
为江山我也曾疆场驰骋，
跨征鞍披铁甲又挟秦弓。
雪国耻士争先奋不顾命，
收失地那魏军败走河东。
十八年足迹踏遍秦四境，
我也曾微服私访察民情。
朝登陇坂霜露重，
暮下苍岭寒月升。
只盼得国家得强盛，
劳尽了心力白发生。
恨只恨嬴驷太昏庸，
诬我谋叛反朝廷。
公子虔又将谗言奉，
一把剑绝了君臣情。
思想起夫人惨死珠泪倾，
国仇家恨实难平。
盼只盼早到商于境，
集兵北上诛奸佞。
盼只盼重把纲纪整，
盼只盼黎民得安宁。
坐骑倒地难行动，
无奈了我策杖徒步行。
〔卫福内喊："老爷！"奔上。

卫　福　老爷！
商　鞅　卫福！
卫　福　老爷！老夫人她……

商　鞅　(惊)卫福！老夫人她……她怎么样了?!

卫　福　(放声大哭)哎呀老爷啊！公子虔拿你不着,派兵原郡抄府。老夫人诚恐连累你不能远走高飞,托老奴将这部法经交付于你,睹物如见母,她……她触柱而亡了！

商　鞅　(悲痛欲绝地望空跪倒)老娘啊！

〔幕后杀声,公子虔带兵杀出。

公子虔　哈哈！公孙鞅,你已是笼中之鸟,飞走不脱了！

商　鞅　公子虔,国贼！尔虽能陷害于我,可这秦国的新法你能更改得了吗?

公子虔　这……俺让你今日不得好死！

商　鞅　（大笑）公孙鞅以身护法,纵然战死贼手,有何惧哉?!

公子虔　你！将公孙鞅与我五牛分尸！

商　鞅　国贼看剑！

〔幕后杀声。李成、灵芝带兵杀上。

李　成　相爷！

商　鞅　杀！

〔商鞅率众与敌激战,斩敌数人,他为救李成而负伤。

〔李成率众杀敌数人,战死。灵芝愈战愈勇,锐不可当。

〔商鞅负伤,身陷重围,被公子虔从后猛刺一剑,重伤倒地。商鞅猛然站起,举剑向公子虔逼近……

〔公子虔一阵狞笑,正欲一剑杀死商鞅,被灵芝赶来一箭将其射下山岩。众敌四散而逃。

〔商鞅负伤惨重,难以支撑。灵芝急赶上前去搀扶……

灵　芝　(哭叫)相爷！相爷！

〔小二等男、女秦民百姓,头顶香火,捧酒食赶来,然而迟了……

众秦民　(哭跪)相爷啊！

（合唱）雨雪纷纷啊朔风紧，

千山白首渭水呜咽。

杀身成仁啊在西秦，

商君虽去新法长存。

众秦民　相爷啊！

〔商鞅面对秦民，感动得热泪盈眶。他将跪在一旁的小二扶起……

〔商鞅渐渐不支。他在灵芝搀扶下，慢慢坐在高处一块山石上……

灵　芝　（大声呼叫）相爷！相爷！相……

〔此时的商鞅，身背法经，双手拄剑，巍然而坐。他已与世长辞了……

众秦民　（号啕大哭）相爷啊！

〔其时，朔风怒吼，天幕上大雪纷飞。大幕在悲壮的音乐声中，徐徐降落……

——剧　终

编　后　语

　　《西安秦腔剧本精编》是一项大型剧本编辑工程。它收录了新中国建立后西安市辖的易俗社、三意社、尚友社、五一剧团四大著名秦腔社团上自清末、下至二十一世纪初近百年来曾经上演于舞台的保存剧本,承载与呈现着古都西安百年的秦腔史。这样一个浩大的戏剧工程,在西安市近百年文化史上是前所未有的,受到各方面广泛关注。

　　编辑组建立之初,面对的是四个社团档案室中百年以来的千余本(包括本戏、小戏、折子戏)约三千万字的剧本手抄稿、油印稿、铅印稿。由于时间久远,其中不少已经含混不清,或章节凌乱、缺张少页、错误多出,有的甚至连作者、改编者姓名、演出单位、演出时间等都已寻找不见,工作量之大、难点之多可以想象。更由于此次编辑的范围,是以必须经过舞台演出的剧本为前提,因而正式进入工作后,许多需要认真解决的具体问题都凸现出来了:

　　一是不少剧目,虽然演出过,但真正的排练演出本却找不到了。在查访中,有些尚可落实,有些则因当事人已故,无觅踪迹,只好录用现存的文学本,以解决该剧目缺失的遗憾。

　　二是有些排练演出本虽然收集到了,却不完整。有的有头无尾,有的有尾无头;有的场次短缺,有的唱段缺失;有的页码残缺,前后无法衔接。这样,只能依靠编辑组人员及有关演职人员反复回忆,或造访老艺人和当事人回忆,不厌其烦,完成残本的拾遗补缺、充实完善工作。

三是一些秦腔名戏和看家戏,艺术魅力强,观众很喜爱,但在长期的演出中,为了适应当时的形势,往往同一个戏,在新中国建立前后、改革开放前后都有不同版本。这些剧目,由于受客观时势和执笔者思想认识的影响,不少改编本把原作中一些脍炙人口的名场段、名唱段给遗漏了,拿掉了。今天看来,这是历史、文化的失误。因为这些场段、唱段的不少地方既含有简明而丰富的历史知识,又有淳朴淳厚的人文教化,附丽以历代秦腔名家的倾情演唱,熏陶和感染过无数戏迷观众,不失为秦腔传统艺术的闪光点所在。因此,在对这类剧本的认定和选用中,编辑组抱着尊重、抢救、保护国家非物质文化遗产的态度和立场,通过鉴别,更多地向传统倾斜,把该恢复、该补救的名场、名段都做了尽可能完善的恢复与补救。

四是曾经有一些在西安舞台上演过的老秦腔传统本,被兄弟剧种看好,拿去改编、移植成他们的优秀剧目。之后,这些剧本又被秦腔的剧作家再度移植、改编过来,在西安舞台上演。对这类本子,在找不到秦腔演出本的情况下,经过审定,也都作了收录,成为"出口转内销"的好本子。

五是有些保存本,当年演出、出版风靡一时,并有作者、改编者的署名。由于岁月的磨洗,演出本还在,而作者的名字则记忆模糊甚至不见了。为了尊重他们的劳动,还其以神圣的著作权,编辑组翻查了大量档案资料,终于使一些剧本的作者署名得以落实。

六是由于秦腔是大西北最有代表性的地方剧种,剧本中普遍存在大量的方言俚语、民俗风情,鲜明地体现着秦腔的地方戏色彩。但同时也因为作者和所写的题材来自不同方域,用字、用词、用语存在很多错、别和不规范、不统一的现象。此次编校,通过讨论、争议、比对、考证,尽可能地做到了规范和统一。

除此之外,还涉及到很多剧本在主题思想、故事情节以及版本、人物、时间、场景、舞台指示、板腔设置、动作、细节、念白、唱段、字词句、标点等许多大大小小的问题,需要进行有效地疏、改、勘、正工作。编辑组通过连续数月的辛勤工作,终于以艰苦的劳动征服了这座巨山。

参加本次编辑的专家平均年龄已68岁,每天要审校、修订三四万文字。为了提高工作效率,针对剧本的体裁特点,编辑组分为几个小组,采用读听结合、交叉审校的方法,尽可能精准地还原出作品的原貌,包括每场戏、每段唱词、每句念白、原作者、改编者、移植整理者、剧情简介、上演剧团、上演时间等等。为了争取进度,经常夜间加班,并放弃每周末和节假日的休息。为了保证质量,不时地对一些重要问题进行学术研究、学术的争执和判定,往往到深夜。其中有关秦腔的历史问题,有关一些现代戏的剧本入围标准问题,有关早期的秦昆相杂剧本的入选问题,甚至有的传统剧目中某个主要人物姓名中的用字问题等,时常反复探讨。对较重大的,必须查明出处;对较具体的,则进行细心考证,直到水落石出。由于整个编校工作沉浸在不间断的学术气氛中,使编辑的过程,争议的过程,同时也是很好的互相学习的过程。特别是在阅编早中期一批秦腔剧作家的作品时,大家不禁为老先生们深厚的学识、精美的辞章和高超的艺术而叹服,更加体会到手中工作的重要性,更加珍惜此次机遇,从而加深了编辑组同志之间的学术友谊,提升了整体工作的水准。他们高昂执着的工作热情、认真负责的工作态度、严谨科学的工作作风、主动忘我的工作干劲,令人十分感动。

为了支持这项工程,不少老艺术家捐赠、捐用了自己多年的秦腔珍藏本、稀缺本、手抄本。有的老艺术家、老剧作家的家属、后代闻讯后主动从家里搜寻出原创作、演出剧本,送到编辑组工作驻地。全体编务人员,为了及时、保质、保量地做好业务供应工作和全组人员的生活安排,积极配合跑资料、查档案、复印剧本,忙前忙后,不遗余力。当他们听到几年前三意社在改革并团时尚遗存有部分资料档案后,便及时赶到原五一剧团档案室,从蛛网尘埃中翻寻到了七八十部老三意社的手抄本和油印本。上世纪五六十年代西安四大社团演出过很多好戏,有些戏直到现在还在乡间和外地热演,但由于政治气候、人事变更、内外搬迁等原因,造成原剧本遗失。后经有关方面帮助支持,从西安市艺术研究所找到了一批久已告别西安城内秦腔舞台、面目似已陌生的优秀剧目铅印、油印本,使剧本的编辑工作更加充实和完善。

这里,有几个问题需要予以说明。一是这套大型剧本集以西安易俗社、三意社、尚友社、五一剧团四个社团演出剧目为基础收集本子;四个社团均演出的同一剧本,只收集演出较早的本子,其他演出单位仅在书中予以署名;有原创作本、传统本的,一般不收录改编本,但个别两者都有历史、文化与研究价值的,可同时收录;除个别名折戏和进京、出国演出剧目外,凡有本戏的,原则上不再收折戏。二是为了突出"西安秦腔"的主题特色,经反复研究,决定按易俗社、三意社、尚友社、五一剧团四大块进行编排;在四大块中,又按传统戏、新编历史戏、现代戏三大类的历史顺序编目。三是从历史上看,秦腔不少优秀剧目被兄弟剧种搬演,很受欢迎,并成为兄弟剧种的保留剧目;同时,西安的秦腔也改编移植了兄弟剧种的不少成功剧本,丰富了西安秦腔舞台的演出剧目,满足了观众的欣赏需求,有些也成为各社团的保留剧目,因此,经过选择也都收录进来了。四是诞生于"文革"中的剧本,是一个历史现实,根据相关规定,经专家仔细甄别,有选择地收录;对有严重政治问题的不予收录;对确有一定保留价值而有涉版权纠纷的作为内部资料收录。五是有些优秀剧目由于年代久远、社团分合等历史原因,已无法搜集到剧本,只能成为遗憾了,待以后有下落时再版增补。

　　对眼前这套凝聚着众多领导、专家、艺术家、工作人员、技术人员、服务人员心血和辛勤汗水的《西安秦腔剧本精编》,编委会满怀感激之情向大家表示深切致谢! 向关心、支持此项工程的西北五省(区)、市文艺界相关单位、专家学者及戏迷朋友表示诚挚的谢意！这套秦腔剧本集的出版是值得引以自豪的，它可以无愧地面对三秦大地，面对古都西安的故人、今人和后人！让我们不断总结经验，继续探索，与时俱进，努力为西安秦腔的发展繁荣做出新的贡献！

《西安秦腔剧本精编》编辑委员会
2011 年 9 月 14 日